古典文獻研究輯刊

七 編

曾永義 主編

第14冊

清初蘇州劇作家研究

李佳蓮 著

國家圖書館出版品預行編目資料

清初蘇州劇作家研究／李佳蓮 著 — 初版 — 新北市：花木蘭
文化出版社，2013〔民102〕
目 2+276 面；19×26 公分
（古典文學研究輯刊 七編；第 14 冊）
ISBN：978-986-322-103-6（精裝）
1. 清代戲曲 2. 戲曲評論
820.8   102001637

古典文學研究輯刊
七 編 第十四冊   ISBN：978-986-322-103-6

清初蘇州劇作家研究

作　　者　李佳蓮
主　　編　曾永義
總 編 輯　杜潔祥
出　　版　花木蘭文化出版社
發 行 所　花木蘭文化出版社
發 行 人　高小娟
聯絡地址　新北市永和區中正路五九五號七樓
　　　　　電話：02-2923-1455／傳真：02-2923-1452
網　　址　http://www.huamulan.tw 信箱 sut81518@gmail.com
印　　刷　普羅文化出版廣告事業
初　　版　2013 年 3 月
定　　價　七編 16 冊（精裝）新台幣 26,000 元

清初蘇州劇作家研究

李佳蓮 著

作者簡介

李佳蓮，女，一九七五年生，台灣台北縣人，已婚，育有可愛二子女。台灣大學中文所博士，現職明道大學中文系助理教授，擔任國科會研究計畫主持人，考試院高等考試命題委員。曾三度榮獲教育部「優質通識教育課程」獎助，以及國科會人文學中心「暑期進修訪問學人」、「年輕學者學術輔導與諮詢」獎助，2010 年榮獲第五屆中國海寧王國維戲曲論文一等獎，以及明道大學教學優良教師、優良導師。曾任教於國立台灣戲曲學院戲曲音樂學系兼任講師，研究領域為古典戲曲、現當代戲曲、民間文學，著有博士論文《清初蘇州崑腔曲律研究——以《寒》《廣》二譜與傳奇作品為論述範疇》及學術論文多篇，發表於國內外各大學術期刊。

提　要

在中國戲曲發展史上，清初蘇州地區居於轉變時期的發展重鎮，其重要性實不容忽視，本論文即是藉由對該時地劇作家的研究，探討當時戲曲活動所反映出來的時代訊息。在整理歷年來對於這個論題的研究成果之後，不難發現前輩學者們多以戲曲流派的角度來觀察，但是對於「流派」的名稱與成員，卻是數十年來一直纏訟未果、眾說紛紜；更值得注意的是，對於「流派」的風格、成就，卻能夠先於成員、名稱的塵埃落定，而取得普遍的共識。這個情形意味著對於清初時期、活躍於蘇州地區的劇作家，還值得重新再談，因此，本論文的研究方向，便是跳脫出向來群體流派的思考模式，而以地域文學的角度，重新審視清初時期活躍於蘇州地區的劇作家。

本論文的研究步驟，是先從客觀資料觀察劇作家之生平背景，架構該時地劇作家之活動網絡與生命樣貌；再從劇作的深入分析，探討清初蘇州劇作家的作品風格，是以章節內容的架構，循此層層推進：第壹章首先強調蘇州的地域文化，並初步探討蘇州濃郁的文化性格、豐富的文藝資產等對劇作家潛移默化的影響；有此認識之後，第貳章便從客觀資料所見，統整劇作家的生平背景以及戲曲活動，並且思考其中對於劇本創作、戲曲發展所揭示的意義；由此筆者個人認為劇作家生平際遇的差異，對其作品風格基調的不同，有某程度上的影響，因此第參、肆章便分別對基本上兩大類型的劇作家作品進行分析：第參章以整體觀照的角度，提出清初蘇州劇作家之中、非正統文人出身者之劇作具有普遍性、獨特性、優越性的四點特色來談，第肆章則就清初蘇州劇作家正統文人出身者之劇作，從思想主題、佈局排場、人物形象等議題，分項進行探討。最後總結討論清初蘇州劇作家的整體風格，並且接櫫其在戲曲史上的地位與貢獻。

本論文的初步寫作成果，可以分為三點來談：（1）初步廓清清初蘇州劇作家的活動情形，整理劇作家們彼此親疏遠近的關係，並進一步認為，劇作家的活動情形不僅多多少少、間接地影響其戲曲創作，也推動了該時地戲曲的蓬勃發展。（2）對於所謂的「蘇州派」提供個人的初步看法：對於學界一般所謂「蘇州派」，透過全文對於全體清初蘇州劇作家，在生平際遇、戲曲活動、劇作風格等方面的整體觀照，而釐清了劇作家的親疏遠近、異同關係之後，筆者提出個人的定義，為：李玉、朱素臣等七個清初時期活躍於蘇州地區、有互動交流的一群劇作家，對於其他幾個向來纏訟未果、游離不定的劇作家，筆者個人提出了明確的解釋，認為他們是排除在外的。（3）揭示清初蘇州劇作家所透露的戲曲發展之時代訊息：本論文對於全體清初蘇州劇作家予以分類，認為劇作家之生平際遇有正統出身與非正統出身之兩大類別，適可揭示了一項意義，即是：當時戲曲的主要演出形式，由文人家樂轉變為民間職業戲班的興衰消長之勢，此即清初蘇州劇作家不同風格之戲曲活動與成就，所反映該時地戲曲發展之時代訊息。

因此，本論文認為，清初蘇州劇作家姿態各異的風格，在不同層面上展現了戲曲創作的實力，對於當時地戲曲活動的推進，確實有一定的地位與貢獻。

前　言

一、論題的重要性與必要性

　　在中國戲曲的發展歷程上，清初順治、康熙兩朝是一個重要的轉變時期。就戲劇文學的角度而言，入清以來劇本的創作仍繼承明代的豐富成就蓬勃發展，但是部份劇作家們在經過明清鼎革的時代巨變之後，在題材內容上已經脫離才子佳人、悲歡離合的寫作模式，將眼光拉回社會現實，關懷民間生活、思考歷史興亡、重整社會秩序。這些清初戲曲開新徑路，為晚明以來徒具華藻、內容浮泛的創作窘境〔註1〕注入新血。就表演藝術方面來看，明中葉以後蓬勃發展的崑、弋諸腔在取得極高成就之後，從清初開始呈現兩極化的發展：一為受文人士子欣賞喜愛者，演唱更趨雅致，面臨陽春白雪、曲高和寡的瓶頸；一為流傳於民間者，受戲曲發展的總趨勢影響，既融入民間生活而呈現地方化色彩，又配合場上演出而豐富表演藝術。從這兩方面來看，順、康朝的清初戲曲上承明代遺緒而力求突破發展，下開清代地方戲曲滋生興起的契機，無疑地是中國戲曲發展史上重要的轉變時期。

　　在此戲曲趨勢興衰消長的轉變時期，向來人文薈萃、歌舞繁華的蘇州地區所呈現的戲曲活動，無疑地可反映出相當的時代訊息。明中葉詩人袁宏道（1568～1610）〈迎春歌〉云：「梨園舊樂三千部，蘇州新譜十三腔」〔註2〕這

〔註1〕 明末著名文人張岱（1597～約1685年以後）〈答袁籜庵〉一文中批評當時傳奇的創作現象曰：「傳奇至今日，怪幻極矣！生甫登場，即思異姓；旦方出色，便要改妝。兼以非想非因，無頭無緒，只求熱鬧，不問根由；但要出奇，不顧文理。」引錄自陳多、葉長海選注：《中國歷代劇論選注》（湖南：湖南文藝出版社，1987年7月初版），頁249。

〔註2〕 見清顧祿：《清嘉錄》卷一（江蘇：江蘇古籍出版社，1999年8月第一版），頁2。

兩句詩透露出來的訊息有三：一爲「新」、「舊」兩個對立的字，就揭示出蘇州一地從明中葉開始，便居於引領戲曲流行之領導地位；二爲「譜」字若作動詞解，則可見出蘇州地區，一直從事著戲曲的創作與活動；三爲「十三腔」概括出當時蘇州地區戲曲演唱多元並陳、諸腔競起、紛披流呈之熱鬧情形。此種盛況到了清初仍是方興未艾，順、康間著名詩人汪琬（1624～1691）以「梨園子弟」做爲家鄉蘇州的「兩大土產」之一，便得到大家的完全認同〔註3〕，可見得蘇州地區戲曲興盛的現象，到了清初仍然歷久不衰。因此，蘇州地區在清初這段戲曲發展重要轉變的時期，所呈現出來的戲曲活動，便成爲瞭解清初戲曲發展情況時，首需探討的重要議題。

　　然而，戲曲活動繁複眾多，舉凡：戲曲家的創作與理論、聲腔劇種的流播與演變、表演藝術的呈現與改造、觀眾的參與與生活的互動……等等，都是探討某一時地戲曲活動所需關注的層面，如此頭緒紛繁，要能初步廓清戲曲活動的現象與成就，則首當以劇作家的研究爲主要而直接的線索。盧前《明清戲曲史》謂：「綜論二代之戲曲，首當明作者之時期，而後始知流別之所由成；進而考作者之產地，則其間之升降移轉，亦可知其遷變之跡矣。」〔註4〕這段話說明研究明清戲曲劇作家之「時期、產地」，乃有助於瞭解戲曲「升降遷變之跡」。

　　返觀前文所述，清初戲曲發展在劇本創作方面，不管是陽春白雪的文人之作、或者開新徑路的民間性內容，均在當時活躍於蘇州地區的劇作家劇作中可見一斑，劇作家們也積極參與各項戲曲相關活動，如此便直接影響到清初蘇州地區戲曲發展的方向與風格。再證諸現存的劇本作品、曲目著錄，清初蘇州劇作家與其劇本創作，在質量上與數量上都達到非常可觀的成就。〔註5〕因此，對於清初時期，活躍於蘇州地區的劇作家及其劇作的研究，在探討中國戲曲發展的脈絡上，自有其重要性與必要性。

〔註3〕清鈕琇《觚賸續編》卷四「物觚」篇「蘇州土產」條云：「長洲汪鈍翁在詞館日玉署之友各誇鄉土所產：南粵象犀、西秦裘罽、齊、魯有繭絲、海錯、楚豫有精槃良材，侈舉備陳，以爲歡笑，唯鈍翁嘿無一言。眾共揶揄之曰：『蘇州自號名邦，公是蘇人，寧不知蘇產乎？』鈍翁曰：『蘇產絕少，唯有二物耳。』眾問二者謂何？鈍翁曰：『一爲梨園子弟』眾皆撫掌稱是。鈍翁遂止不語。眾復堅問其一。鈍翁徐曰：『狀元也』眾因結舌而散。」收錄於《四庫全書存目叢書》（台南：莊嚴文化事業有限公司，民國84年9月初版）

〔註4〕盧前：《明清戲曲史》（香港：商務印書館，1961年5月重版），頁2、4。

〔註5〕關於劇本作品的探討，詳見本文第參、肆章；關於劇作家參與相關戲曲活動，以及劇作的著錄、現存版本的情形，詳見本文第貳章第三、四節。

二、前賢研究方向與成果

關於清初時期，活躍於蘇州地區的劇作家及其劇作的研究，早在二十世紀二十年代左右就已經有學者注意到了。吳梅《中國戲曲概論》卷下「清代傳奇」部份〔註6〕指出：

> 大抵清代曲家，以梅村、展成爲巨擘，而紅友山農承石渠之傳，以新穎之思、狀物情之變，論其優劣，遠勝笠翁。蓋笠翁諸作布局雖工，措詞殊拙，僅足供優孟之衣冠，不足入詞壇之月旦。即就曲律言，紅友尤兢兢慎守也，曲阜孔尚任、錢塘（引者案：該本作「唐」）洪昇，先後以傳奇進御，世稱南洪北孔是也。………他若馬佶人（有《梅花樓》、《荷花蕩》、《十錦塘》三種）劉晉充（有《羅衫合》、《天馬媒》、《小桃源》三種）薛旦揚（有《書生願》、《醉月緣》、《戰荊軻》、《蘆中人》四種）葉稚斐（有《琥珀匙》、《女開科》、《開口笑》、《鐵冠圖》四種）朱良卿（有《乾坤嘯》、《豔雲亭》、《漁家樂》等三十種）邱嶼雪（有《虎囊彈》、《黨人碑》、《蜀鵑啼》等九種）之徒，雖一時傳唱，遍於旗亭，而律以文辭，正如面牆而立。獨李玄玉一人永占（《一捧雪》、《人獸關》、《永團圓》、《占花魁》）直可追步奉常。且《眉山秀》劇（《眉山秀》譜蘇小妹事，而以長沙義妓輔之，詞旨超妙）雅麗工鍊，尤非明季諸子可及。與朱素臣茞樓諸作，可稱瑜亮（茞樓諸作，以《秦樓月》、《翡翠園》爲佳）。西堂《釣天樂》痛發古今不平，〈地巡〉一折，自來傳奇家無此魄力，洵足爲詞苑之飛將也。乾嘉以還………

這段資料是吳梅對清乾、嘉以前具代表性的傳奇劇作家的評論，從這段資料中，我們可以分析出幾點看法：

（一）上述共提及十四位劇作家，其中除了萬樹（號紅友山農）、李漁（號笠翁）、孔尚任、洪昇之外，餘者十位均活躍於蘇州地區，佔大多數比例。

（二）將吳偉業（梅村）、尤侗（展成）兩人視爲「巨擘」，且相提並論認爲可「相頡頏」，並且都有「曲家從來所未有」、「自來傳奇家無此」之魄力。〔註7〕

〔註6〕吳梅《中國戲曲概論》最早於1926年由大陸大東書局出版，筆者此段資料乃引自台北學海出版社出版（民國68年10月初版）陳乃乾校之《中國戲曲概論》卷下頁25～26。

〔註7〕吳梅對吳偉業《秣陵春》傳奇評曰：「……雖摩寫豔情頗類玉茗，而整齊緊湊，

（三）馬、劉、薛、葉、朱等諸人一起論述，表示吳梅注意到這些人有著共同的特性，即作品均傳唱一時，卻也都在文辭方面猶待改進。

（四）「獨李玄玉一人永占……」中的「獨」字，表示出吳梅認為李玉（字玄玉）是在上述諸人當中，「唯獨」文辭方面較為優秀，而可以和湯顯祖（即奉常）相比擬者。

（五）另有朱素臣茞樓諸作，可以和李玉並稱瑜亮，也就是說，吳梅認為李、朱兩人的成就是較勢均力敵的。

以上五點是完全就吳梅的評論所分析出來的結果，儘管其中有些說法猶待斟酌，〔註8〕然而我們仍可注意到：清初時期活躍於蘇州地區的劇作家人數頗多，在當時佔有極重的份量；且他們之間有某程度上的共同之處，讓後人對於他們的劇作風格、特色與成就，自然而然地想要相提並論。

雖然吳梅的這段評論文字，顯而易見地並沒有意識將這些蘇州劇作家標舉出來，而做群體性的整體關照，然而清初時期活躍於蘇州地區的這些劇作家們，所留存下來大量豐富的戲曲成就，畢竟引起了後人的關注與研究。盧前《明清戲曲史》（香港：商務印書館，1935 年初版）、日本學者青木正兒《中國近世戲曲史》（1936 年中文版出版）、鄭振鐸〈古本戲曲叢刊三集序〉（作於1956 年 8 月 25 日）、《插圖本中國文學史》（1957 年增訂版）等書均提及李玉、朱素臣等人的戲曲成就，自此，對於這批清初時期活躍於蘇州地區的劇作家各種相關的研究，風起雲湧地熱烈展開。

在台灣方面，自六十年代起已有近十本碩士論文，乃針對李玉、朱素臣、尤侗、吳偉業等個別劇作家的作品進行討論，至於對此時地之劇作家作整體性的觀照，迄今仍闕之弗如。在大陸方面，針對清初蘇州劇作家進行全面探討的專書，則首推 1993 年出版的康保成《蘇州劇派研究》〔註9〕，最近 2000年 10 月出版的李玫《明清之際蘇州作家群研究》一書〔註10〕，則是繼康書之後、再次針對明清之際蘇州劇作家，作群體觀照的研究專書。至於以此時地之戲曲發展進行各項議題討論的單篇論文，則多不勝數，請參見參考書目，此處恕不贅言。

可與《鈞天樂》相頡頏。……此等文字，曲家從來所未有，非胸有書卷，不能作也。」，見頁 28。

〔註 8〕如：將李玉與湯顯祖互相比擬，就今日所見李玉劇作的風格而言，實不合適。

〔註 9〕康保成：《蘇州劇派研究》（廣州市：花城出版社，1993 年 3 月初版）

〔註10〕李玫：《明清之際蘇州作家群研究》（北京：中國社會科學出版社，2000 年 10月第一版）

縱覽這些研究成果，我們可以發現數十年來的研究過程，有朝下列幾點方向循序漸進的趨勢：首先，前賢們對於清初時期活躍於蘇州地區的劇作家研究，逐漸集中在李玉、朱素臣、朱佐朝等人身上，對於同時地的吳偉業、尤侗等人，則大多排除在外。接著，對於李玉、朱素臣等這些劇作家，則逐漸以群體性的文學集團、甚至於文學流派的角度來觀察。於是，一些為這些劇作家「取名」的「流派名稱」於焉產生，並且逐步規範這個流派名稱之內的劇作家。

然而，對於這個戲曲「流派」的名稱與成員，卻有著各種不同的看法。儘管這個「流派」的名稱和成員至今尚且未有定論，學者們卻已一致公認，以李玉、朱素臣、朱佐朝等諸人，為清初時期活躍於蘇州地區的劇作家之代表人物，並且對於他們的作品風格及其成就，大致取得相當地共識，沒有很大的分歧。

三、猶待解決的問題

雖然在這整個的大趨勢之下，多年來的研究成果豐富可觀，然而，卻令人驚訝的是，如果這整個研究方向——也就是將此時地的劇作家視為一個流派——是毫無疑義的話，那麼，為什麼對於基本的問題——這個流派的名稱、成員——卻仍然眾說紛紜、莫衷一是？更令人費解的是，此流派的風格、成就卻已先於成員、名稱的塵埃落定，而取得普遍的共識了。

關於這個問題，李玫該書已經注意到了，並且提出頗為周全的看法，筆者整理該書的意見如下：

（一）該書認同康保成《蘇州劇派研究》中所提出以「蘇州作家群」和「蘇州派」作為區分，認為「以『蘇州作家群』來指稱明末清初蘇州地區出現的這批劇作家較為恰切。因為作為『文學流派』的『派』，往往具有更嚴格的含義，作為流派成員的共同點往往更具確定性。」〔註11〕。

（二）提出四個標準作為「蘇州作家群的成員」的取捨依據，即：作者的創作年代、作者里籍、作者身份、作品風格。並且認為數十年來之所以眾說紛紜，是因為「人們在使用這些標準時，側重點並不一致」。

（三）作者依此四個標準，明確指出蘇州作家群的「主要」成員有：李玉、朱素臣等八人；「其他成員」有：薛旦、劉方等八人。

〔註11〕同上，頁14。

（四）該書對此議題提出結論：「文學藝術歷史上的作家集團和流派有兩類」，
蘇州作家群顯然是其中的後一類：

> 當事人並無明確的結派意識，而是他們的創作成果客觀上呈現出某
> 些共同的傾向，或者他們之間存在某種自然的聯繫，以後的研究者
> 在認識、研究他們時，把他們歸於某一集團或流派。」因此，「研究
> 者在對後一類文學現象進行歸納、整合時，必然要碰到給研究對象
> 定性定量的標準問題，這時論者評論角度的差異以及眼光的不同等
> 問題就會出現。所以，在蘇州作家群的成員問題上存在不同意見，
> 是自然的現象。」

該書提出的觀點，可以說是準確地把握了數十年來學者討論未果的研究議題
之癥結所在，並為此提出合理的解釋與自身的看法，無疑地是一套本身自足
的見解。顯而易見地，該書仍然依循著將清初時期活躍於蘇州地區的劇作家，
以群體流派的標準來作分析、歸納的思考模式。

　　然而，筆者卻認為，在此思考模式主導之下，觀察清初蘇州地區的劇作
家們在當時、當地所作的戲曲活動，就會出現令人納悶的研究盲點，即是：
對於那些游離於劃分界線的劇作家們，若是將其摒除在外，則難以對他們同
為清初蘇州人的事實做出交代；但是，若是將其歸納進來，則弔詭的是，當
研究者要對該作家群體的作品風格進行分析時，卻幾乎無隻字片語提及他們
的作品。〔註12〕很遺憾地，該書同樣陷入這個盲點，書中列為「『蘇州作家群』
的『其他成員』」的劇作家們，其中之薛旦、劉方、朱雲從、陳子玉、王續古、
鄒玉卿等人的劇作，在書中全然未見提出。

　　當然，若以將這些劇作家視為群體的角度分析劇作，則以群中的代表性
大家，作為整體風格的表徵，似乎也未嘗不可，然而，當這些未曾被提及客

〔註12〕張庚、郭漢城：《中國戲曲通史》（1981年北京中國戲劇出版社曾經出版，筆
　　　　者所見乃台北大鴻圖書有限公司1998年7月出版者）中舉出李玉等十人，但
　　　　僅對李玉、朱素臣、朱佐朝、葉稚斐、張大復五人的作品略作分析，其餘五
　　　　人僅簡介作品存佚流傳情形；趙山林《中國戲劇學通論》（安徽：安徽教育出
　　　　版社，1995年12月初版）頁305～327認為蘇州派共有十八人，並大篇幅詳
　　　　細說明李玉、朱素臣等人的生平作品及「蘇州派作家的一些共同點」，但是十
　　　　八人之中的另十人，仍然未提及其劇作內容；郭英德：《明清傳奇史》（南京：
　　　　江蘇古籍出版社，1999年8月初版）頁三五四補充提出「張彝宣、陳子玉、
　　　　陳百章（應為劉百章）」三人，使其「蘇州派」陣容為十五人，但仍未見文中
　　　　有任何對陳子玉、劉百章、鄒玉卿作品的分析。

觀劇作成果、甚且連其生平資料都一無所知的劇作家，已先被列入預設的群體範疇中，且這種情形還不算少數（以《明清之際蘇州作家群研究》而言，十六位中佔有六位，而他們又幾乎全是生平不詳者）的時候，我們不禁要思考：究竟這些劇作家是不是因為彼此之間風格特色接近，且有某方面的聯繫，如：交往、合作等事，所以共同形成這一時地這一群體的戲曲風格，因而被視為一個群體流派？還是因為他們處於同一時地，所以想當然爾彼此之間應該會有相近的風格而被歸為一體？

當然我們也清楚知道，讀者在解讀文學作品時，所謂的風格特色是傾向於主觀、相對的抽象觀念；再者，文學作品之間再如何呈現共同的傾向，也都有其獨立的個性與特質。並且本文的寫作立意，也並非在於錙銖計較、鑽牛角尖地將眾家所謂「蘇州派（蘇州作家群）」成員、這種概念性的文學現象，作涇渭分明的斷然二分。然而，如果不正視此一纏訟未果的問題，如果不將此懸案，還原為客觀原始的觀察角度重新審視，則對於探討此一時地劇作家的戲曲活動及其成就，則勢必會一再地陷入矛盾的思考盲點而難以自明。

四、本文研究方向、界義與態度

因此，面對數十年來纏訟不休的清初蘇州劇作家之「流派名稱、成員」的問題，筆者認為，唯有跳脫出「以群體流派的標準來作分析、歸納」的思考模式，將研究方向還原為：從地域文學的角度，對清初時期、活躍於蘇州地區的劇作家，所從事的戲曲相關活動及其劇作　　，先純粹地從客觀資料如：生平事蹟、現存劇作中，探討其創作態度與劇作風格，從中再進一步歸納、分析彼此的共性與個性，如此一來，才能廓清整個清初時期蘇州地區的劇作家們，呈現如何的戲曲成果，受周遭環境的影響為何，對戲曲的發展起了什麼影響，在整個中國戲曲發展史上，擁有如何的地位與評價。廓清這些問題以後，對於所謂「蘇州派」劇作家的成員、流派與否等爭議，自然能迎刃而解。

本文既以地域文學的角度，重新審視清初時期活躍於蘇州地區的劇作家，那麼，對此研究對象的範疇，也必須提出明確的定義與解釋。

首先是「清初時期」的定義，本文論述的「清初時期」是界定為劇作家的主要創作年代，在康熙朝中葉以前的順、康時期（約 1644～1692），因為這段時期如前文第一節所述，有著承先啟後的關鍵性。如此之下，便排除了創

作年代過早的袁于令、馬佶人、劉方，〔註13〕至於部份確定創作於明崇禎末年的作品，如：朱葵心《回春記》、許恆南《二奇緣》、畢魏《三報恩》，以及李玉的「一、人、永、占」等〔註14〕，以其已近明亡之年斷難二分，故歸於本文討論之列。

其次是蘇州劇作家的定義。基於本文以地域文學的角度探討這一時地的劇作家及其劇作，因此，對蘇州劇作家的定義便是：籍貫於蘇州府、且主要活動範圍於此，現有戲曲劇本（傳奇與雜劇）存世的劇作家即是。清雍正以前蘇州府沿襲明制，轄有一州七縣：太倉州、吳縣、長洲縣、崑山縣、常熟縣、嘉定縣、吳江縣、崇明縣，由於就地域文化而言，此一州七縣當然都屬於蘇州文化的範疇，有血肉相連的文化氛圍不能斷然劃分，因此，本文所論之蘇州劇作家，也就有別於歷來僅以「蘇州府治所在地（吳縣、長洲縣）」為取捨的標準，因此，和李玉、丘園相善的太倉吳偉業自然在討論之列。而原籍長洲，清初遷居無錫、為無錫諸生的薛旦，〔註15〕便不在討論範圍之內。至於已無作品傳世的清初蘇州籍劇作家，如：過孟起、盛國琦、張爾溫等人〔註16〕；或者有作品傳世，但

〔註13〕 袁于令（1592～1674），吳縣人，其今存傳奇代表作《西樓記》作於萬曆三十八年（1610）左右，它如《金鎖記》、《鷫鸘裘》、《長生樂》也都是「少年之作」；馬佶人據郭英德：《明清傳奇綜錄》（河北：河北教育出版社，1997年7月初版）指出：《荷花蕩》現存明末刻《十種傳奇》所收本（頁460），又據《中國曲學大辭典》（中國曲學大辭典編委會，浙江：浙江教育出版社，1997年12月初版）「馬佶人」條其生卒年約為：1575？～？（頁134）；至於劉方《天馬媒》現存明崇禎四年（1631）章慶堂刻本（《明清傳奇綜錄》頁442），故均時代過早不在討論範圍之內。

〔註14〕 據郭英德《明清傳奇綜錄》指出：朱葵心《回春記》現存明崇禎十七年（1644）序刻本（頁470）；許恆南（或謂許恆）《二奇緣》現存明崇禎十六年（1643）刻本（頁468）；畢魏《三報恩》有馮夢龍作於崇禎十五年的序；李玉名著《一捧雪》、《人獸關》、《永團圓》、《占花魁》均有崇禎刊本，其中《一捧雪》曾於崇禎十六年上演，《占花魁》以康王趙構泥馬渡江事隱喻南明南渡，故諸劇均是作於明崇禎末年亡國前。

〔註15〕 《江蘇詩徵》（據清道光元年原刊本，現藏於台灣大學善本書室）卷一百五十六「薛旦」條：「薛旦，字既揚，號訴然子，無錫諸生，本籍長洲，著《燕遊草》」，故薛旦排除在外。

〔註16〕 過孟起據莊一拂《古典戲曲存目彙考》（台北：木鐸出版社，民國75年初版）卷十一云疑為江蘇吳縣人，盛國琦雖里居未詳，但據各家曲目記載二人曾與朱素臣合作編寫《定蟾宮》，此劇惜佚。另活動於清初蘇州地區、但劇作已佚的劇作家還有：顧苓（1609～1682？，吳縣人，見鄧長風《明清戲曲家考略續編》〈明末遺民顧苓和他的《塔影園集》〉一文，上海：上海古籍出版社，1997年1月初版，頁二八）；張爾溫（1611～1679，吳縣人，見鄧長風《明清

筆者惜未得見者如：王抃、葉奕苞、陳子玉、劉百章者，〔註17〕均列爲參考而已，在必要時提出討論以資補充說明。

　　綜上所述，則本文所論清初蘇州劇作家爲：清順治、康熙中葉以前的清初時期、籍貫且活躍於蘇州府地區、今仍有戲曲作品存世的劇作家，共計有：尤侗、王續古、丘園、朱素臣、朱佐朝、朱雲從、朱葵心、李玉、吳偉業、周昊、畢魏、陳二白、張大復、許恒南、盛際時、黃祖顥、葉稚斐、鄒玉卿共十八位。〔註18〕

<hr>

戲曲家考略》〈十五位明清戲曲作家的生平史料〉一文，上海：上海古籍出版社，1994 年 12 月初版，頁 90）、王鳴九（不詳，吳縣人）、苗冠（不詳，吳縣人）毛維坤（不詳，吳縣人）李宗泰（不詳，長洲人）楊靜（不詳，蘇州人）沈永喬（不詳，吳江人）等人（以上諸人，分別見《中國曲學大辭典》該條）

〔註17〕王抃爲太倉人（1628～1702），爲清初大畫家王時敏之子，其家族有濃厚的戲曲氣氛，也與吳偉業有深厚的師生之誼，（參見陸萼庭：〈王抃戲曲活動考略〉，《清代戲曲家叢考》，頁六四～七六上海：學林出版社，1995 年 11 月初版）其僅存之劇作傳奇《籌邊樓》據云藏於北京圖書館。葉奕苞是清初崑山人（約 1630～1687），乃葉稚斐的同宗兄弟，其包括雜劇四種的《經鋤堂樂府》據云仍存（參見傅惜華：《清代雜劇全目》，北京：北京人民文學出版社，1981 年 2 月初版）頁 80 云「尚傳於世」，惜該書並未說明館藏地）。陳子玉著有傳奇《玉殿緣》，其情節與丘園《幻緣箱》相彷彿，今存懷寧曹氏藏本，藏於北京圖書館。劉百章所撰傳奇十三種，今存《摘星樓》、《瓦岡寨》、《翻天印》三種，分別藏於北京圖書館、北京師範大學圖書館、北京梅蘭芳紀念館（王、陳、劉諸書分別參見郭英德：《明清傳奇綜錄》，頁 628、713、808）以上四者惜筆者均未能獲見，因而僅列爲參考。

〔註18〕諸劇作家因大多生卒年不詳，姑按姓名筆劃排序列出。

第一章　蘇州地區自然、文化環境 對劇作家的影響

小　引

　　蘇州地區蓬勃的戲曲活動並非獨立的現象，而是與該地蓊鬱的人文環境相互滋長繁盛起來的。蘇州向有「上有天堂、下有蘇杭」的美稱，因爲它擁有優越的地理環境與悠久的歷史傳統，是以孕育出屬於蘇州濃郁的文化性格與社會風氣，並產生豐富的文藝資產。這些自然、文化環境的薰陶，不僅促成蘇州地區活躍的戲曲活動，也爲生活於此的劇作家們，提供源源不絕的創作泉源。因此，在正式探討清初蘇州劇作家的生平背景、劇作風格之前，首先就蘇州這個培育優秀劇作家的溫床，就其自然環境、文化性格、社會風氣、文藝資產等方面，進行重點式的介紹，並且探討其中對清初蘇州劇作家的戲曲創作，產生如何直接或間接的影響。

第一節　歷史地理的孕育

一、悠久的歷史

　　蘇州是吳文化的發源中心。所謂的「吳文化」，是指「吳地區域文化，泛指吳地自有人類至今的各種物質的、精神的文化創造。吳地區域範圍，一般指長江三角洲地帶，形象地說，即以太湖爲軀體，上海、南京作首尾，蘇州、無錫、常州、杭州、嘉興、湖州爲節肢的一個區域。」〔註1〕從歷史上看，蘇

〔註1〕參見許伯明主編：《吳文化概觀》，收錄於江蘇地域文化叢書（南京：南京師範大學出版社，1997 年 10 月第二版），頁 1。

州即是這片太湖流域蘇錫常地區的中心地帶，遠自先秦之西周時期，吳王闔閭在此建都爲「闔閭大城」，便奠定了今日蘇州城大致的規模與基礎。二千多年來，歷史上各朝各代對江南的開發，大多以蘇州爲區域中心，歷經春秋吳越的榮衰興亡、秦漢王朝的建設發展、三國孫吳的奠定基業、大唐盛世的安定繁榮，到了宋代，已成爲經濟發達、物力富庶、人文薈萃的繁華名城。所謂「上有天堂、下有蘇杭」，就是南宋詩人范成大在《吳郡志》中對富饒繁盛的蘇州、杭州所作的讚語。

　　如此源遠流長的歷史，以其每一時期不同的精神特質，爲此古城豐富文化內涵。據《史記‧吳太伯世家》記載，吳王闔閭的祖先、即周太王古公亶父的長子太伯、二子仲雍爲避君位，從北方奔往江南，當時江南猶是「斷髮文身」的荊蠻之地，太伯奔吳後積極建設發展，並帶入當時較爲先進的中原文化，於是「民人殷富」，改變了當地原本野蠻的民風，形成「善於吸取、善於學習、積極開放的文化心態」〔註2〕。到了魏晉南北朝時代，則將當時昌盛的佛、道教思想及活動傳入蘇州，尤以蕭梁一朝更爲興盛，很多遺留至今的寺廟古刹，都是當時興建的歷史遺跡，不僅成爲蘇州珍貴的文化資產，也影響了蘇州崇尚祭祀、重視宗教活動的民風。〔註3〕至於壯盛繁華的唐宋王朝，其開放的文化、鼎盛的文風，更進一步滋養、培育了蘇州崇教尚文的文化氣息。〔註4〕

　　到了明代，其歷史發展同樣孕育著蘇州的文化性格。在社會經濟方面，自宋代起江南一帶工商業逐漸發達，到了明中葉以後越趨繁榮興盛，傲視全國，其中蘇州更爲首屈一指，如此之下帶動市井階層的興起，對於蘇州的文化心態也產生了儒商並重的文化氛圍、繁華奢靡的民風享受、以及雅俗共賞的審美趣味。〔註5〕

〔註2〕 同上，頁17。

〔註3〕 明黃省曾（1490～1540）《吳風錄》一卷：「自梁武帝好佛，大興塔寺，竺道生虎丘聚石爲徒，講涅槃經，石皆首肯，支遁入道，支硎山海上浮二石，像於開元寺，至今虎丘開元，每有方僧習禪設會，講二三月，郡中仕女渾聚至支硎，觀音殿供香不絕。」（收錄於嚴一萍選輯：《原刻影印百部叢書集成》，台北：藝文印書館，民國56年初版）

〔註4〕 曾經擔任蘇州刺史的唐代詩人韋應物〈群齋雨中與諸文士燕集〉詩云：「吳中盛文史，群彥今汪洋。」，引自吳企明選注：《蘇州詩詠》（蘇州：蘇州大學出版社，1999年8月初版），頁12。查唐、宋兩代蘇州文人名士多不勝數，如：文學家：張籍、顧況、沈既濟、陸龜蒙、范仲淹、范成大；書畫家張旭、楊惠之、陸柬之、孫過庭等等，韋詩洵非虛言。

〔註5〕 關於以上三點，將分別於第貳章第四節、第參章第一節，下文第三節，以及第參章第三、四節中分別述及。

在政治方面，明中葉以後，由於政府漸趨腐敗，邊防鬆弛，日本倭寇便多次侵擾沿海諸省，但「據史籍記載，蘇州府所屬州縣，幾乎沒有一個未受侵擾，吳地人民具有反侵略的英勇傳統，倭寇所到之處，均遭到人民的頑強抵抗。在保衛蘇州、崑山、無錫的戰鬥中，湧現出了許多愛國的抗倭英雄。如蘇州兵備副使任環、崑山知縣祝乾壽……」〔註6〕這股「反侵略的英勇傳統」，體現出蘇州文化性格柔中帶剛、剛柔並濟的一面。

同樣的情形，也反映在蘇州人民對政府的不滿情緒上。明清兩代蘇州府、松江府兩地賦稅特重，相傳多因明太祖朱元璋記恨元末張士誠領導蘇州府死守，以致久攻不下，因而遷怒吳民。〔註7〕這種賦稅特重的情況，到了明中葉，終於爆發了萬曆二十九年（1601）六月，蘇民葛成由於不滿稅官的跋扈霸道、欺壓百姓，率領織工群體反抗礦監稅使，搗毀稅署，擊殺稅官十餘人的反抗事件。另外，還有天啟六年（1626），專權亂政的閹官魏忠賢派其黨羽到蘇州捉拿公然叱責魏賊的東林黨人周順昌，引起市民顏佩韋、周文元、楊念如、馬杰、沈揚等五人率領群眾倡義反抗。這些歷史事件均反映了蘇州文化性格中，另有柔中帶剛、特重氣節的一面，甚且還成為清初蘇州劇作家的寫作題材。〔註8〕

這些悠久綿長的歷史，各以其獨特的文化內涵灌溉、滋養這片樂土，再加上其得天獨厚的自然地理資源，因此呈現出蘇州富饒的文化風貌與濃郁的文化性格。而這些文化性格，也在潛移默化中薰染著生活於此的蘇州劇作家，對於他們的戲曲活動與創作，起了間接的、甚至於直接的交流與影響，以下第二、三節便將針對這些顯著的蘇州文化性格，及其在清初劇作家劇作中的反映，作進一步的分析。

二、優越的地理

蘇州地處長江三角洲太湖流域的大致中心地帶，地勢低平，境內河川縱橫、濱湖臨江，依山傍水、掩映多姿，家家臨水而居、處處河槺櫛比，小橋流水錯落有致、蜿蜒綿長，是江南地區典型的水鄉澤國。在地理位置上，「東

〔註6〕同註1，頁28。

〔註7〕清金埴（1663～1740）《不下帶編》卷五：「明太祖以張士誠拒命，歸怨於吳民，竟以民間入租之數，定為輸官之數……吳民受困三百年，至本朝始蘇。」（北京：中華書局出版，1982年9月初版），頁101。

〔註8〕李玉《萬民安》寫葛成倡義事（已佚）；李玉著、朱素臣、畢魏等同編《清忠譜》寫周順昌、五人義事；丘園《蜀鵑啼》寫南明滅亡事（已佚）

臨上海、南連浙江、西傍無錫、北枕長江」，〔註9〕自古即是交通要道、水陸樞紐。明清之際，蘇州更爲「水陸衝要之區，凡南北舟車，外洋商販，莫不畢集於此。……近人以蘇杭並稱爲繁華之郡，而不知杭人不善營運，又僻在東偶，凡自四遠販運以至者，抵杭停泊，必卸而運蘇。……」〔註10〕。在氣候方面，蘇州四季分明，雨量充沛，氣候溫潤，因而山溫水軟、湖清水秀，是非常適合農業發展和人類居住的極佳自然條件。

如此優越的地理環境，加上悠久的歷史傳統，蘇州往往是騷人墨客流連忘返的遊覽勝地，例如：遠近馳名的虎丘金閶、譽滿天下的蘇式園林、傳誦千古的寒山鐘響，歷代詩人對它的稱頌讚嘆，更讓蘇州處處透顯出清靈嘉秀的文化氣質。這塊秀麗的土地孕育出豐富的文化資產，提供給清初蘇州劇作家創作時源源不絕的靈感，也讓劇作家對這片樂土的謳歌吟詠，自然地流露在劇作之中。例如：

> 李玉《人獸關》〈慈引〉中，姑蘇城土地神（末角）上場詩說道：「昔者闔閭故址，今稱錦繡金閶，雕楹畫棟砌鴛鴦。裘馬五陵豪壯，遊冶行行珠玉，歡呼處處笙簧。花晨月夕競傳觴，眞箇人間天上。」
>
> 朱素臣《十五貫》〈商助〉述及熊友蘭權當船艄，爲一群將到河南發賣貨物、路過蘇州的客商擺渡，其間商人們閒聊時眾客說道：「你看姑蘇山水，可不另有一種秀麗也。」說罷唱道：「【山坡里羊】金閶，萬人家煙籠；楓江，眾客舟差星拱。船頭一點粘海湧，香霧濛。望丹青樓閣重，溪名射瀆沿荒塚。墩號貞姬覆古松，菁蔥，處處湖山地脈通。崢嶸，落落乾坤眼界空。」
>
> 《秦樓月》〈訏遣〉呂貫（生）到虎丘山看花榜時說道：「一路行來，你看畫船簫鼓、紫陌輪蹄，夾道笙歌、沿堤錦繡，是好一番勝會也呵。【北新水令】覷著這千秋名勝虎丘山，又添上楚陽臺一宗公案，少甚麼豪華開錦障，旖旎試雕鞍。」
>
> 《文星現》〈笑緣〉一個要撐船去虎丘的船夫唱道：「【步步嬌】金閶錦繡叢，借問你吳會風流廟，幾個吳儂嬌寵。」

〔註 9〕 出自江洪等主編：《蘇州辭典》（蘇州：蘇州大學出版社，1999 年 9 月初版），頁 1。

〔註10〕 出自清納蘭常安：《宦遊筆記》卷十八（台北：廣文書局，民國 60 年初版），頁 950。

　　以上這幾段描述蘇州風光的文字，有幾點值得注意之處：

（一）幾乎都提到「金閶」一地。金閶「位於蘇州古城西北部，……區內閶門，於明清兩代尤以繁華著稱，即《紅樓夢》所謂『最是紅塵中一二等富貴風流之地』」〔註11〕。因此，劇作家們多以「金閶」概括蘇州的風景，青蔥的山光水色、迷濛的江楓煙籠，將「秀麗」的山水栩栩繪出，也如實地記錄了當時蘇州金閶鼎盛的榮景。

（二）強調出熱鬧繁華的一面：雕楹畫棟、丹青樓閣的建築，配合夾道的遊冶行人：五陵少年、吳儂嬌寵，到處畫船簫鼓、歡呼笙歌，風流旖旎、滿眼錦繡，「是好一番勝會」，「真個人間天上」。

（三）劇中人說出這些話大都是隨著劇情發展到此一遊、身在其中之時，很自然而然發出的讚嘆，因此，不僅讓讀者、觀眾不會覺得突兀刻意，反而能藉由優美的文字唱詞，讓人覺得彷彿身歷其境，心嚮往之。

　　劇作家不僅是藉由劇中人隨口讚揚蘇州，甚至於是在平常的生活當中，也將蘇州的事物信手拈來、帶上一筆。李玉《眉山秀》〈互難〉中，王安石（淨）想考考蘇東坡（小生）的才思，要他馬上對對子時說道：「蘇州金閶門外到虎丘這一路叫做山塘，約有七里之遙，其半路名為半塘，如今老夫出一對是：『七里山塘，行到半塘三里半。』蘇東坡答道：『九溪蠻洞，經過中洞五溪中。』」這雖然只是趣味的文字遊戲，點綴劇情而已，但此處藉由非蘇州人的王、蘇二人口中，輕巧地點出蘇州的名勝，也可見出此地當時的名聞遐邇，洵非妄言。

　　由此可見，蘇州一地豐富的歷史地理資源，一來孕育出濃郁的吳地文化性格，影響著生長於此的文學家們的思考模式與生活態度；二來提供文學創作上的便利，生活中俯拾皆是的文化，刺激著文學家的創作靈感，也帶動整個蘇州地區文藝活動的蓬勃發展。歷代以來，蘇州地區創造了傑出傲人的文藝成就，累積到了明清，這些豐富的文藝資產間接地促進了當時活躍的戲曲活動，生活於此的清初蘇州劇作家們，也就在此基礎上，創作出帶有蘇州文化性格、具有時代社會意義的出眾作品。

〔註11〕同註9，頁55～56。

第二節　濃郁的文化性格

一、溫柔細膩、風流雅致

蘇州水鄉澤國的地理環境，對於其文化性格的形成，有很大的影響。蔡利民《蘇州民俗》書中認為：

> 吳地先民在長期和水打交道的過程中，知道了凡事光憑猛勁是無濟於事的，只有耐心去熟悉事物的特性、規律，才能駕馭它，使之為己所用。……千百年來，蘇州這種獨特的自然環境和特殊的漁獵、稻耕生產，將蘇州人的心腸磨細了，將他們的性格磨柔了，也把他們的心靈磨得和水一樣的靈動秀慧。〔註12〕

此番話分析了蘇州文化性格中很明顯主要的一項特徵：溫柔細膩，而且這是來自於人類與所生存的自然環境協調、適應時，所領悟出來的生存方式，進而形成行事處世的性格特質。

此種特質表現在文化現象上，語言方面，則有珠圓玉潤的吳儂軟語；飲食方面，則為精巧細緻的蘇州美食〔註13〕，還有玲瓏幽雅的園林、纖秀典麗的蘇繡等等，均有一股溫柔細膩的蘇州風味。反映在戲曲方面，則是以吳儂軟語演唱的崑曲藝術，明嘉、隆年間蘇州音樂家魏良輔、梁辰魚等人，在崑山土腔的基礎上，「盡洗乖聲，別開堂奧」，改革為「啟口輕圓，收音純細」，〔註14〕流麗悠遠、溫柔細膩的崑山水磨調，數百年來經過無數位表演家的提煉創造，成為今日被譽為最精緻美麗的戲曲藝術。

〔註12〕蔡利民：《蘇州民俗》，收錄於蘇州文化叢書，（蘇州：蘇州大學出版社，2000年8月初版），頁4。

〔註13〕清鈕琇：《觚賸續編》卷二「英雄舉動」條記載一則饒富興味的故事，足以表現蘇州人飲食生活上求精細雅緻的特點：明末著名通俗文學家馮夢龍因為家鄉蘇州等地流行的民歌小調編集《掛枝兒》曲，而導致時人非議，他便遠赴江陵找當時的江南學政熊廷弼聲援，「相見之頃，熊忽問曰：『海內盛傳馮生《挂枝兒》曲，曾攜一二冊以惠老夫乎？』馮踧踖不敢置對，唯唯引咎，因致千里求援之意。熊曰：『此易事，毋足慮也，我且飯子，徐為子籌之。』須臾，供枯魚焦腐二簋、粟飯一盂，馮下箸有難色。熊曰：『晨選嘉肴，夕謀精粲，吳下書生，大抵皆然，似此草具當非所以待子，然丈夫處世，不應於飲食求工，能飽餐觳餔者，真英雄耳。』熊遂大恣咀啖，馮啜飯飯餘而已。」同前言註3。

〔註14〕沈寵綏：《度曲須知》「曲運隆衰」條，收錄於《中國古典戲曲論著集成》（北京：中國戲劇出版社，1957年7月初版），頁198。

　　反映在生活態度上，則爲一種溫文爾雅、從容閒適的生命情調。清王應奎《柳南續筆》卷四「瞿張殉難」條記載著明末瞿式耜、張別山兩公同爲殉難，一以從容怡然、一以岸傲憤烈兩種截然不同的態度，代表出吳、楚兩地迴異的文化性格，以及地域的差異所帶給人們「彼」與「此」相對性的精神特質。〔註15〕

　　此種蘇州士人從容閒雅的生活態度，對照於清初蘇州劇作家，似乎也可以尋得到這股閒澹雅致的生命情調：清初詩人吳綺（1619～1694）〈滿江紅・次楚畹韻贈元玉〉詞稱李玉：「林下酌、溪邊釣，約羊求、偕德耀，把頑仙駭叟，任他猜料。公瑾當筵曾顧誤，小紅倚笛偏能妙。看浮雲富貴只尋常，頭寧掉。」〔註16〕畢魏《竹葉舟》傳奇第一折【浣溪紗】曲云：「謝卻簪纓回世俗，自將檀板協歌謳，新詩吟罷水方流。」這種視富貴如浮雲，吟詩歌曲、按笛垂釣的山林生活，也在某程度上透顯出劇作家閒澹雅致的生命情懷。〔註17〕

　　除此之外，蘇州秀麗的山水、悠久的歷史，薈萃了鼎盛的文風，也陶冶了蘇州文人風流自賞、瀟灑不羈的性格。明中葉著名的「吳中四才子」唐寅、祝允明、沈周、文徵明，不僅琴棋書畫、詩文辭賦樣樣精通、才冠當代，其豪放灑脫的性格，也成爲後人津津樂道的風流韻事。〔註18〕觀諸清初蘇州劇

〔註15〕清王應奎（1683～1759左右）《柳南續筆》卷四「瞿張殉難」條云：「瞿稼軒、張別山兩公同殉桂林之難，而一以從容，一以激烈，此亦各因乎性情，初非有優劣也。善乎檗庵大師之論曰：『異哉！吳人非吾楚人之所能知也。楚人惟能忍嗜欲，耐勞苦，岸傲憤烈者而後能死；吳人居長厚自奉，園林、音樂、詩酒，今日且極意娛樂，明日亦怡然就戮，甚可怪也！』按瞿爲吾邑人（案：常熟），故稱吳人；張爲江陵人，故稱楚人云。」（北京：中華書局，1983年10月初版），頁207。

〔註16〕吳綺：《林蕙堂全集》卷二十五（四庫全書珍本，台北：台灣商務印書館，民國61年初版）

〔註17〕當然李玉、畢魏等人之所以過著布衣山林的生活，應該和其仕途困蹇、功名未遂的遭際有關，此份功名失意的惆悵與對創作的影響，容待下文第貳章第二節詳述，此處恕不討論，僅就引文中吳綺對於李玉的稱頌、畢魏的自明心志來談。

〔註18〕清錢謙益《列朝詩集小傳》丙集（台北：明文出版社，民國80年初版）：「希哲（祝允明）右手枝指，自號枝指生。好酒色、六博，善度新聲，少年習歌之，間傅粉墨登場，梨園子弟相顧弗如也。海內索其文及書，贄幣踵門，輒辭弗見。伺其狎遊，使女伎掩之，皆捆載以去。爲家未嘗問有無，得俸錢及四方餉遺，輒召所善客噱飲歌呼，費盡乃已；或分與持去，不留一錢。每出則追呼索逋者相隨於道路，更用爲忭笑資。」唐寅〈漫興十首〉之二：「此生甘分老吳閶，寵辱都無剩有狂。龍虎榜中題姓氏，笙歌隊裡賣文章。」由此

作家等人生平事蹟的資料記載，當中也不乏對其性情風流不羈、瀟灑狂放的描寫。例如：吳綺〈九月六日偕周匏葉、劉秀英、朱素臣、舒奕蕃、家大章小集克敏堂分韻〉詩描述朱素臣等人：「授簡更當明月下，狂吟都在菊花前。」〔註19〕葉燮〈牧拙公小像〉贊指其族兄葉稚斐：「氣豪而邁，思窈而曲。」〔註20〕《海虞詩苑》「丘園小傳」條云：

> 爲人跌蕩不羈，恥事干謁。同里錢都憲黍谷慕君名，招致未得，嘗月夜造訪。君出床頭宿釀醉客，淋漓傾倒，至夜分乃別。明日君寫〈訪月圖〉以贈，柳岸維舟，柴門犬吠，一一從筆端繪出，對之者恍見山村夜靜時景象，至今錢氏寶藏焉。〔註21〕

> 《清朝野史大觀》「清朝藝苑」部卷上「尤西堂自營生壙」條云：尤西堂侗晚年嘗言「不講學而味道，不梵誦而安禪，不導引而攝生，此吾所以異於人也。」築生壙官山，自爲之誌，搆丙舍於兩旁。年八十時，偕老友二三人往來觴詠於其中，風流近代所少。〔註22〕

這些風流不羈的文人氣息，可說是和唐、祝等人如出一轍，多少都可歸因於蘇州濃郁的文化氛圍與雅致的文化性格所薰染。

二、開放包容、創新改革

前文曾經提及，遠從西周太伯奔吳之後，開啓了蘇州地區的文明發展，也形成了吳地包容開放的文化心態，黃省曾《吳風錄》又曰：「自梁鴻由扶風，東方朔由厭次，梅福由壽春，戴逵由剡適吳國，人主之愛禮包容，至今四方之人多流寓於此。」此「愛禮包容」的歷史傳統，讓蘇州一方面擁有古老悠久的文化背景，一方面也積極開放，善於吸收學習來自各地的不同訊息。再加上它地理上呈現低平開放的形勢，兼以位居水路要道，歷代以來莫不以此作爲交通樞紐：《陝西會館碑記》：「蘇州爲東南一大都會，商賈輻輳，百貨駢

可見祝、唐兩人風流不羈的性格。朱素臣《文星現》傳奇還譜寫兩人雪夜假扮乞兒，唱蓮花落以求佳人青睞等風流韻事。詳見後文分析。

〔註19〕 同註16，卷十九。

〔註20〕 《吳中葉氏族譜》，轉引自周鞏平：〈葉稚斐傳記史料的新發現〉（刊於《戲曲研究》，1985年9月第十五輯），頁119。

〔註21〕 清王東漵輯：《海虞詩苑》卷五（清乾隆己卯（24年）1759王氏家刊本，現藏於台北中央研究院傅斯年圖書館善本書室）

〔註22〕 清小橫香室主人編著：《清朝野史大觀》（台北：中華書局，民國75年4月台三版），「清朝藝苑」部份，頁27。

闤，上自帝京，遠連交廣，以及海外諸洋，梯航畢至。」〔註23〕清孫嘉淦《南游記》卷一：「姑蘇控三江、跨五湖而通海，閶門內外，居貨山積，行人水流，列肆招牌燦若雲錦。」〔註24〕明清時期交通流動之頻繁，讓蘇州吸收新鮮事物的機會相對提高，其開放包容的心態也更加吸引「四方之人流寓於此」，在物力富庶、資源充沛的情況下，蘇州地區本地人才外流的情況相對較少，從各地移居過來的人相對較多，人才的匯集讓整個文化水平的昇騰發展因而更加迅速蓬勃。

　　影響所及，蘇州文化性格帶有積極創新的精神，常常以幾近領導者的地位，引領著風俗流行的趨向。在學術方面，明清兩代蘇州一府狀元頻出，其中很多都成了文壇的泰斗、學界的先驅〔註25〕；在流行時尚方面，舉凡：手工藝品、服飾穿戴、家具器物，乃至於語音腔調，都成為四方競相仿效的對象。〔註26〕

　　在戲曲方面亦不例外。前文曾經提過的崑山腔之改革創新，以蘇州音樂家魏良輔最為居功厥偉。魏氏原籍豫章，寓居崑山，後又遷至太倉，因慣見「南曲率平直無意致」〔註27〕，便立志潛心研究戲曲音樂，與崑山、太倉、蘇州等吳中民間曲師、樂工相互切磋討論之後，〔註28〕終於成功改革為清柔

〔註23〕轉引自《蘇州民俗》（同註12），頁7。

〔註24〕清孫嘉淦：《南遊記》一卷（台北：文海出版社，民國63年7月初版），頁19。

〔註25〕胡敏：《蘇州狀元》云：「據有關學者統計，明代，蘇州府共出進士970名，在全國各府中為第三位；清代，蘇州的進士數為785名，居全國第二位。合明清兩代，蘇州共出進士1755名，遙遙領先於浙江杭州、紹興府而居全國第一位。」（福建：福建人民出版社，1996年8月初版），頁30。另，又據該書研究指出，狀元多為一時領袖，引領風氣之首，例如：明成化八年壬辰科榜眼王鏊的八股文是成、弘年間的時文正宗；明天啟二年壬戌科狀元文震孟，為東林黨人領袖之一；康熙十二年癸丑科狀元韓？，出任翰林侍講，以經義開風氣之先。

〔註26〕明張翰：《松窗夢語》卷四：「自昔吳俗習奢華、樂奇異，人情皆觀赴焉。吳制服而華，以為非是弗文也；吳製器而美，以為非是弗珍也。四方重吳服，而吳益工於服；四方貴吳器，而吳益工於器。是吳俗之侈者愈侈，而四方之觀赴於吳者，又安能挽而之儉也？」（北京：中華書局，1985年5月初版），頁七九。清尤震《紅草堂集》「吳下口號」條：「索得姑蘇錢，便買姑蘇女。多少北京人，亂學姑蘇語。」，轉引自《蘇州狀元》（同上註25）頁129。

〔註27〕《虞初新志》卷四載清初余懷〈寄暢園聞歌記〉：「當是時，南曲率平直無意致。良輔轉喉押調，度為新聲……」，收錄於史仲文主編：《中國文言小說百部經典》（北京：北京出版社，2000年初版），頁8144。

〔註28〕明張元長《梅花草堂筆談》卷十二「崑腔」條：「魏良輔，別號尚泉，居太倉

婉折的崑山新腔。於是,「士大夫稟心房之精,靡然從好」,〔註29〕成為「四方歌曲必宗吳門」〔註30〕的崑曲盛況。除了對聲腔的改革創新之外,也有一些蘇州音樂家,將當時的演奏樂器加以研發改造,創發出更為柔曼婉揚的樂音。〔註31〕

　　明代蘇州戲曲家們對於戲曲的創新、發展,除了上述聲腔與樂器兩方面之外,還有對於劇本題材內容的突破。明中葉戲曲家呂天成(約 1575？～1613？)的曲學名著《曲品》中,將傳奇括為六大門數:「一曰忠孝,一曰節義,一曰風情,一曰豪俠,一曰功名,一曰仙佛,元劇門類甚多,南戲止此矣。」〔註32〕大約整個明代的劇本創作均不脫離此六大題材。不過,到了明中、晚期開始,由於政治愈趨腐敗潰爛,部份劇作家們眼見國家危如累卵,也將創作的主題關注到現實社會的問題之上,尖銳直接地將當代政治鬥爭的事件寫入創作,展開了嶄新的創作風貌。

之南關。能諧聲律,轉音若絲。張小泉、季敬坡、戴梅川、包郎郎之屬,爭師事之惟肖。而良輔自謂勿如戶侯過雲適,每有得必往咨焉,過稱善乃行,不,即反覆數交勿厭。時吾鄉有陸九疇者,亦善轉音,顧與良輔角,既登壇,即願出良輔下。」(上海:上海古籍出版社,1986 年 12 月初版),頁 775。余懷〈寄暢園聞歌記〉云:「良輔轉喉押調,度為新聲。……吳中老曲師如袁髯、尤駝者,皆瞠乎自以為不及也。……而同時婁東人張小泉、海虞人周夢山竟相附和,惟梁溪人潘荊南獨精其技。……合曲必用簫管,而吳人則有張梅谷,善吹洞簫,以簫從曲;毗陵人則有謝林泉,工撅管,以管從曲,皆與良輔游。」同上註 27。

〔註29〕 語出明顧起元《客座贅語》見下。

〔註30〕 明徐樹丕《識小錄》卷四「梁姬傳」條云:「吳中曲調,起魏氏良輔。隆萬間精妙益出。四方歌曲必宗吳門,不惜千里重貲致之,以教其伶,然終不及吳人遠甚。」(佛蘭草堂鈔本,現藏於台灣大學圖書館善本書室)

〔註31〕 明顧起元《客座贅語》:「今則吳人益以洞簫及月琴,聲調屢變,益為淒婉,聽者殆欲墜淚矣。大會則用南戲,其始止二腔,一為弋陽,一為海鹽,今又有崑山,較海鹽又為清柔而婉折,一字之長,延至數息。士大夫稟心房之精,靡然從好,見海鹽等腔,已白日欲睡。」(據清光緒傳春官輯刊本影印,收錄於《百部叢書集成》,台北:藝文印書館,民國 57 年初版)。又,清葉夢珠《閱世編》卷十「紀聞」:「因考弦索之入江南,由戌辛張野塘始。野塘河北人,以罪謫發蘇州太倉衛,素工弦索。……野塘既得魏氏,並習南曲,更定弦索音,使與南音相近。並改三弦之式,身稍細而其鼓圓,以文木製之,名曰弦子。……其後有楊六者(案:即楊仲修,為太倉樂師)創為新樂,名提琴。……提琴既出,而三弦之聲益柔曼婉揚,為江南名樂矣。」(台北:木鐸出版社,民國 71 年初版),頁 221。

〔註32〕 呂天成:《曲品》卷下(收錄於《中國古典戲曲論著集成》,同註14),頁 223。

　　無獨有偶的是，其中首開風氣的作品，仍大多是出於蘇州劇作家之筆。首先出現的一批是明天啓年間左右的《鳴鳳記》、《鸞箋記》、《平播記》、《蕉扇記》等，這些作品中，除了《鸞箋記》作者朱瀬濱里居不詳以外，《平播記》的作者張鳳翼爲長洲人；《鳴鳳記》相傳作者爲唐儀鳳，乃太倉人；《蕉扇記》相傳作者張獻翼，爲鳳翼之弟，《蕉扇記》更是早於清初李玉《萬民安》、而反映萬曆年間蘇州市民葛成倡義反稅監事的作品。

　　受此風氣影響之下，明末以時事入戲的作品越來越多，其中亦不乏蘇州劇作家，如：袁于令之《玉符記》、朱葵心之《回春記》等，到了清初李玉、朱素臣等人，更用犀利的筆觸，將政治亂象導致國破家亡的悲痛化爲有力澎湃的文字，寫出了筆鋒如鐵的「詞場正史」〔註33〕《清忠譜》等等，成爲時事劇最典型成功的代表作。尤其是李玉的作品，除了題材內容上的開拓之外，還表現在其他藝術特點上，吳新雷〈論蘇州派戲曲大家李玉〉一文中提出在傳奇體制、宮調曲牌等四方面，李玉都有突破以往的創新與發展。〔註34〕

　　由此可見，蘇州劇作家對於戲曲的各項拓展，均有其代表性的卓越貢獻。當然，這些成就多少和戲曲本身發展的趨勢、社會型態演變產生的衝擊有關，然而無可否認的，蘇州地區向來積極開放、勇於學習創新的文化性格，在潛移默化中確實是影響著戲曲家們推動戲曲發展的用心與努力。

三、崇教尚文、特重氣節

　　乾隆間《蘇州府志》卷十七謂曰：「大抵山澤英靈之所萃，其寓于物也，必有瑰麗雄杰之觀；其毓于人也，必有高明俊秀之才，爲時而生者。」〔註35〕蘇州鍾靈毓秀的環境，加上悠久綿長的歷史，容易陶冶出這一方土地蓊鬱的人文，而這些人才傑出的成就，同時又會對鄉里造成影響、形成風氣，於是兩者相生相長，培育出整個吳地昇騰蓬勃、翕然成風的高度文化氣息。明末鄭桐庵《桐庵筆記補逸》「士習」條：「三吳文學，甲於天下，彬雅成風，弦

〔註33〕《清忠譜》譜概【滿江紅】：「思往事，心欲裂，挑殘史，神爲越，寫孤忠紙上，唾壺敲缺，一傳詞壇標赤幟，千秋大節歌白雪。更鋤奸律呂作陽秋，鋒如鐵。」【滿庭芳】副末開場道：「清忠譜，詞場正史，千載口碑香。」

〔註34〕關於此點，於下文第參章第四節將有進一步的分析。吳新雷先生該文原載於《北方論叢》1981年第五期，現收錄於吳新雷：《中國戲曲史論》（南京：江蘇教育出版社，1996年3月初版），頁183。該書承蒙吳新雷先生慨贈，感激之情，特此誌謝。

〔註35〕轉引自《蘇州狀元》，同註25，頁23。

歌之聲不輟。」〔註36〕清初董含（1626～1698？）《三岡識略》卷六「三吳風俗十六則」條曰：「三吳人文，甲於遠近，家弦戶誦，不必世家。」〔註37〕均指此意。如此之下，蘇州地區重視教育，提倡讀書習文，府學、書院到處林立，刻書、藏書之風鼎盛，形成了崇教尚文的文化性格。

這種濃厚的讀書風氣，也深深影響著戲曲家的思想心態，觀諸今存清初蘇州劇作家的大部份著作，這種崇教尚文、讀書為上的觀念仍隨處可得，例如：

> 李玉《人獸關》〈踵謝〉施妻嚴氏擔心施濟輕財重義、好善樂施，恐家產不保，向兒子施還道：「你須著意詩書，把門閭光大（唱）【桂枝香】書囊深奧，須窮玄妙，廣搜五典三墳，切勿一寒十曝，把閒情盡掃，把閒情盡掃，螢窗工到，龍門高跳，莫辭勞，輕把韶光誤，偷閒歲月拋。」

> 《清忠譜》〈傲雪〉周順昌之子周茂蘭上場時唱道：「鯉庭雙訓，螢窗千卷。」

> 《兩鬚眉》〈課讀〉黃禹金妻鄧氏在家教誨其侄九錫道：「你須用心攻書以博青紫，不可悠悠忽忽，致墮家聲。」誨其子九命曰：「你可篤志勤學，以昌家業，不可遊蕩以遺父憂。」

> 《永團圓》第一齣〈齎志〉蔡文英之母陶氏（老旦）訓勉文英勤讀詩書，之後文英（生）說道：「孩兒有父書可讀，況承母訓諄諄，定當奮志埋頭，以博青紫。」

一般讀書人的家庭，父母無不諄諄教誨子女用心詩書，以為光大門閭、昌盛家業，甚至於是龍門高跳、博取青紫、晉身仕宦的唯一途徑。這和當時江南一帶讀書人對後代子孫的期望完全是一致的。清《田比陵吳氏宗譜》卷一「家訓」條即謂：「螢窗雪案，奮跡飛騰，顯祖榮親，建功立業。」〔註38〕這種「青雲有路『書』為梯」的觀念長期以來即根深蒂固於中國傳統封建文人的思想裡，當然一向也反映在戲曲裡讀書人的觀念中，身當文學甲於天下的蘇州地區，這種崇教尚文的風氣更是理所當然。

〔註36〕清鄭桐庵：《桐庵筆記補逸》（收錄於趙詒琛、王大隆輯：《丁丑叢編》，台北：藝文印書館，民國61年初版），頁13。

〔註37〕清董含：《三岡識略》（舊抄本，現藏於台灣大學圖書館善本書室）

〔註38〕轉引自江慶柏：《明清蘇南望族文化研究》（南京：南京師範大學出版社，1999年9月初版），頁42。

一般家庭如此，家道中落的貧寒書生更是以讀書守志為本分，自古以來安貧樂道的傳統觀念牢不可破：

> 朱素臣《翡翠園》第三出舒芬（小生）上場唱道：「【夜行船】詩書趨承，雲霄自礪，守寒窗又經終歲。」又說道：「單瓢陋巷尋常事，樂有家傳幾卷書。」

> 《十五貫》〈泣別〉熊友蕙（小生）說道：「古來學問之事，無恆產而有恆心，但謀道而不謀食，精誠所感，曾有天神助供，螺女代炊，我兄弟每一意讀書，豈為飢寒改節，不激不發。」

> 張大復《讀書聲》第二出宋儒（生）向洪長者自我介紹時說：「卑人姓宋名儒，字子文，不幸父母雙亡，妻室未配，所喜讀書，荒廢家業，因此二十過頭，一事無成，在此垂釣度日。」

值得注意的是，在清初蘇州劇作家的作品裡，甚且更有出身市井、沒有文化背景的勞動家庭，其年輕的一代胸懷大志，好讀詩書，不愛操持家業，例如：

> 朱佐朝《蓮花筏》第五出世營船戶的姚蒼流（生）上場時自白：「小生姚蒼流，只因好讀聖賢，不習祖業，因父親攬載往山東，小生只是手不釋卷。」其妹關關（小旦）向千金小姐周玉符（旦）提起其兄時說：「我哥哥自幼讀書，今年才得十八歲，只是不肯改業，我爹爹苦勸他，只是不聽，他立志在功名，因此夜夜讀書。」

> 陳二白《稱人心》〈題扇〉中裁縫師洛小溪（副）上場時介紹他女兒說：「幼女蘭藻骨骼奇，作詩寫字般般巧」蘭藻（小旦）自己上場時也說道：「【引】……忽促拈針難佈擺，又將吟思解。（白）……奴家多虧母舅李霞沖教讀詩書，因此頗解吟詩作賦，去歲母舅歸天，他一生置下許多的書籍，只因無子承當，都是奴家收拾。方纔榜午正欲拈毫弄句，不想爹爹又被人家喚去，教我把裁下衣服趕完，咳！我想針指雖是女人的本等，那讀書學古也不是分外的功夫，只是我洛蘭藻生於寒俗之家，不能夠時時弄管揮毫，真好命薄也。」

蘇州劇作家作品中這種好讀聖賢、不甘於現狀、不樂意繼承祖業的市井人物，和一般傳統觀念裡目不識丁的形象大有不同。之所以如此，原因之一，無非和明中葉起工商經濟高度發展有關，雖然當時市井小民的社會地位依舊不高，但是經濟活動的頻繁讓生活變動的機會也相對提高，他們對改變生活、改變命運的期望也就隨之提高，讀書仕宦便是他們實現願望的途徑之

一。〔註39〕原因之二是清初蘇州劇作家身份低微、仕途未顯，因而活躍於民間，較爲熟悉市井生活百態，也因此更能細心敏銳地觀察到市井小民心中的企望與理想。原因之三，也就是因爲劇作家們功名未遂、仕途不順，但其讀書人的出身又讓他們未能拋開封建文人「學而優則仕」的傳統觀念，因此，將這份理想寄託於筆墨之中，期望由劇中人的高中狀元、扭轉命運乾坤，來彌補心中的失意惆悵。關於清初蘇州劇作家之出身背景、科舉仕宦，以及個人遭際對其創作思想的影響，都將於後文第貳章第一、二節詳述。

除此之外，筆者進一步認爲，還有第四個原因，即和蘇州地區崇教尚文的文化性格有關。《吳風錄》云：「自六朝文士好嗜詞賦，二陸擷其英華，　國初四才子爲盛，至今髫齔童子即能言詞賦，村農學究解作律詠。」明歸有光亦曰：「吳爲人材淵藪，文字之盛，甲於天下，其人恥爲他業，自髫齔以上，皆能誦習舉子應主司之試。」〔註40〕這幾句話記錄了蘇州地區高度文化發展之下，相較於其他地區，擁有較高的文化水平，也因此一般村農學究、匹夫民婦大都略識之無。這種情況，無疑地和上述劇作中所描述的情節不謀而合。

蘇州崇教尚文的文化風氣，還養成了讀書人潔身自愛的觀念，往往敦勵品格、特重氣節。清董含《三岡識略》卷六：「吳下素稱澆薄，然士君子護惜名義，縉紳廉潔者多，營利者少，士子讀書者多，干謁者少。」〔註41〕清初蘇州劇作家也深受這種護惜名義、敦品勵學的觀念薰陶，《吳中葉氏族譜》中收錄清孫岳頒所撰〈牧拙生傳〉一文，便紀錄了劇作家葉稚斐對其子孫訓誨告誡的內容：「其課諸孫于學也，嘗曰：『聖賢之言非徒知之，必且行之。爾諸孫窮年好學，或專以功名爲重而倫紀勿修，不得廁身名教者，吾不取也。』」葉稚斐對子孫品行操守的要求，是要能勵行「聖賢之言」，修倫紀、奉綱常，並不忘名教。

這種崇尚道德、特重氣節的觀念，同時也反映在劇作家的劇本創作上。此以李玉《清忠譜》中的周順昌及五人義最具代表。清趙吉士《寄園寄所寄》卷上寫周順昌：「居官廉介，言笑不苟，素爲士民所重。」〔註42〕《姑蘇名賢

〔註39〕 參自李玫《明清之際蘇州作家群研究》（同前言註10）第四章「市井小民的心願」第一節「難以實現的企盼」，頁66～77。

〔註40〕 明歸有光：〈送王汝康會試序〉，《震川先生集》卷之九（台北：源流文化事業有限公司，民國72年4月初版），頁191。

〔註41〕 同註37。

〔註42〕 清趙吉士：《寄園寄所寄》（台北：文星書局，民國54年），頁36。

續記》「周忠介公」條:「……守官年餘,力卻候問,即空函亦不啓。……及
居家而高風勁節,又不可殫述。」〔註43〕這些記載,都指出了歷史上的周順
昌實際生活中清廉耿直的節操,而此節操一直以來深受蘇州人民的愛戴與歌
頌。李玉《清忠譜》中便如實地刻畫了這個令人欽敬的形象:

> 第一折〈傲雪〉中,周順昌(生)上場自述:「【傳言玉女】勁骨銅堅,
> 天賦冰霜顏回。守齋鹽,窮通不變。微官散屣,祇留得清風如剪。憂
> 懷千縷,忠肝一片。(白)生來不具封侯相,揭天富貴非吾望,忠孝自
> 根心,君親魂夢欽。一身輕似葉,所重全名節。莫笑老常山,奸邪聞
> 膽寒。」
>
> 第七折〈閨訓〉周夫人吳氏(旦)唱:「【番卜算】儒素守家傳,不步
> 豪華徑。蕭蕭四壁伴清風,剩有淒涼勝。(白)妾身吳氏,自適周門,
> 身厭綺羅,口茹淡泊,纖紉伴藜輝。堪云克相夫子,蘋蘩寄中饋。怡
> 然樂守齋鹽。我相公宦途耿直,放逐家居,半世窮官,一生清吏。」

這種忠君清廉、耿介正直的氣節配合著劇中對抗奸邪堅強不屈的行為操守,
成為劇中一股不可掩抑的震撼力量,這股力量深深影響了蘇州人民,不僅讓
全城市民為了保護他而群情澎湃洶湧,也讓素昧平生的鄉民顏佩韋等為其凜
然正義感召而奮起,「做出一件烈烈轟轟、驚天動地的事來。」〔註44〕

　　蘇州地區這種特重氣節、柔中帶剛的文化性格,讓他們在時代顛沛、社
會動盪之際,特別地將對政治、社會傾注熱情、投注關心,其關懷之情反映
在戲曲創作中,使得清初蘇州劇作家的作品,呈現出非常濃厚的反映現實政
治、社會之時代感。關於此點,將於下文第參章第一節詳加說明。

第三節　繁華的社會風氣

一、奢華好遊、放蕩侈靡

　　明中葉以後經濟高度發展所帶來的負面影響,便是助長蘇州地區奢華浮

〔註43〕明文秉:《姑蘇名賢續記》,收入趙詒琛、王大隆輯:《甲戌叢編》(台北:藝
　　　　文印書館,民國61年初版),頁7。
〔註44〕《清忠譜》第十折「義憤」顏佩韋得知周順昌被官府捉拿去時,說:「求他什
　　　　麼?他若放了周鄉宦罷了,若弗肯放,我們蘇州人一窩蜂,待我們幾個領了
　　　　頭,做出一件烈烈轟轟、驚天動地的事來,眾兄弟不可縮頭縮腦,大家並心
　　　　同力便好。」

靡的風氣。首先，是經濟的飛躍讓原本生活條件就頗爲優越的吳地更加繁華
熱鬧，明長洲人王錡（1433～1499）《寓圃雜記》卷五〔註45〕「吳中近年之盛」
條記載：

> 吳中素號繁華，……以至于今，觀實日增，閭簷輻輳，綽楔林叢，
> 城隅濠股、亭館布列，略無隙地。輿馬從蓋，壺觴罍榼，交馳於通
> 衢；永巷中，光彩耀目，遊山之舫，載妓之舟，魚貫於綠波朱閣之
> 間，絲竹謳歌，與市聲相雜。凡上供錦綺、文具、花果、珍饈奇異
> 之物，歲有所益，若刻絲、累漆之屬，自浙宋以來，其藝久廢，今
> 皆精妙，人性愈巧而物產愈多。至於人材輩出，尤爲冠絕。

在「人性益巧、物產益多」的情況下，首先影響的便是人情的放蕩、世風的
侈靡，明張翰《松窗夢語》卷七「風俗記」條即曰：

> 東坡謂：『其民老死不識兵革，四時嬉游，歌舞之聲，至今不衰。』
> 夫古稱吳歌，所從來久遠。至今游惰之人，樂爲俳優。二三十年間，
> 富貴家出金帛，制服飾器具，列笙歌鼓吹，招致十餘人爲隊，搬演
> 傳奇；好事者競爲淫麗之詞，轉相唱和；一郡城之內，衣食於此者
> 不知幾千人矣！人情以放蕩爲快，世風以侈靡相高，雖逾制犯禁不
> 知忌也。

從這條資料裡面，我們可以讀出蘇州放蕩侈靡的文化性格，對戲曲產生的影
響有：

（一）助長歌謠、戲劇的歌唱搬演：蘇州向來是個愛好音樂、擅長音樂的地
　　　區，明潘之恆《鸞嘯小品》卷三「曲派」：「曲之擅于吳，莫與競矣。」
　　　〔註46〕即指此意。吳民在不虞溫飽的情況下不時出遊玩賞，總會笙歌
　　　鼓樂，不絕於耳，不僅刺激創作者寫作的興頭，「競爲淫麗之詞」；甚
　　　至於還欲罷不能，乾脆再招致一些人手「搬演傳奇」玩個痛快。由此
　　　可見，蘇州一地向來戲曲活動昌盛熾熱，絕非偶然。

（二）演員的臨時招致演出：這些粉墨登場的俳優，有一部份並不是從小科
　　　班出身的，因爲作者說「游惰」兩字，讓我們知道那些人可能是平常

〔註45〕　明王錡（1433～1499）：《寓圃雜記》卷五（據上海圖書館藏清鈔本影印，收
　　　　　錄於《四庫全書存目叢書》，台南：莊嚴文化事業有限公司，1995年9月初版），
　　　　　頁707。

〔註46〕　原載於明潘之恆《鸞嘯小品》卷三，今收錄於潘之恒著、汪效倚輯注：《曲話》，
　　　　　（北京：中國戲劇出版社，1988年8月初版），頁17。

游手好閒的人民，在富貴人家出金置辦時，才被「『招致』十餘人為隊」臨時演出，且這些人的態度是積極「樂」意的。

（三）藉以謀生者眾：除了演戲的人以外，想當然爾還有那些鼓吹奏樂的人馬，這些人應該是可以藉由這種戲曲活動獲取酬勞，因為資料中說藉此「衣食」的人甚多。如此一來，戲曲在蘇州地區就除了初步的娛樂性質之外，也伴隨著有營利性質的商業活動。

（四）衛道人士與政府當局的反對：然而此風甚熾，卻未必獲得社會全體的認同，從資料中「淫麗」、「游情」等帶有負面意義的字詞可以發現，這條資料的作者張翰對於蘇州「放蕩侈靡的人情世風」是持保留態度的，至於政府當局想必訂有制度禁止民間過分淫樂奢華，然而勢不可阻，社會上仍然「逾制犯禁」不知顧忌。

　　除了歌唱演劇之外，蘇州人民還喜歡遊賞聚會，乾隆《吳縣志》卷二十四〈風俗〉：

> 吳人好遊，以有遊地、遊具、有遊伴也。遊地，則山水園亭多於他郡；遊具，則旨酒嘉餚，畫船簫鼓，咄嗟而辦；遊伴，則選伎聲歌，盡態極妍，富室朱門，相引而入，花晨月夕，競為盛會，見者移情。〔註47〕

> 清錢泳（1759～1844）《履園叢話》卷七「醉鄉」條云：「時際昇平，四方安樂，故士大夫俱尚豪華，而尤喜狹邪之遊。在江寧則秦淮河上，在蘇州則虎丘山塘，在揚州則天寧門外之平山塘，畫船簫鼓，殆無虛日。妓之工於一藝者，如琵琶、鼓板、崑曲、小調，莫不童而習之，間亦有能詩畫者，能琴棋者，亦不一其人。流連竟日，傳播一時，才子佳人，芳馨共著。〔註48〕

這種文化特徵在清初蘇州劇作家的作品中也頗見反映，例如：李玉《人獸關》〈離樽〉寫施濟與朋友俞慶庵在虎丘引觴餞別；朱素臣《秦樓月》〈邂逅〉寫中秋節吳民到虎丘遊賞玩樂的盛況；《文星現》〈笑緣〉、〈遊敘〉等折多處描寫唐寅、祝允明等人乘舟遊賞虎丘山塘的風流韻事等等。這些情節在全劇中雖然只是穿針引線的片段內容而已，但是劇作家這麼不經意地描寫，就很自然地將蘇州一地好遊放蕩的文化性格勾勒出來。

〔註47〕轉引自李嘉球：《蘇州梨園》（福州：福建人民出版社，1998年4月初版），頁30。

〔註48〕清錢泳：《履園叢話》（北京：中華書局，1979年12月初版），頁193。

二、宗教盛行、信鬼好神

　　蘇州奢華好遊的文化性格也帶來了負面影響，其中影響最鉅者首推助長信鬼好神的風氣。蘇州地區一向宗教盛行，遠自《隋書‧地理志》中便有吳地信鬼好神的記載：「江南……其俗信鬼神，好淫祀。」〔註49〕在早期先民的生活裡，人們對於變化莫測的自然環境難以征服、理解時，便藉由超現實的神鬼力量去尋求心靈的慰藉，這原是極自然的事，到了魏晉南北朝時代，中國正值佛教傳入、道教興起的時期，前文已經提及兩教在蘇州的活動亦十分活躍，此民間習俗一經形成，便日漸融入當地生活而被長期地傳承下來，使蘇州文化性格帶有信鬼好神的宗教色彩。

　　蘇州地區在普遍上物力富足、不虞匱乏的情況下，宗教活動得以頻繁舉行、熱鬧登場，而民眾往往也會藉此進行各種演劇、宴會、雜技表演等娛樂節目，一場盛會下來，所費必定不貲，如此又間接助長了奢華好遊的民風。清袁景瀾《吳郡歲華紀麗》「吳俗箴言」部份所引陳文恭公榕門《風俗條約》記載道：「江南信鬼媚神，錮蔽甚深。聚眾賽神，耗財結會。誕日，則綵燈演劇，陳設奇珍，列桌數十，技巧百戲，清唱十番，疊進輪流，爭爲奢侈。」〔註50〕面對此風很多文人都發出了憂心之嘆，〔註51〕然而「江山易改、『風俗』難移」，每有節日來臨，迎神賽會的慶典活動還是如火如荼地展開。

　　李玉《永團圓》第四齣〈會饗〉、朱素臣《聚寶盆》〈觀燈〉、朱雲從《龍燈賺》第三齣〈賞燈〉折等劇中，均詳細記載了慶典遊行及元宵燈會的熱鬧情形，茲舉《永團圓》爲例：江納與其友畢如刀相約去看會，不料卻遇到遭他嫌棄、尚未成婚的窮女婿蔡文英與其友王晉。劇中作者先安排王晉說了一

〔註49〕　《隋書》卷三十一〈地理志〉，（台北：鼎文書局，民國72年12月四版）
〔註50〕　清袁景瀾：《吳郡歲華紀麗》（南京：江蘇古籍出版社，1998年12月初版），
　　　　　頁7。
〔註51〕　明徐樹丕《識小錄》卷四「吳中巫風」條：「吳民極喜淫祀，……山塘一帶觀
　　　　　者如雲，鼓樂幡幢，盈寒道路，婦女至賃屋而觀，……至於國家典禮，遺意
　　　　　蕩然矣！乙酉亂後人更多，山塘至虎丘無一寸隙地，識者以爲不祥。」清袁
　　　　　景瀾「吳俗箴言」部份所引《姑蘇志》也云：「三吳風尚浮華，胥隸、倡優，
　　　　　戴貂衣繡，炫麗矜奇。文人喜作淫詞，病家聽信巫覡，輒行禱禳，牲樂喧闐。
　　　　　貧民浪費稱貸。或有假神生誕，賽會慶祝，雜扮故事，男女溷淆，爲首科斂，
　　　　　舉國若狂。或酗酒聚賭，致生事端。又有優觴妓筵，酒船勝會，排列高果，
　　　　　鋪設看席，糜費不貲，爭相誇尚。……自後概行禁止，無得抗違滋罪。」又
　　　　　曰：「又有迎神賽會，地方棍徒，每春出頭斂財，排門科派，選擇曠地，高搭
　　　　　戲臺，閧動男婦聚觀，踩躪田疇菜麥。……本院深爲民慮，合行出諭嚴禁。」，
　　　　　同上，頁5。

句話：「蔡兄，不要說會的盛處，只這些看會的，千千萬萬、人海人山，好不熱鬧也。」只這幾句，會還沒開始，讀者就已經先感受到賽會活動的人潮洶湧、熱鬧非凡了。之後，劇中兩組人馬（江、畢；蔡、王）與飾演會中表演人物的雜色們輪番上場，配合著南北曲間雜的曲文，栩栩地表現出賽會的喧騰氣氛。值得注意的是，這一折中記載的賽會活動，包含著：戲劇、雜技、歌舞等表演，這些演出內容，完全和上文《風俗條約》所記「綵燈演劇」、「技巧百戲」、「清唱十番」相吻合。由此可見，李玉能寫出如此生動逼真的民間活動，除了寫作技巧純熟高妙之外，想必也得熟悉當地生活、融入民間活動，才能從實地生活經驗中描繪出如此精彩的情景。

　　以上所述，僅觸及賽會慶典方面的宗教活動。另外，在宗教思想方面，我們還可以發現清初蘇州劇作家的作品中，頗多內容涉及超越現實的神幻色彩。這些神仙魔道的出現或者僅佔劇中的一小部份、或者雖然份量不多卻具有關鍵意義、或者通篇都是由此力量主導指引、或者只為故事新穎炫奇，熱鬧演出……各種方式儘管不同，但都在某程度上反映了劇作家信鬼好神的迷信思想。

　　在這裡我們先初步地瀏覽清初蘇州劇作家的作品中，明顯地出現神幻力量的情節：李玉《人獸關》中，觀世音菩薩預知施濟、桂薪有因緣果報，特宣藏神、睡神安排桂薪突發橫財、預示奇夢；《太平錢》張果老與韋文姑即仙人投胎轉世，最終共登仙界；《風雲會》鄭恩夜宿龍山廟，廟神顯靈為其「換骨」，一改其寒薄面相；《五高風》老僕之子王成慨然代小主人文錦赴死之後，鬼魂現身指引其父王安、文錦逃出城外；《清忠譜》周順昌及五人義死後，分別被天曹封為應天城隍及城隍部下五方功曹；張大復《醉菩提》全寫濟公成佛事；《快活三》快活仙、饑寒神、爵位神、財帛神、姻緣神等連番出現；《海潮音》全寫觀世音菩薩修道因緣；《釣漁船》通篇出現神道，始以涇河龍王與凡人呂全的恩怨，終則天妃助呂妻陶氏借屍還魂，使其夫妻團聚；《雙福壽》漢東方朔為天仙下凡，偷王母壽桃敬獻武帝；《讀書聲》有戴潤兒起死回生事；《吉祥兆》神仙白猿公讓靈芝生於公孫珍家院，並助公孫益化險為夷往烏蘭國；《紫瓊瑤》燕脆之子乃玉帝侍子投胎轉世，長成後又得許真君傳授正法得以平亂；吳偉業《秣陵春》出現李後主顯靈天上、徐適登遊天界及展娘離魂事；雜劇《通天臺》寫漢武帝顯靈入夢事、雜劇《臨春閣》寫張貴妃死於國難後魂遇譙國夫人洗氏；尤侗《鈞天樂》玉皇大帝於天界召試，沈白白日昇

天，楊雲死後成仙，兩人均高中天試，各授天職；雜劇《讀離騷》、《桃花源》寫屈原、陶淵明死後成仙；畢魏《竹葉舟》石崇遇龍太子，遂進龍宮得珠寶而成富貴；朱素臣《未央天》米新國死後封爲鹽官府城隍司，並有帝君命建康府城隍司、太陽神、太陰神、風伯、雨師等救護含冤將斬的米新圖；《聚寶盆》沈萬三救蚌精車娥，車娥以聚寶盆報答，沈遂爲巨富；《萬年觴》劉基得天書三卷，並爲仙人指引得遇諸葛孔明；《翡翠園》舒芬母子食苦菜過年，天神空中預報將中狀元；《四大慶》有八仙稱慶事；朱佐朝《石麟現》無昧眞人練成神鏡可照人間姻緣，牽合蕭謙與秦玉娥事；《九蓮燈》周蒼神將顯靈擊殺壞人，義僕富奴勇闖陰陽界得九蓮燈歸而救主；《瓔珞會》韋玨爲瓔珞宮彩雲仙子所救，得二金金間大破叛兵，又仙人宣華夫人助韋鶚脫難；《豔雲亭》王欽若遣家將畢泓暗殺洪繪，夜夢武侯將怒擊之，畢懼而釋洪；《五代榮》福祿壽三星下凡，賜徐晞圖畫一幅，搖之即得萬金以免災禍；《漁家樂》鄔飛霞乃傳香侍女臨凡，得九天玄女娘娘賜以神針，以之刺死梁冀；盛際時《人中龍》劉鄴乃武曲星托生，關聖帝君遣將周倉賜以毒龍尾棍助其建功立業；黃祖顓《迎天榜》袁黃訪孔仙翁，求游仙妙法並得觀天榜；許恒南《二奇緣》天曹司劉猛將預示楊維聰、費懋中兩人吉凶，後費得進龍宮娶龍王之女，楊得韓世忠顯靈庇護免難。

這些超越現實的神幻力量雖然沾染怪力亂神的迷信色彩，卻多在某程度上反映了劇作家的寫作動機：或者勸善懲惡，行善者總得天佑否極泰來、爲惡者難逃天懲自食惡果；或者彌補人間缺憾，正直者含冤死後得列仙班、懷才不遇者老天有眼賜予功名；或者命運姻緣天注定，神仙轉世者天賦異秉賦予重任、有緣者千里離合終成眷屬；或者宣揚出世思想，悟道者修得正果羽化成仙……以上種種，縱然千奇百怪各顯神通，但百變不離其宗，總歸都是要伸張公理、主持正義，維護社會的秩序與和諧，這也就是劇作者在運用神道力量發展劇情時，除了豐富熱鬧演出之外，還能寄託其思想的深刻用意。

當然無可否認地，信鬼好神幾乎是每一個人類社會都難以避免的民間思想，甚至於愈是封閉守舊的地區，其宗教迷信也就比愈文明的地區還要強烈。然而，此處將這點提出來討論的原因，其一是因爲蘇州地區的宗教活動，因其文化發展及經濟繁榮，特別地與戲曲活動有相互交流的影響；其二是在此文化性格影響之下，蘇州劇作家作品出現大量超越現實的神幻力量，實不容忽視。關於此點，將分別於下文第參章第二節、第肆章第一節詳加說明。

第四節　豐富的文藝資產

蘇州崇教尚文的文化性格，歷代以來培育出無數優秀的人才，他們傑出的表現，也為蘇州蘊積了濃郁的文化氛圍。如此相輔相成之下，蘇州擁有豐富的文藝資產，清初錢謙益（1582～1664）《牧齋初學集》卷四十有一段論及沈周（吳門畫派代表之一）時，提及蘇州的人文環境：

> 其產則中吳，文物土風清嘉之地；其居則相城，有水有竹，菰蘆蝦菜之鄉；其所事則宗臣元老，周文襄、王端毅之倫；其師友則偉望碩儒，東原、完菴、欽謨、原博、明古之屬；其風流弘長，則文人名士，伯虎、昌國、徵明之徒。有三吳、西浙、新安佳山水以供其游覽，有圖書子史充棟溢杅以資其誦讀；有金石彝鼎法書名畫以博其見聞；有春花秋月名香佳茗以陶寫其神情。」〔註52〕

就是指出地域環境與生活於此的人們之間相生相長的互動關係。由此，我們進一步探討清初之前蘇州地區重要的文化發展及成就，藉以瞭解此地域的文藝資產對於清初劇作家所可能產生的影響與啟發。

一、詩文、小說

首先探討的是傳統文學中詩文發展的情形。就明清而言，李嘉球《蘇州梨園》中說道：

> 明清時期，是蘇州文化的鼎盛時期，各種傑出人才猶如天上的群星，成為人才淵藪。文學方面，明初有高起、楊基、張羽、徐賁等『吳中四傑』為代表的『吳中詩派』，後有主張復古、擬古的『前後七子』中堅徐禎卿、王世貞，『唐宋派』中堅歸有光，『復社』領袖張溥、通俗文學家馮夢龍等等。明末清初，有錢謙益為代表的『虞山派』，吳梅村所領銜的『婁東派』；文學批評家有金聖嘆，詩歌理論家有主張『格調說』的葉燮、沈德潛。……〔註53〕

事實上，除了以上所舉諸人之外，明中葉還有別樹一格的吳中文人，如：嘉靖中散文名揚一時的皇甫沖等四兄弟；古文取法唐宋諸家的王鏊；以及前文曾提及的唐寅、祝允明、沈周、文徵明、張靈等詩人；清初還有被順治帝譽

〔註52〕清錢謙益：〈石田詩鈔序〉，《牧齋初學集》卷四十（台北：文海出版社，民國75年初版），頁1076。

〔註53〕同註47，頁30。

爲「眞才子」的尤侗……等等，〔註54〕均在百花齊放的文壇上各領風騷。

而其中明末清初的多人更與蘇州劇作家有所來往，例如：本身以詩文大家兼作戲曲的劇作家吳梅村即張溥的入室弟子，張所領導的復社在明末以東林之餘響自許，諷議朝政、針砭時弊，青年時期的吳梅村即爲其中一員，崇禎十六年其兄吳志衍全家死於國難，丘園作《蜀鵑啼》一劇哀悼之，入清以後他爲李玉《清忠譜》、《北詞廣正譜》作序，並與尤侗多所唱和；尤侗本身即是詩文詞曲兼擅、著作等身的劇作家，他亦曾詠詩提及丘園；通俗文學大師馮夢龍也與劇作家們關係密切，他曾修改李玉《人獸關》、《永團圓》兩劇並爲之作序，畢魏《三報恩》傳奇的序也是由馮夢龍執筆；錢謙益爲李玉《眉山秀》傳奇作序；葉燮爲葉稚斐的同宗族弟，並曾與朱素臣、沈德潛等一同觀劇……。以上種種均可見劇作家們與這些同時同里的詩文名家們都交往甚繁。

這個情形讓我們注意到兩點：其一是蘇州地區人文薈萃，文化活動向來頻繁，因此各個不同文藝領域的人才彼此之間也多所交流往來，如此之下孕育出濃郁的文化氣息、激盪出活躍的文藝活動，其成就也就愈加豐富繁榮，此即上文所舉錢謙益形容沈周生長的蘇州地區文化環境之情形。其二則是清初蘇州劇作家的交遊活動，顯而易見地他們來往的範圍並不僅侷限於戲劇的圈子而已，而是與當時的文化界名流均有所往來，他們彼此之間的互動關係，與地域本身所提供的文化環境相互生成，勢必觸發了他們創作的靈感，並在某程度上影響其劇作風格與思考模式。例如：吳偉業之兄死於國難，丘園深感其國破家亡之痛，譜成《蜀鵑啼》誌哀，吳偉業、尤侗觀劇後，分別作〈觀《蜀鵑啼》劇有感並序〉及〈梅村〈蜀鵑啼〉詩跋〉回贈丘園；〔註55〕畢魏《三報恩》傳奇取材自前輩馮夢龍的小說《老門生三世報恩》，並增添「陳名易」一角以與原作主角「鮮于同」作老少對照，突出馮氏累試不第、世人貴少賤老的感慨。〔註56〕關於清初蘇州劇作家與其他文人的交遊情形，將於下

〔註54〕 以上參考自王友三主編：《吳文化史叢》（南京：江蘇人民出版社，1993 年 9 月初版）；葉慶炳：《中國文學史》（台北：學生書局，民國 76 年 8 月初版）；吳志達：《明清文學史》明代卷（湖北：武漢大學出版社，1991 年 12 月初版）等書。

〔註55〕 分別見：吳偉業：《吳梅村全集》（上海：上海古籍出版社，1990 年 12 月初版），卷第十七，頁 472；尤侗：《西堂雜俎》（台北：廣文書局，民國 59 年 12 月初版），頁 44。

〔註56〕 馮夢龍：《《三報恩》傳奇序》云：「余向作老門生小說，政謂少不足矜，而老

文第貳章第三節詳述。

接著要探討的是在明清兩代蔚爲大觀的筆記、小說。蘇州文人於此二者的表現也不俗，在筆記雜文方面，有高起《大全集鼀藻集》、徐楨卿《異林翦勝野聞》、王鏊《震澤紀聞》、祝允明《九朝野記》，另外還有陸貽孫《煙霞小說》等等，均網羅天下舊聞，或記禮樂制度損益變通、或記街坊巷閭瑣談閒話、或記人事新奇物象詭怪，且多寫民間情狀，生動有趣。在小說批評方面，則有「一洗中國批評家模稜其詞、考據訓詁之塵翳」〔註57〕的金聖嘆，其天才橫溢、大膽創新的言論，確實是爲中國小說批評學開拓了嶄新的視野。

在白話短篇小說方面，明代達到非常興盛繁榮的局面，其中居功厥偉者首推通俗文學家兼劇作家馮夢龍。馮氏乃蘇州府吳縣人，其兄夢桂是畫家，弟夢熊是詩人，均才華洋溢，時人稱之爲「吳下三馮」。馮夢龍對於民間通俗文學的蒐集、整理與研究的工作別具慧眼，除了白話短篇小說的編纂之外，還有上文曾提及的修改、編寫傳奇多齣，以及下文將談到的吳歌、小曲的整理刊行。他廣爲蒐集自宋元以來民間說書人使用的話本及擬話本，加以整理、刪改、潤飾以及自己的創作，出版爲《喻世明言》、《警世通言》、《醒世恆言》，即中國小說史上著名的《三言》。馮夢龍的編纂工作不僅讓許多精彩的宋元話本故事得以保存流傳，更重要的是，該書反映了明代的時代特色，以及小說觀念的發展與進步，都有著不可抹滅的貢獻，而這三點我們也可以在清初蘇州劇作家的作品中，看出一些間接的影響。

首先是故事題材的保存延續。馮夢龍編纂的《三言》共有一百二十篇白話短篇小說，據筆者初步統計，其中被清初蘇州劇作家沿用改編爲傳奇者共計十一篇，將近 10％之多；在劇作家現存八十六部作品中，約占 14％〔註58〕，

未可慢，爲目前短算者開一眼孔，滑稽館萬後氏取而演之，爲《三報恩》傳奇，加以陳名易負恩事，與鮮于老少相形，令貴少賤老者渾身汗下。」見畢魏：《滑稽館新編三報恩傳奇》卷首。

〔註57〕語出范煙橋：《中國小說史》（台北：長安出版社，民國 66 年 9 月台一版），頁 160～161。原文爲：「從來批評家，只是模稜其詞，或涉考據訓詁，於文學本身絕少洞見勝理之談，明末金聖嘆乃能獨具隻眼，力排眾議，而爲中國批評家一洗塵翳，於小說界尤多得其益，蓋藉此提高學者對於小說之觀念不少也。」以上關於眾小說，參見該書說明。

〔註58〕據筆者初步統計，十八位清初蘇州劇作家現存劇作共計八十六部，其中大約本馮夢龍《古今小說》、《情史》、《三言》而作者有：朱素臣《十五貫》、《文星現》；李玉《人獸關》、《占花魁》、《眉山秀》、《太平錢》、《風雲會》；畢魏《三報恩》；張大復《金剛鳳》、《讀書聲》；許恒南《二奇緣》共計十一本。

遠較劇作家改編其他小說集（如：李漁《無聲戲》）的比率要高出許多，可見劇作家在選取創作題材時，馮夢龍編纂的小說集是很受歡迎的選擇範圍，許多精彩的早期白話短篇小說也因為馮氏的蒐集、加工、整理而賴以保存。

當然，在中國文學史上，小說、戲曲的創作題材多有因襲、改編之舉，無足為奇，甚且蘇州劇作家這些改編自馮夢龍小說集的作品中，也大多數不是出於馮氏本人的創作，而是源自宋、元以來民間盛行的說書人所使用的話本，多是廣為民間流傳的傳說、趣聞、軼事，這些作品也常被其他小說筆記、稗官野史所沿用改編，然而，清初蘇州劇作家大量改編馮夢龍編纂的小說集，卻揭示出兩點意義，即：某程度上來說，該書具有較其他同性質作品更為傑出的成就，以及其對於蘇州劇作家所產生的傳承關係及影響。

馮夢龍編纂的小說集在中國小說發展史上的傑出成就，即是該書對於明代社會特色的反映，以及文學觀念的發展與進步。吳志達《明清文學史・明代卷》第五章「短篇白話小說的繁榮」提及《三言》中明代的作品，可以從愛情婚姻的追求、市民人物的道德標準等多方面，見出明代時代的特色。該書認為明代由於工商業大為發展，經濟力量強過以往，使得人們各種道德標準，也在金錢利益的誘惑下面臨嚴重的考驗〔註59〕，例如：《賣油郎獨占花魁》中賣油郎秦重經營蠅頭小利的市井身份，與莘瑤琴來往的王孫貴胄形成強烈對比，但兩人真摯純粹的愛情超越了現實經濟的差距；《桂員外途窮懺悔》寫桂員外見錢眼開，私獲藏金卻佔為己有，雖然因而發跡變泰，卻一步步地走向沈淪。此兩篇小說均讓李玉改編為傳奇，並且這種商品經濟對人性的考驗，也完全地被李玉繼承下來甚且發揚光大，傳奇《占花魁》中秦、莘兩人突破現實的真摯愛情，成為全劇最動人深刻的力量；《人獸關》劇中李玉寫道：「覷破孔方兄，便見如來面，試將那小排場作三乘演。」（第一齣〈慈引〉最後一曲眾仙合唱【清江引】）也強調金錢對人性的試煉。除此之外，李玉的其他作品如：《一捧雪》中為自身利益著想而陷害恩人的湯勤、《永團圓》中嫌貧愛富因而背棄婚約的江納，都反映出明代社會在經濟繁榮的衝擊下，傳統道德標準如何衡量人性善惡的問題，而這種時代特色的反映，也成了李玉等清初蘇州劇作家作品中常常出現的主題。

除此之外，馮夢龍編纂白話短篇小說集的動機，也顯示出他對小說觀念的進步與發展。中國傳統文學對於小說，通常視為不登大雅之堂的末道小技，

〔註59〕 吳志達：《明清文學史・明代卷》（同註54），頁295～304。

然而馮夢龍卻將其提昇爲可以導正世風、教化人心的社會教育工具。〔註 60〕〈古今小說序〉云：「試令說話人當場描寫，可喜可愕、可悲可涕、可歌可舞，……怯者勇、淫者貞、薄者敦、頑鈍者汗下。」〈警世通言序〉云：「推此說孝而孝，說忠而忠，說節義而節義。……」〔註 61〕這種進步的觀念，可以說是影響了李玉等清初蘇州劇作家，在他們部份作品中可以看到這種將戲曲視爲教化工具以感動人心的寫作動機：

李玉《人獸關》卷末云：「筆底鋒鋩嚴斧鉞，當場愧殺負心人。」

朱素臣《十五貫》末齣〈雙圓〉【尾聲】：「笑有聲，哭有淚，文章眞率動人宜。」

張大復《讀書聲》末齣【尾聲】：「善良元顯榮，奸險終遭跌，試看此一場中風化列。」

以上都是改編自馮氏小說集的傳奇，甚且在劇作家其他劇作中，也不乏這種宣揚忠貞節義的作品：

李玉《五高風》末齣【尾聲】：「今朝方顯忠和義，又成一番佳話矣。」

朱素臣《未央天》末齣〈雪冤〉【尾聲】：「事關風化人欽羨，揮毫譜出未央天，節孝忠貞萬古傳。」

陳二白《雙冠誥》末齣〈誥圓〉【尾聲】：「閨中殷鑑如描畫，普天下賢貞休訝，莫讓那婢女揚名正室差。」〔註62〕

鄒玉卿《雙螭璧》第三十一出【尾聲】：「詞單句拙非工巧，但取個忠良仁孝，須信道善惡從來天鑑昭。」

〔註60〕首先有這種進步見解的是明李卓吾，他在〈忠義水滸傳敍〉中說道：「《水滸傳》者，發憤之所作也。……故有國者不可以不讀，一讀此傳，則忠義不在水滸，而皆在於君側矣；賢宰相不可以不讀，一讀此傳，則忠義不在水滸，而皆在于朝廷矣。……」見《忠義水滸傳》，收錄於《明清善本小說叢刊初編》，（台北：天一出版社，民國 74 年初版）。不過李卓吾的觀念還侷限於士大夫報效朝廷君王的層面而已，馮夢龍進一步擴大之，將此教化力量擴及世間人人的行爲道德規範，見正文所引序文。

〔註61〕明馮夢龍輯、李田意攝校：《古今小說》（台北：世界書局，民國 47 年 5 月初版）。《警世通言》（台北：世界書局，民國 46 年楊家駱序）

〔註62〕陳二白：《雙冠誥》，光緒壬寅莫春修禊之辰瑤？室主人題本，現藏於蘇州戲曲博物館。筆者曾於民國 89 年 10 月，獲陸委會中華發展基金管理委員會之獎學金補助，爲期一個月赴大陸蘇州、北京、南京、上海等地查閱相關資料，該版本即是筆者拜訪蘇州戲曲博物館館長顧聆森先生時，承蒙顧先生及冀興江先生慨允閱讀，感激之情，特此誌謝。

這些作劇動機都和馮氏將小說視爲社教工具的觀念不謀而合。

以上所述清初蘇州劇作家作品有其反映時代特色之一面，以及教化世風的寫作動機，當與作者所處的社會背景、個人生平際遇有關，因劇作家們身處經濟繁榮之後漸生弊端的晚明，種種社會亂象又催枯拉朽地導致明朝走向衰亡，鼎革之後的社會百廢待舉，劇作家們從黍離之悲中以關懷人心、提振世風的出發點從事創作，並藉此思考社會沈淪之由，企能提出解決之道，以期抒發心中鬱積之感，自有其生成原因的。關於此點，將於下文第參章第一節、第肆章第一節中再次詳述。

然而，筆者進一步認爲，除此之外，在整個明末蘇州地區所醞釀出來的對待戲曲小說的文學態度，也是間接影響清初蘇州劇作家作品特色的原因之一，當然其中以馮夢龍的影響最爲明顯。馮氏與劇作家們多所交往，並且他刊行的白話短篇小說集又受到當時極大的歡迎，流傳甚廣，在此濡染之下，劇作家們創作時也同樣將關注焦點放在民間生活，注意當時社會變遷所帶給人們的衝擊與影響，並進一步藉由宣揚道德以扭轉世風，於是馮氏編纂小說的工作與其成就，便對清初蘇州劇作家產生潛移默化的傳承及影響。

二、吳歌、說書

蘇州人愛好音樂，由來已久。早在先秦時代，吳公子季札觀樂評論政風得失，便展現了極高的音樂人文素養，屈原《楚辭‧招魂》記載：「吳歈、蔡謳，奏『大呂』些」漢王逸注：「吳、蔡，國名也；歈、謳，皆歌也。……奏大呂言乃復使吳人歌謠、蔡人謳吟」〔註63〕可見當時即有流行於吳地區域的民間歌謠，並且吳人善於歌唱淵源甚早。發展到宋朝，郭茂倩編纂的《樂府詩集》便收錄有「吳聲歌曲」420首之多，到了明、清兩代，吳人的擅於音樂更是眾所公認，明潘之恆《鸞嘯小品》卷三「曲派」：「曲之擅於吳，莫與競矣。」清初吳江潘耒（1646～1708）在〈南北音論〉中說：「今吳歈盛行於天下，而爲其譜者皆吳人，吳人之審音固甚精也。」〔註64〕蘇州的名勝虎丘更是經常舉行大型的唱曲盛會，明袁宏道、張岱、沈寵綏等人都分別有詩文記載虎丘曲會的盛況。由此可見，蘇州地區擁有相對性較高的音樂素養與氛圍，

〔註63〕宋洪興祖：《楚辭補註》（台北：藝文印書館，民國75年12月第七版），頁347。
〔註64〕清潘耒：〈南北音論〉，《遂初堂文集》卷三，（收錄於《四庫全書存目叢書》集部，據吉林省圖書館藏清康熙刻增修本影印，台南：莊嚴文化事業有限公司，1997年6月初版），頁750。

其與頻繁的戲曲活動相互生成激盪，焉能不發展出豐富的戲曲成就？

　　有此認識之後，我們再針對明代蘇州地區的歌謠發展，與戲曲之間的關係作初步的探討。明代蘇州地區的民間歌謠已經流傳甚廣，在明代筆記中便記有善歌的蘇州人在明太祖御前獻唱的事情。〔註65〕而對散佈民間的吳歌蒐集整理最有貢獻的，仍是那位將畢生精力投注於民間文學的通俗文學家馮夢龍。馮氏先後編纂刊行了《童癡一弄・掛枝兒》、《童癡二弄・山歌》等民歌集，高達八百餘首，〔註66〕其中《掛枝兒》多為北方曲子，《山歌》則多是馮氏家鄉蘇州地區流行傳唱的吳歌。〔註67〕馮氏認為，這些「田夫野豎矢口寄興」的民歌，「以是為情真而不可廢也」，是「民間性情之響」〔註68〕，觀之於這些小曲民歌，確實是反映了民間百姓的生活常態、真實情感。

　　這種流行於民間的鄉土歌謠，也同樣被運用在熟悉民間生活的清初蘇州劇作家的作品之中。清初蘇州劇作家大多精通音律，熟悉場上表演，因此在創作上也就突破了以往多求藻麗、難合音律的案頭文章式的作品，特別在音樂上要求合曲度律、豐富靈活、適合演出，例如劇作家們將民間傳唱的「山歌」譜寫進來，或者介紹身份、或者抒發心情、或者應景描繪：

　　　　朱素臣《未央天》〈法場〉更夫（付）敲鑼上場唱：「【山歌】木柝金鑼不住敲，更香幾枝到通宵。但存孔子三分禮，不犯蕭何六尺條。」

　　　　《秦樓月》第七齣〈懲惡〉寫湖州太守袁皓褒獎孝子李九兒（丑）時，

〔註65〕明周玄煒：《涇林續記》：「周壽誼，崑山人，年百歲。……後太祖聞其高壽，特召至京。拜階下，狀甚矍鑠。問：『今歲年若干？』對云：『一百七歲。』又問：『平日有何修養而能致此？』對曰：『清心寡欲。』上善其對，笑曰：『聞崑山腔甚嘉，爾亦能謳否？』曰：『不能，但善吳歌。』命歌之。歌曰：『月子彎彎照幾州，幾人歡樂幾人愁；幾人夫婦同羅帳，幾人飄散在他州。』上撫掌曰：『是箇村老兒』命賞酒飯罷歸。……」（收錄於嚴一萍輯：《百部叢書集成》，據清光緒潘祖蔭輯刊功順堂叢書本影印，台北：藝文印書館，民國56年初版）

〔註66〕據上海古籍出版社出版的《明清民歌時調集》（1987年9月初版）中關德棟序文統計，《掛枝兒》共收錄四百三十五首；《山歌》共收錄三百八十三首，兩書共計八百一十八首。

〔註67〕明王驥德《曲律》卷四「雜論下」：「小曲『掛枝兒』，即『打棗竿』，是北人長技，南人每不能及。」故知《掛枝兒》屬於北方民歌，而山歌則為蘇州地區的民間歌謠：關德棟〈山歌序〉文中引北宋人釋文瑩《湘山野錄》卷中記載五代初即有「吳中山歌」傳唱一時，可見蘇州地區「山歌」傳唱之盛，由來已久。

〔註68〕見《明清民歌時調集》所收馮夢龍「敘山歌」一文，頁269。

李九兒說：「每是喫飯頭上，要博娘笑臉，一定唱支山歌曲子他聽，【銀絞絲】、【山坡羊】、【打棗竿】、【邊關調】，都會唱的，老爺，我就唱支你聽聽。（隨意唱口夸調介）」

《秦樓月》第二十四齣〈拯芳〉山中小賊（丑、小旦）張燈敲梆上場唱：「【山歌】岱山深處聚天罡，草場三間就做子忠義堂，大王呀！你既要上子尺檯鬥一副，為奢了空湯只捉二婆娘。」

《文星現》第七齣〈打道〉一折瞎男兒楊心海（丑）在說書之前先唱一段「北寺山歌」：「世界翻騰景致新，古人漸漸換新人。上勿說個天，下勿說個地，單單只說舊蘇城」

李玉《眉山秀》第十六齣〈促行〉船家（丑）上場唱：「【山歌】撑船生意實煩難，丟子櫓繃就去捏竹竿，只有個九日灘頭坐，哪得個一日過九灘。」

《人獸關》第十四齣〈走越〉桂薪一家搭船遠遁浙江，途中船家（雜）為打發無聊，唱道：「【山歌】蘆荻花開秋水澄，酒旗飄漾出疏林。你看南來北往箇些官人，盡為求名利，弗如我船家無榮無辱過光陰。」

張大復《快活三》第十七齣寫蔣珍與友汪奇峰乘船往日本國，船上舵公老大（淨）上場時便唱：「【山歌】我做船家快活多，海船上來往了呀疾如梭，人人說道海面上？生意忒介險囉，得知旱地上↑風波亦介多。」

甚且還有將當時流行的北方民歌【掛枝兒】化用進來的：

李玉《占花魁》〈勸粧〉一折，王九媽（副淨）請來名嘴劉四媽（老旦）來勸美娘接客時，描述西湖子弟編唱【掛枝兒】來嘲諷美娘：「王美兄好似木瓜樣，偌大了還不與人偤一偤。有名無實成虛帳，便不是石女兒也是二形子的娘。若還有箇好好的羞羞，也如何熬得這些時的癢。」

值得注意的是，以上所舉數例，唱山歌的角色都是劇中無足輕重的小龍套，不是上場時唱個幾句自述身份發發牢騷，就是嫌場面冷清熱鬧一下（《人獸關》船家說：「大官人下了船，冷冷清清，待我唱箇歌兒聽聽」），來一段插科打諢調笑一番，都不是出自於劇中主要人物之口。可想而知，這是因為民歌小曲俚俗簡單，是隨口可歌、哼哼唱唱的曲子，份量不足以深厚到可以用在戲曲中正式人物的演唱，但是其親切熟悉的特性，卻又充滿民間趣味，適合在串場時哼唱一段，作為調劑輕鬆之用，且可引起觀眾的普遍情感，因此出現在

劇作之中。而這種小曲歌謠的化用，也正見出了清初蘇州劇作家在譜寫樂曲時靈活多變的創作風格。〔註69〕

　　接著，我們再來探討蘇州地區名聞遐邇的另一項文藝資產—說書。說書曲藝在宋代出現於民間，從此成為極受人民喜愛的休閒娛樂之一，在中國傳統社會裡，民眾們在「百日之勞」以後，希望藉著參與各種休閒活動達到「一日之樂」，於是各種民間遊戲活動應運而生。尤其是明、清以後的蘇州地區，商品經濟發達，城市商業興旺，休閒活動更是不虞衣食的蘇州人民所喜聞樂見的，一有餘閒，一些公眾場所往往變成了人民休閒、社交、娛樂的場合。其中，尤以精彩生動的說書曲藝最受到群眾歡迎。

　　《吳郡歲華紀麗》卷六「六月」「觀場風涼茶」條：「吳城地狹民稠，衢巷逼窄。……唯有圓妙觀廣場，基址宏闊，清曠延風，境適居城之中，居民便於趨造。兩旁復多茶肆，茗香泉潔，飴湯餅餌蜜餞諸果為添案物，名曰小吃。零星取嘗，價值千錢。場中多支布為幔，分列星貨地攤，食物、用物、小兒玩物、遠方藥物，靡不闐萃。更有醫卜星相之流，胡蟲奇妲之觀，踘弋流鏹之戲。若西洋鏡、西洋畫，皆足以娛目也。若攤簧曲、隔壁象聲、彈唱盲詞、演說因果，皆足以娛耳也。於是機局織工、梨園角色，避炎停業，來集最多。而小家男婦老稚，每苦陋巷湫隘，日斜輟業，亦必於此追涼，都集茶棚歌坐，謂之吃風涼茶。」

　　同卷「畫舫乘涼」條也說：「吳人謂納涼為乘風涼。伏日炎灼如焚，游閒子弟爭攜畫舫，載酒肴，招佳麗，呼朋引類，欀棹於胥江萬年橋谷空，或虎阜十字洋邊。……或即涼亭水榭，招盲女琵琶，彈唱新聲綺調。更有游士滑稽，演說稗官野史，雜以科諢，以資姍笑，謂之說書。」〔註70〕

從這兩條資料中，我們可以看出明清時期蘇州地區說書活動的大略情形：

（一）時間、動機：多為夏日午後。筆者翻檢《吳郡歲華紀麗》等書，發現說書活動較常出現的是此二則所指的夏日，多半是為了消暑乘涼，一邊乘涼休息，一邊觀賞餘興節目，這就有別於因宗教祭祀、酬神慶典而起的演戲活動。

〔註69〕關於此點，於下文第參章第四節中將再詳細論及。

〔註70〕同註50，頁212、頁232。

（二）地點、方式：大略有兩種：一為空曠的廣場上，蘇州著名的玄妙觀（清代為避康熙諱改為圓妙觀）前廣場即是；一為虎丘山塘的畫舫遊船。前文曾經提及清錢泳《履園叢話》「醉鄉」條記載吳人好遊的風氣，以及朱素臣《文星現》多處描寫唐寅、祝允明等人出遊虎丘，都是乘舟遊覽。前者搭棚支幔，眾人趨集歇坐；後者或遊塘上、或泊岸邊，行止隨性自如。

（三）活動內容：除了彈唱盲詞、講演說書之外，周遭還有很多熱鬧的活動：有茶肆喝茶、攤販小吃、奇貨游戲、看相算命，吃喝玩樂一應俱全。可見說書彈唱等民間曲藝表演並非獨立的個別活動，而是伴隨而來各式各樣的民間休閒娛樂。

（四）表演性質：彈詞有時會以盲女演唱，所以也稱為「盲詞」，內容上則多偏向女性的溫柔婉麗，所以用「綺調」形容。說書則多為男性，內容上或者詼諧調笑，或者勸說因果，取材則多為稗官野史、街談巷聞。

　　從上文分析，我們已經可以約略掌握明清時期蘇州地區說書表演的內容大概。值得注意的是，這些情形準確地反映在清初蘇州劇作家的作品中：李玉《清忠譜》〈書鬧〉、《太平錢》〈廟書〉、朱素臣《文星現》等劇都描寫了一段說書，地點分別在李王廟、真人殿、報恩寺，都是知名勝地的廣場前；演說內容為說岳傳、張果老成仙事、北寺新詞，都屬於稗官野史、勸說因果、傳說掌故；前者說到撐起布篷聚人圍坐，後者提到除了說書同時還有唱曲（上文已引唱山歌）、巫師說法，這些描述都栩栩如繪，也和上述資料記載的情形相符，完全驗證了清初蘇州劇作家反映市井百態的劇作風格。

　　除此之外，葉稚斐《琥珀匙》第十八出〈傳歌〉唱賣桃佛奴自編《苦節歌》歌本、畢魏《三報恩》第三十五齣〈說報〉說唱《三報恩話本》故事等等，都提及了蘇州地區的藝文活動。〔註71〕當然，劇作家之所以能夠如此將周遭活動信手拈來，除了本身需要熟悉民間生活以外，蘇州地區活躍的文化活動、豐富的文藝資產，提供了文學家多樣的創作素材，也是一項不容否認的事實。

三、戲曲成就

　　上文對於明清時期蘇州地區蓬勃的戲曲活動，已做過初步的介紹，並且

〔註71〕關於劇作家作品中所反映的藝文活動，於下文第參章第一節中將再詳細述及。

從戲曲的創新改革這一角度，就聲腔、樂器的改良、題材的開拓等方面探討，不過，明清兩代蘇州戲曲成就的豐富可觀，遠遠不僅止於此，因此，在瞭解蘇州其它文藝資產之後，接著，我們將再從蘇州地區戲曲本身的相關發展，作進一步討論。以下將針對清初之前、主要爲明中葉以後蘇州地區的重要戲曲成就，從劇學創作、戲曲表演兩方面作基本的探討與分析，冀能瞭解其對於清初蘇州劇作家所產生的啓發與影響。

首先先從戲曲史的角度，觀察明中葉以後戲曲發展的情況。明代萬曆年間，由於工商業的發達與資本主義的萌生，促進城市經濟的繁榮與市民階層的擴大，爲戲曲的發展提供了豐富的物力資源與廣大的群眾基礎，影響所及，戲曲的創作不僅限於民間職業劇作家（如元代書會才人之類），也吸引了大量文人士夫拈筆編寫，因此達到了非常繁榮的地步。

不過，文人的創作卻常有專求藻麗、不合音律的弊病，讓戲曲發展有走上歧途之虞。於是，便有戲曲家對此提出質疑與呼籲，〔註72〕希望能找出戲曲藝術發展的正常規律，或者從實際的劇本創作中實踐嚴守音律、崇尚本色的主張；或者著書立說，闡述其對戲曲音律的觀念看法，提供時人作曲的準則。前者以蘇州劇作家沈璟所領導的「吳江派」爲代表；後者則有沈寵綏、沈自晉等人的曲學專著。

吳江人沈璟（1553～1610）於《詞隱先生論曲》中表達了他嚴守音律、用字本色的作曲主張：

> 【二郎神】名爲樂府，須教合律依腔……【金衣公子】怎得詞人當
> 行？歌客守腔，大家細把音律講……【前腔】論詞亦豈容疏放？縱
> 使詞出繡腸，歌稱繞樑，倘不諧律呂也難褒獎。〔註73〕

他大量創作劇本提倡這個理論，也在周遭形成了相當的影響力，得到一群劇作家的贊同，並由此形成了中國戲曲史上、可以說是唯一具有自覺性群體意識的戲曲流派─吳江派，一般認爲屬於吳江派的戲曲家約有十多位，〔註74〕

〔註72〕明王驥德《曲律》「萬曆庚戌（三十八年，1610）冬自序」云：「至於南曲，……綵筆如林，盡是鳴鳴之調；紅牙迭響，祇爲靡靡之音。俾太古之典刑，斬於一旦；舊法之漸滅，悵在千秋。」祁彪佳（1602～1645）《遠山堂曲品》「凡例」云：「音律之道甚精，解者不易。……才如玉茗，尚有拗嗓，況其他乎！故求詞於詞章，十得一二；求詞於音律，百得一二耳。」（兩書均收錄於《中國古典戲曲論著集成》，同註14）

〔註73〕引自《中國歷代劇論選注》，同前言註1，頁157。

〔註74〕據沈璟的姪子沈自晉《望湖亭》傳奇第一出【臨江仙】：「詞隱（沈璟）登壇

其中有多位蘇州籍劇作家：沈璟、沈自晉、顧大典、徐復祚、馮夢龍、袁于令、沈寵綏等，佔了將近半數之多。他們的作品儘管各有自己的特色，但在恪首格律、崇尚自然的要求上，大多都能遵循沈璟提出的主張，因此在當時確是發揮了一定的影響力。

其中有的還致力於曲學專書的著作。沈璟本身曾作有《唱曲當知》、《評點時齋樂府指迷》等多部戲曲論著，另編有《南九宮十三調曲譜》，惜今大多失傳；沈寵綏（？～1645，吳江人）則對聲韻極有研究，曾撰著《絃索辨訛》、《度曲須知》兩書，就南北戲曲歌唱中念字的格律、字音和口法，作詳細的解說與標正。另外還有蘇州音樂家鈕少雅（1564？～？，吳縣人）曾將湯顯祖《還魂記》譜成《格正還魂記》，還曾續編南曲曲譜《九宮正始》，並與清初蘇州劇作家張大復相來往〔註75〕；沈璟之侄沈自晉（1583～1665）則受璟影響，不僅精通音律，還增補了沈璟的南曲譜爲《廣輯詞隱先生南九宮十三調詞譜》（簡稱《南詞新譜》）三十六卷，以供曲家借鑑。此譜的完成曾號召一大批戲曲家共同參閱，可見該書在當時的影響力。

值得注意的是，細究今存《南詞新譜》卷首所列參閱人員的名單，據筆者統計，全部人員共計95人，其中蘇州籍者共有54人，超過半數以上，遠遠高於第二順位紹興府之13人，〔註76〕並且當中還有多位是本文將論及的、至今仍有劇作傳世的清初蘇州劇作家，如：吳偉業、尤侗、李玉、葉稚斐、王續古等人。由此可見，明末清初蘇州戲曲家之多之盛，在戲曲音樂方面的

標赤幟，休將玉茗（湯顯祖）稱尊。郁藍（呂天成）繼有槲園人（葉憲祖），方諸（王驥德）能作律，龍子（馮夢龍）在多聞。香令（范文若）風流成絕調，慢亭（袁于令）彩筆生春。大荒（卜世臣）巧構更超群，鯫生何所似？顰笑得其神。」在這段話中，沈自晉高舉沈璟是「登壇標赤幟」、明白與湯顯祖分庭抗禮的下列眾家之領袖，是以學者一般認爲「吳江派」是具有自覺性群體意識的戲曲流派。除此之外，一般認爲吳江派還有：顧大典、沈自晉、沈寵綏、汪廷訥、徐復祚、沈德符、祁彪佳、張琦、孟稱舜。他們與盟主沈璟關係密切，或朋友、或弟子、或子孫。

〔註75〕據張大復《寒山堂曲譜》「凡例」曰：「吾友同里鈕少雅者，本京中曲師，年七十八，始於予識於吳門，……傾蓋論曲，予爲心折。」該書現藏於北京民族音樂研究所資料室，筆者承蒙南京大學中文系博士班學生金英淑小姐（指導教授爲吳新雷先生）慨借該書副本，並有勞金小姐影印郵寄台灣，不勝感激之情，特此誌謝。

〔註76〕據筆者統計，參閱該譜者之籍貫分佈由多至寡依次爲：江蘇蘇州府（54人）、浙江紹興府（13人）、江蘇松江府（11人）、浙江嘉興府（4人）、常州府、鎮江府、湖州府同爲3人、浙江寧波府、金華府、江蘇淮安府同爲1人。

強大實力與貢獻，確實是不容忽視。

明中葉以後，蘇州地區除了上述這些提倡嚴守格律的劇作家兼音樂家之外，另外還出現一些風格不同的劇作家，例如：前文曾經提及創新寫作時事劇的《平播記》作者張鳳翼（1527～1613）、《蕉扇記》相傳作者張獻翼兄弟，還有《五鼎記》作者顧懋仁、《椒觴記》作者顧懋宏兄弟，上述劇作雖然今天已經不傳，但由張鳳翼今存代表作《紅拂記》、以及呂天成《曲品》評顧氏兄弟的文字來看，其劇作語言典雅工麗、音律纏綿哀豔，擅於藉歷史題材及人物抒發個人感慨，〔註77〕是異於吳江派的另一種劇作風格。

這些活躍於明中、晚期的蘇州劇作家、音樂家們，分別以他們的理論主張與創作實踐，豐富了當時的曲壇，雖然他們或者偏執己見未能切中要害、或者理論與實踐難以契合、或者持論過甚以致矯枉過正，但是都在當時戲曲界造成相當的影響力，正因為他們提出各種理論與多樣的作品風格，為當時漸趨弊病的戲曲創作提供不同的思考空間，讓後來的清初蘇州劇作家在此基礎之上，創作出既富文采、又合音律的作品，為戲曲的創作達到案頭、場上兩擅其美的成就。〔註78〕這固然是戲曲本身發展走向的自然趨勢，然而，蘇州地區豐富的戲曲成就，為清初劇作家提供了深厚的基礎，也是其生成原因之一。

接下來要探討的是戲曲表演的相關情形。一提到戲曲表演，很容易讓人聯想到的便是蘇州名伶。早自宋代起，蘇州就是著名的梨園子弟出身之所。〔註79〕前文曾經引用明代張翰《松窗夢語》卷七「風俗記」條說道：「（蘇州人）至今游惰之民樂為俳優」，同時的范濂《雲間據目鈔》卷二也提到：「近年上海潘方伯，從吳門購戲子，頗雅麗。……松人又爭尚蘇州戲，故蘇人賣身學戲者甚眾。」〔註80〕甚且到了清初戴名世（1653～1713）《憂庵集》提及崑曲表演，仍以蘇州伶人佔最大優勢：「崑腔之於生旦，尤重其選。旦則擇少年子弟之秀者為之，扮為婦女，態度纖穠，宛轉嬌媚，人多為所蠱惑，於是蘇州聲色之名甲天下。近日納妾者必於是焉，買優人者必於是焉。」〔註81〕

〔註77〕呂天成《曲品》云：「二顧，蓋文士而抱坎壈之悲，書生而具英雄之慨者。」同註14，頁216。
〔註78〕關於此點，將於下文第參章第四節中詳細述及。
〔註79〕南宋詞人張炎〈山中白雲詞〉【滿江紅】小序云：「贈韞玉，傳奇惟吳中子弟為第一流，所謂識拍、道字、正聲、清韻、不狂，俱得之矣。」
〔註80〕明范濂：《雲間據目鈔》卷二（收錄於《筆記小說大觀》，台北：新興書局，民國73年初版）
〔註81〕清戴名世：《憂庵集》，轉引自《蘇州梨園》（同註47），頁4。

　　何以蘇州演員在戲曲表演上特別受到青睞呢？這和蘇州地區特殊的人文環境有密切的關係。前文已經說明，蘇州地區相對上呈現溫柔細膩的文化性格，因而特別適合雅致的崑劇發展；其濃郁的文化氛圍與蓬勃的文藝活動也帶動了整個地區戲曲藝術的流行與興盛；更重要的是，蘇州伶人還擁有得天獨厚的有利條件，即用珠圓玉潤的吳儂軟語演唱崑山腔，特別容易發揮其婉轉綿長的聲腔特色。清李漁（1610～1680）《閒情偶寄》卷三「聲容部」中有「習技第四」一節，提到：「鄉音一轉而即合崑調者，惟姑蘇一郡，……選女樂者，必自吳門是已。」〔註82〕便是指出了吳語在崑腔藝術表現上的先天優勢。

　　蘇伶色藝出眾的情形，也反映在明清文學作品中，在小說方面，清《紅樓夢》第十七回賈府為了迎接元春省親，特地遠從蘇州買女伶回來組成戲班；〔註83〕在詩文方面，清初蘇州劇作家吳偉業、尤侗、文學家錢謙益等都和當時名伶王紫稼有所來往並作詩相贈，例如：吳詩〈王郎曲〉描述王伶的色藝雙全令人傾倒：

> 王郎十五吳趨坊，覆額青絲白晢長。……同伴李生柘枝鼓，結束新翻善財舞。鎖骨觀音變現身，反腰貼地蓮花吐。蓮花婀娜不禁風，一斛珠傾宛轉中。……王郎三十長安城，老大傷心故園曲。誰知顏色更美好，瞳神剪水清如玉。武陵俠少豪華子，甘心欲為王郎死。
> 〔註84〕

蘇伶王紫稼甚且因為色藝過人、私生活「淫奢無狀」，最終被社會當局以有礙風化為由處刑，〔註85〕可見其風靡的程度及對社會造成的影響力。

　　在戲曲方面，活躍於明末的蘇州劇作家馬佶人《荷花蕩》傳奇下卷〈戲裡戲〉折中，有一場串演《連環記》的戲中戲，其間上場的優伶就都是蘇州人，當中有幾段話值得注意：

〔註82〕　清李漁：《李漁全集‧閒情偶寄》（浙江：浙江古籍出版社，1987年10月），第十一冊頁151。

〔註83〕　清曹雪芹：《紅樓夢》（革新版彩畫本紅樓夢校注，台北：里仁書局，民國73年4月初版），頁267。

〔註84〕　吳偉業〈王郎曲〉，見《吳梅村全集》卷第十一，同註55，頁283。尤侗《艮齋雜說》提及王郎，錢謙益《有學集》有〈贈歌者王郎〉一詩。

〔註85〕　清陳康祺：《郎潛紀聞二筆》（北京：中華書局，1984年3月初版）卷二「李侍御鐵面冰心」條：「李侍御森先巡按下江，優人王紫稼及三遮和尚，淫奢無狀，皆杖斃之。」，頁357。

李素（生）上場說道：「今日下這般大雪，客中甚覺無聊，訪得此處有一名伎，喚作劉谷香，聲色俱美，意欲請她來盤桓數日，聞得被一蔣姓商人請去串戲去了，我想，串戲便去看一看，有何妨礙？若果是聲色兩全，也不可錯過了這場佳會。」

群優（小生、末、丑）唱道：「【前腔】蘇州老蔑，串演戲文是我行業，今朝勝會又逢雪，有谷香姐忒風月，當場教我魂消也，當場教我魂消也。」

趙孝廉（淨）一見群優，便稱讚道：「妙妙，俱是蘇州趣品。」

李素（生）一到蔣家，與一伶人（丑）的對話：「（丑）兄自何來？看兄像個在行人物，同在此請坐、請坐（生）不敢，聞得有此勝會，特來請教（丑）妙妙，老兄莫不是蘇州麼？（生）便是（丑）本鄉朋友，必然曉得此道的（生）略知一二，不知今日演哪一本傳奇？（丑）《連環》。只是一個粧生的今日有事，還未得來，兄可記得麼？（生）記得些（丑）妙，做得成了！……」

以上見出兩個訊息：其一是蘇州戲曲演員的品質保證：劇中人稱讚蘇伶為「趣品」，當中招牌的名伎劉谷香「聲色俱美」、「忒風月」、「教人魂消」，是眾家爭相邀請觀演的對象，可見蘇伶之受歡迎、口碑之好。其二則是蘇州人普遍上戲曲素養之高：某一蘇伶覺得李素似乎頗諳此道，直覺就猜他應該是蘇州人，果然李素便是，他便覺得這是「本鄉朋友」「必然」之理，甚且對戲曲「略知一二」的李素也可以臨時上場搬演，更可見出蘇州人民對戲曲熟悉的程度。

　　和演員一體兩面的，則是戲曲演出的形式。在中國傳統社會裡，戲曲的演出形式一般分有兩種，一為士夫富賈私人豢養的家庭戲班，俗稱「家樂」的即是；一為流動於民間的職業戲班。自明中葉起到明亡以前，由於文人士子染指戲曲，賞音妙舞被視為極風雅高尚的事，於是江南一帶有錢有閒的富賈名士，多在宅中置辦歌舞戲班，待請客宴會時獻藝娛賓，或者自家開暇時觀賞遣興，此風在歌舞繁華號稱江南之首的蘇州更是熾盛。明清兩代蘇州地區縉紳家樂多不勝數，其中和本章所論劇作家有關的是申時行家班。

　　申時行（1535～1614，吳縣人）是明中葉著名的「太平宰相」，明鄭桐庵《周鐵墩傳》：「吳中故相國申文定家，所習梨園為江南稱首。……余素不耐觀劇，然不厭觀申氏家劇。」〔註86〕清焦循《劇說》卷四說李玉「系申相國

〔註86〕明鄭桐庵《周鐵墩傳》，見諸人獲《堅瓠集》癸集卷一（清崇德書院重刊袖珍

家人……」由此歷代研究者便有一說，認爲李玉出身申相國家奴僕，因此從小就在戲曲氣氛濃厚的申府中長大，多少受其濡染啓發。〔註87〕另外，還有本文將論及的劇作家尤侗，他自蓄聲伎，常常調教演員演出自己的劇作，關於此二者，都將於後文第貳章第一、三節中再次論及，茲不贅述。

這是明代末期戲曲繁盛的情況，主要表現在江南地區家庭戲班的林立；不過，這個盛況到了明清改朝換代之後產生了轉變，清余懷之子余賓碩在《金陵覽古》卷三中說：

> 凡金陵曲中……家家競爲幽潔，曲廊邃房，迷不可出。教小鬟學梨園子弟以娛客。每至暮夜，燈火競輝，眾香發越，羯鼓琵琶聲與金縷紅牙聲相間，入其中者，無不人人自失。鼎革後數年之間，風流雲散，勝事煙銷，舞榭歌臺，鞠爲茂草矣。〔註88〕

由此文可知，家庭戲班在明清「鼎革後數年之間」盛況不再，起而代之的戲曲榮景，則是另一種演出形式，即流動於民間的職業戲班。

職業戲班雖然長期存在，但在明亡以前幾乎難與縉紳家樂相抗衡，在兵燹之後依附著安適生活而存在的家庭戲班元氣大傷，流動民間的職業戲班在清朝初建、需要演戲慶宴以安撫民心、壯大國勢的需求下大增演出機會，於是職業戲班漸漸地成爲清初戲曲繁盛時期的主要演出形式。尤其是在畫舫笙歌、四時不絕的蘇州地區，明中葉以後工商業極度發達的雄厚經濟基礎，讓它在戰火之後能夠迅速恢復起來，清初談遷《北遊錄》記載他於順治十年（癸巳，1653 年）閏六月甲戌日經過蘇州閶門，感嘆道「金閶繁麗，不減於昔」〔註89〕，在此基礎之上，蘇州民間戲班搭台演戲的情況屢見不鮮：《逸史殘鈔》記順治六年蘇州一帶：「沿河村落中，當茲春日，必有巡神演戲之事。……時河濱有村，曰張王墩者，連日演戲，男女遝而至者，大半艤舟河曲，密如戰艦，甚盛會也。」〔註90〕由此可知，清初蘇州地區民間職業戲班的昌盛情形。

從這個戲曲主要演出形式的遞嬗轉變，我們可以知道由明中、晚期至清

本，現藏於台灣大學圖書館善本書室），頁 17。
〔註87〕 最早提出此說的是馮沅君〈怎樣看待《一捧雪》〉（1964 年發表，後收錄於《馮沅君古典文學論文集》，山東：山東人民出版社，1980 年 8 月初版）
〔註88〕 清余賓碩：《金陵覽古》（收錄於《瓜蒂庵藏明清掌故叢刊》，上海：上海古籍出版社，1983 年 6 月初版），頁 33。
〔註89〕 清談遷：《北遊錄》（北京：中華書局，1960 年 4 月初版），「紀程卷」，頁 3。
〔註90〕 轉引自胡忌、劉致中：《崑劇發展史》（北京：中國戲劇出版社，1989 年 6 月初版），頁 267。

初時期，戲曲各勢興衰消長的演變軌跡，在這條演變脈絡中，擁有豐富戲曲成就的蘇州地區始終扮演著重要的腳色。值得注意的是，本文所論清初蘇州劇作家的生平背景、戲曲創作、觀戲形式等情況，均可見出清初時期家樂演出與民間戲班的勢力消長關係，關於此點，將於後文陸續提出作深入的討論。

小　結

　　綜上所述，則知身為崑劇發源地的蘇州地區，以其優越的地理環境、悠久的歷史傳統，為該地奠定良好的生活基礎；加以溫柔雅致、開放包容、崇教尚文的文化性格，多方薰陶出蘇州薈萃的人文環境；在明中葉以後蘇州工商發達、經濟繁榮，富庶的物力更助長文藝活動的興盛，蘇州戲曲活動的發展便在這樣得天獨厚的環境下長盛不衰，是以生活於此的清初蘇州戲曲家，得以汲取豐富的資源而創造豐盛的戲曲成果。

第二章　清初蘇州劇作家生平背景
與其戲曲活動

小　引

　　前面第壹章針對蘇州地區本身的歷史傳統、地理環境所孕育的地域文化性格、文藝資產，對於清初蘇州劇作家潛移默化的影響與啟發，作了初步的介紹。有此認識之後，接下來所要探討的主題，便是以目前客觀所見劇作家的生平資料，從各別個人的出身背景、科舉仕宦為出發點，觸及彼此間師承交遊、往來合作的活動情形，藉此分析、歸納彼此之間的共性與個性，一來從中瞭解劇作家本身的生命際遇對其思考模式、寫作態度的形成與影響；二來探討生活於此時地的劇作家們，其與周遭人際群體、社會環境之間所發生的往來互動，對本身的曲學創作，與整個地域的戲曲發展，產生如何的交流與關連。

第一節　　資料分析與出身背景

一、資料的分析角度

　　首先來看的是劇作家的出身背景。在研究中國傳統戲曲的各項課題中，對於劇作家本身生平資料的開發與研究，是極重要、卻又極困難的一環。重要的原因是，中國戲曲劇本的創作，除了舞臺上的表演意義之外，還有案頭閱讀的文學意義，因此，除了所謂的專業劇作家從事創作以外，一般文人士子縱然視為小技，染指編寫的也不在少數，如此一來，劇作家本身的出身背

景、文學涵養、及其在傳統社會中的身份與定位，便常常影響其對戲曲藝術的認知與定義，也就容易造成創作性質導向的不同，此即所謂「劇人之曲」與「文人之曲」之別。

另一方面，此研究議題的困難所在，卻是礙於客觀資料的侷限性。由於戲曲在中國封建社會中一直被視為不登大雅之堂的末道小技，歷來對於劇作家的資料記載向來輕忽不視，甚且作者本身也視為遊戲之作、羞於提名，因此，關於劇作家的生平資料不是闕之弗如、湮沒未見，就是失之簡陋、訛誤不明。

本文所討論的清初蘇州劇作家同樣面臨這個問題。然而，誠如前言所述，若欲瞭解蘇州地區戲曲的活動情形，及其對整個中國戲曲發展的影響，劇作家的生平事蹟，就成了不得規避、甚且是首需探討的重要議題。因此，在目前已開發的客觀資料尚屬有限的情形之下，筆者對於資料的分析，擬以結合明末清初蘇州文化背景的角度，來解讀劇作家們在此地域氛圍與社會環境之下，其生平遭際所帶給他的身份定位與角色認同。

首先我們來看資料分佈的情形。綜合所有現今已開發的清初蘇州劇作家生平資料，我們可以歸納為三種客觀情形：一為資料極為豐富翔實者，乃吳偉業、尤侗兩人，此二者同時為正統文人出身的文學大家，在當時都頗具身份與地位，因此對其生平事蹟不乏多人記載，尤侗甚且還自撰年譜。二為僅見簡單資料者，計有：李玉、朱素臣、朱佐朝、丘園、畢魏、張大復、王續古、葉稚斐、黃祖顓等人。這些資料或者見於當時交往的友人詩文紀錄、或者出於後來稗官野史等筆記雜說、或者源自地方縣志的記載、或者出於戲曲專書對於劇本、作家的著錄，但總歸都是簡單介紹，僅知輪廓大概。三為生平資料完全不詳，僅有作品傳世而已，計有：朱雲從、朱葵心、周杲、陳二白、許恆南、盛際時、鄒玉卿。

遺憾的是，後兩者情形竟佔了大多數，這固然是研究此議題仍須奮力不懈的一環，然而面對此一情形，我們不禁要同時思考，這種分佈狀況是否揭示出如何的時代意義？是否隱含有特殊意涵？循著這種思維徑路，我們在掌握有限的客觀資料之時，便期待能解讀出這一時地孕育出的劇作家，其身家背景所代表的地域文化特質。筆者以為，後兩者與第一種人數多寡分佈懸殊的情形，正是驗證了第壹章第四節所述自明代到清初，戲曲主要演出形式由縉紳家樂轉變為民間戲班的消長情形，關於此點，下文將陸續進行分析。

其次再來看劇作家出身背景的差異。閱讀這些資料之後,我們知道劇作家的出身背景,不外乎是出身世家或者平民之貴賤不同〔註1〕。由於蘇州地區向來文化發達、經濟繁榮,於是積累出很多名門望族,或爲縉紳世家、書香門第,或爲商賈鉅富、土地財主,不少劇作家就是出身其中,如:袁于令出身吳門袁氏、王抃出身太倉王氏、沈璟家族更是吳江望族,本文所討論的清初葉稚斐出身吳中葉氏,其龐大的家業勢必影響其人的生活態度、戲曲活動與創作思維,就算是已經衰落的家族,如:吳偉業、尤侗,其悠久的門第傳統也會多少產生影響。與之相對的,則是出身低微者,此類則以李玉爲代表。清焦循(1763~1820)《劇說》卷四謂李玉乃「申相國家人」〔註2〕,此說雖然疑義不少,下文將再詳述,但李玉並非出身世胄貴族卻是沒有爭議的,其他如:隱居塢邱山的丘園、粗知書的張大復等人,可能都是出身平民的讀書人而已。也因此,身家背景的不同讓劇作家們從事創作時,所選取的題材、關注的議題、呈現的思想、表達的文字藝術,都有某程度上的不同。

有以上兩個層面的理解之後,緊接著下面將從劇作家的出身背景作依次深入的探討。關於本文所討論的清初蘇州劇作家生平資料及活動大事,筆者整理爲〈清初蘇州劇作家生平資料彙整〉、〈清初蘇州劇作家活動大事年表〉二表以清眉目,請參見附錄一、二。

二、出身大族世家

首先談到的是明清蘇州地區世族名門的文化情形與出身其中的清初劇作家。清初劉獻廷(1648~1695)《廣陽雜記》卷一云:「東吳尤重世家。宜興推徐、吳、曹、萬,溧陽推彭、馬、史、狄,皆數百年舊家也。」〔註3〕清末金武祥《新陽趙氏清芬錄序》中亦云:「吾吳山水清淑,風俗純厚,無論都邑鄉里,大率皆有世家名族。」〔註4〕從這兩條資料可見,江南吳中地區之所以特重世家,是因爲有「數百年」的歷史傳統、「山水清淑」的地理環境,與「風俗純厚」的文化性格,而這三點,正也就是上文一再強調的蘇州地區優越的地域特質與濃郁的文化氛圍。如此之下,江南吳中地區的世家望族,往往表

〔註1〕 筆者需要說明的是,此處所用「貴賤」並無對其出身含有高下尊卑的褒貶之意,就中國傳統文學的用字意涵而言,此「貴」代表家族成員具有仕宦身份,而「賤」則爲與之相對的平民身份。

〔註2〕 清焦循:《劇說》,收錄於《中國古典戲曲論著集成》,同第壹章註14,頁158。

〔註3〕 清劉獻廷:《廣陽雜記》(北京:中華書局,1957年7月初版),頁43。

〔註4〕 轉引自江慶柏:《明清蘇南望族文化研究》,同第壹章註38,頁1。

現出較其他地區更爲濃厚的文化特性，其「家族成員具有強烈的文化意識，他們所從事的職業也以文化型爲主，或具有文化特徵；家族具有良好的文化環境和文化習慣，充滿濃厚的文化氣氛；家族具有相當的文化積累，並有一定的文獻儲存；家族內進行著廣泛的文化交流。」〔註5〕

以上這些話反映在蘇州的「戲曲世家」中，可以說是完全地符合實際狀況。首先，我們看到葉稚斐出身的吳中葉氏望族。周鞏平〈葉稚斐傳記史料的新發現〉〔註6〕一文刊出康熙五十一年刻本《吳中葉氏族譜》（現藏於北京圖書館柏林寺分館）中所載〈牧拙生傳〉、〈牧拙公小像贊〉二文，讓我們瞭解很多關於葉稚斐的生平事蹟及其家世背景。在家世背景方面，該文據《族譜》指出：葉氏爲三吳望族，祖父葉初春乃四方倚重仰望的朝臣。接著，鄧長風《明清戲曲家考略》書中〈《吳中葉氏族譜》中的清代曲家史料及其他〉一文，〔註7〕又據光緒刻本的《吳中葉氏族譜》（現藏於美國國會圖書館）發現了與葉稚斐同宗的旁系族人，還有葉紹袁、葉小紈、葉奕苞、葉堂等多位戲曲家，並且清初鼎鼎大名的文學家葉燮也是稚斐的同宗族弟。葉紹袁（1589～1648）一系與吳江沈璟家族有非常密切的姻親關係，〔註8〕其女均有文名，次女小紈還作有雜劇《鴛鴦夢》。與葉稚斐同時的族弟葉奕苞（1630～1687）著有雜劇四種，總稱《經鋤堂樂府》。葉堂（1736～1795）是乾隆間重要的蘇州音樂家，其《納書楹曲譜》創立的葉派唱口，爲當時海內唱曲者所宗。葉燮（1627～1703）除了爲稚斐寫贊、與奕苞來往之外，也和當時陝西戲曲家喬萊往來唱和，並作詩讚詠喬家十伶。〔註9〕可見這些葉氏戲曲家均有活躍頻繁的戲曲活動。

吳中葉氏家族之所以有如此頻繁的戲曲活動，與上文所言「家族具有良好的文化環境和文化習慣，充滿濃厚的文化氣氛」有關。葉稚斐的祖父葉初春是明萬曆庚辰八年進士，官至禮科左給事中，在世時家中談笑皆鴻儒、往

〔註5〕 同上，頁39。

〔註6〕 周鞏平：〈葉稚斐傳記史料的新發現〉，同第壹章註20，頁112～119。

〔註7〕 以下參見鄧長風：《明清戲曲家考略》〈《吳中葉氏族譜》中的清代曲家史料及其他〉、〈關於葉紹袁家世史料的幾點補正〉二文，同前言註16，頁276～315。

〔註8〕 據鄧長風：《明清戲曲家考略》〈崑劇演出史料鉤沈〉（同前言註16）一文第三節「君張女樂」指出，葉紹袁娶沈璟的侄兒自徵的姊姊宜修爲妻；他們的次女小紈嫁沈璟之孫永楨爲妻；紹袁的三子世馛娶沈璟的另一侄兒自炳的女兒憲英爲妻。

〔註9〕 葉燮：《己畦詩集》卷六〈十伶曲〉小字注曰「爲石林家優作」，據康熙丙寅（25年，1686）葉氏二充草堂刊本，現藏於台灣大學圖書館善本書室。

來無白丁，其父登仕爲府庠生，援例入監，其二兄時容「少承家學，聲動衣冠」、三兄時嘉「肆力古文詩詞，留心著述」，雖不得志於功名，卻也都有很好的文學修養；葉紹袁之父重華是萬曆十四年會魁，與當時名臣袁黃爲同科進士，兩人交誼深厚「文壇詩社，日夕共之」，紹袁十歲以前均寄住袁家；葉奕苞的先祖爲明中葉著名文人葉盛，其父國華爲萬曆四十三年舉人，其從兄方恒是順治十五年進士、方靄是順治十六年一甲三名進士，爲康熙間名臣。凡此種種均可見出吳中葉氏家族是屬於書香門第的文化世家，且是連綿幾世、代代相傳，清薛鳳昌：《邃漢齋文存・吳江葉氏詩錄序》云：「若夫葉氏，自明中葉迄於清季，數百年間，幾至代各有人，人各有集。若天寥（紹袁）、若己畦（燮）、若學山（舒穎）、若分干（舒璐）、若文竹（昉升）、若改吟（樹枚），尤皆主騷壇，負重望。風雅之傳，今猶未沫，何其盛也。」〔註10〕便是說明了這個情形。

　　更重要的是，葉家還有濃厚的戲曲氛圍：鄧長風〈崑劇演出史料鉤沈〉一文根據葉紹袁〈葉天寥年譜・別記〉記載，得知葉稚斐的伯叔輩中，有某一位曾在蘇州虎丘中秋曲會上獻唱崑曲，大展歌藝，並據此得出結論：「這則材料至少告訴我們，葉時章正是出身在這樣一個具有濃郁戲曲氣氛的家庭裡。」〔註11〕正是和我們的理論相符。至於其他清初以前蘇州地區的戲曲世家，如太倉王氏、吳江沈氏、吳門袁氏等，都和葉稚斐出身的戲曲世家一樣，有頻繁的文化活動及濃郁的戲曲氛圍，濡染著家族成員進而產生多位優秀的戲曲家。〔註12〕

　　至於門庭已衰的書香世家，其對子孫讀書習業的要求也幾乎不曾稍減，尤侗、吳偉業便是出身於這種家道中衰的文化世家。尤侗的五世祖即南宋間與陸游、楊萬里、范成大合稱「南渡四大家」的大詩人尤袤，他的孫子尤焴「官至端明殿大學士，度宗嘗幸其（案：指焴）第，題柱間曰『五世三登宰輔，奕朝累掌絲綸』，謂合文獻、文簡而三也，厥後子孫簪纓不絕。」〔註13〕

〔註10〕清薛鳳昌：《邃漢齋文存・吳江葉氏詩錄序》，轉引自《明清蘇南望族文化研究》（同第壹章註38），頁48。
〔註11〕收錄於鄧長風：《明清戲曲家考略》（同前言註16），頁316～331。
〔註12〕參見陸萼庭：《清代戲曲家叢考》〈王抃戲曲活動考略〉（同前言註17），頁64～76；鄧長風：《明清戲曲家考略》〈崑劇演出史料鉤沈〉（同前言註16），頁320～322；鄧長風：《明清戲曲家考略續編》〈袁于令、袁廷檮與《吳門袁氏家譜》〉（同前言註16），頁99～115。
〔註13〕見尤侗所撰〈家譜本傳〉一文，收錄於他爲祖先尤袤所輯《梁谿遺稿》詩集

可見尤氏一脈是奕朝絲綸、累世簪纓的文化世家。

其後到了尤侗的父親尤瀹，雖然歷代子孫功名各有顯微興衰，但其家族特重讀書的傳統卻也一直不變，尤侗〈先考遠公府君暨先妣鄭氏行述〉一文中提及其祖父對其父親尤瀹敦促讀書、家教謹嚴的情形：「府君性至孝，先祖素剛嚴，雖獨子不姑息，一經口授，徹丙夜不休，稍倦則夏楚隨之。」〔註14〕由此可見，尤氏有先祖的簪纓基業與累世的讀書家風，乃至於尤侗八十二歲高齡時，還主持刊刻先祖尤袤詩作《梁谿遺稿》之事宜。另外，我們知道尤侗的父親還雅好聲伎，孝順的他曾多次教導家伶演戲娛親，〔註15〕可見尤侗的身家背景，對其文學、戲曲造詣之養成，均有很大的影響。

吳偉業也同樣出身於這樣的書香門第。據王建生《吳梅村研究》〔註16〕一書對吳偉業家世背景的考證，我們得知偉業自六世祖起至曾祖父輩，均為簪纓仕宦、縉紳之士，不過到了其祖父一代，因未得功名門祚漸衰，其父則僅為諸生布衣一世。雖然當時家境已經「衰門貧約」，吳家還是讓他去家塾讀書，偉業自謂「每憶少時讀書，不至舐滯」，其聰慧的天賦得此學習機會，讓他從小就大放異彩，之後，受到當時文壇領袖張溥的賞識，以十六歲之齡為其入室子弟。〔註17〕

這兩位兼擅詩文詞曲、獨步當時的文學大家，自幼都在書香世家的讀書傳統中得以習業學文，為他們日後的文學成就奠定了很好的基礎，也間接影響了他們從事創作時的思想觀念及作品風格。

三、出身低微不詳

另外，我們便來看清初蘇州劇作家第三種不同的出身背景情況。與上述相對的，便是所謂的低微出身，首先討論的是學界眾說紛紜的「李玉是否出

附錄，清光緒己亥（25年）武進盛氏刊本，現藏於台灣大學圖書館善本書室。
〔註14〕 見尤侗：《西堂雜俎》卷下（同第壹章註55），頁170。
〔註15〕 尤侗曾自編年譜並畫圖題詩，其中有一幅「草堂戲彩圖」，是思親之作，小題為「先君雅好聲伎，予教小伶數人，資以裝飾，登場供奉，自演新劇曰《鈞天樂》。」收於《尤西堂全集》（康熙三十三年刊本，現藏於台北中央研究院傅斯年圖書館善本書室，以下對於尤侗的生平敘述，均出於此年譜記載，恕不再一一標示出處。
〔註16〕 王建生：《增訂本吳梅村研究》（台北：文津出版社，2000年6月初版），頁7～9。
〔註17〕 見清陳廷敬〈吳梅村先生墓表〉（收錄於《吳梅村全集》，同第壹章註55，頁1407），下文第二節第三點將引，茲略。

身僕役之後」的問題。

　　就目前客觀資料所見，明白提及李玉出身家世的乃清焦循《劇說》卷四，茲將這段資料詳引於後：

> 元玉系申相國家人，爲孫（申）公子所抑，不得應科試，因著傳奇
> 以抒其憤，而《一》、《人》、《永》、《占》尤盛傳於時。其《一捧雪》
> 極爲奴婢吐氣，而開首即云：『裘馬豪華，恥爭呼貴家子。』意固有
> 在也。

另外，據 1964 年馮沅君〈怎樣看待《一捧雪》〉文中指出，吳梅先生在《南北詞簡譜》油印本書眉批注中，曾提及李玉之父乃申相國時行之子用懋的僕人，[註18] 如此一來，李玉便是奴僕之後的出身了。

　　這幾句話雖然簡短，卻引起歷來學者諸多爭議，因爲焦循所述和吳偉業〈北詞廣正譜序〉中說李玉「連厄於有司，晚幾得之，仍中副車」的應試說法相互矛盾。於是，對此諸句的解釋也就眾說紛紜，不過總歸起來，問題的重點有三：

1. 焦、吳材料的可信度。
2. 奴僕出身者可否應試。
3. 奴僕出身者之社交情形。

茲將諸家眾說先以分佈圖示之以清眉目：

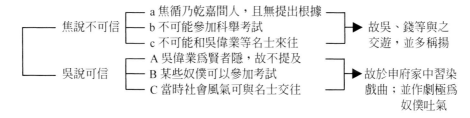

　　從目前所見材料上來看，兩說其實都缺乏直接的例證以辯駁反方，均只能從旁證及邏輯推理輔助說明。筆者個人認爲，與其從上述 A：a 點去揣測焦、吳兩人的寫作根據及立意，倒不如還原爲當時明末清初社會，從客觀的社會環境去觀察當時的奴僕在 B：b、C：c 方面的現象，才不至於有太多的臆測與聯想。

　　關於 B：b 點，首先看到清初社會蓄奴的情形，清徐珂編撰《清稗類鈔·

─────────────

[註18] 馮文同第壹章註 87。又，吳書油印本惜今已佚。

奴婢類》「奴婢之解釋」條云：

> 古罪人之子女，從坐而沒入官以給役使者，曰奴婢，後則價買而依
> 主人之姓者亦曰奴，若給工值僱用者，則謂之僱工，然普通心目中，
> 輒皆視之爲奴。……

> 其後「大姓買僕」條又云：「徽州之汪氏、吳氏，桐城之姚氏、張氏、
> 左氏、馬氏，皆大姓也，恆買僕，或使營運，或使耕鑿。久之，積有資，
> 即不與家僮共執賤役，其子弟讀書進取，或納資入官，……」〔註19〕

由此記載可知，當時社會對於賣身供人役使、給值雇用者大抵通稱爲奴，不
過，他們的待遇並不完全相同，或使營運耕鑿、或供人驅役，其處境也有改
變的空間，有的在漸有積蓄之後，便可以不完全做供人驅使的賤役，甚且還
能讓後代讀書進取，並捐資作官。以上的說明，我們在清初董含《三岡識略》
（前文第壹章第二節曾引此書）卷三「江左風俗」條中，得到了具體的例證：

> 江左風俗，凡奴婢子採芹者皆從主姓，無少長悉以叔祖稱之，即位
> 望通顯，不敢抗行。余族叔襟海公有僕曰張福，幼有斷袖之愛，及
> 長，遂冒主姓配寵婢，以當壚爲業，生子雲孫，舉甲午鄉薦，聯捷
> 南宮。

這條資料中的奴僕張福「以當壚爲業」，即類於上述「或使營運」，其子雲孫
中舉任官，即上述的「讀書進取」，尤其值得注意的是，董含說這是「江左風
俗」，「凡」與「皆」兩字均說明了這種「奴婢子採芹」、讀書入學〔註20〕的情
況在當時絕非偶然的特例，而是一向存在著的情況，甚且早在明代就已經出
現了：明末談遷《棗林雜俎》「聖集」「馮氏義僕」條記載華亭馮家義僕馮艮，
在主人家衰落破敗之後，仍堅守並振興主人舊家十餘年，後來「艮子三皆諸
生，孫明玠天啓壬戌進士，歷御史。」〔註21〕

　　綜合以上資料，可以清楚知道明末清初（談遷：？～1665；董含：1626
～？）的社會，奴僕之後是可以讀書進取、甚至仕進爲官的情形。

〔註19〕清徐珂編撰：《清稗類鈔》（北京：中華書局，1986 年 7 月初版），頁 5265～
　　　　5266。
〔註20〕根據教育部國語推行委員會編：《重編國語辭典（修訂本）》光碟版（台北：
　　　　教育部國語推行委員會，民國 83 年 9 月初版）中對「采芹」的解釋是：「古
　　　　代諸侯的學宮，稱爲泮宮，學宮之水池爲泮水。采集泮水的芹菜，意謂入學。
　　　　詩本《詩經》〈魯頌・泮水〉：「思樂泮水，薄採其芹。」或作「採芹」。
〔註21〕清談遷：《棗林雜俎》（《四庫全書存目叢書》子部，據上海圖書館藏清抄本影
　　　　印，台南：莊嚴文化事業出版社，1995 年 9 月初版），頁 318。

再來看到 C：c 點所討論的奴僕之後與名士交往與否的問題。明管志道《從先維俗議》卷五：

> 唯今之鼓弄淫曲，搬演戲文，不問貴遊子弟，庠序名流，甘與俳優下賤爲伍，群飲酣歌，俾晝作夜，此吳越間極澆極陋之俗也。而士大夫恬不爲怪，以爲此魏晉之遺風耳。〔註22〕

毫無疑問地，這條資料告訴我們在當時（該書爲明萬曆三十年 1602 刻本）、尤其是蘇州地區「吳越」一帶的社會風氣，文人名士與優人賤役相交遊非但不是不可能，而且還是很風行的事。雖然該作者批評此爲澆陋之俗，但觀諸明末多位名士的交遊情形，例如：復社領袖張溥、張采曾經提攜通曉文章的延陵家僮張嶢；與李玉交遊之馮夢龍、錢謙益、吳偉業、吳綺等人，也都常和倡優、伶工等人交往，〔註23〕並且李玉本身只是僕役之後的劇作家，還爲副榜舉人，因此此點應不辯自明。

綜上所述，筆者以爲 b、c 兩點是不符合明末清初當時的社會風氣。如此，再反觀 A、a 兩點，無論正、反兩方都只能訴諸邏輯推理，因爲焦循沒有提出「是」的背後根據、梅村也沒有明白指出「不是」的眞實出身，因此筆者認爲這兩點都不是有力的說法。

於是，關於李玉是否出身僕役之後的問題，就目前兩說均缺乏最直接的例證出現之前，筆者淺見以爲，回歸到明末清初當時的社會情況所見，焦循所謂李玉爲僕役之後的低微出身，與吳偉業所述幾度應考、僅中副榜的情況是可以並立的。〔註24〕但不管正、反兩方持論爲何，總歸一句，李玉絕非出身名門世族是歷來學者均有的共識。

除此之外，就目前客觀資料來看，其他尚未論及的清初蘇州劇作家的身

〔註22〕明管志道：《從先維俗議》（收於《四庫全書存目叢書》子部，據天津圖書館藏明萬曆三十年徐文學刻本，台南：莊嚴文化事業出版社，1995 年 9 月初版），頁 464。

〔註23〕張嶢事見吳偉業《復社記略》卷四；錢謙益侍妾柳如是即當時名妓，錢並曾題詩贈與名優王紫稼、說書名家柳敬亭等；吳偉業也有詩贈與王紫稼、柳敬亭、崑曲唱家蘇昆生等人，堂堂「三風太守」吳綺也曾作一套散曲贈送給蘇昆生，均可見當時名士與娼優賤役、伶工藝人往來是頗常見的事。

〔註24〕附帶說明，支持焦循之說的部份學者還進一步延伸出其他說法，如：《列朝詩集小傳》謂申時行：「時時與故人遺老，修綠野、香山故事，賦落花及詠物詩，丹鉛筆墨，與少年詞人爭強角勝。」於是便有學者認爲此少年詞人其中就可能有李玉，由此落實了焦循「爲申公子所抑」、錢謙益〈眉山秀序〉說李玉「才爲世忌」的說法。筆者以爲，這樣的看法未免失於附會，難以信服。

家背景幾乎一字未及、闕之弗如。不過，從部份劇作家的生平記載來看，我們得知，普遍上他們都具有文人身份，例如：葉稚斐曾「習舉子業」、丘園「工吟詠，……填詞則取法貫酸齋、馬東籬」、張大復「粗知書、好填詞，……亦頗知釋典」、黃祖顓曾從吳偉業學詩，並赴順天鄉試、王續古曾參與《南詞新譜》的參閱工作……等，他們也和當時名士有所來往，也多曾應舉赴試而功名未得，因此，少有方志、史傳會詳細記錄他們的生平事蹟，更遑論其身家背景。

至於還有部份劇作家生平資料全無，今日僅見其劇作者，如：周楑、盛際時、朱雲從、陳二白等人，據成書於清初的高奕（生卒年不詳）《新傳奇品》將他們與李玉等一批清初劇作家同樣著錄於書中，得知他們是活躍於同時期的劇作家，且高奕對其傳奇作品大多頗有讚譽〔註25〕，可見他們也是能吟詠作曲、讀書習業的文人士子。從前文第壹章所述清初蘇州地區文化性格濃厚、文藝資產豐富、戲曲蓬勃發展的情況來看，這群劇作家很可能是當時沒有功名爵祿、沒有顯赫世家的普通讀書人，在蘇州絃歌不輟的風氣習染之下，附庸風雅、舞文弄墨一番，或者一逞才情，或者聊書鬱悶，或者吟風誦月，因而留下了這些傳奇作品。清末吳江人陳去病（1874～1933）《五石脂》書中述及家鄉：

> 至先朝以來，文人雅士，風流名雋，思致綿邈，才調無雙，於是始
> 染翰弄筆，造作傳奇，其後沿為風尚，踵武特多。〔註26〕

便是說明這種狀況。

筆者以為，大部份清初蘇州劇作家，應該多是這樣一群出身平民、社會地位不高、接觸民間生活的曲家。也正因為如此，他們的作品，或者反映較多的時代氣息，或者著墨更多的民間樣貌，或者抒寫失意文人的鬱悶與惆悵，但整體而言，大多呈現出相對之下文人氣息較少的劇作風格。關於此點，將於下文第參章、第肆章有更深入的分析。

緊接著下節，我們便再針對劇作家目前所見的生平資料，就科舉仕宦、師承交遊等方面，作具體的分析，以期勾勒出更客觀的活動輪廓，藉以進一

〔註25〕 清高奕：《新傳奇品》（收錄於《中國古典戲曲論著集成》，同第壹章註14，頁274）謂周楑「老僧談禪，真諦妙理」；盛際時「珍奇羅列，時發精光」；朱雲從「駿騎嘶風，馳驟有矩」等等，以上諸家將於第參章論述該作品時提及，茲僅列數例恕不全舉。

〔註26〕 清陳去病：《五石脂》（南京：江蘇古籍出版社，1999年8月初版），頁352。

步探究劇作家生平背景與周遭社會環境、及其劇作風格形成之間的互動與影響。

第二節 科舉仕宦與師承授徒

一、科舉功名

在中國傳統封建社會裡,讀書人「學而優則仕」的觀念根深蒂固,因此,文人們十年寒窗之後,參加科舉考試、進而入仕為宦便成了一生奮鬥的終極目標,這條青雲路是否走得順暢得意,往往成了影響一生悲、喜、顯、微命運的關鍵,清初蘇州劇作家們也不例外。就目前所見劇作家生平資料來看,科舉之途或顛仆、或順暢,都在某程度上影響了他們的創作觀念與生活態度,因此,此處擬先從劇作家的科舉順蹇情形談起,再進一步分析其功名之路對戲曲創作、人生觀念及生活態度,乃至於所處時代社會之間的牽連、互動與影響。

首先看到的是魁星高照的劇作家。遺憾的是,在所有清初蘇州劇作家之中,科舉一途春風得意的竟只有一位:吳偉業。前文曾經提及,吳偉業出身書香世家,儘管當時已經門衰祚薄,但其家庭還是很重視子女教育,年僅七歲的偉業被送去家塾學習,天資聰慧的他讀書不致觝滯,後來果然不同凡響,在二十三歲(崇禎四年,1631)便高中一甲二名進士,即榜眼是也。當時皇上「特撤金蓮寶炬,花幣冠帶,賜歸里第完姻,於明倫堂上行合巹禮。蓋自洪武開科,花狀元續後,此為再見,士論榮之。」〔註27〕這無疑是吳偉業一生最光耀的時刻,「人間好事皆歸子」,〔註28〕考場得意的他又蒙獲賜婚,真是受到朝廷極大的榮寵。

相對於吳偉業的一舉奪魁,其他劇作家就顯得坎凜困蹇多了。前面提及李玉「連厄於有司,晚幾得之,仍中副車。」非常不得志,許恒南《二奇緣》卷末收場詩云:「借得皮囊十九年,可憐已作等閒看。……情雖重我無緣種,志欲掀雲未許掀。」看來似乎也是有志青雲、卻未能得意的感嘆。和梅村同

〔註27〕 清鄭方坤:《清朝詩人小傳》卷一〈梅村詩鈔小傳〉(台北:廣文書局,民國60年9月初版),頁16。
〔註28〕 張溥:〈送吳駿公歸娶〉詩,見《梅村家藏稿》卷末〈年譜〉中崇禎四年之下。據上海商務印書館縮印武進董氏新刊本,收於《四部叢刊初編》集部,上海:商務印書館,1991年初版。

樣自幼聰慧的尤侗、葉稚斐、黃祖顓等，卻有著截然不同的發展。尤侗十五歲赴童子試失利，十八歲得補長洲弟子員，往後二十歲到三十四歲屢屢參加鄉試、科試、省試、廷試等，幾乎都嚐到落榜滋味，直到三十五歲（順治九年，1652）入京會試，才以拔貢身份得授河北永平府推官。葉稚斐方面，清孫岳頒〈牧拙生傳〉云：「翁生而英異，倜儻有大志。始習舉子業，伸紙落筆，奇警過人，謂取青紫如拾芥。適遭鼎革，淡於功名。」〔註29〕這裡雖然說得委婉含蓄，但可知道葉稚斐也是科舉失利的初級文人。

最為辛酸的是黃祖顓，他「少奇穎，年數歲能作詩歌、古文辭，即席命題，輒傾座客。……為時藝試輒冠軍，時輩皆推服，以為取青紫特餘技也。顧往往蹭蹬場屋。」〔註30〕名噪一時的才情並沒有讓他科場得意卻反而「蹭蹬場屋」，據陸萼庭〈《迎天榜》傳奇作者考〉一文〔註31〕考據，黃祖顓從成年到他四十歲赴康熙十一年（1672）順天鄉試，應該至少有四次考試都失利了，最終他還抱病進入闈場，黃侃〈黃王頁傳墓誌銘〉中說：「康熙十一年壬子秋闈，王頁傳方患痾，匍匐入試。……既出闈，臥王顓庵編修寓中，病已不支，至二十二日而絕。」〔註32〕這真的是為拾青紫、死而後已！

從劇作家的科舉之路來看，值得注意的有四點：

（一）對劇作家創作的影響

讀書人自古十載寒窗，為的就是一舉成名，所有黃金屋、千鍾粟、顏如玉都由科舉中榜開始，因此，科舉失意帶給他們的打擊通常不小，滿腹牢騷憤懣無由宣洩，戲曲便成了他們抒發不平之氣的憑藉之一：尤侗《鈞天樂》傳奇有餐霞山人閬峰氏〈題詞〉：「悔庵先生抱一石才，抑鬱不得志，因著是編，以洩不平之氣。」〔註33〕；陸世儀《《迎天榜》序》云黃祖顓：「顧往往蹭蹬場屋，詩文之餘，間為新聲，強自排遣。」；李玉「蘊奇不偶，每借韻人韻事，譜之宮商，聊以舒其塊壘。」〔註34〕葉稚斐「適遭鼎革，淡於功名，詩文之暇，寄情於聲歌詞曲，演傳奇數種行於世。世稱翁之詞義激昂，才情

〔註29〕 孫岳頒〈牧拙生傳〉，見《吳中葉氏族譜》，同第壹章註20。

〔註30〕 陸世儀：〈迎天榜傳奇序〉，見《迎天榜》傳奇卷首。

〔註31〕 同前言註17，頁77～84。

〔註32〕 黃侃〈黃王頁傳墓誌銘〉，見王寶仁《娶水文微》卷六十（據道光壬辰開雕閣有餘晶藏板，現藏於台北中央研究院傅斯年圖書館善本書室。

〔註33〕 閬峰《《鈞天樂》題詞〉，見《鈞天樂》傳奇卷首。

〔註34〕 錢謙益《《眉山秀》題詞〉，見《眉山秀》卷首。

富有，不知只緣目擊喪亂，聊以舒胸中塊壘，」由此可見，劇作家困頓科場的失意惆悵，也成了他們的寫作動機之一。

（二）對周遭環境的影響

關於這點我們要來看身居榜眼的吳偉業。當他還沒赴試時，就已在其師張溥所領導的復社團體中嶄露頭角，當他大魁天下的消息傳出後，對於吳中一帶文人士子的影響力及號召力更大甚以往，如此之下引起了朝野部份人士的妒忌，紛紛起而攻訐打擊，於是也就有了晚明著名的「復社公案」。〔註35〕乃至於入清以後，吳偉業前朝進士、一代巨擘的領袖地位，讓清廷不能不心懷芥蒂，於是屢次威逼他上朝爲官，終於造成他二度仕清的終身遺憾。吳偉業科舉順遂，不僅讓他個人成爲文壇的領袖，進而改變了他的一生，其一舉一動也在當時社會起了莫大的效應。

（三）受時代巨變所影響

我們知道，清初蘇州劇作家的活動及其創作，與周遭社會環境的互動關係很密切，剛才以吳偉業中舉對當時社會所產生的影響爲例，現在我們反過來，看明末清初社會環境對劇作家們追求科舉之路所產生的影響。最顯著的情形便是明清鼎革之變。社稷的傾圮讓劇作家們痛心疾首，李玉「甲申以後，絕意仕進」，過著「林下酌、溪邊釣」的生活，對於功名仕進，他的態度是「看浮雲富貴只尋常，頭寧掉。」〔註36〕；葉稚斐「適遭鼎革，淡於功名」，都明白指出國家遭變使他們視富貴如浮雲。

至於其他劇作家的生平資料中雖然沒有明白指出這一點，但從部份描述

〔註35〕據陸世儀《復社紀略》卷二：「偉業以溥門人，聯捷會元鼎甲，欽賜歸娶，天下榮之。遠近謂士子出天如門者必速售。……比溥告假歸，途中鵷首所至，挾策者無虛日。及抵里，四遠學徒群集。癸酉春，溥約社長爲虎丘大會，先期傳單四出。至日，山左、江右、晉、楚、閩、浙以舟車至者數千餘人，大雄寶殿不能容，生公臺、千人石鱗次布席皆滿，往來絲織。游於市者爭以復社會命名，刻之碑額，觀者甚眾，無不詫嘆，以爲三百年來，從未一有此也。」（見中國歷史研究社主編：《中國歷史研究資料叢書》中之《東林始末》，上海：神州國光社，1952 年 12 月五版）頁 206。又，《明史》〈張溥傳〉曰：「里人陸文聲者，輸貲爲監生，求入社不許，采又嘗以事扶之。文聲詣闕言：『……溥、采爲主盟，倡復社，亂天下。』溫體仁方枋國事，……嚴旨窮究不已，……至十四年，溥已卒而事猶未竟。」（台北：鼎文書局，民國 64 年 6 月初版），頁 7404。

〔註36〕以上兩句詞句見吳綺《林蕙堂全集》卷二十五〈滿江紅·次楚畹韻贈元玉〉，同第壹章註 16。

其生活情形的文字中，我們也可見出他們看淡功名、無心仕進的態度：畢魏《竹葉舟》傳奇第一折【浣溪紗】曲云：「謝卻簪纓回世俗，自將檀板協歌謳，新詩吟罷水方流。」；丘園「爲人跌蕩不羈、恥事干謁。」；朱素臣「授簡更當明月下，狂吟都在菊花前。」〔註37〕。當然，我們必須進一步思考的是，劇作家們之所以無心功名的原因應該是多層面的，除了前文第壹章所述和蘇州文人閒澹雅致的文化性格多少相關以外，筆者認爲還有上述個人的考場連連失利，以及這裡江山易主的衝擊與震撼。

（四）受社會事件所影響

除了時代巨變的大環境影響之外，當時切身的社會大事，也同樣影響著劇作家的命運，此以黃祖顓爲例。上述黃祖顓屢赴科場未得如意，有部份原因可能是爲社會事件所累：陸萼庭〈《迎天榜》傳奇作者考〉文中分析黃氏墓誌銘所言，得知黃祖顓因爲清初奏銷案一事無辜受累，失去生員身份，因而只得遠赴杭州重新應童子試，從頭開始，於是白白浪費多年時間，功名之事也就一再延宕拖磨。如此坎坷的際遇讓幼負奇才的黃祖顓更加抑鬱不平，對於科舉功名也就更加不能釋懷，這股憾恨完全抒發在他的傳奇《迎天榜》中。

綜上所述，可知科舉功名對於讀書人出身的清初蘇州劇作家而言，同樣在其生活、創作上，有著重大的影響。再加上劇作家們生活於明清之際、社會動盪的時代裡，周遭環境的變化都與他們產生密切的互動關係，如此更進一步影響其從事創作的過程。

二、仕宦經歷

所謂「學而優則仕」，既然大部份清初蘇州劇作家失意考場，能夠入仕爲宦者也就寥寥可數，僅有吳偉業、尤侗兩人，然而此兩人的宦海浮沈均對其戲曲創作起了很大的影響。

首先看到尤侗的經歷。上述尤侗在經歷近二十年的考場生涯後，終於以拔貢授永平府推官之職，在其任內尤侗依法仲裁，扶弱鋤強，甚有政績，但也遭來不少怨謗。就在他任滿四年意欲改升京兆推官之時，卻節外生枝，因爲被控擅自責打旗丁邢可仕而改降二級調用。尤侗遭此人禍之後，決定歸家奉親，不再赴官，歸里後的他在宅外築看雲草堂，正似杜甫「年過半百不如

〔註37〕 以上兩則分別見《海虞詩苑》卷五「丘園小傳」，同第壹章註21；吳綺〈九月六日偕周飽葉、劉秀英、朱素臣、舒奕蕃、家大章小集克敏堂分韻〉，同第壹章註16。

意，明日看雲還杖藜。」的滄桑心境，就在此時，尤侗寫下了《讀離騷》雜劇。

之後，尤侗分別以「怎當他臨去秋波那一轉」制義、以及弟子徐元文高中狀元的「狀元業師」身份引起順治帝的注意，順治帝嘆賞其才，讚為「真才子」，原擬提拔重用，無奈天違人願，事猶未成，順治帝就駕鶴歸西，提拔之事自然也就無疾而終。面對這樣令人扼腕的事，尤侗既悲傷又無奈，只能將缺憾還諸天地、訴諸命運，他於〈祭吳祭酒文〉中，既同情梅村身不由己的仕清之恨，也借題發揮他時不我與的感嘆：「嗟乎！有涯者生，不齊者遇，忽然相遭者時，無可如何者數！」〔註38〕他在仕途不順之後，有機會得到順治帝的賞識，這是可遇不可求、「忽然相遭」的大好「時」機；沒想到他與這份爵祿畢竟有緣無份，「無可如何」的他只能歸諸命「數」多舛。

查尤侗於順治十三年（1656）去官歸家，十六年獲順治帝賞識，十八年順治帝駕崩、康熙帝即位，康熙十年吳偉業卒，尤侗寫下了上述的〈祭吳祭酒文〉，直到康熙十七年（1678）應博學鴻詞科中試，翌年赴京任翰林院檢討為止，這二十二年的時間尤侗均過著布衣文人的生活，雖然他無官一身輕，與友朋優遊林下、酬唱往返、聽戲觀劇，似乎過著悠閒逍遙的生活，這段時期也是他創作劇本的高峰期：順治十三年（1656）作《讀離騷》雜劇、十四年（1657）作《鈞天樂》傳奇、十八年（1661）作《吊琵琶》雜劇、康熙二年（1663）作《桃花源》雜劇、三年（1664）作《黑白衛》雜劇、七年（1668）作《清平調》雜劇。然而，觀諸這些戲曲創作，卻不時流露出他對科舉不順、仕途無望、事與願違的惆悵失意：

> 王士祿〈讀離騷題詞〉云：「世廟嘗嘆其才，若漢武之於司馬，將宮之禁近，會龍馭上賓，其事遂已。是其受知遇主，雖視左徒有殊，至懷才而不得伸，則寔有同者。此《讀離騷》之所由作也。」
> 程村於康熙乙巳（四年，1665）所作〈鈞天樂序〉亦云：「固知帝念蘇軾，大是奇才，人稱方朔，不徒待詔者矣。無何龍鬢既遠，猿臂徒悲，橋山有攀泣之臣，隴西猶數奇之將。箜篌宛轉，寫此愁懷，筆策淒涼，譜茲別怨。」〔註39〕

〔註38〕見尤侗：《西堂雜組》卷下（同第壹章註55），頁88。
〔註39〕王士祿：〈讀離騷題詞〉、程村：〈鈞天樂序〉分別見《讀離騷》雜劇、《鈞天樂》傳奇卷首。

均直接寫出了尤侗坎凜宦途的經過及其寄託愁怨的寫作動機。

至於尤侗自己的創作心聲，則在〈讀離騷自序〉一文〔註40〕中表現出來：

> 然古調自愛，雅不欲使潦倒樂工斟酌，吾輩祇藏篋中，與二三知己，浮白歌呼，可消塊壘。亦惟作者各有深意，在秦箏趙瑟之外。屈原楚之才子，王嬙漢之佳人；懷沙之痛，亂以招魂；出塞之愁，續以弔墓，情事悽愴，使人不忍卒業。陶潛之隱而參禪，隱孃之俠而遊仙。則庶幾焉，後之君子讀其文因之有感，或者垂涕想見其爲人。

筆者認爲，這段話至少表達了三點思想：

（一）抒發心中塊壘的寫作動機：這點和上述王、程之言完全吻合，無庸贅述。

（二）寄託作者深意的戲曲創作觀：尤侗認爲，他的戲曲創作不只是供樂工演奏、琴瑟彈唱而已，除此之外，還要能在作品中表達「作者各有深意」，不能只以「俳優小技目之」，這和尤侗在其他文章中所表達的戲曲觀念是一致的。〔註41〕

（三）強調戲曲的感染力：正因爲戲曲是直抒胸臆、澆人塊壘、寄託深意的工具，所以它對讀者所產生的影響及感染力，除了表演藝術上的「手舞足蹈、秦聲趙瑟」，讓「觀者目搖神愕」〔註42〕之外，也要能使人「因之有感」，甚且「垂涕想見」。

觀諸這段〈自序〉及尤侗全部劇作，我們發現幾乎都有「翻案補恨」的「深意」，此種補恨心理雖然自古已然，但反映在尤侗劇作中可以說是非常強烈。「尤侗之所以會有強烈的補恨意念，完全是本身遭遇的緣故。由於數十年的蹭蹬場屋，使得他對古人之命乖運舛者深表同感。」〔註43〕也由此可見，尤侗的仕宦經歷，對其人生態度乃至於文學創作，起了多大的影響。

接下來再看吳偉業。相對於尤侗的宦海浮沈僅止於個人運命之嘆，吳偉業的仕宦經歷則承載了沈重的家國身世之慨。如同上述，吳偉業一舉登第之

〔註40〕見《讀離騷》雜劇卷首。

〔註41〕尤侗在〈葉九來樂府序〉中也說：「至於手舞足蹈，則秦聲趙瑟、鄭衛遞代，觀者目搖神愕，而作者憂愁鬱抑之思，爲之一快。然千載而下，讀其書，想其無聊寄寓之懷，惕然有餘悲焉！而一二俗人，乃以俳優小技目之，不亦異乎！」見《西堂雜俎》，同第壹章註55，頁56。

〔註42〕同上。

〔註43〕見沈惠如《尤侗西堂樂府研究》，東吳大學中文研究所碩士論文，民國76年4月，頁230。

後，「弱冠登朝，南宮首策，蓮燭賜婚，花磚儤直」〔註44〕，蒙受了明朝極大的恩典，其後雖然受到明末「復社公案」的影響並為朝中不合者所忌，而職位屢有變遷，但他對於明朝賜予的榮寵，是片刻掛心，亟欲圖報，直到崇禎十二年（1639）升任國子監司業之後，因上疏申理直臣黃道周，觸怒了明思宗，差一點身繫囹圄，他才絕意仕進，接連兩次中允諭德、庶子之召，他都以丁嗣父憂為由辭赴。〔註45〕

甲申三月，京城失陷，翌年（即順治二年，1645），吳偉業應南明以南京詹事之召，出列朝班，希冀力挽狂瀾，然而這個小朝廷腐敗更甚以往，福王荒淫昏庸、日日笙歌絃舞，柄政的馬士英、阮大鋮依然以其私怨盡剷忠良，兼以鬻官賣爵、將國家大事玩弄於股掌。吳偉業知事不可為，甫兩月即掛冠求去。歸里後的他原本想作一遺民守志，但滿清新朝極欲籠絡人心、以漢制漢，吳偉業會元榜眼、宮詹學士、復社魁首、文壇領袖的赫赫聲名，正是清廷最為忌諱的名士，順治九年（1652）清廷詔起遺逸，吳偉業首當其衝，幾番徵書日夜催促、地方逼迫萬狀，他「過盡九折艱」之後，終於順治十年（1653）含淚北上應召入都，成為萬夫所指的仕清貳臣。〔註46〕

吳偉業雖然作了仕清貳臣，但其實他對明朝的眷戀與國變的劇痛，卻是不容置疑的。閱覽他在亡國後、仕清前所作的詩文作品，均不勝麥秀黍離之悲，字字血淚、聲聲嗚咽，而他的戲曲作品傳奇《秣陵春》、雜劇《通天臺》、《臨春閣》，也就作於這段時期。蔣瑞藻《小說考證》卷五「秣陵春」條引《花朝生筆記》謂：「夏存古完淳先生〈大哀賦〉，庾信〈哀江南〉之亞也。其敘南都之亡……吳梅村見之，大哭三日，《秣陵春》傳奇之所由作也。」〔註47〕鄭振鐸〈臨春閣、通天臺跋〉云：「諸劇皆作於國亡之後，故幽憤慷慨，寄寓極深。」〔註48〕吳偉業在沈痛中省思明亡之因，他認為遠因是閹黨、奸臣、

〔註44〕尤侗：〈祭吳祭酒文〉，同第壹章註55，卷下頁88。
〔註45〕查吳偉業崇禎八年（1635）入京充實錄纂修官、九年秋主湖廣鄉試、十年又入京為東宮講讀官、十二年赴南京任國子監司業、十三年晉中允諭德、十六年晉升庶子，因知職位屢有變遷；又其〈與子璟疏〉一文述及其入朝之後，因與丞相溫體仁及其黨羽不合，兼又為復社黨魁，世所指目，所以屢遭打壓外放之仕宦經過。
〔註46〕吳偉業仕清的官途經過，為：秘書院侍講，升國子監祭酒，然以其劇作均作於仕清之前，這段仕宦經歷並不影響其戲曲創作，故不復贅述。
〔註47〕蔣瑞藻：《小說考證》（台北：河洛圖書出版社，民國68年10月初版），頁119。
〔註48〕參見蔡毅編著：《中國古典戲曲序跋彙編》（山東：齊魯書社，1989年10月初版），頁928。

逆賊的禍國，近因則是南明昏庸奸佞的君臣、懦弱無能的官將加速國家的滅亡。

《臨春閣》裡反映這種想法最為明顯，他以後陳暗喻南明：

> 第二齣太監蔡臨兒（末）謂：「娘娘恩寵無二，萬歲爺言聽計從，只是老皇親不能入宮，就是宮人袁大捨代筆作幾篇文字，那打聽衙門事件，批駁各路表章，畢竟還待俺家商量。」

> 陳後主（生）謂：「孤家陳後主，以國事付貴妃張麗華，果然帷幄重臣，夙夜匪懈，宮中稱為二聖，一國不知三公。可謂委任得人，吾無憂矣。」

這幾句話簡直就是南明福王大權旁落、昏庸荒唐，閹黨餘孽阮、馬一手遮天、恣意弄權的寫照。第四齣一小將持報警文書告訴洗夫人陳兵已降時說：「聞得眾文武說兩個貴妃許多不是。」洗夫人（旦）不以為然，說：「都是這班人把江山壞了，借題目說這樣話兒。」更是直指「眾文武」是「把江山壞了」的罪魁禍首。吳偉業對南明昏庸的朝政大加抨擊，想必是因為親身經歷過阮、馬等人玩弄政權、罔顧社稷的昏亂政局，因此感慨特別地深。

面對仕清與否的掙扎與無奈，吳偉業的滿腔悲苦也傾洩在他的《通天臺》雜劇裡，此劇描寫羈宦北朝的蕭梁舊臣沈炯，實為作者自況：

> 第二齣寫沈炯（生）夢遇漢武帝（外），武帝要他「揀像意的官做一個兒」時，沈炯說：「臣炯負義苟活之人，豈可受上客之禮，以忘老母哉！陛下所諭，臣不敢受命。」「沈炯國破家亡，蒙恩不死，為幸多矣。陛下縱憐而爵我，我獨不愧於心乎？」

這種「負義苟活」的羞愧自責，正是吳偉業內心最沈痛的悲哀。吳偉業的仕宦經歷，貼近國家興亡的脈動、甚且攸關民族氣節的榮辱，如此沈重的負荷，不僅影響其文學創作，也承載著他生命中難以言受的辛酸血淚。

三、師承授徒

在探討了劇作家個人的身家、際遇之後，我們必須進一步來看劇作家們彼此傳承交遊的活動網絡。前文第壹章第二節曾經提及蘇州地區崇教尚文的文化性格，造就了整個吳地昇騰蓬勃的高度文化氣息，這股文化氣息反映在文人的互動關係上，便形成了一種重視師徒傳承，倡行結社游會的文化風氣。祝允明曾云：「吳中自昔多儒家，不特一時師友游會之盛，往往父子昆季交承紹襲，引之不替，斯風至美。」何良俊也說：「蘇州士風，大率前輩汲引後進，

而後輩亦皆推重先達，有一善則褒崇讚述無不備至。」〔註49〕這種師友間汲引從游的文化風氣，也同樣反映在生活於蘇州地區的清初劇作家們，他們之間密集錯綜的紹襲與交流，使其所發生的蘇州戲曲活動，得以在豐沛的人力與物力資源上，獲得進一步的推衍與發展。

關於此點，筆者擬由師生傳授與友朋交遊兩方面進行討論，由於在友朋交遊方面，劇作家們的活動多涉及戲曲相關事宜，因此，將歸於下一節與劇作家們的戲曲活動一併探討，此處先對師承授徒方面進行分析。

清初蘇州劇作家中的師承授徒關係，當以吳偉業爲代表。〔註50〕吳偉業師承自太倉張溥，陳廷敬〈吳梅村先生墓表〉中云：

> 先生少聰敏，年十四能屬文。里中張西銘先生以文章提倡後學，四方走其門，必投文爲贄，不當意即謝弗內。有嘉定富人子，竊先生塾中稿數十篇投西銘，西銘讀之大驚，後知爲先生作，固延至家，同社數百人皆出先生下。

於是，天啓四年（1624）吳偉業正式爲張溥入室弟子。之後數十年，吳偉業文名日愈爲士大夫推重，顧湄〈吳梅村先生行狀〉一文中提及他平日裡與文士交遊酬唱、獎進後學的情形：

> 先生性愛山水，……與士友觴詠其間，終日無倦色。其風度沖曠簡遠，令人抱之鄙吝頓消。與人交，不事矯飾，煦如春陽。……每以獎進人才爲己任，諄諄勸誘，至老不怠。喜扶植善類，或罹無妄，識與不識輒爲營救，士林咸樂歸之。〔註51〕

因此，吳偉業儼然爲海內賢士大夫領袖，許多前輩後學都和他有所來往，門生故舊遍及天下。值得注意的是，上引兩段敘述中均有「提倡後學」、「獎進人才」等文字，由此可證，張溥、吳偉業師生提拔後進不遺餘力，多少是受到當時吳中一帶師友遊會、汲引獎掖的文化風氣所習染，而這種美俗，也在

〔註49〕轉引自胡敏：《蘇州狀元》（同第壹章註53），頁31。

〔註50〕另外，清沈德潛《歸愚文鈔》卷十七〈黃尊古墓誌銘〉記載清初著名畫家黃鼎（字尊古）是丘園的學生，不過因爲這種授徒並不涉及戲曲，故不在此論及。該書現藏於台北中央研究院傅斯年圖書館善本書室，共有五冊，然僅到卷十三，後缺。該段文字在清裴景福《壯陶閣書畫錄》卷十五中可以得見：該處記載丘園、吳偉業、尤侗等多人爲清初名畫家鄴遵一《雲石山房詩集》題辭，題辭之外還記錄每人簡介，其中丘園處引《歸愚文鈔》道：「黃遵古少時學畫從丘高士，嶺雪入都後師麓臺侍郎，然每與人言淵源所自，曰：『吾，丘先生弟子也。』」（珍倣宋版印，台北：中華書局，民國60年初版），頁41。

〔註51〕以上陳、顧兩則，分別見《吳梅村全集》（同第壹章註55）頁1408、1405。

無形中影響著這群文人士子對當時社會的影響力。為了避免冗雜支蔓，此處僅提出和戲曲活動相關、並且同為清初蘇州戲曲家的偉業門生黃祖顓和王抃、王昊等太倉十子作為討論。

張溥、吳偉業、黃祖顓及王抃等這一脈下來的師徒傳承，在當時所產生的影響力，主要可以從社會及戲曲兩大方面來談。首先看到社會方面。自明中葉以後，江南一帶集會結社風氣非常盛行，清王應奎《柳南續筆》卷二「刺稱同學」條即云：「自前明崇禎初，至本朝順治末，東南社事甚盛，士人往來投刺，無不稱社盟者。」〔註52〕剛開始文人們只是吟詩論古、聚談文藝，後來演變成批評時政、抗衡奸邪的政治性團體，而張溥以其強烈的時代使命感，在文學上主張「居今之世，為今之言」，以文章批評時政；在行動上他號召復社以群眾力量針砭時弊。吳偉業在其濡染之下，也以天下興亡為己任，屢次參與復社大會，原本就名滿天下的師徒二人，確實是在當時造成很大的影響。〔註53〕

入清之後，此風仍熾，順治十年（1653），吳中的兩大團體同聲社、慎交社藉春日禊飲之名大會虎丘，奉吳偉業為宗主，當時負責聯絡事宜者，就以吳之門生王抃、王昊、周肇等，以及尤侗為主力。這次大會主要是請吳偉業調和兩社之間的歧見糾紛，並對故國緬懷一番。〔註54〕此次與會者冠蓋雲集、數以千計，自然引起了清廷的注意，更加緊逼迫前朝遺民的出山入仕，以遏止民族思想的再起。影響所及，吳偉業難逃其禍，終於在該年應召入都。

至於吳偉業師徒在戲曲方面的影響力，我們也發現有值得注意的地方。首先是其師張溥。鄧長風先生於〈葉天寮年譜‧別記〉一段記載沈君張家樂的資料中，得知張溥曾經想要觀賞頗負盛名的沈家女樂，可見他也是個喜好戲曲的人。〔註55〕而吳偉業兼擅詩文詞曲，更與多名戲曲家相往來，如：尤

〔註52〕同第壹章註15，頁171。
〔註53〕查崇禎二年（1629）張溥聯合大江南北組建復社，為「尹山大會」；三年（1630）春在南京召開「金陵大會」；六年（1633）於蘇州虎丘召開「虎丘大會」，這三次大會吳偉業都曾參與。至於他們在當時造成的影響力，前文註35已經提及。
〔註54〕〈梅村先生年譜〉卷四引《壬夏雜抄》云兩社大會情形：「諸君各誓於關帝前，示彼此不相侵畔。」又吳偉業：〈癸巳春日禊飲社集虎丘即事四首〉之二：「十年故國傷青史，四海新知笑白頭。」之三：「文章興廢關時代，兄弟飄零為甲兵。茂苑聽鶯春社飲，華亭聞鶴故園情。」分別見《吳梅村全集》頁174、1463。
〔註55〕參見鄧長風：〈崑劇演出史料鉤沈〉一文中「君張女樂」條，收錄於《明清戲曲家考略》（同前言註16），頁320。

侗、李玉、袁于令、李漁、王時敏、王抃父子……等，本身又從事劇本創作，
他與戲曲如此密切的關係，多少會影響到周遭師友的戲曲活動。

　　陸萼庭〈王抃戲曲活動考略〉一文中指出：

> 王抃走上戲曲創作道路也與所處的環境有關。……王抃的老師，著名
> 詩人吳偉業也是一位曲家，他的劇曲無一不是寄託寫懷之作，這對王
> 抃不無影響。」接著又說：「清初太倉地區實際上以吳偉業爲中心形成
> 了一個論曲寫戲的小圈子，梅村的門人中有許多都是詩人兼曲家，是
> 很值得注意的。」〔註56〕

陸文舉了王抃爲例，他說王抃從事戲曲創作多得同鄉友朋的助益，如：王昊、
王鑒、王抑等人，這些人雖然目前還沒有資料發現是否曾經創作過戲曲，但
至少他們熟悉戲曲，可以與王抃一同參酌，且他們也都和吳偉業有著師友之
間的關係，陸萼庭先生所指的梅村門人應即包含他們。

　　事實上，筆者以爲另外還有一位清初蘇州劇作家黃祖顓，也是這群門人
之一。他「弱冠學詩吳梅村祭酒之門」，又與王抃一家交好，他們之間有著密
切的交遊與戲曲活動，共同帶動整個地區文化活動的發展，〔註57〕這種情況
和上文祝允明所言蘇州地區注重「師友游會、父子昆季交承紹襲」的文化性
格與風氣是完全相符的。

　　值得注意的是，除了陸文所說吳偉業對王抃戲曲創作的影響，是「寄託
寫懷之作」、而這點也同樣反映在黃祖顓創作《迎天榜》之外，筆者以爲，還
有另外一點，就是這群「詩人兼曲家」的劇作，都有「文人之曲」的特色，
即：宮調整齊，文辭雅麗，然而結構鬆散。王抃（1628～1702）今存之傳奇
《籌邊樓》筆者惜未得見，故不能妄下斷言，但觀諸吳偉業、黃祖顓乃至於
以詩文名的尤侗等人的劇作，雖然藝術成就高下不一，但其偏向詩人創作的
傳奇特色卻是不爭的事實。關於諸劇作的特色，及其與「劇人之曲」風格的
差異，將於後面第肆章再詳細討論。

〔註56〕陸萼庭：〈王抃戲曲活動考略〉，收錄於《清代戲曲家叢考》，同前言註17，頁
　　　　65、73。

〔註57〕《太倉州志》卷六十「雜綴紀聞」中引《烏吟集》云：「黃祖顓王頁傳，少奇
　　　　穎，數歲能作詩古文辭，弱冠學詩吳梅村祭酒之門，才名噪一時。」轉引自
　　　　陸萼庭：《清代戲曲家叢考》《迎天榜》傳奇作者考〉一文；關於王時敏、王
　　　　抃一家的戲曲活動及影響，該書〈王抃戲曲活動考略〉文中並有詳述，筆者
　　　　將於下節討論劇作家交遊及戲曲活動時，再提出探討。

第三節　交遊情形與戲曲活動

一、交遊往來

　　關於清初蘇州劇作家交遊往來的情形，歷來研究前賢多已論及，然而每每苦於資料有限而寸步難行，也因此多偏重於個別情況之介紹與羅列。筆者以為，若能在個別研究的基礎上，將此劇作家之活動網絡作一整體性的關照，歸納出整個活動情形的共同特色與傾向，應該更有助於對整個清初時期蘇州地區的戲曲發展作全面而深入的瞭解。因此，筆者仍就這個已多述及的議題，擬從不同的方向，先就劇作家們交往的對象、方式與內容作分類介紹，在勾勒出他們彼此交遊的網絡之後，再從中分析他們往來時思想、情感、觀念方面的溝通與交流，進而探討對其戲曲創作是否有任何的關連與影響。

　　首先我們來看劇作家交往的對象。關於此點，筆者認為要由兩個層面來看，一為清初蘇州劇作家彼此之間的活動；二為他們與其他身份的友朋之間的往來。在這裡筆者必須事先說明的是，吳偉業、尤侗兩人是以詩文名的正統文人，交遊範圍更廣過於戲曲界，但為了避免支蔓繁瑣、分散主題，此處僅酌取其重要的戲曲相關活動列入討論即可。

　　對於第一層面，我們知道的有：李玉編寫《清忠譜》時，朱素臣、畢魏、葉稚斐列名同編，與朱佐朝合寫《一品爵》、《埋輪亭》，《清忠譜》、《北詞廣正譜》由吳偉業題序，《北詞廣正譜》有朱素臣同閱；張大復曾經向李玉借閱劇本二種〔註58〕；朱素臣與葉稚斐、丘園、盛際時合作《四大慶》，與過孟起、盛國琦合作《定蟾宮》，與朱佐朝等四人合作《四奇觀》，《秦樓月》卷首有尤侗題七言詩，與朱佐朝應為兄弟；尤侗與丘園多次聚飲，尤均有詩紀之，並與吳偉業交善，兩人多次題詩往返，曾為吳偉業之徒黃祖顓《詠物三百律》題序；吳偉業與丘園相善，吳兄志衍於蜀國罹難，丘作《蜀鵑啼》劇弔之，吳偉業、尤侗作詩、敘記之；葉稚斐與朱雲從合作《後西廂》；黃祖顓與王扶同為吳偉業之徒，兩人有密切的往來，扶之父王時敏還曾命名優在家中搬演祖顓的《迎天榜》……等交遊事蹟。

〔註58〕據張大復：《寒山堂曲話》中列有〈□選古今傳奇散曲集總目〉，記載道：「《張資傳》，李元玉一笠菴藏本，即《鴛央燈》」「《子母冤家》，明宮鈔，一笠菴假來」（同第壹章註75）

　　接下來再看到第二層面，即劇作家們與其他身份的友朋往來交遊的情形。我們歸納出這些對象的身份包羅多種，有：劇作家、曲家、以詩文名的文人，甚至於還有名伶、藝工、書畫家等等。

　　在劇作家方面有：吳偉業與戲曲世家王時敏交善，並為時敏子王抃之師；李漁與吳偉業、尤侗、朱素臣往來；杭州劇作家丁澎與吳偉業、尤侗唱和；李玉的劇作《人獸關》、《永團圓》有馮夢龍改定本；畢魏《三報恩》由馮夢龍題序。

　　在曲家方面，李玉《北詞廣正譜》有鈕少雅「樂句」，並與王續古、吳偉業、尤侗、葉稚斐、李漁等人共同參與沈自晉《南詞新譜》的編訂工作；張大復與鈕少雅於崇禎年間相識於吳門。

　　在文人方面，則朱素臣與李書雲、李書樓、汪蛟門共同校訂《西廂記演劇》，並與李書雲合作《音韻須知》，與吳綺、周籋葉、劉秀英、舒奕蕃、家大章等多次聚飲，吳綺並有詩記之，其《秦樓月》卷首有顧湄、陳維崧、汪琬、余懷等人所題詩、詞，曾與范逸在月下吹簫、聽曲，晚年時還與沈德潛、葉燮於凌氏如松堂觀劇；李玉《眉山秀》由錢謙益題序，《兩鬚眉》由署名「萬山漁叟」者題敘，乾隆本《一笠庵四種曲》有「揆八愚」題序，李玉也幫凌濛初於康熙十六年重刻的《南音三籟》寫序，與吳綺有所來往，吳還寫詞贈之；尤侗詩文集中多見與陳維崧、吳綺、冒襄的唱和，這些人也曾觀賞過尤的諸齣劇作，其《西堂樂府》由曹爾堪題詞、王士禎題詩代序；葉稚斐為葉燮同宗族兄，燮曾撰〈牧拙公小像贊〉一文紀誦稚斐；吳偉業與吳志衍交久情篤，與吳綺、冒襄、陳維崧、錢謙益等人都有論及戲曲的詩歌唱和往來，其《秣陵春》由李宜之作序。

　　除此之外，部份劇作家們還和其他伶工、藝師們來往。《海虞詩苑》卷五記載丘園常與梨園弟子來往；吳偉業所撰〈楚兩生行〉、〈王郎曲〉詩並序是贈予當時著名藝人蘇崑生、柳敬亭及王紫稼的；尤侗有〈贈蘇崑生〉詩兩首；尤侗、丘園與當時書畫家袁駿、宋曹曾多次聚飲，並作詩留念；吳偉業也曾作詩贈與袁駿並為其畫題詞，丘、尤、吳三人還同時為清初名畫家鄒乾一《雲石山房詩集》題辭，〔註59〕丘園還以律詩一首題王翬圖。〔註60〕

〔註59〕見清裴景福：《壯陶閣書畫錄》卷十五（同上文註50）
〔註60〕見清龐元濟：《虛齋名畫錄》卷五（台北：漢華文化事業，民國60年初版），
　　　　頁5。

　　由以上錯綜複雜的交遊關係可見，清初蘇州地區人文之薈萃、活動之蓬勃、遊會之盛行，實可見一斑。在將交遊對象作初步整理之後，我們便再進一步分析其交遊方式，就其和戲曲相關的幾件活動大事，筆者認為有五大種類：

（一）過門拜訪、切磋交流：如錢謙益為李玉〈眉山秀題詞〉云：「丙戌歲，予寓郡城拙政園居，得盡讀其篋囊中秘義。即使延年協律，當亦賞其清柔；善顧周郎，無能摘其紕繆。」；吳偉業與李玉〈北詞廣正譜序〉云：「予至郡城，嘗過其廬，出以相示，喜其能成前人所未有之書也，為序其始末云。」；丘園與一批梨園弟子交往，「梨園弟子畏服之，每至君里，心輒惴惴，恐一登場，不免為周郎所顧也。」；吳偉業〈柳敬亭傳〉云：「余從金陵識柳生」。

（二）聚會談讌、賦詩留念：如尤侗〈同宋射陵、丘嶼雪飲重其齋中次韻〉、〈小重陽日射陵、嶼雪、重其重集寒齋話舊和射陵韻〉；吳綺〈九月六日偕周匏葉、劉秀英、朱素臣、舒奕蕃、家大章小集克敏堂分韻〉；范逸〈月夜聽項子儀度曲、朱素臣吹簫〉等。

（三）觀劇之後題詞作詩：如吳偉業〈觀《蜀鵑啼》劇有感並序〉、尤侗〈梅村〈蜀鵑啼〉詩跋〉；冒襄《同人集》卷十一有詩「九日，扶病南城文昌閣登高，同志狎至，歸演《秣陵春》，再和羽尊長歌原韻」一首〔註61〕；尤侗〈二郎神慢〉「李笠翁招飲觀家姬新劇」詞；沈德潛〈凌氏如松堂文宴觀劇〉詩記席間朱素臣作有雜劇三齣。

（四）純粹魚雁往返、談曲論劇：如：尤侗致書李漁，漁〈復尤展成先生後五札〉之三復曰：「惠教《鈞天》妙劇，讀之氣索小巫，真詞林傑出之作。」；吳偉業〈與冒辟疆書〉云：「小詞《秣陵春》近演於豫章滄浪亭，江右諸公皆有篇詠，不識曾見之否？江左玲瓏亦有能歌一闋乎？望老盟翁選秦青以授之也。」〔註62〕

（五）合力創作或編修校訂：此與劇作家的戲曲創作情形關係更為密切，將於下文與劇作家們的觀戲、寫劇情形併作詳細探討。

〔註61〕冒襄：《同人集》（北京師範大學圖書館藏清康熙冒氏水繪庵刻本，收於《四庫全書存目叢書》集部，台南：莊嚴文化事業公司，1997 年 6 月初版），頁454。

〔註62〕分別見李漁：《李漁全集・笠翁文集》卷三（同第壹章註82），第一冊頁190；《吳梅村全集》卷五十九（同第壹章註55），頁1173。

　　從上文對活動事件與其內容的分析，我們可以得到以下幾點結論：

（一）從交遊對象的身份來看

　　清初蘇州劇作家除了本身內部的往來交流以外，向外接觸的友朋還包括了詩文家、書畫家、音樂家、通俗文學家、表演家等等，可見他們所從事的戲曲活動並非孤立的、片面的、單獨的層面而已，而是能夠貫通文學與藝術、理論創作與實踐演出，甚且是融合雅（正統文人）與俗（民間藝人）的多方吸收、交流與融會的結合體。當然，劇作家們能有如此廣泛的交流對象，是和清初蘇州一地蓊鬱的人才湧現、豐富的藝文資產，與高度的文化素質有相輔相成的關係。

（二）從交遊的地域範圍來看

　　值得注意的是，大部份蘇州劇作家活動的地域範圍仍以蘇州地區為主，就上述資料中可考出人物籍貫者，除了吳綺、李書雲、李書樓、汪蛟門為揚州府江都人〔註63〕、陳維崧是宜興人、王士禎是山東新城人、冒襄是江蘇如皋人、宋曹是蘇北鹽城人、范逸為松江府華亭人〔註64〕、余懷為福建籍但僑寓江寧者以外，其他都是蘇州府一州七縣的人，其活動範圍如：寫戲、觀劇、宴飲也都是在蘇州地區。

　　這個現象，我們若再和附錄二〈清初蘇州劇作家活動大事年表〉相互參看，除了吳偉業、尤侗兩人曾因仕宦而遠赴北京、南京等地，並與友人遊山玩水足跡較廣以外，就目前學界已開發的資料來看，清初蘇州劇作家的活動範圍仍以蘇州府一帶為多。這個現象告訴我們，這些劇作家與所處地緣，實有密不可分的關係。前文第壹章第二節我們曾經說明，蘇州地區因為相對之下較為優越的生活環境，所以遷入人口很多、移出人口較少，這個情況也如實地反映在清初蘇州劇作家的活動情形之上。即因如此，劇作家的作品多呈現濃厚的蘇州文化氣息，反映著當時當地的時代特性、民眾情感、傳聞掌故與審美價值，這些特色我們都將在下文一一述及。

〔註63〕參見蔣星煜：〈論朱素臣校訂本《西廂記演劇》〉，刊於《文學遺產》1983年第四期，頁132～141。

〔註64〕據《松江詩鈔》（嘉慶十四年刊本，現藏於南京圖書館古籍部善本書室）卷十三「范逸」條記其乃上海人，嗜學工詩，與范超並居黃渡。查譚其驤主編：《中國歷史地圖集》（北京：新華書店，1982年10月初版，圖頁49）「黃渡」為松江府與蘇州府交界處，因此范逸、朱素臣等人的此次聚會，仍屬蘇州地區範圍之內。

（三）從交遊範圍的寬窄來看

經過整理之後我們發現，清初蘇州劇作家之中，從事戲曲相關活動的交遊範圍以尤侗、吳偉業、朱素臣、李玉四人為最寬廣。而這四人的情況又略有不同：尤、吳兩人曾為仕宦的正統文人身份，使其足跡得以遍及大江南北，其與友人來往的戲曲活動，在人數上、地域上都較為廣泛；朱、李則相較之下，地域範圍仍不脫離蘇州一帶。至於此四人較諸其他，又有結構上的差異：尤、吳、朱、李的交遊對象包括詩人、文人、戲曲家等等，故多而廣；其他劇作家諸如朱佐朝、畢魏、葉稚斐等則僅限於蘇州劇作家本身內部的交流，故窄而密。可見得本章前兩節所述劇作家本身的身家背景、仕宦經歷，以及文學成就上以詩文名與否，和其交遊範圍有很密切的關係。

（四）從思想、情感、觀念的交流上來看

這些劇作家、文學家、藝術家在交遊往返上如此頻繁密切，可以說是呈現了某程度以上的良好交情。不管個人在文藝領域、創作風格上如何地差異，這群友朋都同樣呼吸著吳中地區的文化氣息，接觸著當時社會的時代脈動，因此特別容易引起共同的情感共鳴與交流。從上述劇作家們酬唱敘題、聚談飲讌的內容上來看，劇作家們對彼此的寫作動機、生活態度以及戲曲觀念都有某層面的共同意識。

試舉一例說明，上一節提及吳偉業在其劇作中透露出對明朝滅亡的痛惜與南明朝廷腐敗的憎恨，同樣的情感，也宣洩在為李玉《清忠譜》所寫的序中：「余所惜者，先朝列聖相承，思陵躬親菲惡，焦勞勤政者，十有七年。而逆冠射天，神京淪陷，思維始禍，起於延西二撫之貪婪，皆逆賢黨也。……甲申之變，留都立君，國是未定，顧乃先朋黨後朝廷，而東南之禍亦至。噫！彼為閹黨漏網之孽，固無足怪；誰為老成喪心毫及，更可痛也！」李玉該劇，正是以同樣激憤痛恨的心情，批判閹黨諸賊禍國敗家的罪行。

綜上所述可知，我們觀察劇作家彼此之間的活動網絡，不僅有助於瞭解個人的生命歷程、與當時文化環境的交流，還能藉由對彼此思想交流的過程中，瞭解其對戲曲創作態度的影響與互動關係。

二、熱衷觀戲

緊接著我們再來探討劇作家們所從事的戲曲相關活動。基本上而言，戲

曲活動包含動、靜態兩種方面，動態上是觀戲聽曲；靜態上則是寫戲譜曲。
此處先集中討論劇作家觀賞戲劇演出的情形。

由於清初時期蘇州地區戲曲活動蓬勃興盛，很多戲劇經常在各地上演，
再結合部份對劇作家觀戲情形的記載，以及劇作家們對劇場的熟悉程度，可
以想見劇作家們本身除了從事案頭的創作以外，應該也經常參與觀眾看戲的
行列。不過，就目前資料來看，對於清初蘇州劇作家本身觀戲情形的記載並
不多見，僅集中於正統文人出身的吳偉業、尤侗諸人，而這些資料就見存於
他們所作的詩文集中。雖則如此，劇作家觀戲的情形以及當時觀戲的時尚，
均有可能直接影響其創作觀念，所以仍然是個必須討論的議題。

首先來看劇作家們觀戲的動機。基本上可分爲三種情形：

（一）純粹聚會，觀戲娛樂

例如沈德潛《歸愚詩鈔》卷十〈凌氏如松堂文宴觀劇〉一詩，記載他曾
於康熙辛巳年（四十年，1701）在凌氏如松堂觀劇宴飲，詩云：「酒酣樂作翻
新曲，龍迪鶗鳥弦鬥聲伎」，可見這次的觀劇是以娛樂談讌爲主。在「翻新曲」
句下有小註云：「時朱翁素臣製曲，有《杜少陵獻三大禮賦》、《琴操問禪》、《楊
升庵伎女遊春》諸劇。」〔註65〕得知清初蘇州劇作家朱素臣也在場，他不僅
是看戲的觀眾而已，甚且還擔任會上譜寫新曲的作者。

另外，尤侗《西堂全集》收有自繪自書的年譜圖，中有一幅「草堂戲彩
圖」，是思親之作，小題爲「先君雅好聲伎，予教小伶數人，資以裝飾，登場
供奉，自演新劇曰《鈞天樂》。」其詩中有幾句透露出觀戲動機：「參軍不妨
調狐狸，鮑老何當弄郭郎，賓客滿座皆稱善，每終一齣傾千觴。……梓潼絕
倒嫦娥笑，此事不過同兒嬉，子虛烏有何足問，聊與老人娛斑衣，世間萬事
總如戲，下場愁化彩雲飛。」明顯可見這次觀劇演戲純粹是爲了娛樂雙親之
故。

《年譜》順治十五年（1658）又記道：「適山陰姜真源侍御還朝，過吳門，
亟徵予新劇，同人宴之申氏堂中，樂既作，觀者如堵牆，靡不咋舌驚嘆。」
此年所謂新劇，即指成於十四年的《鈞天樂》；康熙七年（（1668）又記道：「謁
梁玉立，宗伯相約，爲河朔飲，家有女伶，晉陽妙麗也，善南音，每呼侑觴，
側鬟垂袖，宛轉欲絕，宗伯命予填新詞，因走筆成《清平調》一劇，遂授諸

〔註65〕清沈德潛：《歸愚詩鈔》，據清乾隆間教忠堂刊本，現藏於中央研究院傅斯年
　　　　圖書館善本書室。

姬。」可知這幾次觀劇緣由都是起於友朋聚會宴飲，以演戲看戲為娛樂節目。

（二）節日慶典，演戲熱鬧

這個情形是非常普遍的，蘇州地區戲曲活動蓬勃，人民常常藉由歲時節令、神明聖誕、謝神還願等各種名目釀金演戲，《吳郡歲華紀麗》中「吳俗箴言」部份引《姑蘇志》云：「或有假神生誕，賽會慶祝，雜扮故事……，又有優觴妓筵，酒船勝會，排列高果，鋪設看席，……更有治喪舉殯，戲樂參靈。」〔註66〕真是興來演戲，何患無辭！

在現存劇作家的資料中，我們也看到了這一類的觀戲情形。尤侗《年譜》於康熙三十一年下記道：「小重陽嚴公偉大戲園中賞菊，兼觀女樂，度曲贈之，織部曹荔軒亦令小優演予《李白登科記》，將演《讀離騷》、《黑白衛》諸劇，會移鎮江寧而止。」這次是因為時屆「小重陽」，趁此良辰美景宴請好友聚會演劇，作者尤侗被列為上賓並且演出自作，自然是極光榮風雅的事。除此之外，還有清初蘇州戲曲世家王時敏，在其子王抃自撰的《王巢松年譜》中，記載其家張筵演戲的盛事，至少就有：慶祝元宵佳節、慶祝王抃中秀才進府學、慶祝王時敏八十大壽等多種動機，但不外乎都是為了節日慶典，演戲熱鬧。〔註67〕

（三）發表作品，觀看演出

這類情形，有別於第一種明顯地演出於朋友聚會場合，也不同於第二種因節慶而演戲，似乎是沒有特別原因之下的，劇作家完成作品之後，將其搬上舞臺的一般性演出。例如：吳偉業作有〈金人捧露盤・觀演《秣陵春》〉詞云：「記當年，曾供奉，舊《霓裳》。嘆茂陵，遺事淒涼。酒旗戲鼓，買花簪帽一春狂。綠楊池館，逢高會，身在他鄉。 喜新詞，初填就，無限恨，斷人腸，為知音仔細思量。偷聲減字，畫堂高燭弄絲簧。夜深風月，催檀板，顧曲周郎。」即是。

第二例是丘園曾經譜偉業之兄志衍罹難事為《蜀鵑啼》弔之，劇成之後，吳偉業作了〈觀《蜀鵑啼》劇有感〉詩四首，可見吳偉業觀看了此劇的演出。此劇今惜不傳，但由偉業詩中「認君真已作神仙」句下自注云：「劇中志衍兵

〔註66〕清袁景瀾：《吳郡歲華紀麗》同第壹章註50，頁5。
〔註67〕分別見王抃自編：《王巢松年譜》癸未十六歲、乙未二十八歲、辛丑三十四歲
　　　 等條（收錄於《叢書集成續編》史部（上海：上海書店，1994年初版），頁
　　　 793、795、796。

解仙去」，可知該劇安排吳志衍在殉職罹難之後，身列仙班升天而去。至於尤侗也作了〈梅村〈蜀鵑啼〉詩跋〉，文中說：「僕本恨人，感茲樂句，讀曲而嘆，令人對此茫茫，賦詩以興，正自不能已已。」揣摩文意看來，尤侗應該沒有觀看演出，但他「讀」了劇本，並且深爲劇中的文字力量所感動。至於丘園本人是否觀看過該劇演出，惜以目前資料未見，無由得知。

　　第三例是黃祖顓的《迎天榜》，陸世儀的序文中提到：「所著《迎天榜》者，……太常王煙客見而奇之，命名優譜其聲詞，招項傳并集諸名人雅流共爲欣賞，每一升歌，輒舉座起舞目王頁傳，王頁傳岸幘踞上座，引滿而酌一，時人以爲榮。」這條資料見出黃祖顓與王煙客（案：即王時敏）一家密切的關係，並且他們觀劇的動機也是爲了觀賞新發表的作品。

　　以上我們是由演出的動機，來分析說明幾種劇作家觀劇的情形。從這些情形中，我們可以再進一步探討資料所透露出來的幾點訊息：

（一）家樂的演出形式

　　前文第壹章第四節曾經提及，民間演戲的形式約有兩種，一爲士夫富賈私人蓄養的家庭戲班，即家樂是也；一爲流動於民間的職業戲班。從上述的資料來看，劇作家觀劇的場合、形式，是以宅內家庭戲班的演出爲多。朱素臣、沈德潛、葉燮所在的凌氏如松堂、尤侗自宅看雲草堂、與姜侍御觀劇之申氏堂、嚴公偉之大戲園，均是家宅內的廳堂，吳偉業詩詞中雖未言明，但就其「畫堂高燭」四字即可知也是在室內宅中。而演出者通常就是宅院主人所蓄養的家伶，上文中屢次出現「家伶、家有女伶、女樂、小優」均是指這種私人置辦的家庭戲班。

　　齊森華〈試論明代家樂〉〔註68〕一文指出，這種演出形式具有「以自娛交際、廳堂演出、家班女樂、崑曲劇目、選折上演爲主」五項顯著特徵，由上文對觀劇動機的分析，以及演出形式之瞭解，均符合齊文中「自娛交際、廳堂演出、家班女樂」等項特質。

（二）適合演出的內容

　　上面所舉諸例中，朱素臣、尤侗都有劇作家即席創作、隨即搬演的經驗，這個現象揭示了兩點意義：

〔註68〕齊森華：〈試論明代家樂〉，見華瑋、王璦玲主編：《明清戲曲國際研討會論文集》（台北：中央研究院中國文哲所籌備處，民國87年8月初版），頁314～315。

一爲劇作家文思敏捷，寫曲功力深厚，能夠七步成詩、技驚四座，並且這種優秀的創作能力是在當時就已眾所公認的了。

二爲劇作內容適合登場演出。觀諸尤侗即席創作的《李白登科記》（又名《清平調》），從結構上看，其爲一折的短劇，共用十六支曲子，南北合套聯用，曲律整齊靈活；從主題上看，雖是以李白登科、欽授翰林大發自身牢騷，但其內容活潑大膽，令人耳目一新；從文字上看，命尤侗寫作的梁宗伯清標觀後大悅，讚曰：「極其描畫，鬚眉畢見，使千載下凜凜如生，可謂筆端具有化工。」

由此可見，其長短適中、曲文美聽、內容新奇的特質，是爲配合家樂演出要求所量身訂作出來的作品。另一朱素臣即席創作的三齣戲，惜今不傳，但就其名稱及此處尤侗的情況來看，應該也是這種適合紅氍毹上演出娛樂的短劇作品。

其他非即席創作的作品，以上述觀演之諸劇來說，其演出頻率之多、效果之好、讚譽之高，可見出尤侗、吳偉業諸劇是頗適合家樂場上演出的，再由其參與各種觀劇場合的活動來看，尤、吳等人對於戲劇表演中家樂演出的熟悉程度，應該是無庸置疑的。

至於其他未見劇作家觀劇資料記載之清初蘇州劇作家作品，是否就不適合、不熟悉場上演出了呢？當然非也。此處僅就劇作家觀劇資料說明，是爲了瞭解劇作家所參與的戲曲活動情形，以及其對於劇本創作的影響，但對於目前生平資料有限的其他清初蘇州劇作家，我們則從其他方向，如：其他演出情況紀錄、當時或後世的曲譜、曲選之選輯等資料中，發現他們的作品同樣經常搬上舞臺演出，只是不同的是，他們的表演場合多爲另一種演出形式：流動民間的職業戲班。關於此點，將於下文第參章第四節再詳細述及，此僅約略提出說明。

從這一點即可看出，清初蘇州劇作家普遍熟悉戲曲演出的情形，其劇作也多能搬演舞臺，只是依其風格、內容，而包括了縉紳家樂及職業戲班兩種演出類型。無論何者，他們以各自擅場的劇作方式，爲當時戲曲的發展作不同層面的推進，乃是無庸置疑的事。

三、合作寫曲

從上文對交遊情況的瞭解，我們知道清初蘇州劇作家還有一項很顯著的

戲曲活動，即是：合作寫曲。筆者對此四字的定義是：「合作」是指一人以上的共同活動，「寫」包括了編寫、改定、審閱，「曲」則並指劇本與曲譜。歷來研究學者多已注意到此，並在交遊情況中帶上一筆，且據此認定這是清初蘇州劇作家具有成群結派意識的根據之一。筆者以爲，在判斷劇作家從事合作寫曲的思想意識之前，宜先回歸原典，閱讀最早記載這些事蹟的戲曲專書；再從這些合寫出來的現存作品中，尋找相關的訊息；最後再試著探索劇作家們所謂合作寫曲的思想意識及形成原因。

　　首先看到劇本方面，記載清初蘇州劇作家合作寫劇的資料如下：

　　　　《曲海總目題要》〔註69〕卷二十五「一品爵」條：「吳縣人朱良卿、李元玉等同撰」

　　　　《曲海總目題要》卷二十五「埋輪亭」條：「吳縣人李元玉、朱良卿等同作」

　　　　《曲錄》〔註70〕卷五「李玉」條：「埋輪亭一本，一品爵一本，右見《傳奇彙考》，與朱佐朝合撰」

　　　　《曲考》、《曲海目》、《今樂考證》、《曲錄》著錄《四大慶》列入清傳奇無名氏目

　　　　鄭振鐸《西諦善本戲曲目錄》訂爲朱素臣、朱佐朝、丘園、葉稚斐四人合作

　　　　《傳奇彙考標目》〔註71〕於「合錦傳奇」條中列有《四大慶》、《埋輪亭》、《一品爵》

　　　　《曲海總目題要》卷二十五「四奇觀」條：「蘇州朱素臣、朱良卿等四人合撰」

　　　　《傳奇彙考標目》卷下「朱良卿」條著錄「四奇觀」，但朱素臣條無

　　　　清焦循《劇說》卷三引《酒邊瑣語》云：「《後西廂》，葉稚斐作八折而病，朱雲從補成」

　　　　《曲海目》〔註72〕著錄「朱確、過孟起、盛國琦：定蟾宮」

〔註69〕清黃文暘編：《曲海總目題要》（上海：大東書局排印本，民國17年初版）頁17～25。

〔註70〕清王國維：《曲錄》（宣統改元夏五月王國維自序本之影印本，台北：藝文印書館，民國60年1月初版）

〔註71〕清無名氏《傳奇彙考標目》，收錄於《中國古典戲曲論著集成》，同第壹章註14。

〔註72〕清支豐宜《曲海目》，道光二十三年樸存堂刻本，現藏於北京圖書館善本書室。

《今樂考證》著錄九:「朱確、過孟起、盛國琦三人同作一種《定蟾宮》」

《清忠譜》清初刻本題署:「蘇門嘯侶李玉元玉甫著,同里畢魏萬後、葉時章稚斐、朱**確**素臣同編」

《四大慶》第四本第十六場【沽美酒】中說:「葉稚蜚泰山奇寫,丘映雪匡廬妙結,朱素靈岳陽巧設,盛濟如峨嵋弄拙。」由其內容分為四大本,均與此處相應來看,這應該是在暗示作者分別為葉稚斐、丘嶼雪、朱素臣、盛際時四人。該出末尾【尾聲】又云:「橘齋訂聚榮新閱,分韻拈題慢較獵,從此普天下慶賀新詞皆退舍。」

從這些原典所使用的字眼「同撰、同作、合撰、合錦、補成、甫著、同編」等字眼,再加上《四大慶》的暗示用語,得知這些作品確實是出於部份劇作家彼此之間很密切的合作關係。康保成《蘇州劇派研究》認為:「他們的合作方式也頗為多樣,有一人執筆,大家參與修改的,如《清忠譜》;有一人未寫完,由另一人補成的,如《後西廂》;有一劇分為四本,四人各寫一本的,如《四奇觀》、《四大慶》。」〔註73〕可知劇作家們合作的形式並不止於一種,他們之間的合作關係也頗為頻繁,從以上資料中,我們必須注意的有兩點:

(一)合作的對象:從以上出現的人名當中,我們知道劇作家合作的對象範圍為李玉、朱素臣、葉稚斐、畢魏、丘園、朱佐朝(良卿)、盛際時、朱雲從、盛國琦、過孟起等多人,其中盛國琦、過孟起的作品已佚,今無由得知內容為何,故不論及,其他人則為本文將述及劇作風格者。從中也可知,在本文所論所有清初蘇州劇作家當中,有合作寫戲經驗者乃上述諸人。

(二)寫作的態度:他們的合作編劇,是否意味著什麼共同的思想意識呢?試看由李玉甫著、其他三人同編的《清忠譜》末齣【尾聲】中說:「綠窗共把宮商辦,古調新詞字句研,豈草草塗鴉儯父言。」這句話透露了他們曾經共同研討創作,並且具有嚴肅謹慎的作劇態度。該劇一開頭還說:「一傳詞壇標赤幟,千秋大節歌白雪。更鋤奸律呂作陽秋,鋒如鐵。」可見他們四人創作該劇,是希望以鋒利的筆,歌頌氣節、剷奸鋤惡,並以此在詞壇上喚起注意、獨樹一幟。

這種態度是否只是獨立偶然的現象呢?非也。試觀下面諸語:葉稚斐《琥珀匙》末齣【尾聲】:「遺香點綴閨門青色,休認淫詞魏鄭,莫例看小技雕蟲

豔曲聽。」朱佐朝《乾坤嘯》末齣【尾聲】:「這歌謠休相笑,非是說謊亂胡嘲,做個善惡樣子人瞧。」朱素臣《未央天》末齣【尾聲】:「熱心人休作戲場看,風化事,回頭著眼。」

　　這幾個名列上面名單的劇作家,在其他劇作中均同樣呈現了嚴肅認真的作劇態度,即非草草塗鴉、胡說亂嘲,更不是一般豔曲小技的兒戲而已。這無疑地揭示了上述幾位劇作家,不僅有合作寫戲的密切關係,他們還經由此種交流,在某程度上達到創作態度上的共識,因此,這些劇作家無疑是關係較為密切的一群。

　　上述的合作關係是就劇作方面,除此之外,劇作家們還曾經合作曲譜、曲書的編訂:李玉《北詞廣正譜》乃「更定」前輩蘇州音樂家徐于室、鈕少雅的原譜,再由朱素臣「同閱」而成;李玉、葉稚斐均參與沈自晉《南詞新譜》的參閱工作;劇作家與其他文人的合作關係有:朱素臣與李書雲合編《音韻須知》,卷首有李書雲於康熙庚午(案:即二十九年,1690)序,曰:「吳門朱子下榻蕭齋,因取經籍中奧僻駢字及轉音通用者,相與尋繹,隨檢隨筆。」,並題曰:「廣陵李書雲輯,吳門朱素臣較」〔註74〕;朱素臣、李書雲又與汪蛟門、李書樓共同校訂《西廂記演劇》。

　　若再配合上文第二節第三點曾經提及的另一清初蘇州戲曲家王抃的寫戲情形來看:前引陸萼庭〈王抃戲曲活動考略〉一文中提及王抃從事諸劇創作,多與師友們如:王昊、王鑒、伶工林星岩、九弟王抑等相互切磋商酌,可見得這種師友間論曲寫戲的風氣在清初蘇州地區是頗為常見的。

　　可惜的是,目前所開發的客觀資料依然有限,其他關之弗如的劇作家們是否也有同樣情形仍未可知,然而,就李玉、王抃這兩個情形來看,當時蘇州戲曲家們合作寫曲並非偶然獨立的現象。這種風氣的形成,應當受到前文第二節第三點所述、蘇州地區師友習於汲引交流的文化風氣所影響,因此劇作家們也習於相互切磋合作。從這個現象的分析,我們得知劇作家之間親疏遠近的交遊關係、其受到蘇州文化習染之深、以及因此合作而產生創作態度的交流與共識,這三點揭示的意義,實不可不察。

〔註74〕《音韻須知》,康熙二十九年刊本,現藏於台北中央研究院傅斯年圖書館善本書室。

第四節　戲曲創作與總結討論

一、戲曲創作

　　在整體討論清初蘇州劇作家的出身、科舉、仕宦、師承、交遊往來等生平資料，而瞭解這群生活於明清易代、蘇州地區之戲曲家們的生命樣貌之後，我們便再回歸到他們所從事的戲曲創作情形，以期進一步探究他們在此時地之下所從事的曲學創作，具有如何的特色與風格。

　　關於本文所論諸位劇作家現存劇作的本事、版本、館藏地等詳細情形，筆者整理爲〈清初蘇州劇作家作品本事、版本、館藏概況一覽表〉，請參見附錄三。就該表整理所得，首先，對於劇作的著錄、存佚、版本等狀況，我們認爲值得討論的有：

（一）多位劇作家的作品數量都非常豐富可觀：就現存的劇作中，屬李玉創作者高達十九部（含兩部合作）、朱佐朝者創作十九部（含三部合作）、朱素臣十三部（含三部爲合作）、張大復十部之多；若再就歷代曲目、書錄所曾經著錄的數目來看，李玉更曾高達六十多部、朱佐朝有三十五種、朱素臣有二十四種、丘園、葉稚斐、朱雲從、周昊等人都曾創作傳奇十多種，〔註 75〕這無疑是個驚人的數字，可見得清初蘇州劇作家人數之眾、作品之多，在當時必然造成不小的影響力。

（二）大部份未能流傳下來，而今流傳者多爲梨園演出的抄本：從上面所舉諸例中，作品存佚的數字落差來看，這些劇作家的作品大部份未能流傳。而就現今流傳者來看，李玉十九部之中，僅七部爲刻本；朱素臣十二部之中，僅一部爲刻本；朱佐朝十六部之中，更無一部是刻本，換句話說，這些現存劇作多數僅見抄本流傳。值得注意的是，這些抄本很有可能是當時梨園演出的場上本：馮夢龍爲李玉《永團圓》所寫的敘中述及：「優人每獲異稿，競購新劇，甫屬草，便攘以去。」錢謙益爲李玉《眉山秀》題詞中也說道：「元玉言詞滿天下，每一紙落，雞林好事者爭被管弦。」從「優人、爭被管弦」這些字眼中可見，這些劇作在當時即以梨園演出之場上抄本流傳。

〔註 75〕以上數字，參見清高奕《新傳奇品》、無名氏《傳奇彙考標目》、支豐宜《曲目》、無名氏《曲海總目題要》、姚燮《今樂考證》、民國王國維《曲錄》、莊一拂《古典戲曲存目彙考》等書整理而成，因歷來研究者對此議題多已述及，爲免冗長累贅，茲不一一列舉原典，僅撮取結論述之。

（三）結合生平資料來看：第一點，這些產量豐富的劇作家們，都是上文所述生平資料多湮沒未傳，而應爲非正統文人出身的民間文人者；第二點，這些人之中的李玉、朱素臣、朱佐朝、丘園等人，多有合作寫戲、論曲等密切的交遊情形。第三點，至於前文所論、相對之下擁有較完整的仕宦經歷、與當時官宦名士有更頻繁交流、以詩文名而涉足戲曲創作的吳偉業、尤侗諸人，則完全呈現相反的情況，即：創作數量大爲減少〔註76〕、全爲刻本流傳而不見抄本。

　　綜上所述，我們可以大膽提出假設性的結論：上述諸位創作量豐富的劇作家，以初級文人的身份於民間從事戲曲創作，其作品多提供爲優人場上演出，是以大量創作，並且僅以抄本流傳而不及刊刻。至於不及刊刻的原因，或者是本身經濟有限無力刊刻、或者是提供場上演出無刊刻必要、或者有其他未知理由，在目前所知資料有限的情況下，未能作進一步推論。另一方面，吳偉業、尤侗等以詩文名的正統文人兼劇作家者，則呈現創作量少、以刻本刊行等完全迴異的創作情況。

　　因此，由劇作的著錄情形、存佚數量、版本流傳等現象，結合劇作家的生平資料來看，我們得出上述結論，並以此窺知劇作家們在創作上的基本異同。接下來，我們要討論的是劇作家的創作背景及其動機。就目前客觀資料所見，大致上可分爲幾種情形：

（一）緣事而發，寄寓所感

　　吳偉業爲李玉《北詞廣正譜》所寫的序中曾云：

　　　蓋士之不遇者，鬱積其無聊不平之慨，於胸中無所發抒，因借古人之歌呼笑罵，以陶寫我之抑鬱牢騷；而我之性情，爰借古人之性情而盤旋於紙上，宛轉於當場。於是乎熱腔罵世，冷板敲人，令閱者不自覺，其喜怒悲歡之隨所觸而生而亦。（引者案：該本作「亦」，當爲「異」之意。）

這幾句話，幾乎道盡了千古以來文學創作的共同動機之一。

　　清初蘇州劇作家作品中，明顯起因於某事件或某遭遇，而將感慨書之筆墨者亦不在少數，並且又可分爲兩大情形：（1）爲家國社會所起：最明顯的

〔註76〕尤侗作有雜劇五部、傳奇一部共六部，雖總數上未必短少，但其多爲篇幅短小的雜劇，難以與李玉等人十多部傳奇創作的數量相比，是以相對下仍屬於創作量少者。至於吳梅村作有雜劇兩部、傳奇一部，更復如此。

－83－

例子是明清鼎革之變，如：上述吳偉業《秣陵春》、朱葵心《回春記》〔註77〕；
感慨於社會大事而寫者有：李玉《清忠譜》寫明中葉周順昌、五人義反魏忠
賢事、《萬民安》(已佚)寫天啟間蘇民葛成倡義反稅監迫害事、《萬里圓》寫
順治初蘇州孝子黃向堅萬里尋親事、丘園《蜀鵑啼》(已佚)寫吳志衍一家數
十人死於國難事(2)為個人際遇所感：如上述之尤侗《鈞天樂》、黃祖顓《迎
天榜》、吳偉業《通天臺》等等。

（二）生計所需，寫戲以售

　　從有些資料中透露出來的訊息，讓我們認為清初蘇州劇作家，有時從事
著寫戲售劇的活動。朱素臣《秦樓月》陶吃子（丑）說：

> 我老陶近日手中乾癟，虧了蘇州有幾位編新戲的相公，說道老陶你
> 近日無聊，我每各人有兩本簇新好戲在此，聞得浙江一路也學蘇州，
> 甚興新戲，挈去賣些銀子用用，歸來每位送疋綿紬，送勁絲棉便罷，
> 只算扶持你。

可見當時的蘇州劇作家，是可以以劇作換取現實利益的。另外，還有馮夢龍
重訂李玉《永團圓》所寫的敘說：「初編《人獸關》盛行，優人每獲異稿，競
購新劇，甫屬草，便攘以去。」錢謙益為李玉《眉山秀》題詞云：「昔大曆中
女子，能按香山《琵琶行》，至索價十萬。元玉此劇傳諸顧曲者，又增一番聲
價矣。」這兩段資料中的「購」、「索價」、「聲價」用字均透露出了這項情形。
若進一步結合上述李玉、朱素臣等人今傳劇作多為場上抄本的現象來看，我
們可以明確推知，這群劇作家們應該具有以寫戲維生、提供民間戲班演出的
職業劇作家身份。

　　值得注意的是，在明清蘇州地區，以文化產品當成經濟交易的媒介，是
很稀鬆平常的事，前文曾經提及，明清蘇州文化高度發展，能拈筆抽毫、吟
詩作對的文人比比皆是，再加上明中葉以後工商經濟迅速起飛，在整個社會
環境是以經濟交易獲取生活利潤的氛圍之下，蘇州文人便以自身文化素養的
長處，「成為儒與商相交線上的文化產品的生產者，將自己的文化才華納入商
品流通領域。……而市井里巷間的儒生更以文字取財為常事，並相沿成習。」

〔註77〕朱葵心《回春記》開場「醒語」云：「世何季，風何濁，吏何殘，人生幻境安
　　　　在？回首總成閒，莫問甲申年事，忠臣義士已矣。淚灑劍，花寒欲折，朱雲
　　　　檻又在石樓山。」卷首有其弟葵向「崇禎甲申中秋」序，因該年五月京師淪
　　　　陷，故知該劇作於國變之後。

〔註78〕這種現象不僅反映在劇作家創作的動機上，還讓劇作家寫進劇中，我們將於下文第參章第一節中再次論及。

　　綜合上述第一點動機來看，我們可以說清初蘇州劇作家創作劇本的背景動機，和其所生活的時代、社會環境，都有很密切的關係。

（三）興之所至，遊戲之作

　　中國古典戲曲的譜寫與搬演，往往帶有娛情遣興的性質，此乃由於戲曲源於民間娛神娛人的場合，「戲者，戲也」的創作觀念也就佔了很大一部份，劇作家們或者一逞才情、或者大發牢騷、或者聊以助興，借文字遊戲娛樂一番，未嘗不可。

　　茲以上述葉稚斐、丘園等人合撰之《四大慶》為例，該劇第四本第十六場末曲【沽美子】云：

　　嘆人生樂事賒，嘆人生樂事賒，四大慶果佳絕，更與那四景風流巧覯貼。鬥新聲四折，說什麼靈心幻舌。葉稚斐泰山奇寫，丘映雪匡廬妙結，朱素靈岳陽巧設，盛濟如峨嵋弄拙。俺呵！無非是情愜興熱，長端便捷，呀！總不計大家優劣。【尾聲】：橘齋訂聚縈新闋，分鈞拈題慢較獵，從此普天下慶賀新詞皆退舍。

由此可知，此劇的寫作背景及動機是劇作家們一時「情愜興熱」，「分鈞拈題」作來「巧鬥新聲」的。與此相類的還有丘園《御袍恩》第二十七出【尾聲】：「平空點綴國家事，御袍恩古今誰並，正是弄筆秋窗自適情。」等等，可見得諸劇之寫作並非本於強烈原因，也應非出於生計所需，只緣情之所至，「平空點綴、弄筆自適」。

（四）受託於人，應邀而譜

　　目前我們可以掌握的寫劇動機還有此項。前文已經提及，尤侗於康熙七年（（1668）與梁宗伯清標聚飲，於席間「宗伯命予填新詞，因走筆成《清平調》一劇」，上文已從結構、主題、文字各方面，分析該劇因應主人場上演出的要求而具有適合舞臺演出的特色，茲不再贅述。

　　由此我們再配合上述第二點為職業戲班提供劇本的寫作動機來看，此二項廣義說來都是配合場上演出所從事的劇本創作，但值得注意的是，此兩種情況的演出形式卻有很大的不同：第二點是交由民間職業戲班演出，這一點

〔註78〕見許周鶼：〈論明清吳地儒士的商業意識〉，刊於《蘇州大學學報》（哲學社會科學版），1997年第2期。

卻是針對私人家樂搬演，此即前文第壹章第四節曾經提到的清初兩種戲曲演出形式。

此處我們再配合上劇作家創作劇本的動機與情形來看，則知清初蘇州劇作家從事戲曲創作，和當時的戲曲活動關係非常密切，不管是專門提供劇本給予民間職業戲班演出者，還是創作適合縉紳家樂演出者，他們同時在不同面向上，提供當時戲曲演出的需求。這種與戲曲活動密切關連的現象，無疑地將直接促進戲曲演出與作家創作兩方面的蓬勃發展。

綜上所述，我們知道清初蘇州劇作家從事劇本創作，並非出於單一的寫作動機。當然，筆者必須強調的是，以上對劇作家寫作背景及動機作整體性的歸納探討，其間的區別絕非涇渭二分的，例如：尤侗《清平調》雖出於請託，但明顯可見其寄寓牢騷之意；李玉《永團圓》等劇撰予伶人演出，也並不代表完全沒有緣事感慨。之所以要對劇作家的寫作動機，作盡可能的掌握探討，是冀能藉此更深一層地瞭解劇作家寫作時的背景及其心境，以期更深入明確地認識到該劇的意義與價值。

二、生平資料所揭示的意義

在集中討論清初蘇州劇作家的生平資料之後，接下來我們必須進一步深入探討其中所揭示的意義。之前我們在細部討論劇作家身家背景、科舉仕宦、交遊活動時，已經對這群劇作家的生平樣貌勾勒出一個具體的輪廓，即：除了吳偉業、尤侗兩個是正統文人出身的劇作家以外（吳偉業之徒黃祖顓也算正統文人出身，但其文學成就遠不如吳、尤二家，是以附論之），大多數的清初蘇州劇作家，是一群具有文人身份的讀書人，在無顯赫的身家背景、又無順遂的功名仕宦之下，他們受當時、當地的戲曲活動與文化氛圍所感染，以其文化素養從事戲曲創作，因此相對下較為熟悉民間生活與戲劇環境。

有此認識之後，我們便將此一時地劇作家的生平活動，再和其他地區的劇作家之相關活動情形，作進一步的分析、比較，以期突顯出清初時期蘇州地區劇作家所具有的時代地域特性。

首先探討的是地域上劇作家人數分佈的情形。據筆者初步統計，自晚明起、活躍於清順治、康熙兩朝的明末清初時期，所有曾經從事劇本創作的劇作家總數約有186人，其中蘇州府一州七縣就有44人，佔了23％，為全國各區之冠，並且遙遙領先位居第二、三位之杭州府（21人，11％）、紹興府（16人，9％）；就今有作品存世的劇作家來說，全部總數約有88人，其中仍以蘇

州府之 31 人〔註79〕為各地之冠，佔有 35％之高，也較位居第二、三之常州府（10 人，11％）、杭州府（8 人，9％）要來得多。〔註80〕以上種種，均顯示出蘇州劇作家在清初時期所佔有的絕對優勢。

　　再來看到劇作家內部結構的情形。我們知道多數清初蘇州劇作家的身份地位較偏向於民間初級的文人，這點是否為此地區的獨特特色呢？關於這個問題，我們必須先觀察清初其他地區劇作家身份背景的分佈情形。就剛才所列人數位居第二的杭州劇作家而言，其代表性者如：金堡（1614～1680）崇禎間進士，官至禮部給諫；丁澎為順治間進士，官至禮部郎中，與沈謙（1620～1670）、陳祚明（1623～1674）等劇作家均以詩文名；就位居第三的紹興劇作家而言，毛奇齡（1623～1713）康熙間舉博學鴻詞科，官至翰林院檢討，長於經學詩文；徐沁（1626～1683）博通經史、工於詩文，入清後曾在浙、閩、楚、晉一帶遊幕；來集之（1604～1683）為大學士來宗道之子，崇禎間進士，南明時進太常卿。以上可知他們的身份背景，普遍上是以詩文名、有科舉仕宦、社會地位較高的正統文人，這一點就和蘇州劇作家有所不同。

　　接下來再從劇作家對外交遊的情形來談。從上文第三節的分析可知，就目前我們所能掌握的資料來看，清初蘇州劇作家內部之間有很錯綜複雜的合作往來，對外也與詩人、劇作家、音樂家、伶人有聚飲酬唱、觀劇寫戲等戲曲活動，並且均以蘇州地區為主要範圍，如此地域性濃厚的活動情形，恐怕是在其他地區所沒有的。例如上文所舉丁澎，曾與沈謙等在里間號稱「西泠十子」，後來他又在京師與宋琬、施閏章等「燕臺七子」酬唱往來，這兩種集社結盟的活動雖然具有地域性，卻都只限於丁澎的詩文活動而不及戲曲；後來他還到無錫、安徽、蘇州等地，與吳偉業、尤侗都有詩歌酬唱上的往來，是以活動範圍不限於杭州。徐沁更因遊幕生活而遍歷大江南北，至於其他劇

〔註79〕此處對於劇作家的統計，乃約略放寬本文所定時間範圍而為明末清初，因為就目前學界所能掌握的資料來看，大約活躍於此、卻生卒年不詳的劇作家數量頗眾，若將其全部排除在外，則恐一來有悖客觀事實，二來無法以整體俯瞰的角度，全面關照這一時期各地劇作家活躍的情形，是以筆者此處所定範圍略有不同。職是之故，此處所謂明末清初、今有作品存世的蘇州府劇作家人數有 31 人，與本文所論之 18 人有所落差，特此說明。

〔註80〕以上筆者所作的統計，是整理自《中國曲學大辭典》、趙景深、張增元編：《方志著錄元明清曲家傳略》、莊一拂：《古典戲曲存目彙考》、鄧長風《明清戲曲家考略》、《明清戲曲家考略續編》、《明清戲曲家考略三編》、陸萼庭《清代戲曲家叢考》等書而成，以下所提及的各位劇作家大致生平資料，均由這幾本書參考而成。

作家的交遊活動，如：沈謙、毛奇齡、來集之等人，則多以詩文活動爲主，其交遊範圍均因宦遊各地而不限於家鄉一帶而已。

以上是由地域的角度，初步分析清初各地區劇作家生平活動的大致情形。我們還可以再由觀察清初幾位較具代表性的劇作家著手，探討他們的生平事蹟與同樣活躍於當時的蘇州劇作家有何異同。

首先先舉最負盛名的李漁（1611～1680）。李漁祖籍浙江蘭溪，生於江蘇如皋，幼年家境富饒，但不久家道中落，明亡前屢試不第，入清以後不再應舉，從此帶著家庭戲班到各地達官貴人家中演出，過著「遊蕩江湖」的風流生活。雖然他與李玉等人相似，是「賣賦以餬口」、類於職業劇作家的身份，但他「挾策走吳越間」的流浪生活，使其與地域之間的關係相形之下薄弱許多，其交遊範圍更是廣泛得多。

徐石麒（？～1675？），原籍浙江鄞縣，後居江蘇江都，工詩詞、精度曲，但不喜與人交，代表作《買花錢》抒發懷才不遇之感，也屬於個人情感的發洩。

黃周星（1611～1680），江蘇上元（今南京）人，崇禎間進士，官戶部主事，明亡不仕，往來於吳越間，以詩文名擅一時，他遲至年六十以後才從事戲曲創作，是以詩文出身的劇作家。

萬樹（1625？～1688），江蘇宜興人，少有才名，也不喜與人交，爲兩廣總督吳興祚幕府，於公牘之暇作曲寫戲，大部份劇作都經吳氏家班演出，然內容仍不脫離追求雙豔的離奇遇合，因此既沒有緊密的交友關係，也沒有反映地方色彩的劇作特色。

嵇永仁（1627？～1676），江蘇無錫人，明末諸生，累試不第，以教館和行醫爲業，康熙間入福建總督范承謨幕府，後以耿精忠反范承謨遇害時一同罹難，他創作的傳奇作品，仍多以抒發個人胸中鬱悶爲主。

綜上所述，可知這些同樣活躍於清初時期的劇作家們，雖然有的也懷才不遇、屢試不第，有的也家道中落、浪跡民間，有的也滿腹牢騷、寄興詞曲，但他們的生平背景均和蘇州劇作家有所不同。雖然同樣爲落魄文人，但少有類似職業劇作家的身份；雖然有職業劇作家身份，但其活動及創作也沒有強烈的地域性色彩；雖然與同時友人有所來往，但大多僅於詩文唱和；並且他們之間的交遊活動，都少有像蘇州地區一般如此密切頻繁的活動網絡。以上諸點，均是我們經由分析清初蘇州劇作家生平背景，所揭示出來的意義。

　　那麼，何以清初蘇州劇作家在生平活動上，會形成如此獨特的風格呢？筆者以為，這和蘇州地區的風俗民情有很大的關連：

　　先就文化方面而言，前文第壹章第二節曾經提及蘇州崇教尚文的文化性格，讓蘇州擁有相對之下較高的文化素質，不僅出現吳偉業這樣的文壇巨擘，一般的文人雅士，也都能染翰弄筆，吟詠一番。第四節提及明中葉以後蓬勃的戲曲活動與音樂成就，使蘇州地區形成「家歌戶唱尋常事，三歲孩子識戲文」〔註81〕的濃厚戲曲氛圍，這就讓蘇州文人視作文制曲為平常事，為劇作家的大量湧現，提供了很深厚的文化基礎。

　　再就經濟方面而言，第三節提及蘇州工商業發達帶動經濟利益的追求與物質的享受，影響所及，一來舉凡宗教祭祀、節日慶典，都要醵金演戲、熱鬧慶祝，又大量提高了民間戲曲活動的產生與戲曲人才的需求；二來形成本章第四節第一點所云吳地儒士以文化產品，作為經濟交易的商業行為，如此一來便可以理解，蘇州地區會出現較其他地區更為大量的民間職業劇作家之社會背景。

　　再就生活條件而言，第一節提及蘇州地區優越的地理環境，讓該地人民外移求生的需要相對減少，加上本章第一、二節得知，大部份蘇州劇作家都是科舉失意、仕宦無路的文人，他們並不需要宦遊他地，相對降低其離開家鄉遠地生活的必要性，於是他們的生活，也就和所處地緣有極密切的關係，帶有濃厚的地域色彩。

　　由此可見，在清初時期蘇州地區湧現如此風格鮮明、成就斐然的劇作家，是有其蘊積的文化環境與時代條件，絕非單獨偶然的現象。

三、劇作家分類討論

　　以上我們將清初蘇州劇作家，就生平背景及戲曲活動等客觀情形，整體上所呈現的共同特性作全面的整理、分析，並與同時他地的劇作家作初步的比較，以凸顯蘇州劇作家異於他地的獨特性。接下來，我們便將討論主題，就此生平資料所見，集中到劇作家內部個別的異同，以期瞭解清初蘇州劇作家生活在同樣的時代社會中，由於個人的生命際遇所造成的個別性差異，對其劇本創作產生如何的影響。

〔註81〕清《蘇州竹枝詞‧豔蘇州》第二首，轉引自郭英德：《明清傳奇史》（南京：江蘇古籍出版社，1999 年 8 月），頁 319。

　　就劇作家的身家背景而言，除了葉稚斐、吳偉業、尤侗乃是出身大族世家以外，其他劇作家均出身低微如：李玉，或者完全不詳如剩下未提及諸人。

　　其次就劇作家的科舉仕宦而言，除了吳偉業、尤侗兩人乃正統文人出身，擁有相對之下較為豐富的科舉、仕宦等文士經歷之外，其他都是科舉失意、功名無望的初級文人。

　　再其次就劇作家的交遊活動而言，就目前已開發資料來看，彼此之間有著交遊關係者為：吳偉業、尤侗、李玉、朱素臣、朱佐朝、丘園、王續古、畢魏、張大復、葉稚斐、黃祖顓、盛際時、朱雲從等人，其他如：朱葵心、周杲、陳二白、許恒南、鄒玉卿等人，就目前為止仍未發現交遊資料。

　　再其次就創作背景來看，李玉、朱素臣，乃至朱佐朝、丘園等人，應該都有為職業戲班寫戲的經驗，而尤侗、吳偉業的創作，則是付諸家樂宅中演出。

　　再其次就文學成就而言，則除了吳偉業、尤侗是詩文兼擅的文學大家以外（黃祖顓善詩文，但非大家，故附論之），其他劇作家都僅見從事於劇本創作或者曲譜編訂。〔註82〕

　　如此看來，我們對於清初蘇州劇作家的生平情況之異同，有了清楚明確的認識。無論是從哪一方面來看，這個時地、活躍於其間的劇作家們有兩種不同的結構：一為以正統文人出身、並以詩文名而涉足戲曲創作的劇作家，即吳偉業、尤侗兩人，他們有著相類似的世家背景，較其他劇作家擁有仕宦經歷，與當時的正統文人、官宦名士有更頻繁的交流，所接觸往來的也不僅止於蘇州戲曲界，因此，他們相較於其他蘇州劇作家，有著更濃厚的傳統文人思想與創作風格。

　　至於其他劇作家，則相對下顯出了更具民間氣息的文化與內涵。然而，他們同樣都是生活於清初時期蘇州地區的劇作家，同樣薰染著蘇州文化的氛圍，同樣受蘇州地區蓬勃的戲曲活動所啟發，也同樣地為這個時地的戲曲成就作出貢獻。

〔註82〕《海虞詩苑》卷五謂丘園晚年輯《名教表微》一書，未竟而歿，書亦不傳，從書名及「輯」字來看，似乎並非文學創作作品。

小　結

綜上所述，我們均是就劇作家的生平資料所作出來的分析探討，據此我們對於清初蘇州劇作家的基本異同有了明確的認識，在此基礎之上，以下我們便將劇作家分為兩大類，一為正統文人出身的劇作家，乃吳偉業、尤侗者（附論吳之門生黃祖顓）；一為非正統文人出身的劇作家，即非上述三人的大多數者。針對他們的現存劇作，進行各方面的比較、分析、歸納與探討，希望能經由對劇作家劇作的討論，瞭解其風格、特色之形成，也進一步探討此二者生平背景之不同，對其劇本創作及文學成就有如何的關係與影響。

第三章　清初蘇州非正統文人出身之劇作家劇作分析

小　引

　　中國古典戲曲是鎔鑄文學、音樂、舞蹈等藝術於一爐的綜合藝術體，其劇本既是案頭閱讀的文學作品，也是場上搬演的唱念台詞，因此，對於古典戲曲劇作的評論分析，就要能兼顧思想主題、結構佈局、關目排場、文字音律等多項議題。然而，本章所欲論述的清初蘇州劇作家中、非正統文人出身一類的劇作家劇作，因其人數、作品數量頗眾、成就不一，若從上述各項議題切入來談，恐有失於籠統含糊之虞。因此，筆者擬就這部份的劇作家現存劇作中，整體上所呈現明顯獨特的風格標舉出來，就此風格在劇作中所透顯、呈現的方法，融入上述各項議題，作縱、橫面的分析與探討。

第一節　反映社會之現實色彩

　　研究清初蘇州劇作家的前賢學者們，對於李玉、朱素臣等人劇作中，反映社會現實的特點多已注意到了，如：吳新雷稱李玉為「傑出的現實主義作家」，「能從當時當地的社會現實中吸取題材」，[註1]胡忌、劉致中《昆劇發展史》中說「明末清初這一特定歷史時期的重大政治事件和廣闊社會生活在他（指李玉）的劇作中都得到了反映」[註2]，王永健《中國戲劇文學的瑰寶

[註1]　見吳新雷：《中國戲曲史論》〈李玉生平、交遊、作品考〉等五篇關於「李玉研究」之論文，同第壹章註34，頁131～184。
[註2]　同第壹章註90，頁285。

—明清傳奇》一書中提出李、朱等人「喜歡取材於蘇州地區的重大時事、歷史故事和民間傳說，創作富有現實性和地方色彩的傳奇作品。」〔註3〕可見這項特色，的確是李玉、朱素臣等位劇作家作品的強烈風格之一。

不過，歷來對於這方面的探討，幾乎都只侷限在兩大重點上：1.所舉例證僅限於李、朱等位代表性作家的作品。2.所舉例證僅集中於幾件著名政治事件與歷史大事的反映。筆者以為，除此之外，本章所論多位劇作家的作品當中，還反映了細微的社會現象，這些現象的反映並不像幾部代表性劇作一般，以整部作品的主題、思想、內容，去抒發事件所起的深沈感慨，然而，它卻在劇情的發展中自然而然地，流露出細微的社會現象、心態、觀念與習慣，藉此，我們得以更瞭解劇作家筆下所描繪的社會風情，也得以更加映證劇作家熟悉民間的創作特色。以下便從這個角度進行諸項探討。

一、政治經濟

本章所論清初蘇州劇作家，其劇作反映明代政治事件的方法有二：一為從明代政局中去搜尋題材，直指其事、淋漓痛陳，即所謂「時事劇」者，如：李玉《清忠譜》寫閹黨迫害東林黨人之事，《萬民安》（已佚）寫蘇民反稅監壓迫事，《兩鬚眉》寫明末農民起義，《萬里圓》寫清初蘇州孝子黃向堅萬里尋親，沿途所見均兵荒馬亂的真實事件；朱葵心《回春記》寫北京城破、南都新立事；一為藉由歷史故事之描寫，以古喻今、指桑罵槐，即所謂「歷史劇」者，如：朱佐朝《九蓮燈》寫吳妃奪嫡、獬兒行刺事，朱素臣《朝陽鳳》寫明中葉海瑞與權臣張居正忠奸對立事，《萬年觴》寫元末群雄擁護朱元璋事，丘園《黨人碑》寫宋蔡京擅權，陷害忠良，李玉《牛頭山》寫南渡偏安的宋朝昏庸君臣，其《千鍾祿》與朱佐朝《血影石》均寫明初建文帝靖難事變；盛際時《人中龍》寫唐朝李德裕與閹宦黨爭事，都有影射暗喻明朝政局，並加以批評針砭的深意。

無論是時事劇或者歷史劇，劇作家所表現的政治思想，大多是對於奸臣的嫉惡如仇、對忠良的謳歌讚頌，以及對皇權的誓死效忠，這種對理想政治的熱情與關切，在本章所論蘇州劇作家作品中，確實是一股不可忽視的強大力量，縱使這種政治理想，含有封建社會裡愚忠觀念的侷限與迂腐，但在一定程度上表現了劇作家對政治議題的省思與關懷。

〔註 3〕王永健：《中國戲劇文學的瑰寶—明清傳奇》（南京：江蘇教育出版社，1989年11月初版），頁197。該書承蒙王永健先生慨贈，感激之情特此誌謝。

　　關於這方面的論述，歷來研究前賢多已述及，上文所述僅重點概要，恕不贅言。除了這種描寫重大政治事件的主題以外，筆者以爲，在本章所論清初蘇州劇作家作品中，還觸及了當時政治的弊端對民間社會所造成的迫害。我們知道，明中葉以後統治階級的窮奢極欲、貪奢荒淫，是加速明朝腐敗滅亡的原因之一，貪官污吏充斥朝野的現象，反映在蘇州地區更是明顯，這片經濟富庶、素稱繁華的沃土，在官府的眼中簡直就是一隻肥羊，各種大大小小的貪官污吏無不想盡辦法在蘇州揩點油水，例如：

　　　　李玉《清忠譜》〈鬧詔〉寫到朝廷派出的差官到蘇州去捉拿周順昌時，
　　　　居然是以收拿賄金爲主：一個差官（付）說道：「李老爺，咱們奉了駕
　　　　帖，差千差萬到處拿人，不知賺了多少銀子，如今差到蘇州，又拿一
　　　　個吏部，自古道：『上說天堂，下說蘇杭』，豈不曉得蘇州是個富饒的
　　　　所在。況且吏部是個美官，值不得拿萬把銀子？」後來又叫蘇州織造
　　　　毛一鷺的差人來威脅道：「你快去與毛一鷺說，俺老爺們奉了皇爺的聖
　　　　旨，廠爺的鈞旨，到此拿人，你做那一家的官兒，不值得在犯官身上
　　　　弄萬把銀子送俺們，若有銀子，快快抬來；若沒有銀子，咱們也不要
　　　　周順昌了。咱們自上去，教他自己送周順昌到京便了。」
　　　　朱葵心《回春記》第四折〈貪污傳心〉寫這種貪官污吏更是怵目驚心，
　　　　令人髮指：「（丑粉臉上）自家吳縣書手戚忘一是也。小子只是愛錢鈔，
　　　　哪管良心與天道。」和他狼狽爲奸的吳縣知縣陶杌說道：「吾想，做一
　　　　個甲科的官兒，不得他十萬、二十萬回家，枉了少年這一番辛苦，後
　　　　邊子孫又說俺枉做了一個甲科官，因此日夜計算煎熬，幸喜縣中一個
　　　　戚書辦是能事的，與他商量，件件都是作成老夫得銀子的，這是前世
　　　　與他有緣，就是俺老陶的衣食父母了。」

這種唯錢是問，到處敲詐民脂民膏，「上下交相賊」的污吏貪官，便是明朝腐敗政治在民間毒害人民的反映。而劇作家的筆，毫無保留地將當時吏治醜惡的現象披露得淋漓盡致。

　　蘇州的經濟繁榮，除了使貪官污吏更加見錢眼開、唯利是圖之外，在一般社會大眾上，也影響了人心與道德標準的拜金趨向。清董含《三岡識略》卷六「三吳風俗十六則」條云：

　　　　風俗之日趨於下也，猶江湖之往而不返也。……曩昔士大夫以清望
　　　　爲重，鄉里富人羞與爲伍，有攀附者必峻絕之，今人崇尚財貨，見

有擁厚貲者，反屈體降志，或訂忘形之交，或結婚姻之雅，而窺其
處心積慮，不過利我財耳。〔註4〕

以清望爲重的士大夫尚且如此，一般人之崇尚財貨、唯金是問可想而知。李
玉《人獸關》第一齣《慈引》藉觀世音菩薩之口（旦）評道：

【駐馬聽】……你看這些世人好不痴也！虛飄飄只爭一陌五銖錢，
鬧炒炒棄身跳入黃河塹，憑誰辨破絮團，纏得箇眞如現。………咳！
如今世上有錢的，何人不負心也！（唱）【雁兒落】抵多少魚得已忘
筌，大多是恩反成爲怨，那裡管雞黍范張交傾，不得照膽森羅殿。

輕輕幾筆，便道盡了當時社會爲錢癡迷瘋狂、敗壞墮落的醜態。

劇作家描寫這種社會現實的內容非常地多，如：李玉《永團圓》、朱素臣
《錦衣歸》寫嫌貧愛富、背盟忘信的勢利岳丈；李玉《一捧雪》、《人獸關》、
朱素臣《聚寶盆》寫見錢眼開、見利忘義的負心小人；朱葵心《回春記》寫
搜刮民脂、受人賄金的污吏貪官；朱素臣《十五貫》中的婁阿鼠、丘園《幻
緣箱》中的陶模、許恒南《二奇緣》中的惡僧悟石、覺空、無賴張小乙都爲
了金錢而殺害人命；陳二白《雙冠誥》中私吞財物的范子淵，終爲自己招來
殺身之禍；畢魏《竹葉舟》寫貪慕富貴、享盡榮華的石崇不過是黃梁一夢。

以上這些劇中人物都是受到金錢引誘而人心墮落，或者謀財害命、或者
背信忘義、或者自私自利，而劇作家對他們的描寫，雖然筆墨多寡側重不一，
但總歸都是披露了當時金錢導向的社會現象，並且加以譴責批評，最終他們
也都得到應有的報應與懲罰。這種劇作家對社會現實之披露，可以說是在某
程度上，顯示了他們對當時社會現況之熟悉與瞭解。

二、文化心態

上述是針對政治、經濟本身的發展對於蘇州社會所產生的負面現象進行
討論，除此之外，特殊的政治、經濟歷程對於蘇州某些文化心態的形成，也
起了不可忽視的影響。在政治方面，我們將討論明初太祖對於吳地文人的大
量殺戮，造成蘇州士子出處進退、與時推移的隱逸心態；在經濟方面，值得
注意的則有吳地儒士以文化商品作爲經濟交易的商業心態。

嚴迪昌〈「市隱」心態與吳中明清文化世族〉一文中指出：「自五代吳
越國到南宋時期，吳地人文固已趨興榮，然而這一歷經數百年各種形

〔註 4〕同第壹章，註37。

態的偏安或割據的地域，又慘遭自南宋淪亡到元末明初的兵火災禍，摧殘至多，特別是經明太祖朱元璋對三吳文人的殘酷殺戮與大批罪徙「濠上」（即今安徽鳳陽），吳文化『場』遭到嚴重破壞，人文態勢發生了巨大更變。正是在這樣一種存滅絕續之際，人文心態激變起新的歷史走向，進而為求生存和發展則形成了特定時空間的『市隱』文化心態。」〔註5〕

正是因為這段特殊的政治遭遇，加上蘇州向來閒澹簡遠的文化性格，使得吳中文人在追求功名的同時，還懂得與時進退、韜光養晦的隱逸心態。該文進一步指出，所謂「市隱文化心態」，表現在態度上，是在「沖和圓融」的形跡之中，存有「積極務實」的骨氣；表現在行動上，則是「雖居市廛，如處岩壑」的生活方式。筆者認為，這種市隱心態，在政治上則提昇為吳中文人「達則兼濟天下，窮則獨善其身」，出處進退、與時推移的處世觀念，並且與前文所述該地溫文雅致、從容簡遠的文化性格一脈相通。

這種細微的文化心態，也準確地反映在本章所論清初蘇州劇作家的作品之中。李玉《太平錢》第二出〈綴帽〉張果老（生）與鄰叟羅大伯（末）把酒言歡之後，兩人合唱下場詩曰：「（生）大隱何妨市，（末）結廬豈必山。（合）獨慚丁令（案：當即「丁零」之意）鶴，高唳白雲閒。」直接就把這種市隱心態很自然地流露出來。除此之外，還有多齣作品的劇情結果，都安排了主角人物功成名就之後，隱退林下：

　　李玉《兩鬚眉》第二十九折〈掛冠〉寫黃禹金（生）剿匪功成，祖宗受誥、子孫榮蔭之後掛冠求去，說道：「回想二十年前，錦衣之夢，今已應了，若非快馬收韁，必至江心補漏，況且國事日非，大廈難支一木，因此拜辭官誥，拂袖歸家，思與夫人徜徉山水，優遊卒歲耳。」
　　《千鍾祿》第二十五出〈團圓〉寫程濟（生）在建文君自首入宮之後，仍作道人入山隱居，對史仲彬說：「向日小弟，不與方、黃同死，只圖輔佐君王，今大事不成，君已歸宮，弟之不死於君家，亦恐傷君之心耳，……我事已完，即當長往入山，不問人間事矣。」
　　丘園《黨人碑》第二十七出寫謝瓊仙、傅人龍助劉逵用劉鐵嘴之計，打敗田虎亂軍之後，人龍不願為官時說道：「卑末傅人龍遊蕩江湖，厭

〔註5〕嚴迪昌：〈『市隱』心態與吳中明清文化世族〉，刊於《蘇州大學學報》哲學社會科學版，1991年第一期。

薄時趨，願從老師出家，以避塵囂，以不欲反長安故土，以隨鸞驚。」
在結拜兄弟謝瓊仙相勸之後，他再次強調：「自古識時務者呼爲俊傑，
今日與賢弟做過一番事業，以完我平生之志，何必欲劉豫諸君致殺身
而死，方表奇丈夫乎！」

張大復《釣漁船》第三十出呂全向天妃進瓜立功，太宗欲封之爲駙馬
都尉時，他不願受封為官，說道：「承陛下恩賜，臣郎不受，只求陛下
釣漁船一隻，我夫婦守此煙波，感恩不淺。」又唱道：「【尾聲】釣漁
船奉旨將魚打，做一個欽賜漁人世吔誇，願萬事情種似他。」

從上面幾段資料中，我們可以發現劇作家表達的思想有大致的共通點，並且
和上面所述文化心態完全吻合：

（一）他們都是經歷過一番大事業，對當時治亂有過「積極務實」的骨氣與
　　　壯志，絕非一開始即作消極避世之想；但當大事已成之後，都選擇了
　　　功成身退。

（二）之所以如此，是因爲「國事日非」，歷史的借鑑讓他們知道功臣往往難
　　　以善終，與其腰金腰玉卻在險惡宦海浮沈，倒不如「識時務者爲俊傑」，
　　　快馬收韁，以免後患。所以李玉借一黃門官（外）之口，說黃禹金是
　　　難得的「知幾君子」，這種急流勇退、居安思危的明哲保身之道，無疑
　　　地是吳中士子市隱心態的另一種呈現。

（三）至於張大復《釣漁船》雖然不涉及政治社會之建功立業，但由其「釣
　　　漁船奉旨將魚打」、「欽賜漁人」等語可知，張大復的作品雖然呈現出
　　　濃厚的宗教色彩，但其整個思想體系絕非脫離儒家傳統道德而自外獨
　　　立，他的思想，是在整個深沈的儒家觀念底蘊之上，因長居寒山寺、
　　　頗知釋典的生活環境相濡染，而用談神論仙的方法闡述他的人生道德
　　　觀。劇中所寫呂全無心於爵祿的情形，也可以說是吳中文人隱逸心態
　　　的反映。

　　值得注意的是，劇作家爲劇中人物作此安排，並非出於史實所需，《兩鬚
眉》黃禹金實爲明末六安諸生黃鼎，據清劉獻廷《廣陽雜記》記載，〔註6〕黃
妻降清後隱居終不出山，但鼎則屢次與鄭成功互通聲息謀復明事，終因事敗

〔註6〕清劉獻廷：《廣陽雜記》卷一：「霍山黃鼎，字玉耳，霍山諸生也。鼎革時起
　　　義，後降洪經略，授以總兵，使居江南，其妻獨不降，……（黃妻）遂降，
　　　終不出山，黃鼎居江南久，後屢與鄭氏通，郎總督時，事敗，服毒死。」（同
　　　第貳章註3），頁36。

服毒而死；《千鍾祿》所寫明初靖難事，《明史》卷一四三〈程濟傳〉寫他「莫知所終」，並無隱居終老的明確記載；《黨人碑》傳人龍全系杜撰；《釣魚船》大體本明吳承恩《西遊記》小說第十回、十一回而成，僅說兩夫婦「歡歡喜喜還鄉」，並不見有歸隱林下的打算。〔註 7〕可見得劇作家作此收場處理，均出於本身對劇情的構思，正因如此，才更透顯出劇作家潛移默化中，所受到蘇州文化的影響與薰染。反過來想，劇作家反映蘇州社會文化心態的現實色彩，由此清楚地呈現出來。

其次，再來看到吳地儒士以文化商品作爲經濟交易的商業心態。我們在前文第貳章第四節曾經討論到此點，並且用來解釋部份清初蘇州劇作家販售劇本維生的行爲，除此之外，這個現象還寫實地反映在劇作家創作的劇本內容之中。最明顯的例子是朱素臣《文星現》，該劇寫明中葉蘇州著名四才子唐寅、祝允明、沈周、文徵明的風流韻事，劇中第十三齣〈訴情〉沈周（末）向祝允明說道：「偶爲儈父所苦，不過數金之惠便要寫成全幅，小弟那得耐煩，被我畫這一個放雞村童，將線而（似應作「兒」）一直引去，早已全幅俱完了。」

這段話中值得注意的有：

（一）當時大畫家沈周應人之請作畫，所收酬勞是「數金之惠」，可見是有利益交易的商業行爲。

（二）從沈口中「便要寫成全幅」，可見這種文化交易是可以對其文化產品的品質有基本的要求。

（三）即因這種要求與所付酬勞，在受託的文人眼中未必都能覺得平衡，所以此處沈周的態度是「那得耐煩」。

從劇中這幾句話，便如實具體地反映出，當時文人以自身文化素養做爲商品交易的經濟行爲。除了赫赫有名的文人以外，富有才情的女子，其難能可貴的詠絮之才同樣具有經濟交易的吸引力，葉稚斐《琥珀匙》便記載了這種情況。該劇寫桃佛奴賣身救父卻誤落娼院，但她矢貞守志，每日以賣詩畫償還身價：

> 劇中第十七出〈關守〉老鴇馮秀媽（丑）說道：「那佛奴原是西湖有名的士女班郎，果然求詩畫的日日填門。」佛奴（旦）自言：「奴家桃佛奴，不幸造次，輕身誤投販手，且喜牢據半關，不受風塵沾染，揮毫一紙，且將孽債酬填。」

〔註 7〕見《明史》（同第貳章註 35），頁 4063；明吳承恩：《西遊記》（台北：桂冠圖書公司，民國 76 年 2 月初版），頁 139。

此「孽債酬填」四字，便說明了這是文化產品作為經濟交易的另一種呈現。

上述蔚為代表的兩種文化心態，可以說是受到蘇州地區特殊的歷史進程所影響而來，我們都在劇作中看到了細微的反映，這無疑是從另一側面，加以映證劇作家善於觀察社會、反映現實的劇作風格。

三、民俗信仰

除了從政治、經濟等方面著眼劇作家反映社會的特色以外，還可以從劇作中所透顯的民俗信仰，再加以深入探討。所謂的「民俗」內容包羅萬象，它是較諸政治、經濟等嚴肅議題，而更貼近於基層人民、更滲透入民間生活的文化風貌之細微呈現。筆者此處僅就最富代表性的諸點來談，以期瞭解劇作家取材民間生活、反映社會現實的劇作特色。

（一）婚姻

中國古典戲劇往往為了娛樂性與教育性，而安排喜慶團圓的熱鬧情節，是以書生秀才多高中狀元，節婦烈女多封誥旌獎，至於才子佳人，則必定是終成眷屬，永結同心，於是關於結婚喜慶的情節便常常出現。〔註8〕本章所論清初蘇州劇作家亦不例外，不過，筆者所欲提出來的是，除了婚禮場面的安排之外，劇作家所描寫出來的民間習俗，才是值得我們進一步探討的重點。

中國人對於婚姻這件終身大事向來非常講究，從一剛開始請媒人說親，之後議婚、下聘、直到婚禮當天，都有種種繁文縟節，蘇州向來特重禮義、文化，對於婚姻的相關步驟更是不得輕忽。蘇州地區舊時的婚嫁，「必行納采、納吉、納征、請期、親迎等五禮，後來又在納采之後加上『問名』一禮，統稱之為『六禮』」，〔註9〕六禮之首「納采」，是指男方聘請媒人到女家說親，有時是請媒婆幫忙物色門當戶對的人選，有時是心中已有主張，只是請媒婆過去向女家說親。其次「問名」，是在女方同意議婚之後，男方再請媒婆去女家索取待嫁娘的生辰年月日等資料，此即民間所稱「庚帖」。雙方議定之後的「納征」，即是男方向女家下聘禮。下聘之後選定良辰吉日，婚禮當天更是隆

〔註8〕據許子漢《明傳奇排場三要素發展歷程之研究》（台北：國立台灣大學出版委員會，民國88年6月初版），頁272對明傳奇所襲用關目之統計指出，全部明傳奇約255部之中，出現婚禮場面的關目有124例，佔有46％之高，可見在劇作中安排喜慶場面自古皆然。

〔註9〕參自蔡利民：《蘇州民俗》，同第壹章註12，頁164～167，以下關於蘇州婚姻之禮俗，皆參於此。

重盛大，包括迎親、迎娶等多項程序，所需人手有掌禮、鼓手、執事、扎綵、轎夫、喜娘等等，這些人在蘇州統稱為「六局」，有的是在迎娶之後，向主人結帳領薪，用過飯之後即可回家，有的則要在婚禮前後忙個兩三天，可見蘇州地區對於婚姻大事之重視程度了。

以上這些重要的婚姻程序，都如實反映在本章所論清初蘇州劇作家作品中：

張大復《紫瓊瑤》念六出在婚禮場面上，掌禮人便說道：「掌主婚姻『六禮』，成諧兩姓交歡。」

李玉《太平錢》中，年近八旬的張果老請張媒婆前來，張媒婆忖度張老的條件，將心中人選從「經商開店、耕種人家、肩挑人家、富家、宦家」開始層層推測，直到張老說出自己的對象是韋諫議家妙齡小姐時，才大出張媒婆意料之外，最後張老還費了十兩銀子的說媒費，才讓張媒婆勉強答應下來。之後待韋諫議提出以十萬貫太平錢作為聘禮時，張老馬上用十輛車裝載太平錢到韋府，「親自賚來『納聘』迎親」。

《人獸關》第二十齣〈悔姑〉寫到桂薪之妻尤氏不承認女兒昔日與施家的締姻，向幫施還說情的王婆反問道當初婚事「何人媒妁？行多少聘禮？拿出『庚帖』」，以當初沒有這些程序作為賴婚之據。

至於盛大的婚禮場面在劇作中更是屢屢出現〔註10〕：

李玉《一捧雪》第十九齣〈醜醋〉寫湯勤意欲迎娶雪豔，婚禮隊伍包括長班（丑）、喜娘（老旦）、掌禮（末）、吹手（生）、轎夫（外）、燈夫（小生），長班向湯勤說道：「老爺，『六局』喚到了。」湯點齊了各局之後，唱道（眾應和）：

【仙呂過曲皂羅袍】合卺休多禮數，須輕扶欹襯，休得魘損嬌娥（案：

指喜娘）好些詩賦可吟哦（案：指掌禮）須把蓮輿抬穩休顛簸（案：
指轎夫）笙簧喧鬧（案：指吹手）花紅錦鋪，高燈簇擁（案：指燈
夫），流星似梭（案：應指舊時放類似手榴彈的鞭炮的人，蘇州稱之
為「銃事」，亦為六局之一）。銀錢犒勞須教大。」眾人並向湯勤說
道：「求湯爺先賜酒飯，把正分銀子講定了，然後把雜項使用先賞我
們，省得到臨時瑣碎。」

以上這些關於結婚的民俗，都如實地反映在蘇州劇作家的作品當中。除此之
外，李玉《永團圓》第七齣〈詭離〉寫到嫌貧愛富的江納要逼女婿蔡文英寫
「離契」，即今之「退婚書」，揹到有一定的「款式」，要寫明「名字、原因」，
並且附上男方的「花押」以資證明。凡此種種，都反映出了蘇州社會的民情
風俗，讓我們對於劇作家筆下所描繪之蘇州社會的認知，有更豐富圓滿的輪
廓。

（二）祭奠

　　相對於結婚的喜慶熱鬧，祭奠的淒冷場面就不是那麼地討喜吉利了，所
以戲劇演出的場合也就少得多，〔註11〕不過，有時因為劇情的需要，劇作家
仍會安排一場祭奠的場面，如：

　　李玉《一捧雪》第二十一齣〈哭癋〉、第二十八齣〈塚遇〉、《五高風》第
十九齣、第三十齣，這些場面通常是由一、二個人帶著祭禮、紙錢、酒等前
往，先簡述一段事情始末，再唱曲表達哀思，除了焚香祭拜以外，有的還寫
到「奠酒、化紙錢」等動作：《五高風》第三十齣蕭通、文錦祭奠瑞英，文錦
（小生）說：「今當百日之期，聊具生芻清酌，焚奠靈前」，於是「小生奠酒
介」；《一捧雪》〈哭癋〉寫戚繼光祭奠雪豔，唱道：「【叨叨令】（執酒拜介）
這椒漿和淚，更含愁一樽兒淋漓，澆向黃泉道草，杯盤怎比得俎豆列瓊瑤。」
之後又寫四個士人作有短章前來哭悼，在他們誦完詩之後，詩稿就連同紙錢
「焚帛奠酒」。

　　至於和祭奠相關的便是清明時節的祭祖掃墓。清袁景瀾《吳郡歲華紀麗》
卷三三月「寒食上塚」條：「吳俗，清明前後出祭祖先墳墓，俗稱上墳。……
拜者、哭者、酹者、為墓除草者，挑新土、燒楮錢、祭山神、奠墳鄰、分胙
餘，皆向來舊俗也。」〔註12〕這些歲時習俗在劇作中也提到了：

〔註11〕同註8，頁256統計僅三十五例，遠遠少於婚慶場面。
〔註12〕同第壹章註50，頁95。

　　鄒玉卿《雙螭璧》第九出寫裴正宗於「禁煙佳節」上祖墳拜掃，他除了帶有祭禮、楮錢祭拜以外，並且自己動手整理塋地添土除草，被其叔嬸看見，叔嬸大爲感動，方才眞心對待之。

　　朱雲從《龍燈賺》中第二十七齣〈喜信〉寫到王璧之妻謝道衡在清明時節設桌祭拜亡夫，路過的某差官見到祭桌上的神主牌位，就將當初王府家人張恩代斃、王璧逃難的事說與謝氏，藉此謝氏方知始末。

　　朱佐朝《奪秋魁》第二齣〈約同赴試〉寫岳飛及其母姚氏於清明時節準備祭禮到父親墳上祭奠，不料卻碰上慕岳飛英名而來的綠林好漢牛皋、王貴，於是三人拜爲兄弟，相約赴秋試武闈。

　　以上幾個關於祭奠的場面，我們可以看出其和婚慶場面出現的不同：就上述蘇州劇作家安排的情景來看，婚慶場合因爲熱鬧討喜，所以常常在劇作作大團圓式的喜劇結局時，安排出現熱鬧一番；或者不是在劇終時出現，但其熱烈喧騰的場面也能增加很好的戲劇效果，至於對其劇情的推展，則除了部份製造衝突（如：李玉《一捧雪》）、代嫁（如：李玉《永團圓》、葉稚斐《琥珀匙》）等情節起伏之外，大多只具收束劇情的作用而已。

　　然而，祭奠場面則非如此，這幾個祭奠場合的出現，卻是關乎劇情的推展。除了上述三出之外，李玉《五高風》第十九齣寫瑞英去法場奠別將受斬刑的公公文洪，文洪始知她與兒子文錦已私訂終身；後來第三十出文錦、蕭通去墓地祭奠瑞英，才能安排瑞英在棺木中起死回生。《一捧雪》第二十八齣〈塚遇〉寫莫夫人符氏去祭奠先夫墳塋，得遇逃難多年要回故里的莫懷古，因此方知莫成代死、雪豔殺賊事。

　　由此可知，劇作家在安排婚喪喜慶場面時，除了反映民間生活的風貌之外，其對場面的調劑、劇情的推展，都能視其需要而起不同的作用。

（三）遊藝

　　前文第壹章第四節曾經提及蘇州地區豐富的文藝資產，並初步探討其中的歌謠、說唱等反映在劇作中的情況，此處我們還要針對劇作中所描寫的其他遊藝活動再作討論。

　　在遊戲娛樂方面，《蘇州民俗》書中指出，鬥蟋蟀是蘇州地區非常普遍盛行的娛樂之一，明中葉甚且有蘇人因進蟋蟀入宮而升官之事，因爲蟋蟀主要活動時期是秋天，所以蘇州人又稱「鬥蟋蟀」爲「秋興」。〔註13〕張大復《醉

───────────────

〔註13〕同第一章註12，頁239所引《吳縣志》記載，蘇州所產蟋蟀「出橫塘、楞伽

菩提》所譜南宋濟顛事，在第十六折〈得寶〉、十七折〈鬥蟋〉、第十八折〈度蟲〉便寫到蘇州地區這項自唐、宋以來即廣受歡迎的娛樂活動。〈鬥蟋〉中隆佑太后（老旦）說道：「當今新秋時令，江浙有鬥蟋蟀之戲。」〈度蟲〉中宋保（副）對眾人說他的得意事是「秋興鬥促織兒」，〈鬥蟋〉折對蟋蟀打鬥時的廝殺刺激描寫得入木三分，充分反映了這項蘇州時興的民間娛樂。

此外，朱素臣《文星現》第念六齣〈遊敘〉寫唐伯虎等四才子同遊虎丘畫舫，席中文徵明提議行酒令「以代下酒之物」，眾人便以「最可笑之事」為題行令，方法是以酒杯左傳，輪流說出兩句詩句，若事不切、韻不中便要罰酒，結果四人文思敏捷，「酒令行數轉，竟無一人罰酒」，眾人盡興狂歡。

《朝陽鳳》第四出寫陳三木在等岳丈蔡審回家之時，眾人無聊，便建議「玩彈盤投七子、偷銅佛、三人騎白馬」等遊戲，最後他們還演戲扮成問官、皂隸演出告狀情事。

李玉《萬里圓》第十一出寫孝子黃向堅尋親途中客宿旅店，偶遇旅客數人，他們為了打發無聊時間，便玩起豁拳的遊戲，規則是「贏家吃酒輸家唱」，後來又覺得不夠有興頭，便玩起「串戲」。

張大復《快活三》第十七齣寫蔣珍、汪奇峰等人搭船往日本販售橄欖，途中眾人無聊，也玩起豁拳、唱曲、串戲。

《金剛鳳》第二齣寫錢婆留和眾牧羊童一起頑耍，提到「打臂兒、鬥百草、扎蒙、跳鬼、豎蜻蜓、翻觔斗、四抱腰、跌扑、踢飛腳、打七寸、下操擺陣」等十一種頑耍方法。

畢魏《三報恩》第二十二齣〈花宴〉寫權臣劉吉一家於暮春宴飲，席中他們玩起折花傳觴的遊戲，方法是「花匡鼓、花匡鼓，隨心幾槳，把花朵如飛傳送。杯流到、杯流到，莫教放空，儘酕醄甘與花同夢」。

至於朱素臣《秦樓月》、李玉《占花魁》諸作描寫虎丘春遊，均提到品評名妓、評選花魁的風流韻事；李玉《風雲會》第六齣〈擂臺〉寫聖帝誕日，北岳恒山道殿前高搭擂臺，各路好漢比武爭勝；前文第壹章第三節所述《永團圓》、《聚寶盆》、《龍燈賺》等劇述及元宵燈節，民眾聚會遊藝，以及張大復《快活三》蔣珍等串演〈蔡伯喈辭朝〉；李玉《萬里圓》寫眾旅客串演〈節孝記〉、《占花魁》寫花魁娘子串〈太尉賞雪〉、《清忠譜》寫顏佩韋等五人聽演說書、《風雲會》寫趙匡胤、鄭恩大鬧勾欄歌舞；朱素臣《文星現》寫祝允

山諸村者健鬥，明宣德中，有朱鎮撫者進此得寵，遂加秩。」

明、唐伯虎假扮乞兒唱蓮花落；葉稚斐《琥珀匙》寫桃佛奴自編《苦節歌》歌本託人唱賣；畢魏《三報恩》寫某人編鮮于同故事爲《三報恩話本》說唱；朱佐朝《血影石》寫眾妓與王三寶在中秋賞月唱曲等等。

　　這些情節片段，雖然在整部劇作中的份量多寡不一、作用輕重有別，但它們都同樣地呈現出蘇州地區民間娛樂遊藝的情形，不僅描繪出一份精彩生動的民俗風情畫，同時，也讓我們對於劇作家熟悉民間、親近民眾、取材生活的劇作特色，有了更進一步的充實與驗證。

（四）宗教信仰

　　前文第壹章第三節曾經提到蘇州地區宗教盛行、信鬼好神的社會風氣，並就劇作中所反映奢華的宗教慶典活動、怪力亂神的宗教思想，作了初步的探討。此處，我們要從民俗的角度，進一步分析其他劇作中所呈現的民間信仰活動。

　　首先注意到的是關於蘇州人民所崇敬信仰的神明。我們要討論的有兩點：一爲財神爺。蘇州人民稱財神爺爲「路頭菩薩」，是故有一句蘇諺曰：「路頭菩薩──得罪不起！」〔註14〕在李玉《人獸關》第九齣〈獲藏〉中，寫桂薪之子看見藏神顯靈，於是直呼：「路頭菩薩」出現了！待他們要去掘銀時，桂薪口中唸道：「路頭菩薩掘了銀子，大大燒箇利市。」由此可以見出他們對財神爺的信仰。

　　二爲關於蘇州名勝寒山寺的「和合二仙」。蘇州相傳從前曾有兩個情同手足的結拜兄弟寒山、拾得，因爲愛上同一女子，先後出家爲僧，在分別好一陣子之後兩兄弟再度重逢，從此和睦相依，寒山寺便是哥哥寒山所建的草庵。此寒山、拾得在蘇州人眼裡，從此被視爲和睦相親的象徵，常常用在婚禮時的圖像、掛綵，甚至於到了佛家口中，成了具有宗教色彩、普賢化身的「和合二仙」。〔註15〕

　　筆者發現，朱佐朝《雙和合》一劇劇名，除了涵括劇中雙旦唐和兒、蓋和兒的名字以外，也採用蘇州民俗中「和合二仙」象徵和諧的概念，來暗示該劇雙生雙旦最終團圓、姻緣諧美的劇情。劇中〈三敘〉寫蓋和兒（旦）擅作女工，在家中把線絲結成兩對「和合」，蓋母（老旦）稱讚道：「好！果然

〔註14〕參自《蘇州民俗》（同第壹章註12），頁141。
〔註15〕參自《蘇州民俗》（同第壹章註12），頁169；金煦：《蘇州傳說》（蘇州：蘇州大學出版社，2000年8月初版），頁69～80。

衣色鮮明，人物整齊，人若見了，自然可愛的。」蓋和兒編完後又自語道：「呀！和合二聖，奴家聞得外人説，二仙乃是文珠普賢化身，以撮合人間好事，奴家今日將你輕褻以售友人，未免有輕垢之罪，奴家當以禮拜以謝懺悔。」〈四敘〉寫「和合」被唐和兒之父唐竹山買去，他送給女兒時説道：「因見你個乳名喚作和兒，這是人間管姻緣事的，（唱）願你向藍田種玉，絲羅休誤卻風光荏苒。」從這幾句話可看出「和合二仙」象徵人間姻緣和諧的信仰，在蘇州人民心中深信不疑，該劇也以「和合」編織品作為雙生雙旦聚合分離時的信物。

另外，再看到普遍存在於中國民間信仰的宗教活動。在劇作中最常出現的是到寺院中掛旛還願的情節。丘園《幻緣箱》第七齣〈酬願〉寫劉婉雲（旦）與婢女春紅（丑）到虞山道院掛旛了願，巧遇暫代了塵道士（淨）值班的方瑞生（生），方於是一見傾心。劇中了塵道士交代暫扮道粧的方瑞生説：「倘有燒香女客來，要寫疏頭、年紀、月生辰、住居土地，就替他通陳。」將程序交代得很清楚。待劉婉雲前來拈香拜物後，方瑞生看旛上所寫的資料，唸道：

> 蘇州府常熟縣太平郡土地界下居住信女劉婉雲者，年一十六歲，八
> 月十五子時建生，父親劉天爵現在京都，祈保官高爵顯，福壽無疆：
> 母親侯氏身患疾病，祈保災悔消除，身體康健：祈保自身聰明智慧，
> 吉祥如意。

可知掛旛上除了基本資料外，還寫有祈祝的心願。

同樣的情形，也反映在李玉《占花魁》第二十七齣〈會旛〉，寫秦種、瑤琴到法相寺掛旛還願，同遊其地的秦良一見旛上所寫的姓名，才和秦種父子相認，一家團聚。畢魏《三報恩》除了寫掛旛了願，還寫到「扶鸞」，即一般所謂「扶乩」者，第三齣〈囑女〉寫梁潤甫（外）之女窈窕（旦）周歲時寄養飛昇觀中王道姑位下，許過出幼之年就要到觀掛旛了願，因此吩咐女兒「製下繡旛一幅」。第四齣〈乩賭〉寫梁潤甫與鮮于同（生）向「善於扶鸞」的王道姑（老旦）「叩決所疑」，有一大段對扶乩情形的描寫，非常逼真、生動、寫實。

諸如此類的民間信仰活動，還有中元普渡、周歲試晬、卜卦、算命、看相、拆字、施法術等事：朱佐朝《蓮花筏》第二十八出寫中元節蘭盆大會超度亡靈的習俗，劇中記載了超度程序是：填寫文疏稿，寫明荐者與追荐亡者，拈香禮拜之後，將蓮舟一同焚化即是。鄒玉卿《雙螭璧》第十三出寫梅玉芳

（旦）之子線兒周歲，梅氏在所居牟尼庵爲幼子寫疏文以祈佛佑，並且爲他試碁；朱素臣《聚寶盆》第十一齣〈碁週〉寫沈萬三爲兩個兒子周歲試碁，有文、武狀元之吉兆，均是民間嬰兒周歲「抓周」習俗的描寫。朱佐朝《豔雲亭》寫瞽目卜者諸葛暗、《五代榮》寫卜者臧知先、丘園《黨人碑》寫卜者劉直言鐵嘴靈驗，劇中都記載了他們擲卦、唸卦辭、問算者姓名、宣念、跌筶等項占卜細節。李玉《萬里圓》則寫黃向堅之妻在家擔憂難安，請算命師來問吉凶，此算命師則是兩人搭配，一人拿算盤、一盲者拿弦子，以彈唱的方式解說算命結果。李玉《風雲會》、朱佐朝《漁家樂》寫看相的苗訓、萬家春。張大復《釣漁船》寫術士李淳風、朱素臣《龍鳳錢》寫方士葉法善，均精通拆字、卜卦、施法、寫符等種種法術。

　　綜上所述，只是簡單討論劇作中所反映的蘇州政治、經濟、風俗民情等情形而已。除此之外，本章所論劇作家作品還有一個現象，即：常常將蘇州本地的故事、景物、傳說等題材寫進劇中，如：前述李玉《清忠譜》、《萬民安》（已佚）、《萬里圓》寫蘇州重要政治及社會大事，《一捧雪》湯勤、《人獸關》施濟均是蘇州人；朱素臣《文星現》唐寅四才子、《聚寶盆》沈萬三、《十五貫》況鍾是實有其人的蘇州才子、鉅富、清官，《秦樓月》呂貫、陳素素相戀之地爲蘇州，《萬年觴》寫及元末張士誠佔領蘇州久攻不下的史事，《翡翠園》小人物王饅頭家中開的是蘇州有名的蒸籠店，《龍鳳錢》風流書生崔白籍貫是蘇州；朱佐朝《雙和合》寫蘇州人的信仰和合二仙；丘園《幻緣箱》書生方瑞生與小姐劉婉雲、葉稚斐《琥珀匙》書生胥塤、朱葵心《回春記》秀才湯去三、褚文止等劇中主角都是蘇州人，乃至於多部劇中使用的蘇州方言，可見本章所論劇作家無論是具體的編寫蘇州政治、經濟等社會情況，或者細微地反映民間風貌、情態、事物，均處處顯現出強烈的蘇州地域色彩。

　　事實上，這些作品中，還有很多地方細膩而又自然地流露出劇作家對當時社會的熟悉與親近，筆者礙於篇幅，且爲免冗雜之虞，僅就以上幾點最具代表性者作初步討論，由此充分可見，本章所論清初蘇州劇作家，其劇作確實是有濃郁的反映社會現實，以及蘇州地方化的特色。

第二節　超越現實之神幻力量

　　前文第壹章第三節曾經簡述清初蘇州劇作家劇作中，帶有宗教色彩的主要情節，並認爲此種超越現實之神幻力量是不容忽視的一環，因此，此處擬

再就思想主題、情節內容與表演藝術等各方面，再作進一步地深入探討，並藉以瞭解此超越現實之神幻色彩，在本章所論劇作家作品中，具有如何的特色與意義。

一、從思想主題來看

中國戲曲中出現超越現實之神幻色彩，由來已久，遠從宋元南戲《王魁負桂英》、元雜劇《竇娥冤》，乃至於傳奇巨著《牡丹亭》等等，都可見到人類與仙界冥間的溝通交流。仔細閱讀本章所論劇作家之作品中，竟也不乏千奇百怪的超現實神幻力量，儘管它們呈現的方法各異其趣，所佔份量多寡有別，但值得注意的是，整體上劇中所透顯的思想主旨卻大致相同，即：善惡果報的揭示，以及命運天定的觀念。試分析如下：

（一）善惡終有報

這種觀念是中國戲劇中宗教力量所欲表達的主題之一，本章所論劇作家大部份都是宣揚這種因緣果報的思想，筆者認為其中又包含三種類型：

1. 因果輪迴

在佛家的觀念裡，人們在陽間所行善惡是死後去往天堂、地獄的判別依據，如此一來，生命的存在就不僅止於片段始終的，而是環環相扣、因果相連的層層輪迴，人們也就在此輪迴中，得到善賞惡罰的教訓。此類有朱佐朝《九蓮燈》〈闖界〉一折，及李玉《人獸關》等。

例如《人獸關》寫桂薪一家受施濟大恩，卻見利忘義、忘恩負義，最後妻、子皆變為犬以示因果輪迴。第二十六齣〈冥警〉司人獸輪迴的閻羅天子（外）說道：「怎的是人獸輪迴？大凡獸具人心，人包獸心。人見那披著毛、帶著角，這便是獸，不曉得他一心向善，立地是仙佛聖賢；人見那頂著冠、束著帶，這便是人，不曉得他一念造惡，頃刻是牛、羊、犬、馬。」

這樣徹底顛覆人、獸界線，而以善、惡作為評斷區分之唯一標準，完全是藉由因果輪迴的宗教思想，宣揚善惡果報的觀念，以達勸善懲惡的目的。

2. 舉頭三尺有神明

有些劇作中還描述了行善作惡非待到死後審判，而是賞罰立現、善惡分明的情節，如：

朱佐朝《九蓮燈》第十二出寫鄧非煙代忠臣閔覺之子閔遠收押至京，途中差官意欲姦淫，周倉神將馬上顯靈擊殺之，並且護送鄧與欽天監鄧元龍為

義女，《五代榮》寫徐晞屢世積德行仁，故得天神暗中護持，免災消禍，又獲欽賜五代登榮；朱素臣《聚寶盆》第二十六齣〈試盆〉寫張尤兒屢屢陷害曾幫助他的沈萬三，在貪得沈的聚寶盆後，反而被鬼擊打，《翡翠園》第四齣寫舒德溥「陌路捐金，完人骨肉」，當夜便有神明空中預告將有舒子中魁的善報，《未央天》第十七齣〈拯救〉寫米新圖「暗室不欺，反遭冤獄」，所以未央天宮主宰析木星君會同城隍爺、太陽、太陰星君、風伯、雨師等眾神於法場同行救護；張大復《紫瓊瑤》寫燕脆行善積德，但苦無子嗣，便賜侍子尹喜下凡為其子。

劇作家安排這些情節，無非是要「奉勸世人行好事，舉頭三尺有神明。」〔註16〕如此之下，善惡賞罰絲毫無差池，也就進一步強化善惡終有報的觀念。

3. 死後獲封

還有一種情形，是生前正直，死後便獲封為神，例如：

李玉《人獸關》第二十六齣〈冥警〉寫施濟生前行善，死後獲授蘇州都土地之職，《清忠譜》第二十折〈魂遇〉寫天曹封周順昌、顏佩韋等五人為應天府城隍爺，以及南畿城隍爺部下五將；朱素臣《未央天》第三齣〈死訣〉寫米新國「積善公門，存心正直，解衣推食，眾感共恩，上帝察他有善無惡，特授城隍之職。」

這種情形，也是善惡果報的另一種呈現，因為行善者生前來不及得到善報，但是生命輪迴的形式讓這份遺憾在身後得以彌補，賞罰分明的因緣果報也藉以圓滿完成。

由此可知，劇作家強烈地運用超越現實之宗教力量，宣揚善惡果報的思想，無非是要「喚醒世人痴夢」〔註17〕、「奉勸世人行好事」，具有正面積極的教化功用；然而，值得注意的是，一旦劇作家過分強調宗教外加的賞罰力量，便會削弱了人類本心向上、向善的主動性與根本性，使得人性本善的積極意義在善惡果報的恫嚇下，顯得被動而無力。

（二）命運天注定

除了「善惡終有報」的鮮明觀念以外，這些劇作中的超現實神幻力量，還集中表現了「命運天注定」的命運觀，並且包含有兩大方面：

〔註16〕李玉《五高風》第二十七齣枉死司（外）所云。
〔註17〕李玉《人獸關》第一齣〈慈引〉觀世音菩薩所云。

1. 姻緣早定

中國人向有「月下老人」牽定姻緣的觀念，這在劇作中常常表現出來，李玉《太平錢》第六出月下老人（外）向素有「三不娶」大願的韋固說道：「【混江龍】數不盡紛紛萬載女和男，跳不出行行半卷文和稿，總是那前生緣份、今世勻銷。」當韋想要改換姻緣時，月老說：「人間定數成，天上玄機奧，怎能把前緣違拗！」又韋固之妹文姑將以二九妙齡下嫁八旬老翁時，認命地說：「自古道姻緣總有天數」可見這種姻緣天定的觀念牢不可破。

同樣的情形也多反映在其他劇作：朱素臣、盛際時等合寫的《四大慶》頭本第一場〈降福〉寫花綠扶與伍珍姑乃天仙降凡，早有姻緣前定，其餘三本山雲子與伍湘娥、牛八老與伍立珠亦同；朱佐朝《石麟現》寫無昧真人所煉古鏡，照出蕭謙與秦玉娥有一段姻緣；許恒南《二奇緣》第十一齣〈遣救〉寫費戀中與龍王之女玉襄有三日夫妻之姻緣；張大復《快活三》第三齣寫蔣珍之功名、富貴、姻緣皆有神明主掌。

2. 天賦異秉

婚姻大事聽天安排，那功名大業如何成就呢？同樣是有上天的輔助。劇作中常常寫到某位乃天上星宿下凡，兼以倍得上天的眷顧，授與神力或寶器，以助其成就不凡事業，如：

朱佐朝《漁家樂》寫漁戶之女鄔飛霞乃傳香侍女下凡，得九天玄女娘娘賜予神針，終於以之刺死奸臣梁冀，為民除害；盛際時《人中龍》第二折寫劉鄩乃武曲星托生，關聖帝君麾下副將周倉特地顯靈賜予他毒龍尾一條以建功立業；李玉《麒麟閣》寫李世民乃天上紫微星下凡，秦瓊、徐勣、單雄信等英雄都是天上星宿下凡，共同輔佐唐王建立天下；許恒南《二奇緣》寫楊維聰、費戀中二生有文曲星顯護，故暗中屢有神明護持，度過危難，最終果然高中狀元；張大復《紫瓊瑤》寫燕瓊瑤乃天上玉帝侍子尹喜投胎轉世，長大後獲真君賜予驅邪瓊瑤一枚，並傳五雷正法，瓊瑤便以之大破亂軍。

或者是本身相貌軒昂、一身武略，是以得蒙上天青睞，特別授與神力，如：

葉稚斐《英雄概》第一折寫安敬思得天將授與鐵槊，以之屢見奇功；李玉《牛頭山》第十四齣寫岳雲獲九天娘娘授與神力，藉神鎚一副、龍馬一匹解救其父岳飛之難，並大破金兵。

甚且有的是本身空懷壯志，卻「一身賤骨」，難成大事，於是蒙上天特別

垂愛，將其改頭換面一番：李玉《風雲會》第七齣〈入夢〉寫聖帝將鄭恩「骨骼移換」，並「附以太白金精魂魄」，如此便可「扶助眞主」、「撑持宇宙」。甚至於連劇中的反面人物，也有相同的情節，葉稚斐《英雄概》第七折寫相貌奇醜的黃巢「數該殺人八百萬」，因此由上天賦予金刀一把，並且還因爲「天數」的安排，殺死了救他的寺僧。

　　以上所舉諸例，都在某程度上表達了命運天定、人爲次之的運命觀。

　　這種普遍存在的命運天定觀念，在劇作中所揭示的意義，從正面上來看，可說是積極鼓勵奮發作爲的人們，並預示以皇天不負苦心人的美好結果；但是，一旦認定「天定算不差」的宿命觀，就容易帶來「人力難拏把」〔註18〕的消極面，大大地削減了人爲主動、命運自主的積極意義，加之以將所有光環集中於受到上天青睞的特異人才，更是抹滅了其他人自身成就大業的可能性，這種帶有宗教迷信的命數思想，無疑是劇作中不容否認的缺點。

3. 其他

　　以上是劇作中明顯呈現的兩大思想主題，除此之外，還有部份劇作的超現實色彩，表達了人力與超現實力量的抗爭、超脫隱逸的出世思想，以及專寫神佛仙道的修道因緣，茲分述如下。

　　朱佐朝《九蓮燈》〈火判〉、〈問路〉、〈闖界〉、〈求燈〉四折寫忠臣兵部尚書閔覺受奸臣迫害下獄論死，火部判官顯靈，告知忠僕富奴往蓮花山香果洞借道德眞人之九蓮燈，即可解主人之危，富奴遂闖陰陽界，歷盡千辛萬苦，終於借得九蓮燈而返。在這四折當中，富奴堅決的救主之心表現了高度的自主性與主導性（當然其中涉及的奴僕意識是另一層面的議題，留待下文第三節第二點再敘），於是精誠所至，不僅感動火判、眞人、天庭而得遂其願，也藉此肯定了人堅誠的意志力，可以突破人身爲人的侷限而產生無與倫比的力量。這股突破天、人界線而自主生發的力量，在本章所論超現實之神幻劇作內容中，確實是一抹難得少見的異彩。

　　至於超脫隱逸的出世思想，我們以李玉《太平錢》與張大復諸部劇作爲說明。前文本章第一節已對《太平錢》及張大復《釣漁船》中的隱逸思想提出介紹，但其實兩者又稍有不同：《太平錢》疑爲李玉暮年之作，因其筆調蒼

〔註18〕葉稚斐《英雄概》第七折殺了救命恩人的黃巢唱道：「【清江引】猛思量天數眞難假，生死安排下，天定算不差，人力難拏把。（白）老天老天，若我黃巢數該發達，（唱）就踏破了大唐家，只算小戲耍。」

老、思想消極，處處流露出厭倦世俗、看破紅塵的消極思想，並且帶有虛無縹緲的濃厚神仙味，表現出對天堂仙界的嚮往與欣羨〔註 19〕；而張大復《釣漁船》雖然充滿怪力亂神，但就劇中主要的腳色呂全來看，身爲凡人，他既不羨慕俗世功名，也不嚮往極樂仙境，只是安分守己地過著踏實平凡的生活，〔註 20〕並且爲人忠誠信實，因此獲得了術士李淳風、天妃娘娘的大力相助，是以這部劇作雖然神幻至極，筆者以爲，該劇對呂全忠誠樸實的道德操守予以肯定，才是全劇的思想主旨。

另外，張大復寫修道因緣的《海潮音》、《醉菩提》諸劇，雖然是神魔仙佛各顯神通，但卻不能以簡單的宗教劇等閒視之。《海潮音》寫妙善之父妙莊王殘暴淫虐，妙善剔目斷臂強諫之，又捨己救人，終於使其父王覺悟，歸於正道；《醉菩提》寫濟公度化諸人，第三十出〈佛圓〉【尾聲】中濟公（生）說道：「留心聽我言，爲人要忠孝當先，還要積德行善，包你西方只在眼兒前。」之後【山花子】也說：「借歌聲說法將人勸，詩和酒亦有因緣。」可見該劇均是勸人行善積德、忠孝爲人，絕非消極絕滅的出世之想。

綜上所述，可知本章所論劇作家作品中，出現超越現實之神幻力量的情節，大致上所呈現的思想主題，皆爲勸人行善積德，以資獎善懲惡、服膺天命，相較於其他古典戲曲中，運用超現實力量以呈現對生命自由的渴望（如：《牡丹亭》）、對天道矇昧的控訴（如：《竇娥冤》）等主題，是要顯得集中卻也單薄得多，〔註 21〕更重要的是，它還大大地削減了《牡丹亭》、《竇娥冤》等劇中，以自身人爲的奮發力量，挑戰命運侷限性的自主自覺意識。

〔註19〕 第二十二出〈帽證〉寫張老鄰叟羅翁（末）在張老歸山之後說：「爾來日，與這些癡人說夢，甚覺無聊。」羅嫂（貼）應道：「機緣已近，目下了卻張老未完之事，我和你便好飄然而去。」接著合唱道：「【八聲甘州】紅塵混擾爲蠅頭，浪逐暮暮朝朝，各爭蝸角，竟忘卻鬢點霜毫，千秋事業餘斷間，萬古英雄惟短蒿。」又第二十七出韋諫議夫婦已登仙界，現身雲端對仍在凡間的韋固說：「我兒，喜汝名登天府，夫婦齊眉，可欣可羨！」

〔註20〕 呂全上場時唱：「【瑞煙濃】過崔來江上，傍柳停棹，忙沽酒，對妻痛飲，放開懷抱。」又說道：「坐月眠雪，不曉長箬短笠，登山臨水，但看少憩□□。不圖鴻鵠沖霄，且效鴛鴦戲水。」第二十一出【尾聲】：「不顧鳳凰閣、朝陽鳳，只願夜夜船駕一江風，撈的水底魚兒，嘗遍巫山十二峰。」

〔註21〕 許祥麟：《中國鬼戲》（天津：天津教育出版社，1997 年 12 月）書中分析中國鬼戲的總體特徵，認爲有「對生命與生存的探索、精神物化與心靈外顯、等級觀念的打破與整合、寓言化傾向與添足之筆、陌生感與恐懼效應」等項特質，而所謂「因果報應、勸善懲惡」的主題，僅在其中的「等級觀念的打破與整合」一項而已，故曰集中而單薄，參見頁 299～315。

不過，本章所論清初蘇州劇作家，之所以會如此大量、集中地以超現實神幻力量，宣揚善惡終有報、命運天注定的思想主題，無疑地是針對當時人心墮落、道德淪喪的明末清初社會所發出的振臂疾呼，其震聾發聵、教化人心的正面積極意義，是完全不容抹煞的。當然，其中隨之而來的思想糟粕，卻也是我們必須注意的事。

二、從情節內容來看

雖然劇作家運用超現實之神幻力量，所表達的思想主題較爲單一、集中，但其呈現的方式卻豐富多樣、大有可觀。因此，我們擬先對劇中較常出現的類似情節，以分類的方式加以綜合整理，再進一步分析此類神幻內容，在整部劇作中是否揭示了某種劇作家的編劇技巧及其特色。

對於劇中類似情節的出現，筆者初步分爲七種情形：

（一）離魂、還魂

中國人相信在特殊的情況下，靈魂可以超脫肉身的實體拘限，而優遊於無限的時間、空間之中，以完成其受拘於形體而不能達成的心願，湯顯祖《牡丹亭》杜麗娘離魂、還魂即是。類似的情節同樣出現本章所論劇作家作品中，如：

朱素臣《龍鳳錢》第十出〈宴賭〉寫方士葉法善施法，讓崔白焚化靈符就可以招致周琴心之魂，兩人得以相會，第十六出〈奪豔〉寫枉死城鬼王使屈死二女附屍還魂，卻陰錯陽差兩者互易，衍生出後面的誤會、錯認，最終仍由葉法善查明眞相施法還原，以團圓作結。

李玉《五高風》第三十齣寫枉死司鬼王憫蕭瑞英貞孝節烈，特赦還陽，故蕭女還魂得以和文錦婚配團圓。

此二者雖然以同樣的離魂、還魂情節，造成劇情的高潮起伏，但明顯可見，其事件的主導者均非主角本身，而是藉由外力的促成，無疑地大大削弱了主角的自覺性與自主性。

（二）顯靈

例如神明顯靈以助善懲惡，有朱佐朝《九蓮燈》第十二出寫周倉神擊殺起淫念的差官、許恒南《二奇緣》第十六齣〈墓庇〉寫韓世忠顯靈，庇蔭被奸僧追殺的楊維聰、盛際時《人中龍》第二折寫周倉神賜予劉鄴毒龍尾、葉稚斐《英雄概》寫天將降臨，授與安敬思盔甲與兵器等等，這些已如上述，茲不復贅。

另外還有李玉《五高風》第十六齣寫代死義僕王成鬼魂顯靈，帶引父王安、小主人文錦相會並且逃難，這一安排有助於劇情發展，一來讓外出的王安明白代戮經過，藉以刻畫身為僕役者內心的悲哀無奈，二來使王、文兩人得以從仇家追殺中逃脫而出，繼續推動劇情的前進。

（三）冥判

計有李玉《五高風》第二十七齣、朱素臣《龍鳳錢》第十六出〈奪豔〉寫枉死司判蕭瑞英、周琴心、呂書心還魂事，李玉《人獸關》第二十六齣〈冥警〉寫閻王拘桂薪魂往冥間看妻、子負義變犬事，不管是哪一種情節，冥判的意義，大多都是要主持人間所不能伸張的公理與正義，並予以公正的善惡賞罰。

（四）凡人遊仙界、入冥府

如李玉《太平錢》第十八至二十出寫韋固遊仙界、朱素臣《龍鳳錢》第二出〈遊宮〉寫唐明皇遊月宮，都顯示了對安祥和樂的仙境的讚嘆與嚮往；朱佐朝《九蓮燈》〈火判〉、〈問路〉、〈闖界〉、〈求燈〉四折寫富奴所闖陰陽界，司掌「六道循環，回生旋轉」，往生者在此掛號依生前善惡分貴、富、貧、畜道等項輪迴，令人看來怵目驚心，不僅具有警世意味，也極具戲劇效果。

（五）夢境

或者寫神道入夢予以吉、凶警示，如：朱佐朝《豔雲亭》第十四出〈殺廟〉寫諸葛先師入畢泓夢，讓追殺洪繪的他懼而釋之，李玉《風雲會》第七齣〈入夢〉寫換骨事、許恒南《二奇緣》第六齣〈預兆〉寫預示凶殺事；另外就是日有所思、夜有所夢，如《清忠譜》第八折〈忠夢〉寫周順昌，夢見他面聖大訴魏黨罪惡，讓魏黨伏法大快人心，淋漓刻畫了周順昌嫉惡如仇的剛烈性格。

（六）眾神齊現

這類情節通常只是劇情過程中的一小段，作為預先說明後事發展之因由，如朱素臣等合撰《四大慶》頭本第一場〈降福〉寫賜福天官宣示獸獸道人下凡，為牽合花綠扶與伍珍姑的姻緣，其餘三本皆同，朱佐朝《五代榮》第一折寫福祿壽三星命眾仙子下凡暗助屢世積德的徐晞一家，李玉《人獸關》第一齣〈慈引〉寫觀世音菩薩宣諭藏神、睡魔安排桂薪掘金事，張大復《快活三》第三齣寫眾神出現，將牽合蔣珍姻緣，《醉菩提》第二折〈爭護〉寫兩土地爭護濟公活佛事，甚且僅具插科打諢之效。

（七）示兆

平日裡若發生奇異的現象，通常會被視爲凶兆或者瑞徵，如：朱素臣《未央天》第一齣〈賀節〉寫上元佳節米新圖闔家歡宴，卻有鼠墜碎皿、釜水化血的凶讖；《翡翠園》第四齣寫舒德溥陌路捐金，自家卻食苦荬，於是空中傳來神語，預報舒子日後當中狀元；張大復《吉祥兆》寫累世積善的公孫家庭開五色靈芝，乃預示善報的瑞徵。

綜上所述，可見劇作家所安排的神幻內容，頗爲多樣可觀，並且在類似的情節上，因各劇發展所需，而有不同的作用與意義。不過，值得注意的是：

（一）我們從情節內容這一角度來觀察，仍舊發現劇作中的神幻情節，和其所揭示的思想主題一般，大致傾向於宗教果報的勸戒與宣示，其所運用的手法與情節，如：還魂、顯靈、冥判、夢境、示兆等方式，也非出於這些劇作家所獨創，多爲古典戲曲中常用的關目，可見劇作家安排超越現實的神幻內容，其價值並不在於關目情節的獨創性。

（二）至於這些內容在全劇的情節發展中所佔的份量，據上文分析，除了部份如：《九蓮燈》之闖界才得以救回閔覺、《龍鳳錢》還魂訛誤以致誤會錯認、《未央天》預示凶兆因此離家避難、《太平錢》因遊仙界才得知張老成仙始末……等劇具有發展意義以外，他如：《吉祥兆》、《人獸關》〈慈引〉、《醉菩提》〈爭護〉、《四大慶》等都算是可有可無之情節。

那麼，劇作家安排此段的用意何在呢？筆者以爲，神幻內容對於排場之熱鬧、表演之炫奇，有某程度以上的良好效果，因此，對於劇作中出現超越現實之神幻力量，我們除了注意其思想主題、情節內容以外，對於其在表演藝術上的作用，也不容忽視。關於此點，我們便緊接著在下文作進一步分析。

三、從表演藝術來看

劇作中超越現實之神幻色彩在表演藝術方面的呈現，可分爲三點來談：

（一）腳色形象

本章所論清初蘇州劇作家的作品中，常有對腳色穿戴、形象裝扮等方面的交代，這點可視爲劇作經常上場搬演的說明之一，[註22] 而這個現象，也恰恰地反映在劇中對神怪腳色的形象處理上。爲了方便說明，筆者先將劇作中較爲清楚交代神怪腳色形象的部份羅列出來，再作進一步分析：

〔註22〕關於此點，容待下文第四節再作進一步說明。

> 李玉《人獸關》：第一齣〈慈引〉小生金盔紅袍扮藏神、付淨赤面金
> 冠扮睡魔；第九齣〈獲藏〉小生扮藏神，同二鬼卒攜燈粧黃蛇白鼠；
> 第二十六齣〈冥警〉生扮施濟魂，金襆頭袍帶執笏
>
> 《太平錢》：第十八出淨、付金甲神，外、末朝官，老旦、貼宮粧執
> 雉尾扇，引生星冠鶴敞，正旦鳳冠霞帔
>
> 許恒南《二奇緣》：第十六齣〈墓庇〉外（韓世忠）紅袍金冠，小旦
> （韓夫人）珠冠綠圓領
>
> 朱素臣等《四大慶》頭本第一場〈降福〉：「細吹打，一童執明角燈，
> 一童捧瓶，一童捧盤內放爵，一童捧盤內放小鹿一隻，後掌扇。生
> 扮天官，執如意擺勢，住吹打，帽子頭一合口人擺四門。」

以上是列舉諸例代表神怪腳色之特殊穿戴形象，其中值得注意的是，上述腳色多集中於天界神仙的描寫，而少見對幽魂鬼怪的描述。劇作中出現幽魂者，對其形象幾乎都一筆帶過，如：李玉《清忠譜》寫五義士幽魂上場時，僅作「×魂奔上」、「共奔介」等字眼，周順昌魂上場時也僅作「生巾服扮魂上」，只有藉著周之口說：「那邊騰騰黑氣捲地而來，許多人紛紛至也」來描寫五人幽魂齊聚時的陰氣森然；《五高風》第十六齣寫代主受戮的義僕王成鬼魂上場時，更僅寫道：「貼扮王成鬼上（唱）渺渺冥冥魂魄飛，忠心一點不差池。」對其幽魂形象完全略而不談。

反觀之上述對神仙形象的描寫，多用金、紅、赤等色，無疑地華麗繽紛多了，這正可說明神佛仙道的形象出現，不僅炫奇討喜，具有熱鬧場面的效果，也相對地提高了表演的可看性。

（二）排場冷熱

曾師永義在〈說排場〉一文中說：

> 所謂『排場』是指中國戲劇的腳色在『場上』所表演的一個段落，
> 它是以關目情節的輕重為基礎，再調配適當的腳色、安排相稱的套
> 式、穿戴合適的穿關，通過演員的唱念做打而展現出來。

曾師文中並就「關目情節的高低潮以及其對主題表現所關涉的程度」、「表現形式的類型」、「所顯現的戲劇氣氛」等方面予以分類。〔註23〕我們認為，這

〔註23〕曾師永義：〈說排場〉，收錄於《詩歌與戲曲》（台北：聯經出版事業公司，民國77年4月初版），頁396。

些劇作中超越現實之神幻內容，雖然其關目情節很少是極為重要的段落，但就其排場的特質來看，很多都是氣氛極為鮮明強烈的場面，例如：朱素臣《聚寶盆》第一出〈鬥華〉先寫眾神出場，便交代其腳色形象、穿關砌末：

> 「四雲從執雲□出，手執元色旗二面」、「雲推轉，又引月娥上，捧月上」、「風隆、月下老人立上，外風隆、末月老執簿子，風姨唱」；

之後孽龍上場追殺蚌精，劇本也將場面的流動交代得非常清楚：

> 四雲從上，擺斜角一道邊；風姨隨四從擺，風隆、月老立，月娥兩甲肩，月娥立右下角椅上，又各陣擺式樣，又風姨、月娥立下場，台上風隆、月老立前，橫頭椅上，四雲從立兩邊，貼正身蚌上擺式樣，月出華、蚌出珠鬥戲介，淨內應呔持棍上白

從這段資料中可看出這個段落在場上的表演，有眾多的神仙腳色、有完整的音樂套式、有詳細的穿關裝扮、有豐富的唱念做打，處處可見這段群仙會戰的場面是很熱鬧熱烈的排場，就其「關目情節的高低潮以及其對主題表現所關涉的程度」而言，可說是重要的大場；就其「表現形式的類型」而言，可說是群戲武場；就其「所顯現的戲劇氣氛」而言，可說是展現高度的行動情調。

再看到朱素臣等四人合撰之《四大慶》，前文第二章第四節曾提及該劇作劇動機偏向於娛樂消遣之用，因此，此劇也充滿了怪力亂神的神幻色彩。值得注意的是，該劇對於神仙腳色形象、穿戴、唱作等的描寫也頗詳細，從中可以看出該段落仙樂裊裊、熱鬧繽紛的戲劇氣氛，如：

> 第二本第一場開場時：「淨開向扎傳扮馴鹿使者跳舞白」、「外、付扮神將、旦金童、貼玉女、末幞頭莽執如意上，合唱」；第四本第一場開場時：「生扮張仙持弓彈上」、「四仙女上，旦盤托麒麟、貼盤托鳳、老盤托龍、正盤托虎上，二神將扛天水、四玉牌上，眾合唱」、「外扮睡介，魔神跪介」、「細吹打向內把，末跪介，生白」

這段資料有跳舞、合唱、吹打、動作提示，還有各式各樣的砌末妝扮，同樣揭示了高度的表演性質，顯示出劇作家對於超現實神幻題材的運用，是有助於場上演出的戲劇氣氛，由此可見，劇作家在作品中大量運用神幻色彩，其點綴關目、熱鬧排場的用意可見一斑。

（三）演出特效

還有一點值得注意者，即是這些超越現實之神幻情節的演出，還可能因

為怪力亂神的內容而運用各種特技，以表現出特異玄奇的效果，如此一來，就在無形中將表演藝術往更難、更炫、更奇的層次推進。茲舉數例說明：

許恒南《二奇緣》第十六齣〈墓庇〉一折，寫被惡僧追殺的書生楊維聰（生），正好逃到宋將韓世忠一門之墓所在的荒郊，韓世忠英靈宣召當地土地神一起顯靈，化出一座豪宅大院宴請楊生以庇護之，待惡僧離去、楊生一番醉飲之後，他才赫然發現是得到韓世忠英靈庇護。在這一折戲裡，小丑所扮的土地神先後要扮土地、院子、土地等三次造型，劇本中分別註明道「小丑戴臉子扮矮土地」、「小丑改面扮老院子」、「小丑暗戴臉子漸做不動介」，可知小丑這一演員，要以「戴臉子」的方式迅速換裝改變造型。更特別的是，當惡僧離去、楊生酒醒時，劇本對於這一切幻景恢復原狀的處理是：「小丑暗戴臉子漸做不動介」、「小丑不應」、「小丑漸縮短介」、「生做蹲下細看大驚介」、「四望做怕咳嗽介」，這五個動作上的提示極具戲劇張力，雖然我們未能得知當時演出這種「漸縮短介」的特技的實際情形，〔註24〕但其炫妙奇絕的演出效果勢必可想而知。

再來看到諸劇作在後世演出的情形。近代戲曲家曹心泉於〈近百年來崑曲之消長〉一文中提及張大復《醉菩提》的演出特技：

> 蓋乾隆以來，北方崑曲經諸名伶陸續修正，其腔調表情種種，乃截然與南派不同，北派所有手眼身法步，須與曲意合而為一，並研究氣功，如：面肉欲令何處顫動，……或令翻上作白眼，毫無黑珠，腦頂能令其隨時出汗（如唱《醉菩提》之〈當酒〉，飲酒至臉紅後，再飲酒，將帽向上一拋，能令頭冒熱氣，汗出如蒸。）……皆氣功也。〔註25〕

此外，另一位近代戲曲家陳墨香於〈觀劇生活素描第一部〉一文中提及朱佐朝《九蓮燈》說道：

> 墨香看了許多傳奇，便道想起前幾年看的崑腔戲來。……還在虎坊

〔註24〕 該劇卷首長洲倪偉所撰「小引」云：「今讀是書，關目緊合，則宜扮演；度曲精工，則宜管弦，……今將付諸剞劂，使優伶習之矣。」可知該劇應於當時曾經上演。

〔註25〕 曹心泉口述、邵茗生筆記：〈近百年來崑曲之消長〉，刊於《劇學月刊》第二卷第一期，1933 年 1 月，南京戲曲音樂院北平分院研究所出版，現藏於上海戲劇學院圖書館期刊室。筆者得以查閱本資料，乃承蒙該校戲文系教授葉長海先生親筆致函期刊室，感謝之情，特此誌謝。又，此資料得知於與北京中國戲曲學院院長周育德先生之訪談，亦特此誌謝。

橋越中先賢祠看過《九蓮燈》，是〈火判〉、〈問路〉、〈闖界〉、〈求燈〉，
四齣連演，滿臺燈彩，神鬼亂出，雖是熱鬧，那膽小的人卻不免害
怕。〔註26〕

從以上資料可知，這些神鬼仙道超越現實之劇作內容，確實提供了開闊的想
像空間，讓表演者得以各種炫奇方式，將神幻的內容淋漓發揮出來。雖然這
些表演藝術的精進，得之於後代無數表演家的藝術加工，但追本溯源，仍有
賴於劇作家們提供精彩的原作，則是不容否認的事實。

　　綜上所述，則我們對於劇作家作品中所展現的超越現實之神幻力量，可
以得到下面的結論：

　　從思想主題來看，大多都是勸人行善積德、戒人莫作歹事、服膺天命安
排的作劇主旨，這種濃厚的勸善懲惡思想，無疑地是針對當時道德淪落的明
末清初社會所發出的振臂疾呼，自然有其針砭世風的功用與貢獻；然而，正
也因為這種運用神幻力量來解釋人事、教化人心的方式，讓劇作沾染了怪力
亂神的迷信色彩，因而減低了人性自主覺醒的積極意義。

　　從情節內容來看，雖然劇中呈現各種千奇百怪、大顯神通的內容，但歸
納起來，與歷來傳統戲劇中出現的神幻情節大同小異，可說是略嫌突破、創
新之不足。

　　從表演藝術來看，超越現實之神幻色彩，往往能以自身無限想像的開放
性，創造令人耳目一新的藝術效果：或以繽紛的形象妝扮、或以熱鬧的演出
排場、或以炫奇的表演特技，從各個角度為整部劇作提供另一層面的藝術價
值。

　　因此，本章所論劇作家作品中超越現實之神幻力量，縱然各有長短，但
其自有不容忽視的意義與價值。

第三節　包羅萬象之人物類型

　　在本章所論清初蘇州劇作家的大量作品中，還有一項很顯著的特色，即
是：劇中活躍著各式各樣、五花八門的人物類型。這不僅是就劇中人物的身
份、地位而言，就人物所呈現的形象特色來說也是如此。更值得注意的是，
許多具有鮮明形象的人物，打破了傳奇向來僅限於才子佳人的既有模式，而

〔註26〕陳墨香：〈觀劇生活素描第一部〉，刊於《劇學月刊》第二卷第三期，1933年
　　　3月，同上。

廣泛地開展到其他多樣的人物類型，這個特色，顯然地是受到劇作家活躍於民間、接觸的生活層面較為廣泛所影響。

關於此點，我們便要進一步探討兩個問題：就思想內涵來說，如此具開創性的各式人物類型，是否呈現出各種相異以往的思想情感？就文學技巧來說，劇作家對於多種人物的描述，是如何地強調、凸顯出他們的性格特質？以下我們將從上述三個層次，針對劇中包羅萬象的人物類型進行探討。

一、貴賤〔註27〕、雅俗並陳的身份形象

筆者針對清初蘇州劇作家劇作中所出現主要人物的腳色行當、身份形象等資料，彙製成〈清初蘇州劇作家作品主要人物之腳色行當配置表〉，請參見附錄四。從這項統合整理的工作中，確實可以見出諸劇中形形色色、包羅萬象的人物類型，關於此點，首先，我們將從基本的人物身份、形象開始討論。

就本章所論劇作家的眾多作品中，依其主要人物的身份、形象，大致包含有下列七大類型〔註28〕：

（一）文人士子

這一類型的人物是年紀較輕、飽讀詩書的讀書人，通常具有秀才的身份，依其在劇中所偏重的特質又可再加以細分為：

1. 偏重於風流形象者

此類多富有文名，兼又丰姿俊秀，是以多安排與貌美佳人聚散離合的相關情節，如：朱素臣《文星現》唐寅、祝允明，《秦樓月》呂貫，《龍鳳錢》崔白；葉稚斐《琥珀匙》胥塤；朱佐朝《九蓮燈》閔遠，《豔雲亭》洪繪，《雙和合》容鳳、鳳容；陳二白《稱人心》文懷；丘園《幻緣箱》方瑞生；李玉《五高風》文錦；周昂《玉鴛鴦》謝珍等

2. 偏重其貧寒窮苦、卻立志有為者

通常在經過一番遭遇之後，能如願通過科舉，或者建立一番事業，如：朱素臣《十五貫》熊友蘭、友蕙，《翡翠園》舒芬，《錦衣歸》毛瑞鳳；張大

〔註27〕筆者必須特別說明，此處使用「貴賤」二字，並不代表生命價值的高低，而是延續該字詞向來代表的身份地位高低。

〔註28〕此七大類型是依據人物的身份、形象分類出來的，不過，其中的「女性人物」、「負面人物」兩類，因其具有特殊的意義，可另加探討，因此，筆者將其分項獨立出來。至於負面的女性人物，以其負面的作為對於劇情發展有所影響，是以歸於「負面人物」一類中。

復《讀書聲》宋儒；李玉《永團圓》蔡文英；朱佐朝《漁家樂》簡人同，《蓮花筏》姚蒼流等。

（二）君臣將相

這一類型的人物包括：

1. 帝王

出現帝王腳色的情形又可分為兩種：

一為戲份較重者，通常是據史事改編的歷史劇，多敷演當時亂臣賊子禍國殃民之事，並且必有忠貞愛國的忠臣與之對抗，而劇中皇帝便在他們的保護之下，最終匡扶社稷、剷平奸賊，如：李玉《牛頭山》宋高宗，《千鍾祿》建文君；朱佐朝《血影石》建文君；鄒玉卿《青虹嘯》漢獻帝等。

一為戲份較輕者，僅出現在部份片段中，或者作為穿插劇情發展之用，如：李玉《占花魁》康王；朱素臣《聚寶盆》明太祖，《龍鳳錢》唐太宗；張大復《釣漁船》唐太宗；陳二白《雙冠誥》宋英宗；或者雖然出現短暫，卻能以帝王身份扭轉劇情發展，如：丘園《黨人碑》、《幻緣箱》中的宋徽宗等。

2. 文官

劇中出現的官宦、朝臣，具有突出形象者，多如上述，強調其忠君愛國、嫉惡如仇，並勇於與權奸佞臣對抗的正義特質，通常劇情的發展是正義的一方屢屢受到迫害，但最終仍邪不勝正，正義者必然得到勝利，如：

李玉《清忠譜》周順昌，《千鍾祿》程濟、史仲彬，《五高風》文洪、蕭通；朱素臣《翡翠園》胡世寧，《朝陽鳳》海瑞；丘園《黨人碑》劉逵，《幻緣箱》劉天爵；朱佐朝《九蓮燈》閔覺；盛際時《人中龍》李德裕。

另外，還有一種是秉公執法的清官，如：朱素臣《十五貫》況鍾，《未央天》聞朗；李玉《永團圓》高誼等。這一類人物雖然出現較少，其是非分明、不枉殺無辜的鮮明形象，是很成功的一種類型。

3. 武將

這一類型的人物也大多是忠勇愛國，能為朝廷貢獻心力，並且建功立業、大有作為，如：朱素臣《萬年觴》郭子興；李玉《兩鬚眉》黃禹金，《牛頭山》岳飛，《占花魁》秦良；丘園《御袍恩》高瓊；葉稚斐《英雄概》李克用；朱雲從《龍燈賺》檀道濟等等。

（三）女性人物

在劇作中出現的女性人物當然很多，不過，我們並不打算、也無必要通通列舉出來，此處僅就具有特別意義的女性人物提出來討論。經過整理之後，有以下三種女性形象是值得加以探討的：

1. 典型的千金小姐

這一類型是傳奇作品中最常出現的一類女性人物，其身份是某官宦人家的千金小姐，通常長得貌美嬌豔、舉止嫻雅溫柔，並且謹守禮度，深曉大義，遵奉三從四德，如：

朱素臣《文星現》何韻仙，《錦衣歸》白筠娥，《龍鳳錢》周琴心；李玉《五高風》蕭瑞英；丘園《黨人碑》劉麗娟，《幻緣箱》劉婉雲；朱佐朝《九蓮燈》戚輕霞，《蓮花筏》齊玉符，《豔雲亭》蕭惜芬；盛際時《人中龍》李瓊章等。

2. 身份低微但人品高潔，有特出表現者

她們的身份多是侍婢、名妓、民家女等低微出身，遠不及千金小姐來得高貴，但其形象卻往往較之更為突出、鮮明，或者有強烈的正義感，在劇中幫助正義的一方剷奸除惡，如：

朱素臣《翡翠園》民女趙翠兒，《朝陽鳳》婢女紫苔；李玉《一捧雪》侍妾薛雪豔；朱佐朝《九蓮燈》名妓鄧非煙，《萬壽冠》宮女戚宮人、民女蒲姿，《漁家樂》民女鄔飛霞，《血影石》名妓梅墨雲。

或者忠於婚姻愛情，貞節不二，如：陳二白《雙冠誥》婢女出身的通房碧蓮；朱素臣《秦樓月》名妓陳素素，其婢女繡煙甚且還為了保護她免受奸賊淫辱而慘遭殺身。

3. 巾幗英豪

這一類型的女性均熟諳韜略，調兵遣將絲毫不讓鬚眉，甚且還立下汗馬功勞，如：李玉《兩鬚眉》黃禹金夫人鄧氏；朱雲從《龍燈賺》謝道衡；朱佐朝《豔雲亭》上官瓊珠。

另外還有幾位驍勇善戰的女性，是和這種有所不同的，如：朱素臣《錦衣歸》十八姨是聚義山寨的綠林女首領；張大復《金剛鳳》鐵金剛是長居山林、生得奇醜卻有神力的女力士；葉稚斐《琥珀匙》侍婢繡娘雖僅短暫出現，卻是個具有武術的女專諸。

以上這些武功過人的女性人物，雖然身份不盡相同，卻都具有大異以往的巾幗英豪形象。

（四）負面人物

在劇作家眾多的作品中出現的負面人物當然非常多種，其所包含的身份也各式各樣，不過，他們卻都有共同的特徵，即是：自私自利，為了個人的利益與私慾，罔顧公理、喪盡天良。就其身份種類來說，仍可大致粗分為：

1. 權臣奸相

他們通常權重位高，財大勢大，然而卻為了個人的私慾與利益，顛倒朝政、陷害忠良，如：

朱素臣《翡翠園》麻逢之；李玉《一捧雪》嚴世蕃，《清忠譜》魏忠賢，《五高風》尤金；丘園《黨人碑》蔡京，《幻緣箱》楊戩；朱雲從《龍燈賺》徐羨之；朱佐朝《九蓮燈》霍道南，《漁家樂》梁冀、馬融，《豔雲亭》王欽若；盛際時《人中龍》仇士良等。

2. 平民百姓

這一類人並非具有顯赫的身份，所以他們的為非作歹並不會危及國家朝政，然而他們同樣是為了一己私慾，做出傷天害理的事，如：

朱素臣《十五貫》婁阿鼠謀財害命，《聚寶盆》張尤兒、李玉《一捧雪》湯勤、《人獸關》尤氏、桂薪、尤滑稽等人忘恩負義；李玉《永團圓》江納嫌貧愛富；朱素臣《未央天》侯花嘴、陶衍娘姦夫淫婦，甚至謀殺親夫、髮妻等。

以上無論是那一類型的負面人物，這些人到最後總難逃老天的制裁，而自食惡果，得到應有的懲罰。

（五）綠林俠士

這一類型的人物其實身份背景及偏重的形象特徵又各自不同，有以下三種情況：

1. 綠林草莽或者江湖盜首

前者有朱素臣《錦衣歸》聚義鳴石山的首領十八姨及其部下郝崑崙，朱佐朝《奪秋魁》牛皋、王貴；後者有葉稚斐《琥珀匙》金髯翁、盛濟時《胭脂雪》公孫霸，雖然他們的身份並不是很正派，但在劇中多偏重其行俠仗義的正面形象，如郝崑崙赴法場劫出被奸人陷害的程衍波，金髯翁救出被人暗殺幾死的桃佛奴，公孫霸救出被富豪莫亮強佔的民女韓青蓮等等。

2. 行走江湖的俠客豪傑

此類人物和第一種不同，他們多是單槍匹馬的年輕俠士，有著闖蕩江湖、建功立業的豪情壯志，更重要的是具有見義勇爲、行俠仗義的性格，因此劇情多安排弱勢者在其協助下，解除危難、共成大事。如：

李玉《風雲會》鄭恩、趙普，《永團圓》王晉，《五高風》鄭彪，《清忠譜》五人義顏佩韋、周文元等；丘園《黨人碑》傅桂枝，《御袍恩》衛騰蛟；朱素臣《錦衣歸》程衍波；朱佐朝《萬壽冠》黨無同等

3. 其他

這一類型又和第二種情況略有不同，即：雖是書生身份，卻偏向於俠義性格，眼見天下大亂，便棄文從武，憑其聰明才智與肝膽熱情，打擊奸邪、伸張正義，做下一番轟轟烈烈的事業，如：朱素臣《萬年觴》劉基；丘園《御袍恩》曹孝威；盛際時《人中龍》劉鄩，丘園《黨人碑》謝瓊仙也庶近於是。

（六）市井小民

這一類型更是各行各業、應有盡有，可說是廣泛地反映了當時民間社會的生活情貌，若依其職業性質再加以細分，則有：

1. 宗教相關業者

如：畢魏《三報恩》乩童王道姑；許恒南《二奇緣》僧人悟石、覺空和尚；朱佐朝《五代榮》卜者臧知先，《豔雲亭》瞽目卜者諸葛暗，《漁家樂》相士萬家春；丘園《黨人碑》卜者劉直言；張大復《釣漁船》術士李淳風。

2. 手工業者

如：朱素臣《翡翠園》繡花女趙翠兒母女；朱佐朝《萬壽冠》漆匠蒲奉竹父女，《雙和合》裁縫師唐竹山父女；陳二白《稱人心》裁縫師洛小溪父女；盛際時《人中龍》木匠王廷相父女，《胭脂雪》砌街匠韓若水父女；李玉《一捧雪》裱褙匠出身的湯勤。

3. 從事買賣商業者

如：李玉《占花魁》賣油郎秦種；朱佐朝《漁家樂》漁戶鄔漁翁父女；朱素臣《十五貫》屠戶尤葫蘆父女；張大復《快活三》柴販居慕庵。

4. 其他

如：朱佐朝《蓮花筏》船戶姚秉仁父子；朱素臣《翡翠園》差役王饅頭，《聚寶盆》沈萬三原是漁夫，張尤兒原是樵夫；畢魏《竹葉舟》石崇原是漁

夫，其友王搏乃是樵夫；張大復《釣漁船》漁夫呂全；李玉《清忠譜》五義
士原是市井無賴等等。

值得注意的是，以上這些身份低微的市井小民，形象多是偏於正面的（當
然其中少數的負面人物另當別論），或者單純善良、安於本分，或者見義勇為、
熱心助人，他們在劇中的份量雖非要腳，卻往往能適時地給予主角協助，再
加以本身言行舉止，具有市井小民的世俗趣味，因此，他們在劇中所煥發的
鮮明形象，成為本章所論蘇州劇作家作品中很突出的一項成就。

（七）僕隸賤役

僕隸賤役在劇作中出現的頻率也很高，一般官宦貴族出現的場合，總
會有幾位家丁僕役陪伴伺候，其中，有一種類型具有突出鮮明的形象，那
就是「義僕」。「義僕」的特徵是盡忠職守，對主人忠心耿耿並為他分憂解
勞，為維護主人的利益、命運而赴湯蹈火，義無反顧，甚且還犧牲性命，
在所不惜。

李玫《明清之際蘇州作家群研究》對此類義僕提出三種類型之說如下：

一、殺身救主型：如《一捧雪》（李玉作）中的莫誠，《五高風》（李
玉作）中的王安、王成父子，《未央天》（朱素臣作）中的馬義、臧
婆夫婦，《千鍾祿》（李玉作）中的程忠夫婦，《軒轅鏡》（朱佐朝作）
中的張恩等。………二、保主撫孤型：如《海潮音》（張大復作）中
的李監、張監，《讀書聲》（張大復作）中的免失八，《重重喜》（張
大復作）中的飛奴，《瑞霓羅》（朱佐朝作）中的老蒼頭，《人中龍》
（盛際時作）中的康榮，《雙冠誥》（陳二白作）中的馮仁。………

三、忠諫諍言型：如《秦樓月》（朱素臣作）中的許秀。〔註29〕

筆者以為，還有朱素臣《九蓮燈》富奴、《秦樓月》繡煙、《朝陽鳳》紫苔也
屬於第一種類型的義僕，鄒玉卿《雙螭璧》畢義則屬於第二種類型。這些身
份低微、卻有著高貴人格的義僕形象，在諸劇中閃耀著異樣光芒，成為眾多
人物中極為搶眼的一種典型。

綜上所述，則可知本章所論劇作家作品中所含括的人物形象，誠可謂五
花八門，目不暇給。從以上分析中，我們還要進一步探討其所揭櫫的意義，
以下擬就幾點來談：

〔註29〕同前言註10，頁142、143。

（一）人物的身份地位，網羅貴賤、貧富、雅俗等各個階級

從上面所述來看，諸劇中的主要腳色涵蓋的層面非常廣泛，上至帝王將相、貴族冑裔，下至普羅大眾、貧賤小民，他們都以各自鮮明突出的特質活躍於劇中。值得注意的是，以上所舉及〈清初蘇州劇作家作品主要人物之腳色行當配置表〉表中所列，都還僅是諸劇中較主要的代表性人物而已，實際上劇作家們所塑造的人物形象，應該還不僅止於此。

劇作家如此廣泛地網羅社會中貴賤、雅俗階層的人物而寫進劇中，不僅代表著劇作題材的拓寬，必然有助於內容的多樣性與豐富性；同時也顯示出劇作家選題取材時視野的擴大、觸角的伸廣，才能如此開闊地反映各種生活層面。

（二）成功人物的形象，並不限於傳統主腳的既定模式

上面各種人物形象，有的是戲劇中由來已久的常見類型，如：帝王將相、才子佳人；有的是雖然早已出現，但其精神象徵有所突破及發展，如：義僕類型的僕隸賤役；有的是從未出現如此鮮明的形象大量運用於劇中，如：市井小民、身份低微卻人格高潔的女性等。

在所有人物類型當中，我們認為塑造得最為成功者，往往已非既有常見的風流才子、千金閨秀等生旦腳色，而是那些創新的、較不起眼的小人物，如：《一捧雪》中性格貞節剛烈的侍妾雪豔娘，以及處處迴護主人，終至代主替死的家僕莫誠；《翡翠園》中熱心助人又大膽勇敢的繡花女趙翠兒；《漁家樂》中嫉惡如仇，並手刃奸賊、為民除害的漁婆鄔飛霞，《萬壽冠》中善良熱心，又略帶詼諧的漆匠蒲奉竹父女等等。

就連負面人物的塑造，也往往是卑鄙猥褻的小人物，遠較熟悉的大奸大惡如權臣奸賊者，要來得深刻生動，如：《十五貫》中一時利慾薰心，謀財害命的賭徒婁阿鼠；《人獸關》中一旦見錢眼開，就忘恩負義的暴發戶桂薪夫婦；《一捧雪》中為了自身利益，罔顧恩人情義的陰險小人湯裱褙等。

（三）形象鮮明的腳色，刺激行當的分化與表演特技的精進

上述形形色色的形象，多是突破以往既定模式的創新人物，是以在腳色的配置上，原有的十門便不敷使用，或者在劇本中，作家即安排了「貼生、副生、大淨」等十門之外的腳色；或者雖「沒有直接增加腳色行當，而只是在同一門行當裡，出現幾類不同年齡、不同身份、不同性格的人物」，於是在日後的演出實踐裡，這些人物便為了符合形象特質，而劃入分門更細的行當

之中，是以這些人物的出現，可說是「爲戲曲行當的增加與分工的變細奠定基礎」。〔註30〕

在表演特技方面，部份劇作家因爲成功地塑造了形象鮮明、性格強烈的人物，其付諸場上演出時，便刺激了某些身段動作的設計，而配合凸顯劇中人物的性格特質，如：李玉《一捧雪》中第二十齣〈誅奸〉中，剛烈的雪豔娘手刃仇人湯勤後刎頸自盡、朱佐朝《漁家樂》第二十三齣〈刺梁〉中，俠義的鄔飛霞潛入權相梁冀府中，以神針刺梁爲父報仇。這些劇情高潮的演出，便需要演員「掌握較高的疊撲功夫和有關的特技表演技巧」因此，日後不僅從旦行分化出「刺殺旦」一腳專門詮釋之，也因其高難度的表演特技，而後成爲膾炙人口的「三刺三殺」招牌戲。〔註31〕

以上三種情形，無論從哪一角度來談，都可視爲劇作家對既定創作模式之突破，這一點也成了本章所論劇作家作品中，極爲顯著而重要的一項特徵。

二、傳統道德標準的思想觀念

既然諸劇呈現如此琳瑯滿目的人物類型，那麼，他們在劇中所呈現的思想觀念，是否也有相應的多種型態？而這些思想型態，是否代表劇作家本身觀念之投射？關於這個問題，我們應當先從觀察的角度，分析劇作中所呈現的各種思想觀念，再來探討其中所寓含的意義。

筆者以爲，本章所論作品中，主要人物所透顯出來的思想情感，有以下三種代表類型：

（一）對功名事業的肯定與追求

在前文第壹章第二節中曾經提及蘇州地區崇教尚文、讀書爲上的文化性格，當時就曾列舉諸例說明劇中人物期望用心詩書、以博青紫的心態，這種心態代表著對傳統社會中「萬般皆下品，唯有讀書高」的價值觀之肯定與追求。這是根深蒂固的社會價值觀，在人文薈萃的蘇州地區更是牢不可破，於

〔註30〕參考並引自康保成《蘇州劇派研究》（同前言註9），頁122。又，朱佐朝《奪秋魁》中，除了岳飛扮演「生」之外，別立「貼生」扮演朝臣崔縱；朱素臣《聚寶盆》中，朝臣李文忠由「副生」扮演；朱素臣、葉稚斐等四人合撰的《四大慶》中，官宦伍景由「大淨」飾演。

〔註31〕所謂「三刺」除了上述的《一捧雪》〈刺湯〉（即原劇作的〈誅奸〉）、《漁家樂》〈刺梁〉之外，還有曹寅《虎口餘生》〈刺虎〉；「三殺」則指沈璟《義俠記》〈殺嫂〉、沈自晉《翠屏山》〈殺山〉、以及許自昌《水滸記》〈殺惜〉。此參見《中國曲學大辭典》「刺殺旦」條，頁825。

是反映在蘇州劇作家的作品中，便成爲劇中人明顯地對功名事業肯定、追求的價值觀念。

關於此點，可以由劇中的文人士子本身的思想看起，以及其他身份的人物對此觀念的反映。首先看到前者，通常劇中文人士子身處貧困，便會藉由對自身處境的感慨、或者讀書向學以砥礪志氣時，流露出對功名事業的嚮往與追求。

例如朱素臣《十五貫》寫貧困的熊友蘭、友蕙兩兄弟三餐不繼，兄長友蘭眼看著兩人雙雙餓死無益，於是盤算著自己出門掙錢回來，供弟弟讀書時「膏火之資，但得他專心致志，學問有成」，「設有富貴之日，爾我總是一般的了。」可見他將希望寄託在弟弟身上，期盼他有朝一日學問有成，飛黃騰達；當友蕙不願意哥哥出門辛苦，寧願自己出門幹活時，友蘭勸說道：「吾弟資性聰明，遠過愚兄百倍，異日功名之事，所望吾弟不小。」可見他讓弟弟專心攻書，也是考慮到弟弟更適合讀書，日後成功的勝算較大；不過他自己也並不放棄希望，他出外謀生選擇「當稍」一職，原因之一是「行舟之次，還可留意詩書。」在在都見出他對讀書求取功名的重視。

再來看到《錦衣歸》中的貧生毛瑞鳳。他因父親早喪，家道從此中落，幼年時聘下白木賓之女筠娥，未料白木賓嫌貧愛富，漸有背盟之意，瑞鳳因而前往理論。當白木賓明白說要原聘退還時，瑞鳳憤然說道：「呀！你如此輕覷我麼！我毛瑞鳳眼下雖是寒微，少不得富貴有日，早先聘下的小姐，終是毛門之人，哪希罕這百金麼！須有日春風看花，那時賜假完姻，錦衣歸里，你也要留些後情，方好相見哩！」這段話的確道出了讀書人自我惕勵、期許的昂然骨氣，也因爲他們對功名事業的肯定與追求，讓他們在困頓的現實生活中，還有一個寄託夢想的憑藉。

上述情形普遍存在於諸劇中，在前文中也多已舉例說明，茲不復一一贅舉。更值得注意的是，劇作家們還常常從其他身份的人物口中，流露出對讀書人的尊敬以及對功名事業的肯定。例如：

朱素臣《文星現》寫蘇州才子唐寅爲了追求佳人秋香，不惜入華府賣身爲僕以親芳澤。該劇第十二齣〈巧緣〉寫唐寅要替腹無點墨的華公子代作詩詞，華公子不相信眼前的家僕竟會作詩吟詞，便說道：「你若會做，怎肯到我家爲奴？」到了第二十齣〈私遁〉寫唐寅終於與秋香結爲連理，秋香方知入府事件始末，說道：「君，士人也，何自賤若此？」從這兩句輕描淡寫的話中，

我們卻可以觀察到當時社會對於讀書士人的尊敬與肯定，均認爲他們非同小可，是比一般市井小民更有身份的階層。

相類於此者，還有朱佐朝《漁家樂》。該劇第二齣〈賣書〉寫窮得無以繼日的書生簡人同忍饑不住，只好忍痛兜售破書，路遇鄔漁翁，漁翁得知他是「黌門秀士」時，以韓信故事勉勵人同說：「相公將來，也直介拜將封侯。」並要他把破書拿回去「倚窗勤讀，日後好中狀元」，都反映出對讀書人的尊敬與期許。至於朱佐朝《蓮花筏》寫船戶之子姚蒼流，雖然出身低微，卻「立志在功名，因此夜夜讀書」。也反映了其他身份的人，對讀書求取功名之事的肯定甚至憧憬嚮往，可見得這種觀念是普遍存在於社會上。

以上所述，均代表著中國傳統封建社會的架構中，爲文人士子安排鋪設出來的一條道路，因此，即使劇作家從事的是「不登大雅之堂」的戲曲末技，這種符合傳統價值標準的觀念，也會不經意地在各個層面中流露出來。

（二）對忠孝節義的推崇與褒揚

本章所論清初蘇州劇作家作品中對忠孝節義等道德規範的推崇與獎倡，是很明顯的一項特徵。前文第壹章第二節在提及蘇州地區特重氣節的文化性格時便曾提及這一點，現在，我們將再從人物形象這個角度進一步分析。

首先看到對於國家方面，則獎倡臣民對君主的絕對效忠與效義。觀諸上述人物類型中文官、武將一項，縱然各自的性格不盡相同，但他們大抵上都是忠貞愛國、正義凜然，誓死服從君主、擁護皇權、報答聖恩的忠貞之士，並且由於這股忠義之心，讓他們疾惡如仇，並且不顧身家安危，勇於與禍國殃民的權奸對抗。例如：

李玉《清忠譜》第六齣〈罵像〉中，周順昌慷慨淋漓地唱道：「【脫布衫】俺生平勁節清摻，怎肯向貂璫屈膝。一任那吠村莊趨承權要，俺只是守孤忠心存廊廟。」

《千鍾祿》寫吳成學、牛景先二臣假扮建文帝代戮時，建文帝唱道：「言凜凜，忠義堪褒；氣昂昂，命棄鴻毛。」

丘園《黨人碑》第三出劉逵上場時唱道：「【山花子】籲昏莫展回天手，忠言逆耳難投。恨奸雄毒如虎彪，壞綱常、疾如仇。」

其他如《九蓮燈》閔覺、《五高風》文洪、《人中龍》李德裕……等人物，都是忠君愛國、剛毅正直、不屈強權的正義之士，諸劇中也都流露出對其忠義道德的讚揚與推崇。

其次看到在社會道德方面，常常與「忠」相提並論的就是「孝」。例如：

李玉《清忠譜》第二折〈書鬧〉寫顏佩韋聽到古今不平事，憤而大鬧書場，但他的老母一來，馬上順從聽命，於是眾人唱道：「你懷公憤，是忠義儔；又奉親言，真孝友。」將顏佩韋忠孝義士的形象突顯出來。第十六折〈血奏〉寫順昌之子茂蘭不顧性命安危，堅持到獄中探望父親，道遇一老伯幫忙指引道路，結尾時老伯下場詩說道「孝子忠臣萃一門」，也是讚揚其一門忠孝。

《萬里圓》更是記載並歌頌蘇州孝子黃向堅萬里尋親的真實事件，在劇中黃向堅萬里跋涉，所遇多人，當他們一知道他是萬里尋親時，都不約而同地說道：「萬里尋親，是個孝子了！難得難得！」

其他還有朱素臣《朝陽鳳》末齣「尾聲」中說「奕世傳家孝與忠」，張大復《醉菩提》寫濟公師父保護黃孝子免於雷擊，劇末【尾聲】也說到「留心聽我言，為人要忠孝當先」，鄒玉卿《雙螭璧》末齣【尾聲】說「詞單句拙非工巧，但取個忠良仁孝」等等，可知對於忠臣孝子的歌頌與讚揚，是劇作家們極力描寫的主題。

再來看到對「義」的描寫，從上述人物形象類型的分析即可知，劇作家們推崇的「義」在兩種人物身上體現出來，一為一般豪俠尚義的義士；一為身為奴僕的義僕。對於前者，李玉《清忠譜》五義士最蔚為代表，第二折〈書鬧〉寫顏佩韋上場時說道：「年年花酒閭闔城，不愛身軀不愛名。說到人間無義事，捶胸裂眥罵荊卿。自家顏佩韋的便是，生平任俠，意氣粗豪，閃爍目光，不受塵埃半點；淋漓血性，頗知忠義三分。」這幾句話將顏佩韋氣粗意豪的性格描繪得非常成功，而且滿口忠孝節義，非常明確地塑造出他一身肝膽的義士形象。第十八折〈戮義〉寫五人就義之後，眾人唱道：「【意不盡】俠腸一片知何向，熱血淋漓恨滿腔，一時鹵莽，博得個義風千古人欽仰。」可見出劇作家對此義行的推崇。

再來看到義僕方面，茲舉李玉《一捧雪》中代主就戮的義僕莫誠為例。第十四齣〈出塞〉寫莫誠決定代主就戮時，莫懷古、戚繼光等人合唱：「金石寸心堅，忠義實堪傳。」該齣結束眾人下場時，還安排戚繼光弔場，說了一句：「難得難得！世間有此義士，可敬！可敬！」第二十八齣〈塚遇〉寫莫懷古祭拜莫誠葬處，唱道：「義同山岳，操潔秋霜，忠于天表稽顙。」也是強調他對主人盡忠、盡義的高貴節操。

最後看到對女子品德的讚揚，此則不外乎是「貞節」二字。《一捧雪》中

和義僕莫誠相輝映的便是節婦雪豔娘。雪豔娘不僅是貞節而已，她還手刃奸賊，自刎而死，堪稱義烈，該劇一開始便以「捐軀僕恰配享千貞萬烈的薛豔娘」寫出對莫誠、雪豔的忠義貞節大力謳歌。第二十三齣〈邊憤〉寫莫懷古從路人口中得知雪豔娘刺湯一事，那路人頻頻稱道：「難得難得！這雪娘千貞萬烈！」第二十九齣〈入塞〉中戚繼光提及雪豔娘時唱道：「【大勝樂】礪青鋒殺賊身捐，播芳名轟帝輦。……一家義烈傳千古，兩地貞魂賓九天。」如此一來，雪豔娘貞節義烈的高貴形象，藉著劇中人物的歌頌更加突顯出來。

除了雪豔之外，還有陳二白《雙冠誥》守貞撫孤的侍妾碧蓮，朱素臣《秦樓月》不屈服奸賊淫辱的名妓陳素素，以及因此護主身亡的婢女繡煙等等。

從以上諸例中，均隨處可見劇作家透過各種人物之口，凸顯、強調劇中人物忠孝節義等高貴品德，並加以歌頌與推崇。劇作家們如此強調忠孝節義的道德規範，也反映著符合傳統道德標準的價值觀。

（三）對低微出身的輕賤與自卑

在本章所論劇作中活躍著很多雖不起眼，卻有鮮明形象的小人物，如市井小民，或者僕隸賤役等，值得注意的是，劇中常常流露出他們對自己低微出身的自卑自賤心態，這種心態一來反映在對生命價值的輕賤，二來反映在對低微身份的自卑。

前者最具體的例證就是殺身救主型的義僕，他們忠義凜然，不顧性命救主人於危難，固然令人敬佩；然而，當他們決定慷慨赴義時，卻都流露出對自身卑微生命的輕賤，這種心態是來自於與主人身份相比之下的卑賤低微，也因此，他們認為以自己的微賤身軀去替代主人的珍貴身家，是理所當然報答主人恩情的方式，例如：

李玉《一捧雪》第十四齣〈出塞〉莫誠說：「老爺承先老爺宗祧之重，況公子年幼未列縉紳，老爺一身關係非小，只有小人世受豢養之恩，此身之外無可報效。」

《五高風》第十五齣王成決定代小主人文錦替死後，眾人合唱：「為文門宗祧事洪，及教你命兒先送，捨一身，全百代，這恩隆如山重。」

朱素臣《秦樓月》第十五齣〈貞拒〉寫名妓陳素素與婢女繡煙堅決抵抗奸賊凌辱，繡煙以身護主而死時唱道：「奴賤體應糜碎，伊豔質當留貯，生死分頭去。」

這些話都顯示出他們認為主人的身家性命，是遠比身為奴僕的自己要來

得貴重。這種觀念，是受到傳統封建社會中階級觀念的影響，而將生命的價值輕重，與身份地位的高低劃上等號，因此，身為僕隸賤役的生命，永遠比其他階級的人要來得低賤不值。

第二種情形是對低微身份的自卑與輕鄙。試看下列諸劇：

朱佐朝《蓮花筏》第二十三出寫船戶出身的姚秉義，即使已貴為將軍，一說起他的家世，「也覺惶恐」，自卑地說「我家風未張，門楣乏望」。同劇第二十五出寫開豆腐店做小生意的鬼思量說道：「我想我們這樣生意甚是微細，如何有發達之日？正是烏龜伴在陰溝洞裡，只管思量天鵝肉吃。」以陰溝裡的烏龜形容自己，充滿對小生意人家沒有前途的輕鄙與自卑。

《萬壽冠》第十二齣〈入贅〉漆匠蒲奉竹說女兒蒲姿一提到要嫁給做手藝、挑扁擔之人，「就氣得兩淚汪汪」，她一心想挑個有「名望」的，但蒲奉竹卻認為他們這種小戶人家，恐怕沒有這種福氣。

丘園《黨人碑》第十六出中，寫劉鐵嘴之女劉琴被誤認為劉逵之女而被抓進宮中，她卻坦然地說：「小姐金閨弱質，正堪指鹿為馬；奴是村戶蒲姿，何妨以李代桃？」

盛際時《人中龍》中，木匠之女王竹枝與因逃難而避居她家的宰相之子李遠成婚，自卑地說道：「念妾村資陋質，奚配閥閱名流？」

這幾句話都呈現出他們對於自己低微出身的輕鄙與自卑。這種心態的形成，可說和捨命義僕的心態相同，都是在傳統封建社會的階級觀念下，所產生貴賤有別的自卑自賤心態。

綜上所述，則知劇作家在塑造包羅萬象的人物形象時，對於他們思想觀念的呈現，仍未脫離傳統道德標準與價值觀念的模式：對功名事業的追求向來是傳統文人一生的徑路；對忠孝節義的歌頌也符合傳統社會對道德規範的要求；將生命的輕重與身份地位劃上等號，更是反映了封建社會中向來的階級觀念。

如此一來，我們可以認為，劇作家們縱然在人物形象的塑造上，有擴寬題材、開拓視野、突破模式的創新意義，但其所呈現的思想觀念，仍然不出傳統封建社會的道德觀與價值觀。即因如此，這些思想觀念縱有值得謳歌之處，卻也難免於封建社會中陳舊迂腐的弊病，如：一味地效忠君權，當皇權本身也腐化墮落時，反而成為不辨是非的愚忠；僕婢知恩圖報的極端結果，成了以外在的附加價值，衡量生命意義的不平等待遇。這些都是本章所論劇作家作品中，在思想觀念上無可諱言的侷限與弊病。

三、掌握形象特徵的文學技巧

當劇作家塑造出多樣鮮明的人物形象時，該如何準確地讓讀者及觀眾感受得到，勢必需要相當的文學技巧始可傳達，因此，劇作家們透過哪些描寫方式，讓包羅萬象的人物有血有肉地活躍在作品當中，是一個很值得探討的問題。經過整理之後可以發現，劇作家對其人物形象的描寫方式，並非鉅細靡遺地全盤刻畫人物，而是針對該人的某項特質，以適合的方式加以集中刻畫並凸顯之，此約有以下三種情形：

（一）直接白描其心理活動

這一種情形是指藉由描述某人細膩曲折的心理活動，來透顯該人的性格特質，通常是運用在人物處於疑惑、矛盾、猶豫等不平靜的心理狀態下，例如丘園《幻緣箱》中的方瑞生。他是個「才情雙妙，藝苑蜚聲」的風流才子，雖然功名未有著落，姻緣未諧更讓他掛心，他在茶店吃茶，與店中姑娘陳月娥眉目傳情，在道院中偶而暫扮道士，又對前去掛旛的千金小姐劉婉雲大為傾慕，可見他風流多情的形象特質。劇中第七出〈酬願〉寫他在劉千金離開之後，反覆思量劉千金的情意有無，一會兒肯定，一會兒否定，將他多情書生的形象描繪得十分生動：

> （旦、丑下，生呆立看介）呀！你看那劉小姐逕自上轎去了！世間有這等絕世女子，可不想殺我也！……呀！原來就是劉老先生的令愛，聞得劉老先生止生一女，就招我方瑞生做了女婿（唱）【前腔】也是佳人才子兩下恰當。我方才同小姐跪著通陳疏頭時節，先做了花燭雙雙賽拜堂，這對繡旛分明是訂婚帖了，絲絲線線引情長，珍藏把香花燈燈供在書房。（白）且住！方才小姐全然不採，小生空惹相思，好不扯淡！嗄！是了！多應是小生這般打扮，那小姐只道我是個愚蠢道士，哪知道是個極有竅的書生，呀！否還把衣巾脫下了。
> （作脫介將衣巾擲地介）口亦！顯些誤了大事！且住！若不扮道士，怎得與小姐親近這半日？還該拾起來謝它一謝。（拾衣見釵介）呀！什麼東西？原來是一股金鳳釵。是哪裡來的？嗄！是了！是了！多應是那小姐方才拜後遺失在地下的。（想介）非也。或者小姐故意遺留在此，付與小生的也未可知。我明日竟將此釵送去，親手交還小姐，看他如何發付小生。

這一大段描寫細膩地交代方瑞生曲折的內心活動，竟由跪著通陳聯想到同拜

天地、由遺落金釵聯想到故意留情,對道衣又是怪罪又是感謝,十足突顯出他風流自賞、癡心多情的書生形象。

其他相類於此者,還有陳二白《稱人心》中的裁縫師之女洛蘭藻。她雖然「生於寒俗之家」,卻愛吟詩作賦,儼然已非粗淺村姑,而接近於細膩婉約的閨秀形象。第八出〈和詩〉全齣大段內容,均描寫她幾經周轉的複雜心思,她偶然題詩的扇子落在書生文懷之手,便極力要索回來,在等待扇子回來之前,她反覆思索,一會兒想是個知音買去頗堪慰藉,一會兒又覺得未必如是,一會兒覺得閨中墨跡還是討回來好,待討回時又頓覺失望。這種細膩轉折的心理活動,將她委婉柔曲的女兒家形象表現得非常貼切。

還有李玉《占花魁》賣油郎秦鍾,劇寫他最終以其「又忠厚又老實,又知情識趣」感動花魁芳心,第十四齣〈再顧〉便極力凸顯他這個形象。當他知道驚鴻一瞥的美人就是青樓花魁莘瑤琴之後,千思萬想著如何能一親芳澤、以慰平生,他一會兒癡想著如何親近她,一會兒又自卑地否定這種可能,一會兒又萌生希望,盤算著如何積攢銀兩才能實現,最終他決定「有志者事竟成」,以一年的時間來達成心願,這段心裡活動的描寫,不僅將他癡心純情的形象突顯出來,也反映了他忠厚篤實的一面。

(二)誇大形容其外型容貌

這種描寫技巧通常運用在性格強烈、形象突出的奇特人物身上,因此是以誇張的描寫手法凸顯其與眾不同的特徵。例如:

張大復《金剛鳳》中的鐵金剛,她長得奇醜無比,從小在荒僻山野中長大,又兼有天賦神力,常常在山區裡打獵野食,因此人人都叫她「金剛女」。她既不算是熟諳韜略的巾幗女將,也不全是雄霸一方的綠林女豪,可說是有勇無謀的女性草莽人物,對此特別的形象,劇作家便極力誇張形容其外型:

> 自小生得古怪,臉如黑漆,髮染硃砂,雙睛突暴閃寒光,兩道剛眉生殺氣。十圍楊柳腰,說甚風前嫋娜;尺二金蓮足,何嘗月下娉婷。
>
> 又開櫻桃口,血盆般寬,聲如雷震;撐起春蔥指,鐵鈀樣細,動若風雲。不去刺繡插花,偏喜輪鎗弄棒。殺人放火,是她傅粉塗朱;
> 跳澗爬山,是她臨奩對鏡。山中虎豹作餱糧,路上商人供使用。

真是非常生動鮮明的描繪,不僅述及外型,還兼描神貌、動作、性格,讓這個嚇人的女夜叉躍然紙上。

其他還有葉稚斐《英雄概》中的黃巢,劇寫他文武全才,卻相貌奇醜,

唐帝李儼惡其貌寢，硬是剝卻他狀元身份，驅逐出宮，巢因而懷恨在心以致日後興兵作亂，於是劇中對於他如何奇醜無比就用非常誇張的字眼形容：「那黃巢呵！怪天庭一字橫眉，兩鼻孔倒爲囪仰，排牙闊口形魁魁，鬢鬣倒逆朝天上。」後來黃巢又自己向人說起他的相貌奇醜，說是「眉橫一字、牙排二齒、鼻有三孔、左臂上有蟒蛇一條、右臂上有肉毬一個、胸前有七星層、背上有八卦紋」，全部是誇大描寫他醜惡的外型。

朱素臣《未央天》第十六齣〈擊鼓〉寫清官聞朗「生得金容鐵髮，三眼猙獰，中間一眼，視徹幽冥，恐驚神鬼，從不妄用。」便運用類似包公陰陽眼的形象，誇張形容聞朗三眼猙獰，能洞悉一切的清官特質。

李玉《人獸關》第三齣〈鬻妻〉中，走投無路的桂薪要將妻子尤氏賣給田老爹時，說她「容貌魁偉，又善作家」，而田老爹卻嫌她「頭蓬身垢，臉兒花，腳蹤似舟，止堪充做飯燒茶。」有趣的是，桂薪口中的「容貌魁偉」在老爹說來變成了「腳蹤似舟」的具體特徵，如此誇張的形容雖然簡單，卻鮮明生動地突出尤氏醜陋的形象。

（三）由言語動作突顯之

人的言語動作，往往可以反映其性格特質，劇作中對於人物形象的描述，也不乏這方面的技巧運用，茲以李玉《一捧雪》中湯勤、莫懷古、莫誠三人爲例。

就湯勤部份，李玉對他的形象刻畫，常常是透過對他細部的言行舉止的交代，呈現出一個陰險狡猾的小人形象。劇一開始，寫莫懷古途遇落魄潦倒的湯勤，湯勤是一副破衣破帽、在屋簷下避風打顫的可憐相，待莫懷古問他何人時，他馬上「跪下」說道：「小的是裱褙的，在街上賣幾軸紙畫，見老爺到來，故此迴避。」是很卑微恭敬的樣子；他住到莫家之後，懷古引他與塾師方毅安見面時，他也謙恭地讓方毅安作揖，不過，毅安卻認爲他「言詞諂腴、行藏奸詭，定是匪類。」；後來莫懷古將他引薦給相國嚴世蕃時，他一股腦兒地向嚴世蕃「跪門膝行叩頭」，說：「門下犬馬湯勤叩見」，他還在舊主人的面前，就馬上對新主人如此卑躬屈膝地行禮，著實驗證了方毅安所說「諂媚奸詭」的言行舉止。接下來他的出場，就稱嚴世蕃爲「恩主」，全然是阿諛奉承的醜惡模樣，當他到莫家提及獻杯之事時，明明已經背叛懷古，卻又口是心非地說「身在吳庭心在越」；明明是自己向世蕃揭露莫家玉杯之事，卻還說他前來取杯是世蕃「苦苦著我來請一箇價」，處處是睜眼說瞎話、陰險狡猾；

在他獲知獻杯為假時，又馬上回到嚴府，在世蕃一回來時就「跪下」說道：「門下走狗湯勤叩首請罪，萬死萬死！」這些細部舉止的描寫，都刻畫出他為保自己前程，在嚴世蕃面前卑躬屈膝、阿諛奉承，卻又暗中陷害恩人的卑鄙陰險的形象。更可恨的是，在莫誠替死之後，他還因為是讓戚繼光監斬、並且「遲了一夜」，而覺得「可疑！可疑！」李玉這簡單的一筆，卻將湯勤陰險狡獪而又心機深沈的形象前後貫串、完全鮮明地突顯出來。

再來看到莫懷古。他「生長豪華，不諳世路曲折」，因此在某些地方便顯得好面子而又粗疏大意：當他道遇湯勤，在完全陌生的情況下就讓他住到家中；後來宴飲時，也輕易地將傳家玉杯一捧雪拿出來向方、湯等眾人展示炫耀，塾師方毅安叮囑他要提防湯勤小人，他也不以為意地虛應之；待他醉中洩漏獻杯為假時，他還認為「湯爺是我心腹至友，何必瞞他？」可見他對湯勤絲毫沒有提防的粗疏大意。後來嚴世蕃果然帶兵前來搜杯，他先是「呆」了一下，不知該如何應對，待嚴走後，他心有餘悸地「呆坐」，還搞不清楚狀況，連他都奇怪著何以搜不出玉杯；然而，李玉高明的是，他同時又讓莫懷古表現出久居官場該有的謹慎與狡點：當他要引薦湯勤給世蕃時，他悄聲地「附耳」說讓湯勤「須換了衣帽來見」，此舉突顯出他對奉承世蕃的謹慎；待湯勤前來索杯時，他也馬上暗生偷天換日之計，因為他認為「一箇太嘗空銜，怎博得我九世重寶？」如此一來，莫懷古就不單是個粗疏大意的人了，而是一個既想奸詐瞞過東樓以兩全其美，卻又不夠細心地提防小人，正因為如此細膩的刻畫，莫懷古官場老手、而又自招罪尤的豐富形象才能圓滿地呈現出來。

相對於莫懷古的大意，莫誠的性格就顯得小心謹慎多了。當湯勤前往莫家要杯時，莫誠馬上聯想到「或者就是湯官人說的」，然而懷古卻還遲鈍地說「這也未必」；待莫誠到嚴府獻上偽杯，一見到湯勤時，周到地「請湯官人仔細簡點一簡點，也脫了我送來的干係。」這句話在不知內情的人看來，會認為只是莫誠細心為自己擺脫瓜田李下之嫌而已，但實際上更重要的是，能更深一層地讓人相信此杯的千真萬確，李玉此筆，高妙地勾勒出莫誠細心謹慎的形象，並且還加深渲染了劇中詭譎莫測的緊張氣氛。待懷古醉洩偽杯之事，莫誠著急地暗示懷古，還用「玉杯送與嚴爺了，那裡還有？」的裝蒜語氣企圖搪塞，但無奈地懷古終究未能醒悟，莫誠便憂心忡忡地擔心後果，果然嚴爺知情後馬上帶兵前來，莫誠反應很快，暗自思量著「奇怪得緊，嚴爺平日

再三請他不來，今日爲甚到此？」然後一看他「面上都是怒容」，馬上恍然大悟，「頓足」說道：「呀！我曉得了」，於是「急向內奔」，帶著玉杯從後門逃跑，因爲他的細心觀察與機靈反應，才讓莫家暫時免去一場災難。從這幾個對言語動作細微的刻畫，都生動準確地反映出莫誠小心謹愼又機智沈著的鮮明形象。

以上舉李玉《一捧雪》中諸人，代表說明劇作家利用言語動作的描述，來刻畫人物的形象與特質，事實上，在其他作品中，也常常可見這種技巧的運用，例如：《人獸關》中的尤氏是比丈夫桂薪更負心的人，她在聽說兒子夢到藏神時，先叫桂薪關起門來，以防他人偷聽到，就可知她的奸詐壞心眼；朱素臣《翡翠園》中王饅頭一角，他因父親叫作「王蒸籠」，於是被謔稱爲「王饅頭」，他開口閉口便三句不離饅頭二字，以此突出他滑稽詼諧的形象；朱佐朝《豔雲亭》中的瞽目卜者諸葛暗，無意中被人撞倒，他緊緊拉住對方，非得要對方將散落一地的「課筒、明杖、課錢」等東西都拾起來給他才肯放手，這種描寫也非常貼切諸葛暗盲者的形象。

綜上所述，劇作家塑造包羅萬象的人物類型，其高妙的技巧、生動的文采、細心的觀察，恰如其份地凸顯人物形象，正充分說明劇作家靈活運用文學技巧的特點。

第四節　案頭、場上兩擅其美

本章所論清初蘇州劇作家的作品，普遍上具有案頭、場上兩擅其美的特色。就場上表演來說，無論是從當時文人的相關記錄裡，得知諸作於場上搬演的情況〔註32〕；或是從後代戲曲選集的保存中，瞭解諸劇盛演不衰的事實，

〔註32〕如：錢謙益《〈眉山秀〉題詞》謂：「元玉言詞滿天下，每一紙落，雞林好事者爭被管弦。」馮夢龍《〈重訂永團圓〉敘》謂：「初編《人獸關》盛行，優人每獲異稿，競購新劇，甫屬草，便攘以去。」他如：明末祁彪佳《祁忠敏公日記》記觀演李玉《永團圓》、《占花魁》；清初褚人獲《堅瓠集補集》卷六〈後戲目詩〉「甲申春連觀演劇復成四律」中提到蘇州劇作家作品如《千忠錄》、《英雄概》、《黨人碑》等近十部（同第壹章註86，頁38）；清初王抃《王巢松年譜》（收錄於《叢書集成續編》，上海：上海書店，1994年初版，頁793、795、796）記觀演李玉《七國記》（已佚）、《萬里圓》；楊鍾羲撰集《雪橋詩話》三集（收錄於嚴一萍選輯：《叢書菁華》之劉承幹輯《求恕齋叢書》，台北：藝文印書館，民國56年初版，頁53）卷一記康熙三十九年朱彝尊觀采風班演丘園《黨人碑》……等資料。

〔註33〕這些劇作家熟悉民間戲曲活動，並且作品常常搬演舞臺已是不辯自明。就文學閱讀方面來說，劇作家們生動精彩的文字，不僅是膾炙人口、傳唱一時的名句，〔註34〕也是向來劇評家所稱道讚揚的。〔註35〕

　　從戲曲發展史的角度來看，前文曾經述及，明代以後文人士子逐漸染指戲曲創作，造成了戲曲一步步脫離舞臺搬演的本質，而成爲文人抒情逞才的案頭文章。然而此風愈走愈偏之後，戲曲家們便開始思索調和折衷的問題，此問題具體地落實爲文詞與音律之間依違何者的爭論。自明中、晚期以來，沈璟、湯顯祖兩大戲曲家正式開啓此問題的爭辯，直到了清初李漁《閒情偶記》出現（康熙十年 1671 首次雕版印行），才在理論上獲得完整圓滿的結論，至於創作上的眞正實踐，還有待於更晚的洪昇《長生殿》（康熙二十七年 1688 脫稿）。

　　在這條漫長的道路上，本文所論清初蘇州劇作家正好是在承先啓後的關鍵位置，在他們之前的百家爭鳴縱使莫衷一是，卻提供了豐富多樣的思考觀點，而劇作家們本身以深厚的文學造詣，加上熟悉民間戲曲表演的生活經驗，正好在理論與實踐兩方面，爲他們的戲曲創作奠下根基。於是，他們的作品既能注意戲曲的文學層次，又能兼顧舞臺演出的效果，堪稱是在《長生殿》達到盡善盡美的境界之前，已爲洪昇提供創作的模式。

〔註33〕例如：與他們時代最接近、蒐集各地演出劇本最爲完整的乾隆本《綴白裘》中，便廣泛蒐集有本章所論七位劇作家、二十二部劇作、九十五折折子戲，佔全書四百三十折五分之一以上，其中光是李玉一人的作品，就佔有十部、三十八折之多，爲所有劇作家之冠。到了嘉靖年間，未具名《嘉慶丁巳、戊午觀劇日記》中記載當時北京常演劇目的內容，光是屬於本章所論作品者亦高達五分之一，李玉一人仍獨得八齣，亦爲全部之冠。參見顏長珂：〈珍貴的戲曲史料─讀《嘉慶丁巳、戊午觀劇日記》手稿〉，刊於《戲曲研究》第九輯（北京：文化藝術出版社，1983 年 3 月），頁 250～280。上列統計數字乃筆者根據該文所抄錄之日記內容，整理統計所得結果。該日記共計載六十二齣散出折子戲，屬於本章所論劇作家作品者共有十二齣之多，故云約爲五分之一。

〔註34〕如：李玉《千鍾祿》〈慘賭〉一折有「收拾起大地山河一擔裝」之句，與洪昇《長生殿》〈彈詞〉中「不提防餘年值亂離」之句家喻戶頌，故有「家家收拾起，戶戶不提防」之謂。

〔註35〕如：錢謙益《眉山秀》題詞）稱李玉「管花腸篆」，萬山漁叟《兩鬚眉》敘）稱李玉：「錦心繡腸，搖筆隨風，片片霏玉。」孫岳頌〈牧拙生傳〉稱葉稚斐：「伸紙落筆，奇警過人」《清傳奇品》中評諸人劇作，亦多稱讚其辭采，如：稱畢魏「白璧南金，精彩炫目」、丘園「入薄后廟，綺麗滿身」、盛際時「珍奇羅列，時發精光」等等。

　　那麼，本章所論劇作家作品，究竟是如何達到案頭、場上兩擅其美的特色呢？以下將分別由文字風格與表演特質兩方面進行探討。

一、雅俗共賞的文字風格

　　此文字風格乃就劇本的文詞而言。戲曲劇本的文詞包括唱的曲文，以及說的賓白，整體說來，本章所論劇作家作品的文字風格，具有雅俗共賞的特色，所謂的「雅、俗」，是相對性的概念名稱，若用在形容戲曲的風格，則不僅限於文詞而已；若專用於文詞而言，也難以何種修辭技巧限定之。然而，當我們在閱讀作品時，劇中所呈現這兩相對舉的不同情味，又會讓我們明顯感受到雅俗高低的分別。為了要確實瞭解作品中的這項文詞特色，此處我們姑且對「雅、俗」作單一的定義，以為代表性的示範說明。

　　此處所論的「雅」，是指曲文中典故的運用、意象的營造，造成不單薄、不淺露的意致之美；「俗」則指賓白裡對說話者身份、性格、情景的直接白描與吐露，造成不深曲、不含蓄的真率之趣。

　　先看到「雅」的部份。文學作品的修辭常常藉著典故的運用，以豐厚意境、情味的營造，或者運用具有豐富意象的字眼，來造成情境的多重層次感，不過，如果使用太過冷僻罕見的典故，或者徒然堆砌艱深晦澀的字眼，反而會適得其反，非但未能體現美感，還會令人茫然生厭。本章所論劇作家成功的作品，往往能恰如其份地運用熟典，來增加文句的雅致情味，同時還能在豐富意象的營造中，自然流露出真摯貼切的情感。

　　試看李玉《占花魁》第二十齣〈種緣〉（即後來折子戲中的「醉歸、受吐」）。此折寫秦種等候瑤琴回來，好不容易捱到半夜，卻燻燻然醉語呢喃，鴇母王九媽（副淨）要她好好服侍秦種，瑤琴於是唱道：

> 【好姐姐】謾說琴調瑟協，我只為傳杯斝、沈酣麴糵。（副淨白）不要虛了秦小官的美意。（旦唱）向醉鄉去者，任伊腸寸摺，空饒舌。（投床上欲睡介）教我羅帶難鬆結。（睡下復起介）吩咐莊周，休將好夢瞥。

這段唱詞雖然不長，意思也很簡單，主要是說她醉了、累了想睡而已，卻因為有許多典故與意象的運用：莊周入夢是平常不過的熟典，表示她困倦的睡意，琴調瑟協一般是指夫妻的美滿和諧，在這裡則含蓄地用成語指青樓的男歡女愛，杯斝是古時玉杯的舊稱，麴糵則代指酒，羅帶的鬆結則有寬衣解帶

的意象。這些典故、代稱、意象的使用，重重疊疊地將瑤琴簡單的心情點綴地雅致含蓄，語氣又顯得柔軟綿長。

再看到朱佐朝《漁家樂》第二出〈賣書〉一折，此寫寒儒簡人同飢餓難忍，情非得已到玉津橋上賣書。他傷感地唱道：

> 【錦纏道】賣書兒爲衣冠，在冷落背時，奈蝸舍乏薪資，怎知我牛衣有恨嗤嗤泣，窮途將爲餓尸，有誰個共相憐東郭一枝。灑淚暗嗟咨，守什麼斯文士子，卻做了蛙鳴在灶司。

這支曲子用「支思」韻襯托他的悲泣嗟嘆，牛衣泣是用《漢書》王章家貧、以牛衣禦寒的典故，東郭一枝則指《史記》所述東郭先生貧寒無鞋可穿，冬天僅以單腳履冰步行，兩個都是極有名的貧士典故，用在簡人同身上不僅貼切，還顯示了他的滿腹學問。後來他遇到鄔漁翁，漁翁慷慨地贈他一壺濁酒、兼魚羹淡飯，他又感激又羞愧地唱道：「只是我慚愧含羞，一似淮陰垂釣溪邊，漂母飯窮儒。」這裡巧妙地運用了歷史上有名的韓信漂母的熟典，既顯得字詞的文雅，又十分貼切劇中人的情境與劇情的發展。

接著看到「俗」的部份。此處專就賓白而言，本章所論劇作家作品中率直俚俗的賓白特色，一來反映在直接白描的修辭技巧，造成淺白易懂的風格；一來反映在方言的大量使用，造成地方性的俚俗趣味。

前者如李玉《五高風》第十二齣寫瓊州海盜揮兵江南，暗遣探子前往宋朝所派經略文洪軍營中打聽軍情，探子回營報告時有一段非常生動精彩的敘述：

> 小的打聽得文洪領兵十萬，出峰山扎住一寨名曰誅番寨，寨立八方，方有四門，每門有一將把手，營中立一將台，高有十丈，四面八方俱有五色牙旗立住，左邊離大營五里，有一付總兵乃當朝司馬光之子司馬英，領兵一萬，安下一營，營有八門，門有八將把守，但見中營內旗旛招展、殺氣騰騰。右邊五里之外安一寨，也有一付總兵，領兵一萬，乃當朝文彥博之子文略，有萬夫不當之勇，見營門按列五方，五方插五色旌旗，有一將執旗把手，在左者居左，在右者居右，坐纛旗下。又有小將往來巡哨相接大營，只見那前後高峰密林內，隱隱旌旗或隱或現；又聽那上流沿岸處鼙鼙戰鼓，如霆如雷，細看大營，欲行而不行，據說三軍能攻而能守，眞個虛虛實實，果然詭道行軍。

這段話完全用直接白描的寫法，將探子所見敵方的軍情鉅細靡遺地陳述出來，還明確地敘述軍營佈置、方位、人馬多寡，不僅栩栩如繪、瞭若指掌，還動、靜態兼具，非常地淺白生動。

至於賓白中大量方言的運用，雖然早在明代著名蘇州戲曲家沈璟的作品中就已出現，但真正的發揚光大實在於本章所論清初蘇州劇作家。前文在提及諸作中包羅萬象的人物類型時，已經說到成功的人物形象通常在於特別的小人物身上，這些多由淨、丑扮飾的小人物，之所以能有鮮明出眾的形象特色，其中有一原因要歸功於他們生動俚俗的說白。本章所論諸劇中方言的運用，便多用在這些淨、丑腳色，往往與他們的身份、職業、性格等基本特徵相配合，塑造出詼諧嘲弄、滑稽有趣的人物形象。

茲以朱素臣《翡翠園》中的王饅頭為例。前文曾言及他開口閉口三句不離饅頭二字，在此特點上，又巧妙搭配蘇州方言，使其滑稽俚俗的形象躍然紙上：

該劇第七齣寫他執意要放恩人舒德溥、芬父子逃走，舒怕連累到他而不從，王饅頭便作勢要死在他們面前讓他們放心逃走，德溥才因此答應，這時饅頭鬆一口氣，搞笑地說：「這便纔是。幾何階沿上一撞，饅頭餡直匣子出來。」不料，舒芬卻被奸人拐去，德溥（生）無奈之下「只得憤著一口氣回到刑廳自行出首」，以免累及饅頭；沒想到就在刑廳之前又撞見饅頭（丑）和他的同僚（付淨），三人有這樣一段對話：

> （生）呀！前面來的是王兄。（付扯丑上）走口虐！（生）王兄！王兄！（丑見反低頭急走介）走口虐！（付）口會！有人乜叫你。（丑）理渠做儕，我裡是尋人要緊。（生扯丑介）王兄，卑人舒德溥在此。
> （付扯介）你就是舒德溥？來得正好，害个氣塊兩夾棍六十頭號哉！
> （丑）勿要理渠，個個人像是痴个。（向生乜眼色介）個是瀝血个事體。勿要个蕩秋打混。（推生）痴朋友快點走。（生）王兄，卑人雖承釋放，我想人不累人，何可累你？迨此快快同到刑廳自首去。（付）走！走！勿要說閒話，立等子下落要解副使衙門？（扯生走）（丑）慢點！還有說話商量來。（付）商量買北寺塔阿是你打勿爽利來！走！走！（丑）阿呀！壞哉！壞哉！勿要道是湊口饅頭，直頭是死麵塊，那間竟要上一遭蒸籠哉！

這段話非常生動有趣，將舒德溥正直但又迂腐、饅頭滑稽而又正義感的迥異

形象，藉由言語及動作之間的微妙暗示，生動地描繪出來。值得注意的是，在簡短的對話中，我們可以強烈發現到生腳與副淨、丑腳口吻之明顯差異，此處副淨、丑多用方言、俗語，強化他們生活化的俚俗口吻，因而特別顯得詼諧生動。據此我們可以明白，劇作家將地方方言使用於劇作中，是使作品呈現俚俗風格的原因之一。

以上分別就曲文中的雅、賓白中的俗，分別說明本章所論劇作家作品雅俗並陳的文字風格。事實上，除了文、白各別的情形之外，還值得注意的有文、白夾雜的交相運用情形。當然，這種曲白相生的形式並非本章所論蘇州劇作家首創，但此種形式大量運用在這些劇作家作品中，卻是顯而易見的事。

茲舉李玉《太平錢》〈賄媒〉一折為例。該齣寫八旬老翁張果老（生）請媒婆張媽（付淨）到家，為自己向韋諫議家提親，剛開始張媽還不知道張老已有對象，不停地猜測著，於是就出現張媽說白提問、張老唱曲回答的一段對話：

> （付白）就要閨女，也非難事，還是要耕種人家的呢？是肩挑人家的？（生搖頭唱）口五！【月上海棠】休提起、那村姑市女非班輩。
> （付白）若是經商開店的，比你的門戶又差了呀！（生唱）笑庸流商賈、說甚門楣（付白）敢是要尋個富家麼？（生唱）不思量金穴憨痴，偏承望瓊樓佳麗。（付白）難道要個宦家小姐不成？喲！又來作耍老身了！（生）媽媽（唱）我非遊戲早相定，烏台韋氏嬌妻。

這一搭一唱，層層推進，不僅符合劇中人物句句猜測的心情，還能有說唱相生、文白相雜的韻律性，既能欣賞美聽的旋律，又能明白易懂劇情內容，具有雅俗共賞的雙重效果。這種形式，打破了傳統以來整大段唱曲的規律性，而能夠配合劇情的需要作靈活的調整，無疑地更有助於案頭閱讀的活潑性、舞臺演出的臨場性。

相類於此者，還有陳二白《雙冠誥》〈榮歸〉一齣，寫被碧蓮誤以為早就病亡的馮瑞突然回到家中，碧蓮大驚失色、馮瑞莫名其妙，於是兩人一問一答、一說一唱地說明諸事來龍去脈；朱佐朝《漁家樂》〈藏舟〉一齣，寫被敵兵追趕的清河王劉蒜迫不得已藏進鄔飛霞舟中，飛霞一回來誤認為賊，劉蒜便說明緣由，同樣也是運用文白夾雜的方式處理；李玉《一捧雪》第二十五齣〈泣讀〉寫莫昊由塾師方毅安口中得知他離家後，嚴世蕃、湯勤如何陷害逼迫他家的慘事，於是由莫昊問、毅安答一來一往，交代全事始末，諸如此類的句子還有很多，此處限於篇幅不再一一列舉。

由此可知，劇作家不僅利用修辭技巧讓曲白內容兼有雅致之美與俚俗之趣，更擅長運用曲白相生的形式變化，讓作品適合閱讀、也容易觀賞，此即所謂雅俗共賞的文字風格。

二、創新靈活的表演特質

接下來看到諸劇作所透顯出來的舞臺表演特質。傳統戲曲是融鑄歌、舞、樂、故事、演技……等於一爐的綜合藝術體，因此，當它由案頭文章的形式付諸場上演出時，便需要考慮到音樂配搭、排場調度等表演要素，是以當我們以劇本為出發點，來探討該劇演出的表演特質時，便要能兼顧到這些議題。整體而言，本章所論劇作家作品在表演方面，具有創新靈活的特質，以下便擬由上述幾點議題逐次探討之。

（一）音樂

本章所論多位劇作家，同時也是精審音律的戲曲音樂家，如：錢謙益稱李玉「既富才情，又嫻音律」；丘園「於音律最精，分刌節度，累黍不差」；許恒南的作品「度曲精工，則宜管絃」；朱素臣能當筵制曲；李玉、葉稚斐、王續古曾參與沈自晉《南詞新譜》的參閱工作等等，〔註36〕再加上他們的作品多被搬上舞臺，因此他們的劇作，在音樂上多具有相當的水準。

即因他們的創作熟悉舞臺演出，是以在音樂的配搭上，就必須視情節發展及演出情況作適度的調整，在他們深厚的音樂造詣下，傳統的音樂體制有了創新的發展，吳新雷〈論蘇州派戲曲大家李玉〉一文中，即認為李玉在宮調曲牌方面，創造了許多新的套曲，並且該文說道：

> 但他並不拘泥，必要時又突破曲律。如《牛頭山》第十五齣的聯套
> 是：【正宮雁魚錦】、【二犯雁過聲】、【醉太平】、【刷子序】、【雁過聲】、
> 【二犯雁過聲】、【假盃序】、【雁過聲】、【二犯漁家傲】、【普天樂】、
> 【雁過聲】、【錦纏道】、【雁過聲】。其中【二犯雁過聲】和【假盃序】
> 都是李玉自制的集曲，【漁家傲】本屬『中呂宮』，他卻改制為犯調
> 【二犯漁家傲】，歸入『正宮』。最奇特的是【醉太平】和【刷子序】，
> 作者都只填二句，按沈璟的《南九宮十三調曲譜》，【醉太平】的規

〔註36〕以上分別見錢謙益：〈《眉山秀》題詞〉；丘園：《海虞詩苑》〈丘園小傳〉；倪
　　　　偉：〈《二奇緣》序〉；沈德潛：〈凌氏如松堂文宴觀劇〉詩中小注；沈自晉《南
　　　　詞新譜》卷首參閱者名單。諸條資料前文均有所引，故其出處恕不贅述。

－143－

格是十句，【刷子序】是九句，但到李玉手裡，卻是有話則長、無話
則短，形式服從於內容，打破了吳江派的清規戒律。〔註37〕

除了宮調曲牌的創新發展以外，劇作家們還能運用其他形式的音樂融入劇中，造成靈活多變的音樂特色。例如整套北曲的運用，著名的李玉《占花魁》第九齣〈勸粧〉便是整套全用北詞。該齣是著名的「說白戲」，乃寫名嘴劉四媽提了多種聞所未聞的從良方式，藉以勸說執意不從的莘瑤琴接客，這段精彩的長篇大論正適合用雄勁宏肆的北曲，展現她滔滔不絕的氣勢，無怪乎吳梅譽爲「神來之筆」。朱素臣《十五貫》第十五出〈夜訊〉，同樣全部使用北曲，該齣內容寫況鍾奉命連夜監斬熊友蘭等四人犯，卻發現了諸多疑點，於是當下決定要查明眞相。劇中曲文是寫況鍾自抒效法包青天的心志，以及他對原問官荒唐的判案態度所生的激憤之情，由勁切的北曲來詮釋，更能襯托況鍾爲民請命的決心。

除了整套北曲的運用之外，劇作家們還擅長融入其他形式的音樂，造成靈活豐富的音樂風格。例如民歌小調，前文第壹章第四節中，在介紹蘇州地區的吳歌、山歌遍及天下時，便曾提到在多位劇作家作品中，如：朱素臣《未央天》、《秦樓月》、《文星現》、李玉《眉山秀》、《人獸關》、張大復《快活三》等等多部劇作，都可見到這種民歌小調的靈活運用。

其他還有：李玉《風雲會》第十二齣〈鬧院〉寫趙匡胤、鄭恩在御勾闌內聽打連廂；朱素臣《文星現》第三齣〈雪賺〉寫祝允明、唐寅假扮乞兒唱蓮花落；葉稚斐《琥珀匙》第十八出〈傳歌〉寫賈瞎子唱一段〈苦節歌〉歌本；畢魏《三報恩》第三十五齣〈說報〉寫某人執鼓板編唱鮮于同故事爲〈三報恩話本〉；甚且李玉《清忠譜》第二十二折〈燬詞〉寫蘇州人民拿繩索要曳倒魏忠賢生祠時，還運用民間歌謠的原始形式「打號子」〔註38〕來增加節奏感；張大復《快活三》第十七齣寫蔣珍與友汪奇峰乘船往日本國，船上眾乘客們爲打發時間，便用弋陽腔唱一段《蔡伯喈辭朝》。

以上這些其他形式的音樂內容，雖然僅出現於劇中的某一片段，但卻能發揮劇情所需的特殊氣氛與音樂效果，爲劇作中的音樂表現點綴新鮮的情味，從這一點，也可以見出劇作家靈活豐富的音樂特色。

〔註37〕收錄於吳新雷：《中國戲曲史論》（同第一章，註34），頁179。
〔註38〕據曾師永義課堂口授，「號子」是古人從事勞動時，自然發出的一種「嘿！呵！嘿嘿呵！」之類的音調，或者作爲指揮，或者抒發情緒，成爲日後「縴歌」、「杵歌」之類有節奏性的民間歌謠，故可視爲民間歌謠的原始類型。

（二）排場

我們在本章第二節曾經提到，超越現實之神幻力量大多展現高度的表演性質，並且有點綴關目、熱鬧排場的作用，除此之外，本章所論劇作家作品對於排場的處理，還擅於運用其他熱鬧的群眾場面，造成表演上的高潮。

例如在一般傳奇創作裡經常運用的演陣交戰、觀燈賽社、結婚團圓等關目，均因人數眾多、氣氛熱鬧而可收冷熱調劑之效，這些場面在本章所論作品中也頗見運用，如：李玉《牛頭山》第二十二齣寫金兀朮百萬精兵被岳飛父子及其他七鎮人馬殺得片甲不留；朱素臣《聚寶盆》第二十八齣〈崩山〉寫沈繼功兄弟統領六軍，大敗北方匈奴；李玉《永團圓》第四齣〈會鬻〉、朱素臣《聚寶盆》第二十三齣〈觀燈〉、朱雲從《龍燈賺》第三齣〈賞燈〉、第四齣〈偷兒〉等處都寫到熱鬧繽紛的觀燈賽會；至於結婚團圓的場面，更是屢見不鮮，於前文註 10 已詳細述及。

以上所述均是一般傳奇襲用的關目，原不足為奇，此處更值得注意的是，由李玉甫著、葉稚斐、畢魏、朱素臣同編的《清忠譜》一劇，還創造了前所未有的群眾場面：

先是第十折〈義憤〉寫顏佩韋等五人，及市民劉羽儀、王節、某和尚等人，號召蘇城全民齊往官府哀求釋放周順昌。場面的處理是眾人先後上下場奔走，並配合內部的敲鑼打鼓，醞釀出群情沸騰、眾聲喧嘩的氣氛。

緊接著下一齣〈鬧詔〉便正式寫群眾抗爭的熱烈場面，劇作家的處理是採明、暗映襯的手法，全齣可分為兩段：前半段寫群眾聚集在官府前面要求放人，於是官府為明、群眾為暗，明場方面先是由多個配角扮飾差官、皂隸，急往縣府告知撫臺毛一鷺、織造李實群情激憤的緊張情勢，再由顏佩韋、周文元、劉羽儀等人代表眾市民陳情呼告，最後周順昌被押上場，說一段話安撫民心後，再下場表示入門聽旨，場上則留顏、周、劉等六個群眾代表於門外等候。暗場方面則以「內眾聲喧喊介」、「內眾亂喊介」、「向內搖手介」、「內眾又喊介」、「內齊聲號哭介」、「內齊聲應介」、「內敲鑼唱道聲介」、「內喊介」、「眾喊介」、「內眾又亂喊介」等語言提示，映襯出萬眾喧騰的激憤情緒。

後半段則顛倒過來，反由群眾為明場，官府情形為暗場，寫顏、周、劉等在門外聽到府內宣旨，將周順昌戴上刑具由後門押出，於是眾人一擁而上，破門而入大鬧官府。明場上由眾所扮演的市民群眾「作互相窺聽介」、「眾驚介」、「眾怒介」、「打門介」、「將刀砍介」、「眾趕入打介」、「眾打進打出三次

介」等動作與對話，演出他們聽到周被判押上京、進而大鬧官府的抗爭行為。暗場方面則以「內付掩門介」、「內唸詔介」、「內高聲喊介」等方式，代表官府內私自運作的情形。這一折戲完全寫排山倒海的群眾氣勢，但又靈活運用明、暗場交替映襯的方式，讓官府與民眾兩方的立場輪流在明場出現，另一方則以暗場烘托，既能維持沸騰的情緒，又不至於錯亂無序，如此高明的排場調度，實不得不令人佩服。

接著，後面第二十二折〈熨祠〉同樣是群眾場面的高潮戲，寫魏賊敗亡自殺的消息傳到蘇州之後，群眾無不拍手稱快，各色人等於是奔走上街，號召全市民前往虎丘搗毀魏賊生祠。全場用眾人「奔、走、跑、喊、急」等動作提示，渲染大家爭先恐後地趕去毀祠的激動情緒，甚且還有農民隊伍浩浩蕩蕩、「人千人萬」地先後湧來，為了進一步渲染群情的熱烈鼎沸，劇作家還寫民眾們編了一首「罵魏賊的曲子」，邊唱邊「打號子」以鼓動情緒：

> （共扯索，唱一句打一號子介）【前腔】（合）恨忠賢賊臣（打號介）
> 牙牙許牙。恨忠賢賊臣。（打號介）逆謀忒狠。（打號介）把忠良假
> 旨都殺盡。（打號介）遣兇徒捉人，遣兇徒捉人。（打號介）打斷脊
> 梁筋，五人大名震。（打號介）笑今朝命殞，笑今朝命殞。（打號介）
> 殺盡兒孫，祠堂毀爐。（作曳倒內大聲震響介）（眾跌倒在地，各作
> 叫痛爬起諢介）

這段排場氣勢之盛、場面之壯，實令人大開眼界。值得注意的是，經過上文的分析，我們認為李玉等劇作家之所以能夠呈現出如此氣勢宏大的群眾場面，是因為掌握了幾點原則：

1. 明、暗場的處理：這種虛實、明暗交錯並陳的手法，原本就是中國古典戲曲裡極重要的一種表現手法，然而李玉等人將之靈活運用，幾乎到了出神入化的地步，由於他們能善用之，因此，對於有限的前場舞臺上所不能盡現的背景情境，都藉由暗場的處理充分地展現出來。

2. 音效的運用：〈義憤〉、〈鬧詔〉中的敲鑼打鼓聲、〈熨祠〉中的打號子，以及三場中均頻繁出現的群眾奔喊、叫罵、哭號聲，都恰如其份地烘托出群眾喧嘩鼓舞的熱烈氣氛。

3. 演員的上、下場：三場的共同點是多位演員的頻繁上、下場，並且他們的步調都非常緊湊匆忙，不僅符合劇中人物焦急、鼓譟、慌張的情緒表現，更可以藉由人物的流動，造成新鮮熱鬧的演出效果。

由此可知，李玉等劇作家能夠靈活運用排場調度的原則，因而創造出前所未見的熱烈群眾場面，不僅為劇作本身帶來卓越的成就，無疑地也突顯出其作品創新靈活的表演特質。

綜上所述，則本章所論劇作家的多數作品，均能呈現雅俗共賞的文字風格、創新靈活的表演特質，也因此，他們的劇作不僅是容易閱讀的文學作品，同時也是適合搬演的舞臺劇本，歷代劇評家們之所以能給予案頭、場上兩擅其美的稱譽，洵非偶然。

三、本章所論劇作家異同

本章所論非正統文人出身的清初蘇州劇作家，計有：李玉、朱素臣、朱佐朝、朱雲從、朱葵心、丘園、王續古、周杲、畢魏、陳二白、張大復、許恒南、盛際時、葉稚斐、鄒玉卿共十五位，現存全本劇作共七十六部，是本論文所探討的清初蘇州劇作家之大多數者。

本章基於所論劇作家眾多、作品亦繁，因此對其劇作的探討，便以整體綜觀的角度，標舉出這些作品中具明顯強烈的共同特色加以探討。然而，這群共同生活於清初蘇州地區的劇作家們，儘管有著相接近的生活背景，他們的戲曲創作在整體共性以外，還是有各別差異的個性，此個性差異反映在選題取材的偏重不同、思想主題的傾向有別，以及藝術成就之高下各異等諸多層面。

因此，我們在探討劇作家整體上共同的風格傾向之後，便要能夠釐清其中的各別差異。瞭解了各別差異之後，我們認為這群劇作家之中，依其生平背景、活動交遊、作品風格的親疏異同，而有所謂的「蘇州派」劇作家以及其他不屬於該派者。以下擬就上述幾點，再對本章所論清初蘇州劇作家作整體的總結討論。

（一）整體風格的總結探討

本章以整體綜觀的角度，觀察這些作品中具有明顯強烈的共同特色，認為有以下四點：反映社會之現實色彩；超越現實之神幻力量；包羅萬象之人物類型，以及案頭、場上兩擅其美的藝術成就。

就第一點而言，除了《清忠譜》、《千鍾祿》等代表性著作，是以整部思想主題來反映、影射明末政治社會之亂象以外，在多部作品中，還細微地反映了關於政治、經濟等方面的社會心態與文化現象，並保存了許多關於蘇州

民俗風情的資料。

就第二點而言，劇作家們在反映社會現實的同時，竟也呈現了濃重的超越現實之神幻色彩，此反映為作品中強調善惡果報、天命注定等思想主題，這種神幻力量在情節內容上，雖然不脫離傳統戲曲中常見的襲用關目，但對於表演藝術方面，卻能以炫奇神幻的色彩，帶來精彩熱鬧的藝術效果。

就第三點而言，由於劇作家本身熟悉民間生活，並以戲曲創作廣泛地反映社會現實，因此，作品中呈現了包羅萬象的人物類型。雖然這些人物有著貴賤、雅俗並陳的身份地位，但其思想情感，仍不脫離傳統封建社會中，對功名事業的肯定、對忠孝節義的謳歌，以及社會階級的尊卑觀念。

就第四點而言，本章所論大部份劇作家的成功作品，呈現雅俗共賞的文字風格，配合以創新靈活的表演特質，因此，既是適合案頭閱讀的文學作品，也是經常付諸演出的舞臺劇本，實堪稱為案頭、場上兩擅其美。

（二）整體以外的各別差異

劇作家作品的各別差異，主要反映在選題取材的偏重不同、思想主題的傾向有別，以及藝術成就之高下各異等方面。

就本事題材的選取來說，李玉劇作明顯以取材自歷史事件、史傳掌故者為最多，〔註39〕其次是取材自小說與時事，〔註40〕再其次則為事無所本者；〔註41〕朱素臣的取材則較平均於歷史、小說、以及事無所本三方面，不過仍以取材歷史者略多一些；〔註42〕丘園的劇作較少，三部之中，《御袍恩》、《黨人碑》均取自歷史題材，《幻緣箱》則事無所本，以上三人是創作的取材較偏向於歷史掌故者。至於朱佐朝，在其大量作品中，以事無所本者居多數，其次才是歷史故事。〔註43〕張大復的取材傾向則明顯偏於小說傳聞，〔註44〕其

〔註39〕計有：《一捧雪》、《牛頭山》、《眉山秀》、《千鍾祿》、《麒麟閣》、《風雲會》、《昊天塔》、《連城璧》、《七國傳》等。

〔註40〕取自小說者有：《人獸關》、《占花魁》、《太平錢》；取自時事者有《萬里圓》、《兩鬚眉》、《清忠譜》。

〔註41〕計有：《永團圓》、《五高風》等。

〔註42〕取材自歷史者計有：《文星現》、《朝陽鳳》、《萬年觴》、《翡翠園》；取材自小說者有《十五貫》、《聚寶盆》、《龍鳳錢》；事無所本者有：《四大慶》、《未央天》、《錦衣歸》。

〔註43〕事無所本者計有：《九蓮燈》、《石麟現》、《乾坤嘯》、《御雪豹》、《萬壽冠》、《蓮花筏》、《雙和合》、《瓔珞會》、《豔雲亭》；取材自歷史者有：《血影石》、《奪秋魁》、《漁家樂》。

次則為歷史故事及事無所本。〔註45〕剩下未述及的諸人，其作品的取材則沒有較明顯的傾向。〔註46〕

　　再來看到思想主題方面。本章所論劇作家的大多數作品，無論是取材歷史或者虛構故事，均以政治上的忠奸鬥爭為思想主題，也因此，他們大多提倡忠孝節義，並有著以此教化人心、針砭世風的作劇態度。

　　但也有例外者：張大復除了《金剛鳳》一部寫南唐吳越王錢鏐事之外，其他如《海潮音》、《醉菩提》等則寫神佛修道事，《釣漁船》、《吉祥兆》、《紫瓊瑤》等則寫主人翁行善得善報，雖多無涉於歷史、政治，但仍不脫離忠孝節義等道德觀的宣揚。陳二白《雙冠誥》稱讚守貞撫孤的侍妾，《稱人心》寫書生文懷並娶二女的愛情故事，因此不同於其他劇作家關注於政治議題。王續古《非非想》、周杲《玉鴛鴦》、許恒南《二奇緣》均寫才子佳人姻緣離合事，更與其他劇作家以政治社會議題宣揚道德觀念相去甚遠。

　　至於藝術成就方面，本章已對作品整體的風格做過討論，其中當以李玉的代表成就為最高，然而並非每一位劇作家都能夠有如此一致的成就，是以對於個別風格差異較大者，我們也要予以明辨。例如：

　　朱葵心時事劇《回春記》乃藉明末諸生諸文止、湯去三等人之眼，抨擊諷刺明末貪官污吏、奸臣叛將充斥社會的亂象，雖然反映時事迅捷，具有時代意義，但內容卻充滿激憤不平之語，無論是曲文或者賓白，均動輒長篇大論、破口痛罵，就情節佈局來說，又顯得支離片段，因此，就戲曲劇本的角度來說，實在毫無藝術成就可言。

　　王續古《非非想》寫狀元余千里與才女項瑤枝姻緣巧合事、周杲《玉鴛鴦》寫風流才子謝珍並娶三女事，這兩部劇作均大量運用錯認、巧合、改裝、易姓、冒名等情節，造成主、配角之間幾度聚散離合事，最終又不脫離眾女歸一男之大團圓窠臼，不僅在思想主題上顯得薄弱貧乏，在情節佈局上又過

〔註44〕計有：《快活三》、《海潮音》、《釣漁船》、《醉菩提》、《讀書聲》。

〔註45〕取自歷史者為：《金剛鳳》、《雙福壽》；事無所本者有：《吉祥兆》、《紫瓊瑤》。

〔註46〕葉稚斐《英雄概》取自小說，《琥珀匙》取自明嘉靖年間王翠翹故事，故歸於時事類；畢魏《三報恩》取材自小說，《竹葉舟》取材自歷史掌故；；朱雲從《龍燈賺》，取自歷史故事；盛際時《胭脂雪》事無所本；陳二白《雙冠誥》取材自小說，《稱人心》可能參自明末沈君謨傳奇《風流配》；朱葵心《回春記》取材自時事；許恒南《二奇緣》取材自小說；鄒玉卿《雙螭璧》取材自小說，《青虹嘯》取材自歷史；王續古《非非想》、周杲《玉鴛鴦》均事無所本。

於濫用誤會巧合，以致錯綜紛煩，是以該劇在藝術成就上，亦遠不如其他蘇州劇作家。

小　結

綜上所述，我們已能大致掌握劇作家作品的各別差異，若再進一步結合前文第貳章所述劇作家們的交遊活動來看，則對於劇作家之間彼此關係的疏密遠近，可以得到下面結論：

在本章所論十五位非正統文人出身的清初蘇州劇作家之中，以李玉、朱素臣、朱佐朝、丘園、畢魏、葉稚斐、盛際時等七人，既有合作寫戲的交遊關係，在創作方面又有更爲接近的思想主題、材料選取、作劇態度以及藝術成就，因此，他們是生活在同一時地、又有互動交流的一群劇作家，即一般學術界所認定的「蘇州派」劇作家是也。

筆者以爲，在中國文學史上，文人們彼此之間酬唱往來、同聲相應，甚至於成群結黨，是由來已久的文人習氣，他們之間除了少數的例子——如：戲曲史上以沈璟爲首的吳江派——具有明確的立派意識與宗旨目標之外，這些習於酬唱遊聚的文人們，雖有成群結派的行動，卻未必會有立黨立派的意識。這種情況顯然和今人習於認定文學流派應當有明確的立黨意識、宗旨、目標等觀念甚爲不同，是以當我們在對古人的文學活動及其成就進行研究時，對其黨派的認定與否，就必須還原於客觀情況再加以界定之。

因此，對於學界一般所謂「蘇州派」的定義，就目前已開發的客觀資料來看，當認定爲：以李玉爲首的七位活躍於清初蘇州地區的劇作家，均非正統文人出身，且熟悉民間生活，還可能有爲劇團提供劇本的經驗；他們在當時蘇州文人頻於往來唱和的風氣影響下，在戲曲創作上有所合作往來，是以呈現較爲接近的創作風格：在選材上多偏於政治事件、歷史掌故，以及對蘇州特有事物的描寫，多提倡忠孝節義、善惡果報的道德規範，多有以戲劇教化人心的作劇態度，其作品多半雅俗共賞，並適合於舞臺上實際演出。

至於其他八位劇作家，從目前已開發的客觀資料來看，他們之間則無如此緊密的關係：

張大復雖然向李玉借過劇本，但他也曾向里丈鈕少雅借過劇本，還與他「傾蓋論曲」，〔註47〕關係似乎比李玉密切，再者，他久居於蘇州郊區寒山寺

〔註47〕見張大復〈寒山堂曲話凡例〉謂：「吾友同里鈕少雅者，本京中曲師，年七十

旁，是以劇作多有強烈之神幻色彩，雖然他也提倡因果報應、忠孝節義，但其取材傾向與表達方式均與李玉等人不同。

陳二白與李玉等人並無任何交遊關係，其《雙冠誥》本於李漁《無聲戲》小說，內容當然與原小說宣揚節義的主題相近，《稱人心》則寫才子佳人事，也與李玉等人相去甚遠。

王續古雖然與李玉等人同樣參與《南詞新譜》的參閱工作，但並沒有其他的往來，其《非非想》完全著墨於姻緣離合事，自然也無李玉等人關注社會現實的眼光。

朱雲從《龍燈賺》雖然曾為朱佐朝改編為《軒轅鏡》，並不代表他與朱佐朝、李玉等人有所往來，清焦循《劇說》引《酒邊瓚語》又說朱雲從曾經補作葉稚斐《後西廂》，但今日此劇已佚，無由得見，況補作、改編等事原是傳統戲曲創作中常見的事，是以並不足據以此認為他與其他所謂「蘇州派」作家有很密切的往來。

朱葵心《回春記》雖也反映社會亂象，但其藝術成就實不能與李玉等人相提並論。周杲《玉鴛鴦》極力鼓吹風花雪月之事，與李玉等人諸作大異其趣。許恒南、鄒玉卿與李玉等人均無任何交遊關係。

因此上述諸人，均不應歸於所謂「蘇州派」之列，他們彼此之間也沒有任何往來，只是同樣生活於清初蘇州地區的劇作家。 至於他們的部份劇作，仍與李玉等人有相近的共同風格，如：反映社會現實、運用神幻力量、描寫市井人物、以蘇州地區為背景等等，則應當是受到蘇州地區宗教盛行、市民階級興起等生活環境所影響。

綜上所述，我們認為，清初蘇州劇作家中非正統文人出身者，除了以李玉為首的所謂「蘇州派」劇作家共七位以外，還有其他劇作風格稍異、成就高下不一的八位劇作家。

八，始與予識于吳門，傾蓋論曲，予為心折。」又其〈□選古今傳奇散曲集總目〉中有《唐伯亨》一劇，乃「從里丈鈕少雅處假來」，同第一章註75。

第四章 清初蘇州正統文人出身
之劇作家劇作分析

小　引

　　活躍於清初時期蘇州地區的劇作家，除了前章所述非正統文人出身者外，還有以詩文名的正統文人兼劇作家者，即吳偉業、尤侗即是（附論吳偉業之徒黃祖顓）。此兩大類因其出身背景、生平際遇的不同，而對其戲曲創作產生很大的影響：前章所述生活於基層社會的劇作家，其作品在展現一般文士大夫的道德觀念之外，還反映了社會大眾的現實生活、思想面貌，並且熟悉民間戲曲的演出情況；而本章論述的吳、尤等人，相對之下擁有更豐富完整的文士生活經驗，其所關注的議題、思考的層面，也就更代表著上層知識份子的思想情感。

　　這些劇作家以不同的審美方式、作劇態度，同樣的在清初蘇州蓬勃的戲曲氛圍裡從事劇本創作，並各自以其文學造詣上的優勢，為當時戲曲的發展做出不同的貢獻。因此，在探討清初蘇州劇作家的同時，對於僅佔少數的正統文人兼劇作家者，實在不能略而不談。

　　至於本章的談論方式，則又需與前章所述不同。有別於前章作家、作品繁多，本章所論主要為吳、尤兩人，此二者從前文第貳章所論生平資料來看，有著較為接近的身家背景、仕宦經歷、交遊往來，且同樣是以獨步當時的詩文造詣，偶然涉足戲曲創作，因此其劇本作品可說是在本質上較為接近的。然而，他們順蹇各異的生命際遇，又讓他們的戲曲創作呈現出迥然不同的生命情調，因此，對於他們同中有異、異中求同的創作風格，是本章所欲探討

的重點。而他們整體上所展現的文人劇特色，與生活於同時、並有所往來的其他蘇州劇作家，又有何異同，並且爲當時蘇州地區的戲曲發展做出何種貢獻，便是本章在探討其劇作風格之後，冀能揭櫫的意義。

　　基因於此，本章的論述方式，便由本事內容、思想主題、排場佈局、文字音律、人物形象、腳色行當等分項重點，探討吳、尤兩人在創作觀念、文學技巧等方面之風格異同，及其在戲曲發展史上的地位與影響。

第一節　本事化用與思想主題

　　吳偉業的劇本作品計有：傳奇《秣陵春》、雜劇《臨春閣》、《通天臺》；尤侗則有傳奇《鈞天樂》、雜劇《讀離騷》、《弔琵琶》、《桃花源》、《黑白衛》、《清平調》。這些劇作在本事主題方面最大的特點，就是事多有所本，且多本於歷史人物者。

　　這在中國古典戲劇的創作傳統裡原不足爲奇，然而值得注意的是，在這些大家不算陌生的題材掌故中，劇作家們以其取材的偏重與加工運用，在既有的內容框架中，注入自身的思想情感，因此作品中透顯出強烈獨特的個人色彩，彷彿劇中人物的悲喜哀樂，即作者本人的欣慨喟嘆，而這些喟嘆不外乎是對政治社會的諷喻批評，以及對自身遭遇之寄託感慨，茲將分述如下。

一、事多有所本的劇作特色

　　除了《鈞天樂》、《迎天榜》以近人爲原型、《黑白衛》以唐宋小說爲張本以外，吳偉業、尤侗諸劇的本事內容，均取材自知名歷史人物。《秣陵春》主角徐適，劇中作南唐大學士徐鉉之子，實則爲北宋末忠臣徐徽言之從孫，南唐李後主及其寵妃則以天仙形象出現；《臨春閣》雜劇主角冼氏，本於隋朝巾幗英雄譙國夫人，並牽合陳後主及其寵妃張麗華事；《通天臺》雜劇寫羈留北魏的梁朝名士沈炯，並集中寫其獨行通天臺哭弔漢武帝事，漢武則出現在其夢境中；《讀離騷》寫二度見放的屈原，問天卜居、行吟澤畔，終至投江諫君，並有宋玉爲之招魂；《弔琵琶》則歷述漢元帝遇昭君、毛延壽獻圖、昭君出塞投江，且附以蔡文姬弔青塚事；《桃花源》寫自陶淵明辭官歸園田居，並述及史傳與慧遠禪師、陸修靜虎溪三笑事，終以淵明歸天成仙作結；《清平調》一名《李白登科記》，乃爲大詩人翻案，寫李白在楊貴妃閱卷批點下高中狀元，欽授翰林學士、內廷供奉，備受榮寵之餘，怒打安祿山、命高力士爲他脫靴。

　　至於《鈞天樂》，雖然主角沈白、楊雲爲虛構人物，但一般研究均認爲沈白即作者尤侗自身的境況，楊雲則依好友湯傳楹的際遇塑造，甚且沈白亡妻魏寒簧，也是多少根據當時夙慧早夭的蘇州才女葉小鸞（參見前文第貳章第一節）的形象所譜，劇中第十一齣〈賊難〉出現的賊首馬踏天，或謂也是影射近人張獻忠。《黑白衛》雜劇則改編自唐人傳奇《聶隱娘》，並將歷代史傳筆記所載俠女的傳奇事蹟，附會進來點綴其間。黃祖顓《迎天榜》所寫冒起宗即明末名士冒襄之父，袁黃則爲萬曆年間名臣（參見前文第貳章第一節），劇中多借諸人部份遭遇影射作者科考困頓事。

　　以上僅就諸劇的本事依據作概要的說明，據此我們可以見出吳、尤諸作事皆有所本、且多本於歷史故事的特色，至於劇情內容與本事來源的詳細介紹，因已見於各專書分析，〔註1〕茲不贅述。

　　筆者所欲探討的是，劇作家進行創作時，如何地對既有的故事題材加以鎔鑄化用，進而加工提煉，成爲與眾不同、富有作者思想意涵的文學作品。關於此點，同爲清初的戲曲家李漁在其劇論《閒情偶寄》卷一「詞曲部」〈結構第一〉一節中，有「審虛實」一條已提出相關概念，文曰：

> 傳奇所用之事，或古、或今，有虛、有實，隨人拈取。古者，書籍所載，古人現成之事也；今者，耳目傳聞，當時僅見之事也；實者，就事敷陳，不假造作，有根有據之謂也；虛者，空中樓閣，隨意構成，無影無形之謂也。〔註2〕

此「隨人拈取、就事敷陳、隨意構成」即指劇作家對於各種古今掌故、虛實題材的鎔鑄化用，這種加工處理的創作過程，又會因劇作家所欲表達的思想主旨有深淺、顯微之不同，而有不同的化用方式，因此，下面緊接著便將針對此點作進一步的分析。

二、題材化用的方式

　　就吳偉業、尤侗等諸劇作而言，其對題材化用加工的方式，筆者以爲有下列三點值得注意：

〔註1〕參見歐陽苓美：《吳梅村及其三種曲研究》（高雄師範學院國文所碩士論文，民國七十一年五月），第三章「梅村三種曲在戲曲文學上的成就」第一節「故事淵源」；沈惠如：《尤侗《西堂樂府》研究》，同第貳章註43，第二章「雜劇五種研究」第一節「主題」、第三章「傳奇鈞天樂研究」第一節「主題」；陸萼庭：〈《迎天榜》傳奇作者考〉，同前言註17，頁82。

〔註2〕清李漁：《閒情偶寄》（同第壹章註82），第十一冊，頁15。

（一）移花接木、點綴附會所需的情節材料

此即笠翁所謂古今虛實、隨人拈取之意。劇作家往往為了闡發思想、透顯旨趣，即選取所需材料附會而入，以為強化主題、點染劇情。

如吳偉業《秣陵春》，上述該劇主角徐適實為北宋末與父岡、祖徽言殉國沙場的忠臣，但劇中卻移花接木為南唐大學士徐鉉之子，無非是為劇情所需而兼採北宋徐適征戰沙場、徐炫之子家學深厚、風流文雅的雙重形象，並以命運舛逆的南唐興亡為襯底，構成全劇緬懷故國的基調。如此一來，書香世家的家學背景讓劇中徐適與黃展娘藉寶鏡、墨蹟牽合姻緣的劇情得以舒展開來，而又可藉北宋徐適忠勇擅戰的形象，讓劇情安排徐適在仙界受先王李後主之封，帶兵征討劉銀一戰告捷時，不致突兀牽強。更重要的是，吳偉業揉合了南唐風雨飄搖的滄桑史，以偏安一隅終至滅亡的南唐後主，隱喻南明弘光，其寄託之情、感慨之意不言而喻，整部劇作寄託故國之思的主題也就呼之欲出。

《臨春閣》雜劇亦復如此。劇中主角洗氏，能行軍用師，壓服諸越，陳後主為嘉其功，命貴妃張麗華起草詔書陞任之，並召至臨春閣賜宴，命貴妃等人陪席。然而，今查《隋書》〈譙國夫人〉傳，洗氏實無面謁陳後主事，〔註3〕此段應是梅村取明末女將秦良玉屢平賊難，獲莊烈帝召見平臺，賞賜旌功之事移花接木、補綴附會而來的。梅村此舉，顯然其用意為製造讓陳後主出場的機會，並藉此對洗氏擅武、貴妃擅文發表感言，以便安排後主親口說出「（貴妃、洗氏）一為我看詳奏章、一為我巡視山河，朕日與二三狎客，飲酒賦詩，好不快活也！」等類的話，這樣一來，後主昏庸荒唐的形象便栩栩而生，也藉此諷喻腐敗墮落如出一轍的南明小朝廷。

相類於此者，我們也可以在尤侗諸劇中尋見蛛絲馬跡。《黑白衛》雜劇博採《吳越春秋》、《太平廣記》等史傳小說中多位女俠如：越女劍、紅線女、車中女子、荊十三娘等，〔註4〕「極盡穿鑿附會之能事」〔註5〕，使劇中俠女英姿躍然紙上。筆者以為，尤侗如此移花接木、附會穿鑿，其用意有二：一為強調該劇主題，即凸顯女俠剗奸鋤惡、行俠仗義的正義形象。第四折寫上述眾俠女的師父終南老尼召集徒兒說道：「我每劍術，不比尋常，上可以報君

〔註 3〕見《隋書》卷八十列傳第四十五〈譙國夫人〉（同第壹章註49），頁1800。
〔註 4〕見《太平廣記》卷一九三「車中女子」、「轟隱娘」、「紅線」、「荊十三娘」等條（上海：上海古籍出版社，1990年12月初版），頁1044之276～295。
〔註 5〕語出沈惠如：《尤侗《西堂樂府》研究》，同第貳章註43，頁49。

父之仇、下可以誅臣子之惡，明可以雪市民之憤、幽可以驅鬼神之邪」由此可知。二爲藉眾俠輪番「舞劍」、以「各述因緣，並陳功績」的機會，安排載舞載歌的熱鬧排場以利演出，尤侗〈西堂樂府自序〉中云：「王阮亭最喜《黑白衛》，攜至維皋付冒辟疆家伶，親爲顧曲。」可知該劇演出頗受歡迎，也可見出尤侗附會點綴眾俠事蹟，實有助於場上演出的熱鬧效果。

（二）言此喻彼、對照映襯以烘托渲染情境

另一種對於題材本事的加工處理，即是對於原本的情節發展相關類似，可資發揮渲染者，亦加以拈取入劇，虛寫此事、實指彼意，以爲對照映襯、烘托渲染。

如《秣陵春》中的燒槽琵琶。上述該劇以古董牽合徐、黃姻緣，時間移作南唐亡後不久，據史傳得知，南唐李後主雅好聲色，昭惠國后善彈琵琶，〔註6〕日日笙歌弦舞、繞樑不絕，於是，梅村便安排南唐供奉樂人曹善才一角，不僅以其燒槽琵琶映襯相類似的寶鏡、墨蹟等古董，作爲牽動主角聚散離合的線索之一，也藉曹善才彈後主遺物、唱後主舊詞，渲染劇中人追憶前朝的情境，並且言此喻彼，烘托出作者寄託故國之思的主旨。

其次看到《通天臺》雜劇。該劇集中寫沈炯獨行通天臺哭弔漢武帝，於是便將歷史上兩個異朝的武帝對照比擬：

> 這是漢家的武帝，我們是梁家的武帝。那兩個皇帝，漢家的好仙，梁家的好佛。咳！我想漢武帝娶皇后，還落個小舅子，做得大將軍，祖公公託夢，撞著個妄男兒，恰好是頭廳相。天下事哪一樣不是僥倖來的？我武皇以天下兵馬委邵陵諸王，自家兒子見父親餓得這樣田地，還不肯出力，好不可恨！

表面上是寫沈炯透過對兩個武帝的異同比照，烘托他羈留北朝、思歸心切的沈痛心境，但實際上沈炯是梅村自況，梁武帝可說是明朝皇帝的化身，〔註7〕其言此喻彼、襯托抒發的深意不言而喻。

再來看到尤侗《讀離騷》雜劇。該劇寫屈原二度見放江南，問天求卜、吟歌賦志，終至投水而亡，原本劇情發展至此已圓滿完成，但尤侗並沒有讓

〔註6〕 見劉維崇：《李後主評傳》（台北：黎明文化出版事業，民國67年4月初版），頁191。

〔註7〕 明朝皇帝自憲宗以下，多好佛道，崇禎帝自縊煤山，宗室亦無一救援者，故曰梁武帝是明帝的化身，參見陳捷先：《明清史》（台北：三民書局，民國79年12月初版），頁65。

它戛然而止，反而續以楚王感悟、襄王命屈原弟子宋玉爲其招魂事。何以如此？沈惠如《尤侗《西堂樂府》研究》中引尤侗〈答蔣虎臣太史書〉一文，認爲「屈原常以美人不遇比喻自己的不得志於君，而宋玉以神女得志於君加以對照，以期感悟襄王，因此寫屈原之事，再附以宋玉的神女高唐賦，正加強了呼應的力量，也更逼近尤侗的作劇本旨。」〔註8〕蓋當如是，此亦筆者所謂言此喻彼，對照映襯以透顯主題的化用方法之一。

其他還有《弔琵琶》一劇，劇情發展到昭君投水殉節之後，第四折別出心裁，安排同樣遠赴塞外、身世坎坷的漢末才女蔡文姬哭弔昭君青塚，表面上是寫文姬對昭君的同病相憐，渲染兩個命運無法自主的悲苦女子的滿腔哀怨，實際上是一抒尤侗自身的感嘆。侗於〈弔琵琶題詞〉中云：「明妃遠行，千古恨事，……調促音長，纏綿欲絕，此詞他人尚不堪多讀，況于僕本恨人耶！走筆二章，以當倚和，情生于文，不自知其言之傷也。」由此可見該劇拈取文姬弔墓事，亦復言此喻彼，藉以抒發作者心中憾恨。黃祖顥《迎天榜》袁了凡一心行善，與了凡本人律己甚嚴，每天將自己的善惡功過寫成《立命論》的事實相近，而加以誇大渲染之，也是爲了要強調作者對善報觀念的深信不疑。

（三）脫離現實、提供虛幻世界以抒情償願

吳、尤諸劇還慣將現實人世的本事題材，揉合脫離現實的虛幻情境，或者借題發揮、或者一償宿願，但總歸都是加強主題意識的抒發。

如《秣陵春》寫徐適漫步西郊，忽見天將神兵接引他到仙界謁見先王李後主，不僅受封元帥，討賊立功，還在皇爺主持之下，與意中人拜堂成親。這天上仙境的構建無疑是吳偉業人間實事的翻版，前文第貳章第二節曾述及吳偉業一舉奪魁後，皇上授官賜婚的殊榮，這份恩寵顯然梅村銘記在心，創作時便藉由徐適的境遇重溫舊夢、緬懷往事。末齣寫徐適一家參謁李皇廟，聽曹善才彈唱南唐舊事，忽然一陣仙樂裊裊，李後主、保儀皇妃顯聖天上，眾人參拜先皇后，又一同追憶「皇爺往日的事體」。這些安排無疑都是借題發揮，藉由虛幻世界的構成，重現世間難以再得的往事，並用以宣洩深藏積鬱的懷舊情感。

除了仙界的構建以外，吳偉業還提供了虛幻的夢境來自明心跡、一吐鬱壘。《通天臺》第二齣寫沈炯到通天臺痛哭之後夢遇漢武，夢中沈炯謝辭漢武

〔註 8〕 頁 42。

授爵美意，漢武於是設宴款待，並親自送他入關歸南。前文第貳章第二節以及前面曾言及該劇是以沈炯自況梅村於明亡後，緬懷故國、辭官不赴的心境，筆者以爲梅村心境，從初時的哀傷拒清、到順治十年的無奈仕清，其實經過了非常矛盾周折、哀痛宛轉的煎熬，此心境之歷歷轉變，在劇中便透過夢境的虛設層層宣洩、吐露無遺：

第一層是抒發對故國亡明的懷念：沈炯「一望家鄉，心如催割」，「聞此幽渺之音，倍增流離之感。」並且對於興亡陳跡，仍有無語問蒼天的沈痛：「只是世界之內，不宜有此。那天公主意，卻是爲何？」因爲這股無法釋懷的憾恨，所以有第二層對新朝授官封爵的辭卻：炯以「負義苟活之人」，若效力新朝，「獨不愧於心乎？」明白辭謝，值得注意的是，梅村進一步藉漢武之口，說出對沈炯的同情與諒解：「這個也不要怪他，受遇兩朝，違鄉萬里，悲愁侘傺，分固宜然。」梅村除了不算「違鄉萬里」以外，其它完全是自身的譬況，這無疑是梅村進一步自述心境，並期望獲得清帝的諒解。

由於有這種期望，於是劇情安排夢中的漢武不僅開明體諒，並且設宴送行，對此厚意沈炯甚爲感激，因此便推展出第三層對新朝雖不接受、但不致觸怒違背，甚且「叩謝天恩」的矛盾心境：炯曰：「微臣快睹天顏，優承禮遇，今日拜辭闕下，仰荷生成。世世生生，不知所報。」由此可見，沈炯對於新朝的態度，並非激烈絕決，而是哀宛委曲，這和現實生活中梅村入清後對朝廷的態度非常吻合。〔註9〕以上種種矛盾周轉、深曲委宛的心境，吳偉業都藉由劇中虛幻夢境的遭遇，層層表露出來。

諸如此類將現實本事與虛幻世界揉合化用的方式，同樣反映在尤侗劇作中。《桃花源》雜劇在四折之後加一楔子，寫酒仙下凡的陶淵明重返天界，與誤入桃花源的「晉太元中武陵人」漁翁、以及眾仙一番歌舞之後全劇作結。

〔註9〕查順治九年清廷詔起遺逸，吳偉業便被兩江總督馬國柱所薦，以秘書院侍讀徵。偉業以〈辭薦揭〉辭之，觀此文語氣雖堅，但態度卻是哀宛委曲：「揭爲感恩揣分，瀝陳病苦，以祈矜鑒事。……方值聖治維新，凡有心知，咸思報稱。偉業自甘沈痼，斷非人情；而眞病眞苦，實實如此。及今若不早言，異日不能供職，仰負朝廷爲官擇人之德意，有虧各臺以人事主之盛心，此偉業之所大懼也。」該文結尾：「而偉業貪觀聖化，調理餘生，仰誦九重之深仁，拜感祖臺之至愛，生生世世，唧結於無窮矣。」語氣也與沈炯「仰荷生成，世世生生，不知所報」非常相類。反觀之他人之激烈絕決，如：李顒以絕食、自戕相抗（見李顒：《李二曲先生全集》所收范鄗鼎序文曰：「又以海內眞儒薦，徵書如雷，終以疾辭，辭不允，絕飲食者五晝夜，遂圖自盡，……」，台北：華文書局，民國59年初版，頁15）確乎不同。

這段脫離現實的楔子顯然是尤侗的創舉，何以他要在劇情收束之後，又加上這麼一段虛無縹緲的遊仙情節呢？筆者以為，這和吳偉業藉夢境抒發其在現實生活中難以釋懷的憾恨是一樣的情形。

我們知道，《桃花源》雜劇作於康熙二年（1663），正是原本要提拔尤侗的順治帝駕崩的第二年，前文第貳章第二節曾說明此事帶給尤侗無奈的憾恨，此憾恨甚且影響了一直憧憬仕途的尤侗興起思歸隱退之心，《桃》劇最終題詩曰：

> 招隱何如賦反招，君看牛馬走金貂。三公自昔無疆項，五斗誰人不
> 折腰。黃菊開時游白社，桃花落處泛紅潮。北窗散髮容高臥，聊譜
> 新詞代和陶。

此詩明白寫他由食祿封侯的追求轉為「散髮」歸隱、追隨淵明「高臥」田園的隱居生活，而事實上，他也的確在康熙二年以後，一直以布衣之身優遊林下。尤侗將淵明於現實生活中的超脫曠達，進一步提昇到虛無縹緲的蓬萊仙境，也是要以此安慰他功名失落所帶來的惆悵與遺憾。

《鈞天樂》更是這種以虛幻世界抒情償願的劇作代表。該劇寫江南才子沈白飽嚐科考落第、未婚妻亡、身陷賊營、摯友病故、諫君被逐等等舛逆命運之後，終於「窮運已退，白日飛昇」，在「一派樂聲」中被從天而降的仙人接引上達天庭，在天神魁星的主考下，沈白與楊雲高中榜首，並且獲封仙職，掌典獄事專司是非獎懲，鞭韃曾經仗勢欺人的富豪貪官，終與仙妻團圓，總之所有人間不公平、不順意事，在天界都得到正義的伸張、願望的實現，顯而易見的，尤侗該劇是要抒發他在現實生活未能圓滿的憾恨，而他抒情補恨的方法，就是借重虛幻世界的構建以一償宿願。

他如《讀離騷》第四折寫屈原死後成仙，襄王感悟並命宋玉為之招魂歸葬、黃祖顓《迎天榜》寫袁黃、冒起宗因行善積德而高中天榜，都是此類藉虛幻世界抒情補恨的化用方法。至於尤侗《清平調》，雖無夢遇、成仙的神幻情節，卻徹底顛覆李白史實本事，寫貴妃閱卷拔擢他為狀元第一，大大地「為青蓮吐氣」〔註10〕，也是這種擬造虛幻情境，一吐失意憾恨之情的化用方法。

綜上所述，我們可以得到結論：吳、尤等劇縱使事皆有所本，且多本於熟悉的掌故題材，但卻能運用各種不同的寫作方法，將題材鎔舊鑄新、凸顯

〔註10〕梁清標評此劇曰：「此劇為青蓮吐氣，極其描畫，鬚眉畢見，使千載下凜凜如生，可謂筆端具有化工。」

主題，表達出作者濃厚的思想情感。筆者必須說明清楚的是，雖然上述諸法並不算是吳、尤創新的先例，三者之間也並非判然二分，然而重要的是，諸劇透過上述多法，不僅完成了強化主題的目的，並且藉此讓劇作呈現出作者個人強烈的抒情言志之色彩。至於作者抒何情？言孰志？傳達如何的思想意旨？便是緊接著下文所要探討的主題。

三、抒情言志的思想主題

　　所謂「抒情言志」者，抒發個人情感、言說心意所趨是也。在前面兩點對吳、尤題材創作的探討中，已言及諸劇的思想主題具有抒情言志的明顯風格，如今我們將再針對此點，作更清楚的分析與深入的探討。

　　綜觀諸劇內容，其思想主題不外乎是兩大方面：一為對家國社會的感觸；一為對個人際遇之喟嘆。前者蓋因吳偉業、尤侗身歷明末清初亂象叢生、江山易主人事皆非的苦痛，不免對家國社會別有感觸，或者憑弔、諷喻、批評；後者則因作者個人生命際遇之不同，而將滿腹愁怨牢騷發而為文。此處我們先看到劇中對家國社會的感觸，至於吳、尤個人對生命際遇的喟嘆，因為濃厚地投注在劇中主角身上，而塑成鮮明的人物形象，故將於後面第三節對人物形象的專論時，再一併討論說明。

　　關於吳、尤諸劇對家國社會的感觸，筆者以為可分為三點來談：

（一）憑弔故國之思、黍離之悲：

　　首先看到吳偉業。《秣陵春》第四十一齣〈仙祠〉寫李後主（小生）天上顯聖，命曹善才（外）彈琵琶將他「去後的光景說一遍」，於是一問一唱之間，充滿著對故國的緬懷與哀思：

> （小生）我那澄心堂呢？（外）【後庭花】澄心堂堆馬草。（小生）凝華宮呢？（外）凝華宮長亂蒿。（小生）御花園許多樹木呢？（外）樹木呵！砍折了當柴燒。（小生）那書籍是我最愛的。（外）書呵！拆散了無人裱。……（外）三山捲怒濤，烏鴉打樹梢，城空怨鬼號。怕的君王愁坐著，則把俺琵琶彈到曉。（小生）世間光景，自然是這樣的。

《臨春閣》雜劇第四齣寫張麗華（小旦）在國亡被難後，魂飛洗氏（旦）駐兵處，提及京城失陷時說道：

> （小旦）你曉得舊時游宴之地，玉砌雕闌，一旦都空了。（旦）怎生

道來？（小旦）【禿廝兒】臨春閣嘆暮雨淒涼畫棟，後庭花做楚江蕭

瑟芙蓉。歌殘玉樹聽曉鴻，少不得綺窗外又東風融融。

這些文辭字字血淚、聲聲嗚咽，對國破家亡、山川變色有縈繞無窮的懷想追憶、有泣訴不盡的悲嘆餘哀，實讓人不忍卒讀！

至於尤侗，一般均認為他沒有受到明亡的影響，筆者以為那是不近人情的。試觀其作於順治二年至八年間（1645～1652）的〈思歸〉詩：

茫茫天地曷歸乎？浩劫滄桑半有無。齊女門前朝牧馬，吳王台上夜

啼烏。江山盡入漁樵話，歲月閒消花鳥圖。家在城南歸未得，西風

一棹入菰蘆。〔註11〕

詩中便以「齊女、吳王」的典故，流露出對於「江山」歷盡「浩劫滄桑」之後的惆悵感慨。還有他作於甲申之後的〈亦園賦〉後序中說：

予作賦時，在甲申之春，初不覺末語為讖也。亡何，北都之變聞矣。

其明年大兵渡江，予倉皇出奔，此園遂廢為牧馬地。歸來臺榭欹傾，

池塘零落，唯有荻花楓葉，搖蕩秋風耳。每詠李後主雕闌玉砌之詞，

與燕城一操，同增悲涕。因作〈後亦園賦〉，其首云：『麥秀漸漸，

禾黍油油，吳宮衰草，漢苑荒丘。』吟諷數過，哽咽不成聲，輒投

筆而罷。〔註12〕

由上可知，尤侗對於明清鼎革唏噓不已，在在證明了明清易代對他絕非沒有影響。不過，在尤侗諸劇中，確實少見像吳偉業一般椎心刺骨的亡國之痛。

何以如此？筆者以為這是因為兩人生命際遇、以及作劇動機不同之故。前文第貳章第二節曾詳細述及吳、尤兩人生平大事，我們知道吳偉業在崇禎四年時，便一舉奪魁受到崇禎帝授官賜婚的恩寵，直到崇禎十七年明亡之際，他為朝廷作了十多年的官，自然對明朝有極深厚的感激與感情。可是尤侗不同，他少於偉業九歲，雖然明亡時已近而立之年，卻一直蹭蹬場屋，更遑論受職認官為明朝效力，如此之下，功名失意的憾恨自然會大過於麥秀黍離之悲。

再看到作劇動機，前文亦曾說明吳偉業諸劇作於明亡後、仕清前，並且

〔註11〕收錄於尤侗：《西堂全集》中所收《西堂小草》（清康熙間刻本，現藏於台灣
　　　　大學中文系研究室）。《西堂小草》卷首有尤侗作於「康熙甲子臘月大寒日」
　　　　的自序，文末曰：「起乙酉至壬辰凡八年，亦斷為一卷。」可知該書乃尤侗於
　　　　康熙二十三年收集順治二年到九年共八年之間的舊作，〈思歸〉一詩即在其中。

〔註12〕見尤侗：《西堂雜組》（同第壹章註55）卷上，頁3、4。

正是清廷詔起遺逸、對明遺民逼迫萬狀的時候，矛盾無奈的吳偉業自然更加深了他對明朝的追念與感傷。尤侗諸劇則是作於順治十三年至康熙七年之間，正是他丟官歸家、失意惆悵於仕途的時候，因此他的劇作，多是反映個人功名宦途無一如意的心境，自然也就減少了故國之思、黍離之悲。

　　然而，筆者要說明的是，這並不代表尤侗劇作思想中，沒有對家國社會的感觸。尤侗對於當時社會、明末政治的諷喻與批評，同樣反映在他的劇作中，實不可不察。緊接著下面便將述及此點。

（二）諷喻昏君之謬、朝政之廢

　　明末昏亂腐敗的政治，是導致明朝滅亡的重要原因之一。從明中葉起，君王愈趨昏庸荒唐，朝廷內外雖不乏忠良愛國之士，但秉持大權者卻多是自私自利、顛倒朝綱的閹宦奸臣，到了明末內憂流賊、外患女真，但戍邊守疆者，卻多膽小怕事、怯懦無用的軍將，如此種種，都讓搖搖欲墜的明朝加速滅亡。這些政治之謬亂全都反映在吳、尤諸作中，首先看到劇中對昏庸君王的諷刺與批評：

> 吳《臨春閣》第二齣陳後主（生）說道：「孤家陳後主，以國事付貴妃張麗華，果然帷幄重臣，夙夜匪懈，宮中稱為二聖，一國不知三公，可謂委任得人，吾無憂矣。」

> 尤《鈞天樂》第十四齣〈伏闕〉沈白（生）持萬言書面諫君王時唱道：「皇上呵！【煞尾】端拱深居，未悉安危計。奈朝內無忠義、肆奸欺，蔽聰明、長亂離。」

上一則諷喻君王的荒廢朝政、愚昧荒唐，下一則直指君王不辨忠奸、親小人遠賢臣。其次看到對恣意弄權的朝臣的痛罵：

> 吳《臨春閣》第一齣譙國夫人（旦）的部將建議她尋些奇珍異寶貢獻皇上以「官上加官、遷轉幾集」時，她拒絕道：「吾替他撐住錦片江山，哪在些些進奉？（唱）比似你做官人慣想海南裝，偏是俺婦人家倒把珍珠賤。」

> 《通天臺》第二齣寫沈炯夢遇漢武及其丞相田千秋等部眾，田說道：「學生虧做一個夢，便做了丞相。這一派傳將下來，如今做官的都是作夢哩！」

> 尤《鈞天樂》同上述該齣沈白說道：「王室艱難，民生塗炭，那班肉食鄙夫，竊位弄權，保身杜口，無一直言敢諫之人。」又唱：「【歇拍】

　　　宰相伴食，郎官索米，臣但見那公卿輩工拜跪足，癡肥、唾面、拂鬚，
　　　便是好官長伎，更堪悲，水火玄黃，黨人牛李。」

第一則寫朝臣專愛行賄進奉以圖升遷，第三則寫他們不是結黨營私，就是顛倒朝政，總之都是爲了自保前程，如同第二則所說做官的都是昏昧如夢，根本罔顧國家社稷。再其次看到對儒弱無用的軍將淋漓的諷刺痛批：

　　　吳《臨春閣》第一齣洗氏上場時說道：「俺笑男兒，慣裝門面，明是個
　　　鬚眉短氣，倒推開說此輩都是婦人女娘。怕下排場，怎見得眼額輸人，
　　　偏羞澀道，恨我不爲男子。難道咱家三綹梳頭，兩截穿衣的，就是一
　　　些沒用麼？」

　　　尤《鈞天樂》第十一齣〈賊難〉寫亂賊馬踏天入城搶略一番將要離去
　　　時，一臨陣脫逃的吳興地方守將（丑）居然還要送他一程：「諕殺我也！
　　　諕殺我也！我乃吳興地方守將，聞得流賊攻城，嚇得戰戰兢兢，如發
　　　擺子一般，躲在櫃裡，三日三夜，今聞他去，好意送他一程，把我殺
　　　得片甲不回，幾乎送了這顆好頭頸。」

前者借巾幗英雄之口，痛罵鬚眉男兒無能無用，比不上她一個忠勇的婦道人家，後者更是將膽小怕事的儒臣諷刺得可笑可恨至極。

（三）批評社會之亂、世風之惡

　　朝廷如此昏暗荒謬，社會民間也難免其禍。明末各地流賊亂民四起，催枯拉朽地加速明朝的崩潰，雖然此禍之起多因於腐敗政治對於民間的壓榨逼迫，這種社會亂象，如實地反映在尤侗的劇作中：

　　　《鈞天樂》第十一齣〈賊難〉就是寫民變的首領馬踏天，他自稱：「原
　　　是關中百姓，只爲年運飢荒，朝綱紊壞，賣官鬻爵，厚斂徭刑，民不
　　　聊生，人心思亂，俺因此聚徒亡命，行掠鄉村，如今有了十萬人馬，
　　　山陝一帶，勢如破竹，順流而下，直到江南。你看官軍紛紛逃竄，州
　　　縣處處投降，可笑滿朝文武，那個比得做賊的英雄洒落也。」

這段話不僅反映上述膽怯儒弱的各地首將以外，也由此可見出，當初民變四起，橫掃千軍，到處燒殺掠奪，造成社會各地「民不聊生」的亂象。

　　尤甚於此者，還有亂世中人情澆薄、道德淪喪的醜惡世風：吳《秣陵春》寫徐適在變賣家產換得晉、唐墨寶後，前往洛陽投靠其父舊時弟子、即節度史獨孤榮，不料這個獨孤榮是個「只要奉承當塗津要，那裡顧得舊日恩知」的寡廉鮮恥之徒，他看千里來奔的徐適主僕二人「身上襤褸得緊」，便態度「甚

是冷落」，一聽到徐適帶有稀世名帖，便謊稱借閱數日而騙去進奉當塗津要。後來徐適遣聽蕉前去索回時，獨孤榮卻厚顏無恥，完全翻臉不認帳，並且羈囚聽蕉、惡逐徐適。可恨可笑的是，後來獨孤聞得徐適高中狀元，唯恐舊日負恩事「在京有些議論，我這頂紗帽，到有些欠穩。」，又趕緊釋放聽蕉，想要「解冤釋結一條門路」。這種「人情翻覆似波瀾」的醜惡嘴臉，實在是道德淪喪的證明。

在尤侗的劇作中，我們也可以看到幾乎完全相同的情況。《鈞天樂》寫沈白科舉落第，窮愁潦倒，在無計可施之下，只得去找未婚亡妻的哥哥魏無知，魏因行賄得以中試當官，不僅不認他這個妹丈，還加以羞辱譏諷一番，真與獨孤榮的「反面無情」如出一轍。到了第二十七齣〈世巡〉寫升天的沈白、楊雲兩人奉玉帝命巡歷人間，拘拿魏無知等人問訊，這時魏無知馬上磕頭求饒，直稱沈白為「妹丈爺爺」，還送銀以示「綈袍戀戀之意」，實讓人憎恨他與獨孤榮「人情翻覆似波瀾」完全一樣的醜惡嘴臉。吳、尤二人不約而同地寫到這種情節，想必是對當時險惡澆薄的世風有所感觸，有意地在劇中大加撻伐。

與之不相上下的醜惡世風，是讀書人道德的墮落：吳偉業《秣陵春》劇中真尚書之子真琦，即是趨炎赴勢、寡廉鮮恥之徒。第二十四齣〈詔獻〉寫他垂涎於黃展娘的美貌，幾欲強佔未果，於是惱羞成怒，正好「欽差採選宮女的太監在此」，他便想將展娘的名字上報，「省得後來嫁與別人受用，帶累我老真眼熱。」但他揣摩「太監心性，最喜奉承。如今世界，不論甚麼衙門的官，秀才便鑽去拜門生，只有內相尚未開此例。」，於是就「送些禮物，把門生帖兒去拜那太監」。劇寫他到了門首要遞名帖進府時，帖上寫道「沐恩門生真琦頓首百拜」，待面見張太監時，太監說道：「你讀書人，怎肯來拜咱做師父？敢是為甚科考、歲考，或是觀風季考，要咱薦與提學道和那些府縣官麼？這倒也不難。」

這段話生動逼真地寫出了真琦挾私怨陷害人的狠毒心腸，並且為達目的，喪盡讀書人的尊嚴，向權要閹宦卑躬屈膝的可恥形象。值得注意的是，這段話除了注意真琦以外，還從這兩人的口中之語，見出當時有不少讀書人，為了科考赴試，向當塗津要阿諛奉承，拉關係、拜門生的「風氣」。

除了這套方法，甚且有倚仗權勢、買賣功名的卑鄙手段：尤侗《鈞天樂》第二齣〈歌哭〉楊雲唱道：「成虛開，今人惟愛孔方兄，博得個頭腦冬烘，眼

角朦朧，判取青錢中。」爲後面金錢取向的科考埋下伏筆。第三齣〈命相〉富臣之子魏無知說道：「如今考試，要什麼文章？只消暗中摸索，賈兄取了狀元，程兄取了榜眼，小弟取了探花，便是至公無私，人心允服的了。」就是對楊雲上述感慨的呼應。

更可恨的是，士人如此，還不是因爲有這種唯利是圖的卑鄙試官狼狽爲奸：第四齣〈場規〉中試官何圖上場詩便云：「詩賦萬般皆下品，算來唯有賺錢高。」接著他「分析」當今科舉的兩大徑路：「一則買一張陞官圖，某九卿、某六部，公子公孫，高薦亟薦，如世襲前程。一則開一座雜貨店，幾萬貫、幾千金，柴行米行，批取批中，纔是公平交易。」這種讀書人道德墮落，將科舉淪爲權勢交易、金錢買賣的醜惡世風，尤侗藉由戲劇毫不留情地揭發出來。

綜上所述，我們可以認爲，吳偉業、尤侗諸劇仍充滿了對當時社會家國的感觸與批評，這無非是深受當時所處時代社會背景的影響。附帶一提的是，在黃祖顓充滿功名追求的傳奇《迎天榜》裡，同樣有著社會現實的反映：陸萼庭〈《迎天榜》傳奇作者考〉一文中說：「《迎天榜》還假托明代萬曆年間的故實，來反映清初的時事，作者是『奏銷案』的受害者，這一使得江南大小地主一提起就心驚肉跳的案件，在劇本裡換了一種方式加以影射。」〔註13〕，可見得劇作家的創作思想，和當時社會環境以及個人生命遭際，確實有密不可分的關係。

值得注意的是，吳、尤劇中呈現的故國之思、政治之謬、社會之亂，並不是以單純客觀的角度反映出來而已，而是與自身的遭際感慨有密切的情感投射。吳偉業劇中對故國的憑弔、昏君庸臣的痛心、社會亂象的憎惡，無非都是因爲明朝的滅亡幾乎顛覆了他的信仰、改寫了他的命運，因而將這股無窮無盡的痛苦悲哀訴諸文字；尤侗則在顛簸的科舉路上遭遇亡國之變，無疑地雪上加霜，讓他更加困蹇難行，幾經周折挫敗之後，自然對政治社會的醜惡不公，有著滿腔的怨恨憤懣。

因此，筆者以「抒情言志的思想主題」概括此點，就是要標舉出吳、尤劇作中的這點思想特色與創作深意，也即因如此，讓諸劇在既有的本事題材中，能夠以濃厚的個人情感，爲其劇作之特點。

〔註13〕同前言註17，頁82。

第二節　情節佈局與排場配置

　　由於中國古典戲劇既能案頭閱讀，也能場上搬演，是以研究劇本之時，就要能兼顧文學性與表演性，從這兩大方面來看，對於劇本結構的分析，就包括了情節佈局的配置，以及排場冷熱的調劑，此二者又是直接影響作品搬演場上的成敗關鍵，是以本文將此兩大重點歸於一節討論。至於本節的探討方式，由於吳偉業、尤侗兼作傳奇與雜劇，而這兩者又有體製上的根本差異，因此，就必須將劇作分爲雜劇與傳奇兩點來談。

　　在雜劇方面，沈惠如《尤侗《西堂樂府》研究》已對尤氏五部雜劇的佈局、排場（該書包括了聯套、楔子、插曲及特殊套式）做精審詳細的分析，歐陽岑美《吳梅村及其三種曲研究》亦多有述及，筆者無須再作續貂，是以此處對七部雜劇佈局的探討僅精簡談述，對於排場則將重點放在兩書均較簡要的場上演出之人物安排問題，並且對吳尤之異同做整體性的比較。

　　在傳奇方面，兩書對吳尤傳奇的排場處理，均有完整的羅列與整理，因此筆者僅會提撮重點略述，這裡的探討重點，將以異於兩書的「情節發展線」的角度觀察情節佈局的特色，再藉以分析其排場配置方面的特色與成就。至於黃祖顒傳奇《迎天榜》，以其成就遠不如詩文大家吳、尤二人，該作也僅爲抒發個人功名迷思的陳腐之作，是以在其佈局排場乃至於文字風格方面，恕不復詳述。

一、七部雜劇的情節佈局、排場分析

　　雜劇四折一劇的體製，多讓情節佈局發揮馳騁的空間有限，到了明清又出現僅爲一折的短劇，那就更難有發揮的餘地了。據陳芳《清初雜劇研究》書中指出：「清初雜劇之爲一折之短劇者，可以無情節、無衝突，僅僅交代一個事件，或由一個腳色上場抒情言志，發表大段的議論。」又云：「至於一折以外的清初雜劇，大抵關目平實，甚至平板。」〔註14〕即指如此。

　　觀諸吳、尤七部雜劇中，除了《清平調》爲一折短劇、《通天臺》僅有兩折，其他均爲四折一劇的形式（《弔琵琶》、《桃花源》並有楔子），就吳偉業而言，其《通天臺》第一齣寫沈炯久羈北朝，思歸心切，一日往西京郊外一抒鬱結。未料走到漢武帝通天臺下，因漢武而思梁武，鄉愁與國愁一齊湧上

〔註14〕陳芳：《清初雜劇研究》（台北：學海出版社，民國80年4月初版），頁235、237。該書承蒙陳芳學姐慨贈，特此誌謝。

心頭，遂奏表奉漢武之靈，痛哭一場，由此引出第二齣漢武帝夢中開示沈炯，炯夢醒後遂了悟世間因果得失。

該劇顯然第一齣是以沈炯爲主、漢武爲輔，第二齣則漢武爲主、沈炯爲輔（因漢武任唱 7 支曲子，且都是引導發言者，沈炯則配唱 1 支而已），而兩齣之中，沈炯眞正懷想的人物—梁武帝，則始終以隱而不顯的虛筆襯托出來。雖然說是頗具巧心，但嚴格說來，只能算是「交代一個事件」，藉此事件「抒情言志，發表大段的議論」，實在是抒情意義遠大於戲劇效果。

再來看到《臨春閣》，該劇也難稱得上有精彩跌宕的情節佈局。第一齣以各州刺史、四國使臣對譙國夫人洗氏的進貢順服，襯托出她萬夫莫敵的威風形象，並展示欽賜詔書、珍寶以激勵軍將爲國效力，強調她的忠貞愛國。第二齣則極力描寫貴妃張麗華的能文善詩，目的在於襯托陳後主的昏庸荒唐，並藉後主賜宴洗氏牽合洗、張兩女，並順勢發展了第三齣兩女赴青溪寺拈香聽講，該寺智勝禪師因夢預感國之將亡，幾欲指點貴妃解脫刀兵之劫未果。於是第四齣寫果然陳朝滅亡、貴妃罹難，洗氏夢見貴妃魂，悲痛之餘解甲歸鄉。

由此看來，《臨春閣》依據情節逐次發展，美其名爲環環相扣，實則爲平鋪直敍，缺乏跌宕懸映，與《通天臺》同樣弱於戲劇效果，無怪乎青木正兒《中國近世戲曲史》評該劇爲：「關目平板，乏生動之致，非佳構也。」〔註15〕

至於尤侗諸劇，一般認爲高明多了。吳梅評其劇云：「如《讀離騷》之結局，以宋玉招魂；《弔琵琶》之結局，以文姬上塚。此等結構，已超軼前人矣。」〔註16〕鄭振鐸也謂：「若寫洞庭君之遣白龍化身漁父，迎接屈原爲水仙；若以陶淵明爲入桃園仙去；若敍李白之中狀元等等，並皆出常人之意外。惟《黑白衛》、《弔琵琶》二劇之結構，較爲嚴肅耳。」〔註17〕此兩段話均指出了尤侗雜劇在情節結構上有創新之處。

不過，值得注意的是：

（一）對於《弔琵琶》一劇，兩位前輩學者似乎意見不盡相同。鄭振鐸以「較爲嚴肅」評之，應指其結構嚴正肅整、嚴謹有法度，〔註18〕但揣摩整

〔註15〕日青木正兒：《中國近世戲曲史》（台北：商務印書館，民國 25 年初版），頁333。

〔註16〕吳梅：《中國戲曲概論》（同前言註6），卷下頁 10。

〔註17〕鄭振鐸：《清人雜劇初集》（香港，龍門書店，1969 年 3 月初版），頁 129。

〔註18〕參見教育部國語推行委員會編：《重編國語辭典（修訂本）》光碟版（同第二章註20）中對「嚴肅」一詞的解釋。

段文字的語意，其用「惟」字將《黑》、《弔》二劇與「出常人之意外」的《讀》、《桃》、《清》對舉，則此「嚴肅」一詞，便顯得具有疏於創新、失於刻板之意，如此一來，便恰與吳梅的評價相反。

筆者以為吳說為是，試看該劇第四折安排蔡文姬甫一登場，即唱【昭君怨】一詞以「馬上琵琶曲杳」與昭君主題相扣，並開場白說明弔昭君來意，因此既不會突兀牽強，也不致離題去旨，還能借文姬之口，訴昭君之怨，以收跌宕迴旋之姿，確實是不落窠臼的安排。

（二）上述兩位前輩所舉關目，《讀》劇出現於第三、四折，《弔》劇出現於第四折，《桃》劇出現於第四折之後的楔子，均是全劇將近尾聲之時，再起高潮，以致餘波蕩漾、搖曳生姿。我們知道，雜劇的佈局通常以二、三折為高潮，到了第四折就成強弩之末，草草收場者多矣，然尤侗卻能注意及此，盡量安排新意以避免此弊，可見得尤侗在佈局結構方面的巧思。

綜上所述，則知在情節佈局方面，尤侗較諸詩文大家吳偉業，確實是要高明得多了。

其次談到排場處理的問題。根據前文第參章第二節所引曾師永義對「排場」下的定義，則需有關目情節、場上腳色、樂曲套式、演員的妝扮表演等項要素，在這四點當中，吳、尤諸雜劇若從劇本中有限的提示來看演員的表演妝扮，筆者恐有過於揣想之虞，因此僅能就其他三點做評論標準。

在關目情節方面，上文已將吳、尤在情節佈局上的優劣得失作了說明，在樂曲套式方面，前述沈書與歐陽書又多偏重於此，是以此處便從場上腳色的角度出發，對於吳、尤諸劇再作進一步的統整與探討。基因於此，筆者試將七部雜劇各折中登場人物與配唱的情形，彙製成〈尤侗、吳偉業雜劇作品登場人物與配唱表〉一表以清眉目，請參見附錄五。依據這個表格，我們可以從幾個方面來談其排場的處理：

（一）從人物的上下看排場的流動

上述本表中登場人數之「總數」一欄，是以一折中全部曾上場出現的人物為依據，但是他們並非都在同一時間裡全場出現於舞臺上，而是依情節的推展上場、下場，這本來就是戲劇演出時必然的道理，不過，從某些較特別的人物上下場的情形，可以發現到劇作家對排場流動的特殊用意。

首先看到第一種情形，是全折主要都以幾組性質相近的人物輪番上場，

作大段歌舞的表演，例如：

《讀離騷》第二折寫屈原為「鄙俚淫褻」的九歌「別撰新詞、重翻雅調」，於是就有東皇太乙與東君、雲中君、湘君湘夫人等六組人馬，在屈原唱曲、巫覡打鼓、內奏樂聲中輪番帶隊上台歌舞。

《桃花源》第四折之後的楔子，先由淨扮漁翁登場，再由外扮仙翁、倈扮僊童、卜兒扮仙母、且扮仙女，輪番「打魚鼓簡子歌」上場，在歌舞聲中歸仙的陶淵明登場，再共同「打魚鼓簡子」由陶淵明唱曲作結。

《黑白衛》第四折寫隱娘師父終南老尼召集眾徒兒各述功績，於是隱娘、李十二娘、荊十三娘等共五人依次上場歌曲舞劍。

此三例的共通點是人物的輪番上場表演，無疑地增加了演出場面的靈活流動性，並且有大段的歌舞表演，我們再配合上使用的宮調來看，《讀》以「惆悵雄壯」的正宮調襯托九歌眾神的威武，《桃》先以四支句型相近的民間歌謠讚頌桃花仙境之美好，再以「清新綿邈」的仙呂宮總結，《黑》以「高下閃賺」的中呂宮凸顯眾俠的英姿，都適當地烘托出場面的熱鬧氣氛，並且恰切地呈現劇情該有的主題情境。

第二種情形即在主角的劇情推展中，有大批人馬隨即上場又旋即下場，作為穿插性的表演，例如：

《弔琵琶》第三折，寫昭君魂歸入漢元帝夢，她在走路途中，先是「內作哨聲」讓「旦虛下」、「單于隊子打圍上旋下」，再來是「內打更」、「守關卒鳴鑼擊柝下」，如此便生動表現出她是幽魂容易擔驚受怕，所以一路走來頗不安穩的樣子。好不容易她走到了元帝熟睡處，互訴相思之後又有「扮單于領兵追趕」，於是魂旦下場，元帝猛然驚醒，才知道原來是夢。

這一折的表演，與元雜劇《漢宮秋》第四折相比，《漢》寫昭君魂一入漢宮，馬上又被追趕來的番兵拏下去，漢元帝倏地驚醒，疑惑著「恰纔見明妃回來，這些兒如何就不見了」，接下來就全部都是元帝一人自唱自嘆。〔註19〕兩相比較之下，不僅劇情上有元帝、昭君兩人的交流，將情感表達地更豐富完整；在排場處理上，又能以穿插性的表演增加戲劇效果，尤侗的安排無疑是技高一籌。

一折短劇《清平調》也是運用類似的方法，該劇開始時演貴妃評李白為

〔註19〕見明臧懋循選：《元曲選》（台北：台灣中華書局，民國72年12月臺四版），頁8。

一甲一名，李白隨即登場，在穿戴欽賜「宮花紗帽、袍帶朝靴」之後，便赴宴曲江，並且乘鑾遊街歸第。沿途上分別有五組人馬輪番上場，演出李白遊街所遇情事。首先是三旦所飾秦國、韓國、虢國夫人街頭偶遇，其次是雜眾所飾慈恩寺僧眾要求題名，再其次是淨扮楊國忠領一班梨園子弟（四人）在曲江陪宴，再其次是杜甫、孟浩上場拜賀李白，最後是道遇安祿山，一言不合李白帶醉出拳，安祿山狼狽離開。這五組人馬分別上上下下，代表李白沿途所見以推進劇情，不僅藉各路人馬襯托李白的意興風發，也表示時、空的移轉，展現了高度的排場流動性。

（二）從人數的多寡看排場的冷熱

該表除了統計一折中曾上場出現的人物總數之外，還統計了主要場面出現之人數以資對照，我們可以從這兩者的數字落差，來看該折排場冷熱的情形。

首先注意的是全折幾乎沒有落差者：

就人數少者來說，諸劇中從頭到尾都只有 1、2 人在場者，僅《讀離騷》、《桃花源》〔註 20〕、《通天臺》第一齣、《弔琵琶》第四折，前三者均在全劇開始處，《弔琵琶》雖為文姬上場，但其實就是代表昭君的心聲，因此可說都是主角感嘆抒情的場面，因此完全除去不必要的閒雜腳色，並用大段唱曲充分讓主角發揮獨腳戲，所以在排場上是屬於冷清的。值得注意的是，這四例的目的，同樣都是為了極致渲染主角的心境，由此，也再次證明吳、尤劇作有強烈的抒情言志之特色。

再就人數多者來談，從頭到尾均維持多人場面者，計有：《讀離騷》第二折、《弔琵琶》第二折與楔子、《桃花源》第三折與楔子、《黑白衛》第四折、《臨春閣》第一齣、《通天臺》第二齣八處。此八處之《讀》、《桃》之楔子、《黑》已如上述，《弔》、《臨》、《通》三處雖然分別以單于、元帝、昭君、洗氏、武帝、沈炯為主，但其隨從始終在場上，且從其劇情敘述可以推知這些隨從絕非少數一、二人而已，《桃》第三折也是如此，所以這八例是屬於人數眾多的大場。值得注意的是，這些場面多是全劇的中間部份，也是劇情的重

〔註20〕該表在《桃花源》第一折處，兩欄數字分別為「多人」、「1 人」，但卻置於此處來談，原因是該折除了陶淵明以外的他人，是不捨得陶辭官離去的眾百姓們，在陶下場後，上場說唱一番作為科諢之用，因此就全部曾經上場的總人數來說雖是多人，然就主要場面出現的人數來說，又幾乎全是淵明一人抒情言志的形式，是以歸於一人為主之列。

要發展處，無疑地算是全劇高潮，應之以人數眾多的熱鬧大場，[註21]可說不失作劇原則。

其次注意落差較大者，剩下未述及者，則多爲此類，這意味著該折的人數流動頗爲平均，如《讀離騷》第四折以宋玉與神女、楚王與景差、唐勒、宋玉與巫陽；《弔琵琶》第一折雖然主角爲元帝、昭君二人，其幾位侍從卻始終在場，人數不致太過冷清或過多；《桃花源》第二折分別由白衣使者和王弘、淵明和白衣使者、淵明和龐通之、淵明和王弘等場組成；《臨春閣》第二至四齣中的每一場均維持在約三、四人左右，這些地方既非冷清的小場面，也不及各腳齊上的大場，在劇情上也不及上述兩種情況的重要性，可說是劇情發展的經過，並爲調劑場面冷熱之用。

（三）從人物的配唱看排場的調劑

元代雜劇的任唱者只能由一人擔任，這個情形到了明代由於傳奇的興起而逐漸被破壞，不必非由一人獨唱，這情形同樣反映在吳、尤諸劇中。

就此七部雜劇而言，唱曲者全不限於一人，並且一折之中，任唱者屢換其人，且曲數平均分配的情況還頗爲多見，如：《桃花源》楔子、《黑白衛》第四折、《清平調》、《通天臺》第二齣；其他如一折中雖由一人主唱，但有其他人分唱或者合唱數支者也很多，如：《讀離騷》第二、四折（所唱者插曲）、《弔琵琶》第三折、《桃花源》第一折、《臨春閣》第一、二、四齣均是。這固然是當時整個趨勢使然，而非吳、尤兩人的獨創，但是由此我們也可見出，上述諸劇若付諸演出，也頗能有演員勞逸分均、曲聲靈活多變的效果。

比較值得注意的是任唱者在劇中的腳色分配，經過整理我們知道，諸劇中除了主角、次要配角以外，還有僅出現一次的臨時腳色也能高歌一曲，如：《讀離騷》第二折的男巫女覡、《桃花源》第一折的眾百姓與楔子的眾仙、《黑白衛》第四折眾女俠、《臨春閣》第一齣、《通天臺》第二齣的眾從官。

這些曲子的作用，或者是插科打諢增加笑果，如《桃》眾百姓唱完「諢下」；或者與主角合唱壯大氣勢，如：《臨》第一齣結尾時，洗氏分配軍務、發完號令之後，眾隨從與之同唱【賺煞】，襯托她「木蘭征戰」的雄壯氣勢；或者各人輪流分唱，以凸顯各自的特色，如：《黑》第四折眾女俠各述功績、展現武功，《桃》楔子眾神仙分唱一曲描述仙境的四季風光；或者主角不方便

〔註21〕此熱鬧非指情緒上的歡樂熱烈，而是與第一種冷清情況對舉之意，亦即此處始終強調的人數多寡問題。

唱時，由眾臨時演員合唱以代替主角描述活動情景，如《通》第二齣漢武帝在郊獵時，便由眾從官合唱兩支形容射獵場景的曲子。

以上種種，均顯示了諸劇的任唱者，是依照劇情所需、場面調配、曲聲變化等多項標準，進行各種合適的安排，可知必然有助於場上的演出。

綜上所述，則我們從人物的配置問題，分別就上下場、人數多寡、任唱者等角度，對諸劇之排場作進一步的深入討論。我們認爲在排場的處理上，兩人雖沒有太過出眾的創新之舉，但也均得其所，能夠把握到作劇原則，並且尤侗諸作多處還頗具匠心。

至於吳、尤的異同優劣問題，筆者以爲，劇作較多、且更多付諸場上演出的尤侗似乎略勝一籌，〔註22〕例如人物上下場的特殊運用，不見於吳偉業諸作，其兩部均較偏於平鋪直敘的排場流動；在冷熱場面的調劑方面，《臨春閣》實未見高潮起伏的跌蕩變化，較之《通天臺》兩折人數多寡的強烈對比，實在平板得多。因此，筆者以爲，吳偉業諸作的排場處理，與其結構佈局方面，均較尤侗遜色三分。

二、二部傳奇的情節佈局、排場分析

此標題的擬定，是指先就諸劇中情節佈局的情形，分析吳、尤對劇情的架構與推展，再據以觀察排場的處理問題，以期瞭解吳、尤之傳奇作品，在結構配置方面的優劣得失。

對於諸劇情節佈局的分析方法，此處是以「情節發展線」的觀念進行討論。所謂情節發展線，並不限於主要情節而已，而是將劇中所出現的各項大小情節加以整理，用線條發展的觀念，作盡可能的分析與連貫。之所以如此大小統整，是因爲一來可以探討劇作家對情節發展的佈局配置，是否能做到「照映埋伏、針線緊密」；二來可以從各條大小情節線的輕重、主從關係中，見出該劇是否有「一篇之主腦」；三來可以瞭解其他次要情節的出現，是否「頭緒繁多」，讓人「應接不暇」。〔註23〕

〔註22〕從前文第二章第三節所述吳、尤兩人觀賞自己的作品記錄來看，吳偉業作劇三齣，僅知一齣上演；尤侗作劇六齣，除了《弔琵琶》未見上演記錄，其他五劇均曾搬演舞臺。

〔註23〕此段文字中，用「」標示的字詞，均引用自清李漁劇論《閒情偶寄》卷一詞曲部上「結構第一」節中，「立主腦」、「脫窠臼」、「密針線」、「減頭緒」等條（同第壹章註82），頁 1～16。

　　立足於此三大觀察角度，筆者將《秣陵春》、《鈞天樂》等劇的情節佈局，繪製爲〈吳偉業傳奇《秣陵春》情節佈局圖〉、〈尤侗傳奇《鈞天樂》情節佈局圖〉二圖以清眉目，請參見附錄六、七。

　　首先看到吳偉業《秣陵春》。就劇中情節發展的角度來看，筆者以爲該劇的主要情節線是寫徐適、黃展娘兩人的姻緣牽合，因爲在全劇四十一齣戲中，主要作爲推展兩人姻緣，或者爲此伏筆者，約有十八齣，若再加上二夫人裊煙直接述及兩齣，則有二十齣之多，因此，徐適、展娘的姻緣發展，無疑是該劇最主要的情節發展線。

　　那麼，這條丰線又是如何發展下來的？我們知道，劇中是以仙人耿先生施法，讓于闐玉杯、宜官寶鏡分別顯映出徐適、展娘面容以啓寶兩人情思，並引領進入天界，最終在人間眞實完婚，因此，這段虛實交錯、杯鏡牽合的姻緣線，又可整理出三條脈絡：

（一）仙人施法撮合

　　首先是第八齣〈僊媒〉寫天界李後主、保儀妃託耿先生爲他的姪女展娘尋個好姻緣，於是第十三齣〈決婿〉李後主等再次出現時，耿先生便回覆以徐適（實際上這個答案早在更接近的第十齣〈示要〉中便已說出，詳見下文第2點）故該齣是回應第八齣，而又爲接下來情節發展做了說明。第十八〈見姑〉、二十齣〈遇獵〉寫耿先生施法讓黃、徐登上天界，緊接著第二十二齣〈僊婚〉便撮合兩人在天界成婚。第二十六齣〈宮餞〉寫後主將徐、黃兩人遣返人間，並授以燒槽琵琶，均爲後文埋下伏筆：一來藉琵琶聲讓人起疑認徐爲賊，兩人再度分離，直到第四十齣〈眞婚〉才得以團圓；二來發展徐適因禍得福榮授狀元，因而娶得裊煙此副情節線，並讓玉杯、法帖物歸原主收束情節。

　　由此分析，可知這條姻緣發展線的分支，是主要引導全劇聚散離合、天上人間的重要線索。值得注意的是，這條脈絡能夠前後呼應，且間距都在二、三齣以內，至多四齣，〔註24〕是遠近適中的距離，因此這部份的處理，算是頗爲縝密用心的。

〔註24〕第二十六齣到劇中四十齣相距甚遠，然而這中間，正是發展二十六齣中，後主付與琵琶所滋生出來的諸事，因此上述此發展線各齣之間相距不遠即是此故。

（二）寶鏡現倩影

第十四齣〈鏡影〉寫徐適無聊之際把玩寶鏡，不料卻顯現佳人倩影，為此他心蕩神馳，卻不知佳人何在，於是第十五齣〈思鏡〉便對照展娘的情況，她魂不守舍終至病倒，便是因為耿仙人攝去魂魄，讓兩人在第十七齣〈影現〉中首度見面，〈鏡影〉中徐適所疑幻象在此得到解答，此鏡牽合姻緣的任務至此圓滿達成。後文便不需再多冗述，僅於第二十七齣〈敘影〉，徐、黃閒談時聊及此鏡奇緣，第四十齣〈真婚〉與玉杯、法帖等寶一齊完聚即可。

不過該鏡之所以現出幻象，卻非全無來由，在第五齣〈攬鏡〉中寫展娘攬鏡興嗟，顧影自憐，便為後文徐適在鏡中望見帶愁佳人埋下伏筆，第十齣〈示要〉中，耿仙人說到她看見徐適「風神韶令，真是可兒」，於是就「假閬闔之玉杯，與軒轅之寶鏡，因其變化，示我神通。」可知十四齣的鏡影，就是由此而來。於是，這一條「寶鏡現倩影」的脈絡，實與第 1 點仙人的撮合相互呼應，前後配合，而作為牽合徐黃姻緣的媒介之一。

（三）玉杯映潘郎

牽合徐黃姻緣的媒介之二，即為于闐玉杯。第二、七齣寫該杯為徐適先父欽賜寶物，卻讓徐與黃家換得晉唐法帖，於是落於展娘之手，緊接著第九齣〈杯影〉寫展娘驚見杯中映照出徐適俊貌，因此日思夜想，這無疑是上承第八齣提及展娘姻緣，而其原因也在第十齣中得到解答，之後展娘與徐適的聚首，就都歸之於上述兩線的安排，玉杯至此也任務完成。

然而，玉杯的作用並非從此消失，在後文第二十五齣〈婢俠〉寫裊煙情願代展娘入宮，便要求帶走玉杯以為懷念，這杯便成了後來第三十四齣〈杯圓〉她陰錯陽差嫁給徐適時，解開徐適一直不明白佳人為誰的謎題的證明。吳偉業在這一折的處理非常精彩，因為所有幻影離合讀者（觀眾）都了然於心，卻只有劇中凡人之身的徐適未明所以，吳偉業藉著明明功成身退的玉杯，一來牽合二夫人裊煙與徐、黃的關係，二來借裊煙之口，為劇中的徐適說明始末，三來還相反過來，借徐適之口，為裊煙說明展娘在家病倒，其實是登上天界的來龍去脈。這段兩人的說唱互問，藉著玉杯抽絲剝繭地為劇中人釐清這段奇幻的姻緣聚合，可以說是非常巧妙的安排。

以上三線相互交錯扭合，組成了徐、黃姻緣這條貫串全劇的情節發展線，就這一脈絡來說，堪稱「照映埋伏，針線緊密」。至於其次的情節發展線，則有以下數條：

1. 裊煙代主入宮事：此起於眞琦借帖被拒（第四齣）、偷鏡不成（第十齣）、小廝被打（第二十三齣）等事積怨成怒，於是奏報展娘之名入宮候選（第二十四齣）。而裊煙仗義替身後（第二十五齣），卻巧合嫁給徐適，又將此線牽回徐黃姻緣這條主線上（第三十三、三十四、三十九、四十齣），可以說前因後果，頭尾清晰。

2. 法帖屢易其主：此墨寶乃黃家欽賜寶物，背有徐適之父題箋，第三齣屬於黃家，第七齣則歸於徐適，第十二齣讓獨孤榮藉口借閱獨占而去，第十九齣寫徐適要索未果，反而聽蕉被打拘禁，到了徐適中狀元後，獨孤榮才放回聽蕉、歸還法帖期望和好（第三十七齣），最終劇末時與其他寶物同歸徐家（第四十齣）。

3. 漢王劉鋹陰魂：由於耿仙人嘲笑劉妻媚豬黑肥（第八齣），激怒劉興兵操練（第十六齣），以致後主命徐適帶兵交戰（第二十一齣），劉敗後憤恨，在展娘魂歸家途中企圖擄掠，幸得耿仙人救護始免。（第三十齣）

4. 燒槽琵琶：此物乃後主舊藏，後藏於朝廷內庫，在天界後主將它送給徐適夫婦（第二十六齣），不料卻讓徐、黃罹禍失散（二十七齣），後來徐適即以燒槽琵琶爲題作賦一篇，獲皇上賞識免罪，並賜狀元及第（第二十九、三十一齣），最後與其它珍寶同歸徐家。

　　除了上述諸線以外，還有很多齣是較不成系統的，如：第三十六齣〈縣聲〉寫某縣官到黃家道賀女婿徐適高中狀元，第二十八、三十二、三十五、三十八齣寫展娘魂歸家路途，以及回家後的思念之情。

　　以上便是從情節發展線的角度，觀察吳偉業《秣陵春》的結構佈局。我們認爲，該劇在主要情節的發展線上，向外擴充支線，再於最終收束全劇，確實能夠做到首尾貫串、前後呼應等原則，並且以「姻緣離合」作爲劇情上的主要結構，也是顯而易見的「一篇之主腦」。

　　不過，經過以上大小情節線的分析、歸納、整理之後，該劇在佈局上的缺點卻也無可遁形。例如：安排劉鋹一線，筆者以爲除了讓徐適帶兵打仗，可以配合北宋人徐適抵抗金兵的本事，來隱喻清兵的入侵明朝以外，〔註25〕實在無此必要，而這種隱喻又過於周折隱晦，讓人不易聯想，因此此情節線

〔註25〕青木正兒《中國近世戲曲史》認爲：「徐適非南唐徐鉉之子，以時代言，距南唐甚後。今以此人爲主人公，而移時代於宋初者，蓋作者隱寓『以金之侵入比清之侵入』之意，以金與清爲同族，故不敢公然出之，且欲寫南京失陷之怨，故借用曾遇同一運命之南唐耳。」（同註15），頁331。

實爲支蔓，反而有「頭緒繁多」之弊。再者，展娘魂歸一事，便安排了〈魂飄〉、〈冥拒〉、〈影歸〉三折，三十四齣〈杯圓〉之後，應已進入劇情最後的高潮及收束，但卻又安排〈詰病〉、〈縣聲〉、〈箋恨〉等齣，實讓人覺得拖沓累贅，這幾折所要表現的，無非是要讓黃家瞭解展娘昏迷期所發生的事情，以及展娘本身的經歷、心情，實可精簡濃縮，讓劇情發展更加緊湊集中。

綜上所述，可知吳偉業《秣陵春》一劇，雖可稱針線縝密，主題明確，但卻難免頭緒紛繁、拖沓累贅的缺點，無怪乎青木正兒評之曰：「關目佈置，不免冗雜之譏，往往令人生倦。……然結構排場之手腕，蓋外行焉。」〔註26〕

再來看到尤侗《鈞天樂》。據附錄七〈尤侗傳奇《鈞天樂》情節佈局圖〉所示，我們可以輕易發現，該劇主要情節發展，均圍繞在主角沈白身上，再分析其內容，則無非是功名與婚姻兩大主題。試觀劇中情節發展，若以一齣爲單位來看，則其敷演內容爲沈白「功名」與「婚姻」之途、以及敷衍其他、卻明顯用來映襯沈白者，齣數竟是完全等量的（詳見下表）。可知此兩股主線，實爲貫串全劇之脈絡，而兩線扭合起來，便是主角沈白個人的生命際遇，此即本劇「一篇之主腦」。

明白此點後，我們便進一步分析該劇的情節佈局。在「功名」與「婚姻」兩大方面，尤侗除了以沈白自身作爲該齣主角以外，還分別安排其他三種情況來做強調、映襯與對比，即：

（1）從第一配角魏寒簧著眼：在「功名」方面則爲寒簧悲嘆沈白落第（第五齣〈嘆榜〉），在「婚姻」方面則爲寒簧傷感而逝、入仙界後懷想沈白之事（第八齣〈嫁殤〉、二十齣〈瑤宮〉、二十六齣〈入月〉、三十齣〈閨敘〉、三十一齣〈奏婚〉）

（2）從關係較近的其他腳色著眼：在「功名」方面則爲賈斯文等人（第七齣〈癡福〉），在「婚姻」方面則爲楊雲夫婦（第十齣〈禱花〉、二十一齣〈蓉城〉、二十三齣〈水巡〉）

（3）從仙界的人物著眼：在「功名」方面則爲李賀、蘇軾校書（第二十四齣〈校書〉），在「婚姻」方面則爲織女、牛郎完聚（第二十八齣〈渡河〉）。

〔註26〕同上，頁332。

為了一清眉目，試將上述結構以圖示之：

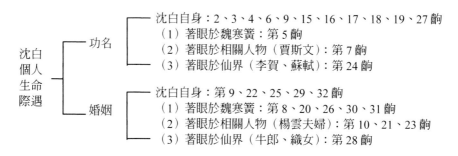

以上諸齣，佔了全劇的八分之七，至於剩下的八分之一，也就是第十一齣〈賊難〉、十二齣〈哭友〉、十三齣〈逐客〉、十四齣〈伏闕〉等四齣，雖非關係功名婚姻，卻也是敷演沈白落難、喪友、被逐等坎坷命運，所以都緊緊連繫著「沈白個人生命際遇」這一主線，因此，《鈞天樂》全劇，「主腦分明，其餘枝節皆從此一事而生」，誠「如孤桐勁竹，直上無枝」〔註27〕，相較於吳偉業《秣陵春》的頭緒紛繁，可謂更得作劇要領。

接著，我們還要進一步分析此情節發展線之兩大主題，各情節關目間如何進行鋪排。首先看到「功名」一支，從上圖中我們可以清楚發現，對於此線多集中在沈白身上，讓劇中人物本身盡情發揮。並由代表齣目的數字來看，劇一開始，便集中全力連用三場一瀉而出，第二齣〈歌哭〉以奔放的筆調寫抑鬱的心情，為之後全劇發展奠定根基，第三齣〈命相〉與四齣〈場規〉以強烈的對比，諷刺「天算不如人算」的現實人生，上承〈歌哭〉的自嘆命運，下開第六齣〈澆愁〉的憤懣不平。在如此濃重的氣氛之下，尤侗穿插第五齣〈嘆榜〉、七齣〈癡福〉的旁觀人物稍作舒緩，分別以魏寒簧、賈斯文烘托沈白的潦倒失意。承此失意情緒，第十一齣到十四齣連寫沈白「屋漏偏逢連夜雨」，境遇每況愈下，終至第十五〈哭廟〉、六齣〈哭窮〉以悲憤不平、向天控訴的心情噴薄而出，為上半本的「小收煞」作強而有力的收束。

值得注意的是，上半本最終齣〈哭窮〉同樣具有承先啟後的作用。其以窮鬼的出現及沈白的痛哭，為之前的窮愁潦倒提出說明及總結，又以窮鬼退去，即將白日昇天，為下半場天界諸事開啟端倪。李漁認為小收煞「宜緊忌

〔註27〕語出註23李漁《閒情偶寄》「立主腦」、「減頭緒」諸條。

寬，宜熱忌冷，宜作鄭五歇後，令人揣摩下文，不知此事如何結果。」〔註28〕，
證諸該劇，確實能做到緊湊熱烈的氣氛，並以虛無神秘的白日昇天方式令人
揣摩下文，實不愧作劇能手。

　　「功名」一線到了下半本，完全一反上文的窒礙難行，而以乘風破浪，
勢不可阻的奔騰氣勢，打通沈白鬱結的任督二脈，成爲意興風發的新科狀元，
此處連用三場〈天試〉、〈天榜〉、〈天宴〉來打造沈白煥然一新的命運，可謂
一氣呵成，大快人心。「功名」一線至此可算圓滿達成，其後二十七齣〈世巡〉
以沈、楊懲處世間買賣功名的貪官何圖、富家子賈斯文、魏無知等人，則爲
一吐怨氣而已。可知「功名」一線，由〈命相〉的理應奪魁，在〈場規〉一
路直轉而下，到〈哭窮〉完全山窮水盡之後，居然否極泰來、步步飛昇，於
〈天宴〉達到無上的光榮，其間跌宕起伏，雖無曲折婉轉之致，卻有長驅直
入之勢。

　　至於「婚姻」一線，相對於「功名」線的發展，則顯得曲折婉轉得多了。
由於上半本集中寫沈白功名失意的困境，「婚姻」的發展就僅在第八齣〈嫁
觴〉、九齣〈悼亡〉讓兩位當事人出現，以喪亡祭奠的哀凄情節加深沈白雪上
加霜的窘境，並且發展「婚姻」一線的開端。到了下半場功名順遂後，沈白
進一步尋求婚姻的如意，於是從二十折〈瑤宮〉以下到劇終，幾乎全爲婚姻
一線發展。第二十二齣〈地巡〉、二十三齣〈水巡〉、二十五齣〈仙訪〉、二十
九齣〈再訪〉接連四場，寫沈白上窮碧落下黃泉，三顧瑤宮必得寒簀的鍥而
不捨，其深情執著又豐富了沈白的形象。

　　相對於「功名」線多以沈白個人發揮，「婚姻」一線則多了幾場旁襯、照
映的出現。首先是第一配角魏寒簀〔註29〕以當事人的角度，先是交代她對姻
緣無望的悲傷，後是描寫她憧憬與沈郎再續前緣的心情，並運用她身列仙班
的情境，旁寫王母、嫦娥爲兩人姻緣推波助瀾的情節。另外，又以楊雲夫婦
的幸福偕合，對比沈白夫婦的聚散離合，最終還讓齊素紈拜訪寒簀，此一安
排不僅牽合雙旦，使人物集中而環環相扣，並且比起直寫沈白得晤寒簀，而

〔註28〕見卷二「詞曲部下」「格局第六」一節「小收煞」條。
〔註29〕魏寒簀爲沈白之妻，且由正旦扮飾，按理當爲第二主角，然而觀諸該劇，無
　　　論從情節輕重、任唱多寡、出場次數等方面來看，寒簀的份量均遠不及沈白
　　　摯友楊雲（小生）；附帶一提，楊雲之妻齊素紈（小旦）的份量又大幅少於楊、
　　　魏諸人，因此，《鈞天樂》一劇雖然出現雙生雙旦對襯的人物，但其主角，實
　　　爲兩個生腳，而非一般的生旦腳。

顯得有含蓄隱約之美。

　　值得注意的是，該劇還多處顯現了尤侗針線緊密、照映埋伏的作劇功力：

　　先從照映對比方面來看，就全部劇作而言，上半本全寫人間失意、下半本全寫天界如意；就人物腳色而言，與楊雲夫婦的比翼合偕，即照映沈白夫婦的離合聚散，魏無知、賈斯文等的鄙陋草包卻高中金榜，即照映沈、楊的滿腹文才卻名落孫山；就劇中情節而言，第四齣〈場規〉與第十七齣〈天試〉是人間不平與天上至公的對比，第九齣〈悼亡〉與第十齣〈禱花〉是沈白喪妻與楊雲伉儷的對比，這些對照映襯的寫法，不僅前呼後應，也能以強烈的對比，突出劇中人物的順蹇境遇。

　　再從埋下伏筆的方面來看，就整部劇作而言，第三齣〈命相〉中，相士說沈、楊「不但公卿之形，且有神仙之表」，就為下半本兩人位居仙職埋下伏筆；就情節發展來看，第二齣〈歌哭〉沈白說道：「把那一頂烏紗，交付燠糟公子；偏我這篇萬言策，屢敗公車。」便提示了日後的科舉落第；第八齣〈嫁殤〉寫寒簧病危之際，憶及曾經夢見「青鳥一隻飛向窗前，似有相招之意，莫非十洲三島，寒簧向有風緣？」後來第九齣〈悼亡〉寫沈白祭奠亡妻寒簧，讀到她的絕筆詩時便說道：「讀小姐此詩，飄飄然有凌雲之氣，仙去無疑，小生下界凡夫，安能與真妃作配乎？」即可見出下本寫寒簧身列仙班，並與沈白終為神仙眷屬之端倪；第十齣〈禱花〉寫楊雲夫婦閨房絮語，楊雲卻愁眉不展，屢屢言及多愁多病，恐不永年，為日後兩人死於賊難埋下伏筆。

　　由此看來，《鈞天樂》一劇在首尾貫串的情節發展主線上，不僅直寫主角的遭際歷程，還能運用相關人物與此對照映襯，呼應埋伏，可謂針線縝密，穿插得宜。

　　不過，該劇並非盡善盡美，全無缺點，筆者以為，下半本所敘仙界諸折，即有拖沓澳散、收束過緩之弊。觀諸第二十二齣以後，寫沈白、楊雲受命巡視冥獄、水府、人間，順帶找尋寒簧幽魂未果，雖然〈地巡〉、〈世巡〉可藉懲處古今人世善惡，一吐怨氣，頗為精彩，但全齣漫長，僅於最終一句尋人之語切題，未免緩慢澳散；〈仙訪〉一齣尋人立意鮮明，但所費筆墨又略嫌過多，〈校書〉藉李、蘇批評科舉之弊，「無關正傳，直作者自張眼孔耳」〔註30〕，〈渡河〉寫牛郎、織女終得團圓，雖係襯托沈白功名、婚姻之事，但卻都停滯了劇情的發展，使得這幾齣的節奏頓時沈緩下來。再者，諸齣雖以幾番周

────────────────

〔註30〕見《鈞天樂》眉批。

折表現沈白執著深情之意，但畢竟缺乏高下起伏、懸宕錯落的戲劇效果，尤其是安排在全劇即將結束之前，這種緩慢的步調更難免拖沓沈悶之譏。

因此，筆者以爲這幾齣的處理，實沒有上半場的緊湊精彩。青木正兒評曰：

> 上半本沈生抑鬱不伸之不平氣，溢於楮墨之外，其關目曲白，無一
> 不佳，然下半本之天上界，關目類兒戲者多，令讀者生倦，蓋當係
> 出於作者欲以人界苦痛與天界快樂對照之意，然其對偶之結構，缺
> 乏起伏波瀾之妙，換言之，一劇頂點，在上卷末之哭廟、送窮，自
> 下卷折而緩緩下降，收束甚覺緩慢。若其頂點移於後方，急轉直下
> 收結之，必能令全劇生動而得神品，洵可惜也。

筆者以爲深中其要。

最後，我們仍然必須談一談關於排場的問題。前述沈書、歐陽書已對此兩部傳奇的分場聯套、套數等情形作過分析，是以此處擬從上述「情節佈局圖」所呈現出來的排場配置情形，略作補充說明。

首先看到吳偉業《秣陵春》，從其情節佈局圖中我們可以發現，該劇每一齣重心人物的配置經常流通轉變，茲先將第二齣（首齣僅是副末開場）到末齣每一齣份量最重的腳色羅列出來：生-旦-生-旦-外-生-小生-旦-副淨-生-生-小生-生-旦-淨-旦-旦-生-生-生-外-副淨-貼-生-生-旦-生-生-旦-貼-生-旦-外-淨-丑-旦-生-生-生。

由此可知，該劇各齣所配置的重心人物，常常跳動改換，連續最多者也僅有四齣之多而已，這無非有助於各演員勞逸之分均，以及場次口味之調整變化。因爲該劇乃以生、旦爲主，於是少數以淨、丑爲主的場子就幾乎都是安插在連續多場生旦戲之後出現，第十齣〈示要〉（副淨）、十六齣〈齟怒〉（淨）、第二十四齣〈詔獻〉（副淨）、第三十七齣〈獄傲〉（淨、丑）均是，因此，吳偉業對於排場氣氛之調劑，仍頗具用心。

不過，從上面羅列的這條配置線經常跳動改換的情形來看，《秣陵春》一劇恐仍有關目繁多、排場鬆散之虞。歐陽岑美《吳梅村及其三種曲研究》「排場分析」一點即指出：

> 總計《秣陵春》分場的情形爲大場八折、正場十四折、過場九折、
> 短場九折。……由於正場與短場佈置得相當接近，因此全劇波浪起
> 伏不大，故事關目的份量亦不夠緊湊、熱鬧，結構上嫌鬆散，且一

　　部傳奇大正場必佔全場十之三四，則本劇大正場的折數不夠，情節
　　不夠緊湊，難免拖沓沈悶之弊。〔註31〕

此段話與上面各場主要腳色羅列之後的情形，以及對情節佈局的分析，都有
同樣的結論，由此可知，《秣陵春》一劇在結構配置上的安排，的確有其缺點。

　　至於尤侗《鈞天樂》，從其情節佈局圖來看，很明顯該劇各齣的主要上場
腳色，仍都集中於主角沈白一人，以他的悲喜際遇作為劇情的推展，因此，
我們就從該場的情緒氣氛配合其所使用的曲牌，觀察其排場變化。

　　試觀劇中情緒較重要明顯的數齣，如：第二齣〈歌哭〉用「淒愴怨慕」
的【商調】套曲襯托沈、楊滿腹懷才不遇的牢騷之情；第六齣〈澆愁〉寫落
第的沈、楊兩人雖然借酒澆愁，但因仍有嬌妻、知己相伴，所以兩人相激相
勵、相互慰勉，便用「健捷激裊」的【雙調】曲表達挫敗中仍有希望的情緒；
待第十五齣〈哭廟〉時，沈白接連喪妻喪友，連最後的精神寄託都沒有了，
於是就用一整套的北曲【黃鍾】調，來表達悲憤激烈的心情。

　　到了下半本，接連飛黃騰達的待遇在第十九齣〈天宴〉達到高峰，於是
以集曲【梁州新郎】表現熱鬧氣氛，後用快板【節節高】配合天女散花、仙
人騎鶴之歌舞，將仙境縹緲幽遠的歡樂氣氛烘托無遺。接著，第二十二齣〈地
巡〉一折，以沈白審問戚夫人、甄后等的冤情，大發古人不平之氣，此處便
安排使用【雙調北新水令】接【仙呂入雙調南步步嬌】這套南北合套組場，
並以生唱陽剛的北曲，旦腳們唱陰柔的南曲交替變化，靈活運用。到了末齣
〈連珠〉，以俗套的大團圓收場，便使用「高下閃賺」的【中呂】調，配合【馱
環著】、【山花子】等嗩吶曲，並安排場上六位主角一起合唱，正是熱鬧喧
騰的喜慶場面。除此之外，穿插以第二十齣〈瑤宮〉的低訴悲情、二十四齣〈校
書〉的文靜唱工、第三十齣〈閨敘〉的相思愁煩等等，均可達到調劑排場冷
熱的效果。

　　沈惠如《尤侗《西堂樂府》研究》中認為：

　　《鈞天樂》三十二齣，除第一齣開場外，有大場六齣、正場十齣、
　　短場九齣及過場六齣，上本正場較多，但下本大場較多，因此不會
　　輕重不均，而過場皆穿插得宜，充分發揮了承先啟後、補苴空隙及
　　調劑場面的作用。〔註32〕

〔註31〕 頁 93。
〔註32〕 頁 169。

因此，尤侗《鈞天樂》一劇在排場處理方面，是頗爲成功的。

　　綜上所述，對於吳偉業《秣陵春》、尤侗《鈞天樂》兩劇在結構佈局、排場運用等方面的特色及優劣短長，已詳細論析，吳、尤以其深厚的詩文學造詣涉足戲曲，能多方兼顧情節佈局、演出場面等戲劇效果，讓劇作傳唱一時，實難能可貴，其中蓄有家優、性好聲伎的尤侗，又比大詩人吳偉業技高一籌。不過，《秣陵春》縱橫奇幻的劇情畢竟失於繁蕪冗雜，《鈞天樂》下本又成強弩之末，其美中不足之處卻也是我們應該注意的地方。

第三節　人物形象與文字風格

　　上一節有關情節佈局與排場配置的問題，是較偏向於舞臺上的搬演，本節的重點，則偏重在文學方面的探討。此探討有三大方向：一爲人物形象的塑造；二爲思想情感之投射；三爲文字風格之異同。

　　對於人物形象方面，經過對諸劇腳色的分析整理，我們認爲，吳、尤所塑造的戲劇人物，有回歸於傳統社會中、上層階級的類型化傾向，此種傾向之形成，多受前文所言本於史傳掌故的取材方式，以及抒情言志的創作主題所影響，也因此，劇中人多鮮明地呈現作者自身投射之思想情感。最後，將集中探討吳、尤諸劇最爲人稱道的文學成就，吳、尤淵博的學問、斑斕的文采，讓兩人呈現相近的文字風格，但又由於不同的身世際遇發而爲不同的感慨，這種同中有異、異中求同的風格，便是我們將探討的主題。

一、人物形象的塑造

　　關於吳、尤諸劇中人物形象的塑造，筆者認爲有以下三點值得注意：一爲人物類型集中於上層社會；二爲淨、丑腳失色，回歸以生旦爲主的傳統配置；三爲歷史人物形象之強化與補充。茲將分述如下：

（一）人物類型集中於上層社會

　　經過附錄四〈清初蘇州劇作家作品主要人物之腳色行當配置表〉的整理，我們發現，相對於前文第參章非正統文人出身的清初蘇州劇作家作品所包羅萬象的人物類型，吳偉業、尤侗諸劇的人物身份，就顯得單純、類型化多了。

　　爲了方便敘述，茲先將吳、尤諸劇中的重要人物，依其身份地位歸類，再次羅列出來：

　　（1）帝王后妃：吳偉業《秣陵春》李後主（小生）、保儀妃（小旦）；《臨

春閣》陳後主（生）、張貴妃（小旦）；《通天臺》漢武帝（外）。尤
侗《讀離騷》楚王（孤）；《弔琵琶》漢元帝（正末）、王昭君（旦）；
《清平調》楊貴妃（旦）

（2）朝臣官將：吳偉業《秣》黃濟大將軍（外）、《臨》譙國夫人洗氏（旦）、
《通》尚書左丞沈炯（生）。尤侗《讀》三閭大夫屈原（正末）、蘭臺
大夫宋玉（生）；《弔》毛延壽（淨）；《清》相國楊國忠、節度使安祿
山（淨）、太監高力士（丑）。

（3）才子佳人：吳偉業《秣》徐適（生）、黃展娘（旦）。尤侗《鈞天樂》
沈白（生）、魏寒簧（旦）；楊雲（小生）、齊素紉（小旦）。

（4）文人名士：尤侗《桃花源》陶淵明（正末）；《清》李白（生）、杜甫
（小生）、孟浩（末）。

以上所列，幾乎網羅了劇中所有重要的腳色，可見得吳、尤諸劇的人物
身份，明顯傾向於單純、類型化，並且這些人物的分佈，多集中於封建社會
中、上層之統治階級與知識份子。取材歷史之帝王后妃、將相朝臣自不待言，
即如才子佳人、文人名士，不是出身縉紳鄉宦之家，就是學富五車、飽讀詩
書。〔註33〕

這和前文第參章第三節所述非正統文人出身的蘇州劇作家劇作中，大量
寫到市井小民、僕隸賤役等各式人物，且這些人物多具有成功形象的情況來
看，無疑是相當地不同。

這個現象揭櫫的意義是：劇作家由於正統文人的出身，其所熟悉、接觸
的事物，乃偏重在上層社會階級──包括統治階級與知識份子周遭的範疇，也
因此，其所選取的故事題材（包括史傳故事）、反映的思想情感，也多偏向於
上層社會階級的事物，是以吳、尤諸劇中所呈現的民間生活情態，從各方面
討論至此，顯然均是微乎其微的。

（二）淨、丑腳失色，回歸以生旦為主的傳統配置

從（）中的腳色行當來看，吳、尤諸劇的主角人物仍偏重在生旦腳色上
（外、末後歸於生行），至於淨、丑的發揮空間，則遠不如第三章所論其他蘇

〔註33〕劇中徐適乃南唐大學士徐炫之子，黃展娘之父黃濟為臨淮將軍，魏寒簧之父
為吳興邑令（第二齣中沈白說道：「向者邑令魏公存日，將女寒簧許我為妻。」
又第三齣賈斯文說道：「魏無知是魏鄉宦的公郎」），是以均為縉紳鄉宦之家。
而沈白、楊雲雖未提及確切家世，但也非目不識丁之人，雖為平民之身（沈
白曾自云「生於白屋」），卻不能與一般市井小民等同之。

州劇作家諸劇（如：《一捧雪》湯勤（副淨）、《人獸關》桂薪（淨）、《十五貫》婁阿鼠（丑）、《漁家樂》萬家春（丑））要來得多、來得出色成功。

　　若專就吳、尤傳奇而言，兩部劇作中的淨、丑腳如：獨孤榮、劉銀、眞琦、聽蕉、賈斯文、程不識、魏無知等人，在劇中的作用雖各有所長，但絕非上述傳奇中湯勤諸人一般，具有出色意義的代表性人物。至於七部雜劇中的淨、丑腳，如：毛延壽、楊國忠、安祿山、高力士、奚童諸人，也沒有雜劇的始祖—唐參軍戲中參軍、蒼鶻般滑稽詼諧的調笑作用，其反面的淨腳人物，也僅爲發揮劇情所需的腳色而已。這個現象可說是異於其他蘇州劇作家、而回歸於以生旦腳爲主的傳統配置方式。

　　那麼，這些吳、尤傳奇中身爲主角的生旦腳色，其形象又因身份地位的大致性與類型化，而不出傳統戲曲中才子佳人式的典型形象，如：徐適是個「面龐兒俊雅能文」的「風流少俊」，〔註34〕沈白「能讀五典三墳，解賦九歌七發」，有著「干雲義氣、如月才華」，他說摯友楊雲「雖是烏衣子弟，卻像紅粉女郎，論國士無雙，比我玉人有兩」〔註35〕，均是風流俊雅、才高學富的才子形象。

　　至於旦腳方面，黃展娘是個「舉措衣裳閑雅」的「嬌香一麗人」，〔註36〕魏寒簧「年方三五，天姿國色，趙燕崔鶯；豔思清才，班風謝雪。」〔註37〕，齊素紈「芳姿如畫，秀色可餐，兼且放誕風流，聰明冰雪。」〔註38〕，總之都是風姿綽約、年輕貌美的麗人。

　　這些典型的才子佳人形象，相較於第參章所論其他蘇州劇作家作品中的多種生旦形象，顯然是回歸於傳統而少具開創性。

（三）歷史人物形象之強化與補充

　　至於其他尚未論及的人物形象，則多屬於史傳故事的改編，前面第一節已經提及，劇作家對於這些題材的編寫，能在既有的內容架構中，投注自身的思想情感，因此，有些歷史人物的劇中形象，就必須因爲劇作家所欲表現的思想主題，而作相應的重新塑造。

　　筆者以爲，吳、尤諸劇中對歷史人物的塑造方法，並非完全的偏離或脫

〔註34〕分別見第三十三齣〈閣狂〉、第五齣〈攬鏡〉裊煙語。
〔註35〕見第二齣〈歌哭〉沈白語。
〔註36〕分別見第十四齣〈鏡影〉徐適語、第五齣〈攬鏡〉展娘自語。
〔註37〕見第五齣〈嘆榜〉寒簧母語。
〔註38〕見第十齣〈禱花〉楊雲語。

節，而是就傳統形象中的某一特質，或者加深強化之，或者補充凸顯之。茲舉以下二例說明：

首先看到吳偉業《通天臺》中的漢武帝。在這齣二折短劇中，漢武帝雖僅出現於第二齣，卻是個很重要出色的人物，他代表著吳偉業依違矛盾的大清王朝，且又在其塑造下，表現出對劇中沈炯極爲開明包容的寬大胸襟。這是本章第一節所談到的內容，此處我們要說的是，劇中漢武帝本身的形象，乃據史傳記載中的傳統形象，進一步加深強化其崇仙好神的一面。漢武帝雖然「大黜百家，獨尊儒術」，其實他一心嚮往神仙極樂世界，「通天臺」便是他建以「招來神僊之屬」〔註39〕的地方。

吳偉業緊扣住漢武帝這個形象，並在劇中加深渲染爲「僊杖逍遙，高枕華胥擁二嶠」的神仙皇帝，他上場時說道：「穆天子觴我於磐石之上，戲賭吉光裘，倒虧巨靈指點，贏了他渠黃小駟，升於太行，還絕河濟，已到通天臺。」就頗具神仙味，接著又說他們神仙世界裡，大家都「把世間興廢看得淡了，倒覺沒趣。」甚且後來還跟沈炯大談因果夙緣，凡此種種，都層層誇大強化武帝崇仙好神的傳統形象。

吳偉業如此塑造漢武形象，無疑是要配合沈炯夢遇漢武的情節，並且更重要的是，藉由漢武這個「看淡興廢」的神仙皇帝，指點參不透世事滄桑的沈炯。沈炯夢醒之後，了悟地說道：

> 便是我沈初明，若使遭遇太平，出入將相；今日流離喪亂，困頓饑寒。到頭來總是一場扯淡，何分得失？有甚爭差？倒爲他攪亂心腸，搥胸跌腳，豈不可笑！武皇，你教我多矣！

這段話道出吳偉業在劇中安排仙化的漢武與沈炯「一席閒談」的用意，是爲了借重武帝的神仙形象，加強他指點沈炯參透興亡的說服力。

其次說到尤侗《弔琵琶》中的昭君形象。歷代以來對於昭君出塞的故事雖然流傳甚廣，但一般對於昭君性格的描述，卻向來著墨不多。〔註40〕以戲

〔註39〕以上參自漢司馬遷《史記》卷十二〈孝武本紀〉，該文還記載漢武帝造柏梁臺以銅仙人掌盤承露，建五帝壇廣祀眾神，復遣方士赴萬里外尋神仙采芝藥，以求長生不老之術等等求仙行爲。

〔註40〕參見曾師永義〈馬致遠雜劇的四種類型〉文中考證指出，昭君故事首見《漢書》〈元帝本紀〉、〈匈奴傳〉，後東晉葛洪所輯《西京雜記》、托名漢末蔡邕所作〈琴操〉、劉宋范曄《後漢書》〈南匈奴傳〉、西晉石崇〈王明君辭〉等文章，均偏重描寫其「美麗、悲怨」的形象。該文收錄於曾師永義：《詩歌與戲曲》（同第參章註23），頁241。

曲中最具代表性的元雜劇《漢宮秋》而言，或許限於末本體制，全無唱曲抒懷的昭君，人物形象也嫌單薄貧弱。〔註41〕

但是這個現象在尤侗劇中有突破性的改進了。清雜劇不限一人主唱的體制，即在先天上提供昭君發揮的空間，尤侗能夠掌握到這點並加以善用，將昭君塑造成性格鮮明強烈的女子，其形象就不僅限於傳統的「美麗、悲怨」了。

試看劇中情感最為激烈的第二折，寫漢朝君臣送別昭君出塞，離情依依的元帝悲傷地向昭君解釋道：「妃子，不是寡人割捨得你，只因匈奴強大，漢室衰微，借你千金之軀，可保百年社稷，休得埋怨寡人薄倖也。」昭君卻冷靜地說道：

> 陛下，你堂堂天子，不能庇一婦人，今日作兒女子涕泣何益！（唱）
> 【紫花兒序】可嘆你無愁天子，小膽官家，薄倖兒曹，枉涕泣女吳齊景，漫咨嗟娶舜唐堯。

真是勇敢堅毅的女子，與元帝涕泣悲傷的推託之詞，其剛強的性格馬上突顯出來。接著漢朝眾官叩送昭君娘娘，她也冷嘲熱諷地罵盡肉食：

> 【天淨紗】可笑你圍白登，急死蕭曹；走狼居，嚇壞嫖姚。但學得魏絳和戎嫁楚腰。（眾白）臣等有應制送娘娘和番詩，恭進御覽。（旦）喳聲虧殺你詩篇應詔，賀君王枕席平遼。

這些文辭將劇中昭君剛強的形象烘托地更為鮮明強烈。尤侗對此千古傳唱的美女形象補強塑造，無非是借昭君之口，說出對劇中滿朝無用君臣的諷刺批判，雖然說就劇中所述，難以確定尤侗是否以漢朝影射無用的明朝朝廷，但其藉由昭君形象的補充與強化，無疑地加深了該劇的藝術感染力，確是顯而易見的成就。

以上僅就最突出的代表例子說明，事實上其他如：《臨春閣》刻畫威風善戰又忠貞愛國的洗氏形象，鮮明地與滿朝無用君臣形成強烈對比；《桃花源》突出陶淵明灑脫曠達的形象，以進一步提昇為拋卻塵凡、超脫了悟的遊仙境界；《清平調》寫中榜後意興風發的李白，強調其風流放誕、狂縱不羈的形象，以大吐不平怨氣。

諸如此類，都是吳、尤諸劇對歷史人物再作補充與強化的形象塑造，以進一步凸顯該劇所欲強調的主題。

〔註41〕同上，頁243、244。

二、思想情感之投射

　　吳偉業、尤侗諸劇的寫作動機在前文第貳章第二、四節已經提及，前者乃因家國巨變所引起的苦痛，後者則為科舉困塞所帶來的憾恨，此二者總歸一句，則都是對自身生命際遇的感嘆，此感嘆訴諸文字，直接影響其戲曲創作。

　　這個情形除了反映在該劇的思想主題之外，還反映在劇中人物所透顯出來的思想情感。筆者以為，關於此點可以從兩個方面談起：

（一）劇作家常藉劇中人物之口，流露對自身遭際的影射與感嘆

　　首先以吳偉業為例，除了前文屢次提及《通天臺》沈炯即偉業自況以外，《秣陵春》一劇也多處借徐適之口，提及晉朝蘇州詩人陸機以為隱喻。查陸機字士衡，「少有異才，文章冠世，伏膺儒術，非禮不動。」〔註42〕這和自幼聰慧，夙有文名的偉業頗為相似，偉業當年一舉奪魁入翰林院，崇禎帝頒與的制詞即曰：「陸機詞賦早年獨冠江東，蘇軾文章一日喧傳都下」。但陸機旋遭國變，「年二十而吳滅，退居舊里，閉門勤學，積有十年」，〔註43〕這也和偉業在明亡時退居舊里、閉門讀書的初衷一致。因此《秣陵春》第二齣〈話玉〉徐適上場白中就說道：

> 家國飄零，市朝遷改。澄心堂內，無復故遊；朱雀桁邊，猶存舊業，
> 因此浪跡金陵，放情山水。陸士衡當弱冠而吳滅，閉戶十年；陶元
> 亮以先世為晉臣，高眠五柳，栖遲不仕。

這無疑是吳偉業借徐適之口暗比陸機，以為初衷之表露。然而陸機後來北上洛陽，投靠成都王穎為大將軍軍事，終至身敗名裂，後人便多以「好游權門」、「身事仇讎」〔註44〕譏之，實際上他諸首真情流露的代表詩作，多是抒發他以東吳貴胄之身，為仕宦心驅使，而北上事敵，始終矛盾痛苦的鬱悶心情。〔註45〕觀諸《秣陵春》第十一齣〈廟市〉寫北上洛陽的徐適路遇李後主之廟，勾起一片故國之思，想起他「父子受國厚恩，無由答報」，滿心哀悽地哭道：

> 【中呂過曲】【泣顏回】蘚壁畫南朝，淚盡湘川遺廟。江山餘恨，長

〔註42〕見《晉書》卷五四〈陸機傳〉（台北：鼎文書局，民國70年9月初版），頁1467。
〔註43〕同上。
〔註44〕見上述《晉書》本傳（頁1481），以及《漢魏六朝百三家集》中《陸平原集》
　　　　〈張溥題詞〉（台中：松柏書局，民國53年初版），頁1477。
〔註45〕見葉慶炳：《中國文學史》（同第壹章註54）第十講「兩晉詩歌」陸機條，頁
　　　　160。

> 空黯淡芳草。臨風悲悼，識興亡斷碣先臣表。過夷門梁孝臺空，入
> 西雒陸機年少。

再一次提及陸機，這次的感嘆除了觸景傷情，充滿家國之恨以外，還揉合了因陸機而聯想自身遭際之悲慨了。

　　接著看到尤侗的情形。《鈞天樂》一劇多處有明顯透露對自身遭遇的影射與感嘆。第二齣〈歌哭〉沈白憤懣地說道：「把那一頂烏紗，交付燠糟公子；偏我這篇萬言策，屢敗公車。」又對楊雲說：

> 兄弟，我與你負此奇才，生於亂世，豺狼當道，戎馬生郊，不能請
> 終軍纓，繫南越之頸；借朱雲劍，斬佞臣之頭。猶然窮年八股，隨
> 例三場，豈不羞死？兄且錢神有力，文鬼無權，彼哉既載寶而朝，
> 吾輩恐抱璧而泣，為之奈何！

這段話無論從社會現象、個人際遇哪方面來看，都是尤侗本身處境的寫照，第十五齣〈哭廟〉中沈白更是痛哭道：「【出隊子】誰似我才高年少，抱經綸、困草芒，只堪痛飲讀離騷，直欲悲歌舞配刀。這辜負詩書冤不小。」真是句句發自肺腑，直抒胸臆。

　　由此可見，吳、尤劇中人物常常發出對自身際遇的喟嘆，而實際上，那也是劇作家本身情感之投射。因此，吳、尤諸劇瀰漫著濃厚的個人情感，使得戲曲創作的本意，明顯流露出抒情言志的主題。

（二）時運所趨、天命難違的宿命觀念

　　即因吳偉業、尤侗生命中難以承受的苦痛與憾恨，所以影響他們的人生態度，都具有宿命觀念的傾向。

　　首先來談吳偉業。他在矛盾掙扎、身不由己的苦痛下出仕清朝，並且因而帶著悔恨過完一生，影響所及，使得他的思想充滿著因緣注定的宿命觀念。大至國家的滅亡，小至個人的生命遇合，他都認為是冥冥中注定難以改變的命運，試看下面諸例：

> 《臨春閣》第三齣智勝禪師說道：俺觀江南王氣將終，眾生劫因已至，
> 欲指點國王大臣，救拔刀兵水火；爭耐他沈酣麴糱，不能得解脫機鋒。
> 倒是貴妃張娘娘，深曉詩書，精通禪悅。初因凡心誤動，遂墮色塵；
> 究竟本性還存，兼修福慧。今日到寺拈香，重遊舊境，就是女官護駕，
> 也證前身。老僧拈出大事因緣，教他言下大悟。

這段話不僅將張娘娘的個人身世附會為前世因果，下凡投胎，還用「劫數」

的觀念解釋國家興亡。詎料娘娘未能當下了悟，於是禪師感嘆道：「也是眾生業果，非關一姓興衰。眼看得錦繡江山，剗地裡刀兵世界。」這段話是宿命觀發揮極至，甚且將一國興亡歸諸於難以避免的因緣業果。

《通天臺》第二齣寫沈炯夢遇漢武帝靈，武帝命宮女麗娟侍酒，餞別沈炯入關時說道：「沈卿，此上界瑤居，卿以宿因合當到此。數十年後，當待子於三十六峰。（指麗娟道）此妮子因窺吾煉藥，偷綁雪丹一粒，得成仙果，在王母第三女玉卮娘子位下。今日一見沈卿，不無留戀，合是風緣。卿若重過此臺，當以妮子相贈。」

此處仙化的武帝不僅能未卜先知，還將人之聚散遇合解釋爲宿緣因果，具有濃厚的命定意味。

同樣的觀念反映在婚姻之事更是明顯：《秣陵春》第三齣〈閨授〉寫黃濟夢遇保儀妃，告訴他展娘當有一段姻緣，切莫「妄許他人」；第十四齣〈鏡影〉寫徐適無聊把鏡，鏡中卻映出麗人倩影，徐適的第一個反應便是「如今在鏡子裡，憑俺飽看，畢竟是天緣注定的了。」後來第三十四齣〈杯圓〉寫徐適與裊煙成親之際，問明寶鏡、玉杯奇事來由，裊煙便說道：「你照見小姐的影，小姐照見你的影，不消說天緣注定的了。」可見得吳偉業對於命運窮通、姻緣婚配等事，多以天定因緣解釋之，認爲難以改變、不可改變，這種宿命思想，無疑是受到他自身無可奈何的際遇所影響。

尤侗諸作也不約而同地呈現這種因緣天定的宿命思想。上述《鈞天樂》第二齣〈歌哭〉中，沈白向楊雲大抒不平之氣，楊雲寬慰摯友的話是：「士君子得時則大行，不得時則龍蛇，遇不遇，命也。」明白地將窮通出處解釋爲天命與時運。第三齣〈命相〉更直接寫算命、面相，該算命先生上場詩便唸道：「一生總是命安排，八字難移十字來。」沈、楊面相的結果是「公卿之形，且有神仙之表」，這不僅在劇情上埋下伏筆，也體現了兩人命運「合當如此」的命定思想。雖然劇情安排人間的際遇與面相結果完全相反，以呈現強烈諷刺，但後來沈、楊終究高中天榜、身居仙職，並照著他們所說的天命安排，一一靈驗，這無疑是符合劇作家所認爲「一生總是命安排」的宿命觀。

這種思想，尤侗還藉他人對沈、楊命運的同情再次抒發：第二十四齣〈校書〉寫蘇軾爲沈、楊「天上天下，第一奇才，然在世間終身落第，卻是爲何？」提出不平之問，李賀回答說：「【前腔】時不遇，命已夫，肉眼皆儋父。」很簡單的解釋—天命時運而已！

更值得注意的是，劇中沈白命運的轉變，並非由於任何人事的努力或改變，而是因為天機已到，時來運轉。第十六齣〈送窮〉寫五名窮鬼「隨吳興沈子虛二十年，弄得他七顛八倒，九死十生，面目可憎，語言無味」，但後來他「窮運已退，白日飛昇」，果然「一派樂聲」響起，「雲中兩個仙人下來了」，頒佈玉帝詔書曰：「咨爾沈白，獨秀江東，逸氣孤騫，高文卓爍。屬以末造，銓宰非人，致爾沈淪，徬徨草澤。」

其中「末」者，衰微也；「造」者，命運也。從這兩則資料我們可以清楚見出，沈白的窮愁潦倒是因為命運衰微，窮鬼纏繞，宰制根本由不得人，因此縱使獨秀江東，卻也徬徨草澤，九死十生。但是，一旦他的衰運退去，就可時來運轉，好運跟著來。這種將人事的順蹇歸諸於天命時運的觀念，雖然是劇作家藉由超現實的虛幻情節償願補恨的創作手法，但筆者以為，這也透顯著劇作家本身深受命運天定的宿命觀念所影響，才會將人事際遇的扭轉，寄託於天命時運之間。

類似於此的命運觀念，還有《清平調》一齣，該劇寫李白、杜甫、孟浩高中榜首，杜、孟說道：「常言道『時來鐵有光，運去金無色』，我三人向來不遇，何等落寞，今日富貴，亦偶然耳。」甚且連武藝高超的女俠聶隱娘，也不免有這種聽天安排的宿命思想。劇中眾俠師父終南老尼見隱娘「骨相權奇，兼有宿緣」，所以收她為徒授以奇術。待她學成之後，可暫時歸家之際，老尼授以四句偈語，之後隱娘的舉止行藏，莫不依循著這四句偈語的安排而行動。尤其是婚姻一事，她認為身上的寶劍是她姻緣的媒人，並因「遇鏡而圓」這句偈語而執意嫁給路過的磨鏡少年，完全是因為相信天命的安排。

值得注意的是，尤侗安排這一磨鏡少年卻也並非等閒，而是能未卜先知，信從天命，他上場時說道：

> 本是吹笙王子，偶為磨鏡少年。……算來世間神物，唯有劍可除邪，鏡能辟惡，所以上界仙靈，佩此二寶，今有女俠聶隱娘，傳終南老母劍術，于今生緣合為我婦，不免假磨鏡為業，到他家去鏡劍相觸，自然感動。

由這段話可知他的「恰巧」出現絕非偶然，而是因為天命的安排，為了履行「鏡劍奇緣」而刻意假扮磨鏡少年前來一會。這段鏡劍遇合的情節是小說《聶隱娘》中所沒有的，尤侗如此添加，無非是要進一步強調隱娘姻緣實出於天命的安排。

　　以上種種，均可見出吳偉業、尤侗的劇中人物，含有相當的宿命觀念，從個人的功名前途、姻緣婚配，乃至於國家大事、命運順逆，都呈現出時運所趨、天命難違的思想，而此思想的形成，無非是出於劇作家本身無奈、苦痛、哀怨、憾恨所交織的生命歷程。

　　即因如此，劇作家常藉劇中人物之口，抒發對命運際遇的深沈感嘆，兩者相互揉合，就形成了劇中濃厚的思想情感之投射，並且為吳、尤所塑造之劇中人物，明顯強烈的形象與風格。

三、文字風格之異同

　　吳偉業、尤侗以文學大家涉足戲曲創作，其最為人稱道的成就莫過於美不勝收的文采，是以王季烈云：「吳梅村所作諸曲，才思詞藻，兼擅其長」，〔註46〕鄭振鐸云：「就曲文觀之，則侗誠不愧才子，其使事之典雅，運語之俊逸，行文之楚楚動人，在在皆令讀者神爽。」〔註47〕因此，在探討了思想主題、佈局排場、人物形象等問題之後，最終，我們要集中焦點，探討吳、尤諸劇的文字風格。

　　劇本的文字乃包含唱的曲文與說的賓白，兩者共同構成劇中的語言世界，因此我們並不加以細分，而以文字風格的觀念概括曲文、賓白的統合研究。吳、尤以深厚的文學修養涉足戲曲創作，其劇作的文字風格自然深受詩文造詣所影響，是以我們先來瞭解吳偉業、尤侗兩人在文學方面的整體成就。

　　《清史稿》卷四八四〈文苑一〉評偉業曰：「偉業學問博贍，或從質經史疑義及朝章國故，無不洞悉原委；詩文工麗，蔚為一時之冠，不自標榜。」〔註48〕周亮工〈西堂雜俎序〉文中稱尤侗：「先生殼核墳史，取精既多，漁獵詞林，微材不匱。故能遇物成賦，則謝月潘花，援筆為騷；則蕙纕蘭佩，偶然戲冊，皆是珪璋，率爾移文，如含霜雪。」〔註49〕從這兩則代表性的評論中，可以見出學問的淵博、文采的富麗是吳、尤兩人在文學方面的共同成就。

　　如此深厚的文學造詣提供予戲曲創作時豐富的源泉，再加上兩人將身世

〔註46〕王季烈：《集成曲譜》，上海：商務印書館，民國24年初版。

〔註47〕鄭振鐸：《清人雜劇初集二集》合訂本，（香港：龍門書店，1969年3月），頁129。

〔註48〕《清史稿》（台北：鼎文書局，民國70年9月初版），頁13326。

〔註49〕收錄於《西堂雜俎》（同第壹章註55），頁5。

際遇的深沈感慨發而爲文，成爲作品抒情言志的基調，因此，吳、尤諸劇的文字風格，深受其詩文造詣與作劇動機兩方的影響，主要呈現出兩大顯著特色：一爲詞藻的典雅贍麗，一爲情感之濃烈眞切。

所謂的「典雅贍麗」，是指文學作品中典故的使用或詩文意象的鎔鑄，形成豐富深厚的文字密度與濃度。吳、尤二人學問博大精深，拈筆揮毫之際自然地將滿腹學問揮灑而出，因此，劇作中的經史詩文掌故俯拾皆是，形成了文字上典雅不俗、豐富贍麗的風格。關於此點又可分爲兩方面來談，一爲大量的隱括；一爲一般的用典。

前文第一節已經述及吳、尤諸劇事皆有所本、且多本於歷史的作劇特色，如吳偉業《秣陵春》中的李後主、尤侗《讀離騷》、《桃花源》、《清平調》中的屈原、陶淵明、李白等，由於這種取材方式，使諸劇特別大量地隱括該人的詩文名作，以更貼近劇情所需的情感樣貌，此以尤侗諸劇更甚，故先述之。

尤侗諸劇中，以上述三劇隱括諸人的詩文名作最多，然其化用手法又因劇情所需各自不同：或者整段挪用，僅前後添增些微轉折性語詞，以符合劇中人物口吻〔註50〕；或者幾乎全襲原作原句，但因要以第一人稱代言體表現戲劇的對話、情緒等，故加以挪移、改動原文，並穿插以更多的轉折性語詞〔註51〕；或者不襲原文一句，但能拈取重要的語詞將原意完整表達出來〔註52〕。

值得注意的是，上述第一、二種幾乎出現在賓白中，第三種則出現在曲文中，觀其所以，前者的原文〈漁父〉、〈卜居〉、〈桃花源記〉、《吳越春秋》等，是較淺白明瞭的散文，後者的原文〈離騷〉、〈九歌〉、〈天問〉等，則是深奧難解的詩賦，可見得尤侗在化用大量的現成詩文時，是因應原文性質之不同而作適當的化用，無怪乎能夠融會貫通、順暢自然。

試以《讀離騷》第二折【一煞】化用眾所熟悉的〈山鬼〉、〈國殤〉爲例，見其鎔鑄之高妙：

　　【一煞】（白）那山鬼呵！（唱）被石蘭善窈窕，（白）那國殤呵！

〔註50〕　如：《桃花源》第四折之後的楔子安排漁父上場，其唸白幾乎整段挪用陶淵明之〈桃花源記〉、《清平調》寫貴妃批閱諸人詩卷，在反覆斟酌優劣時，全首唸出李白〈清平調〉絕句三首。

〔註51〕　如：《讀離騷》第一、三折中屈原分別與太卜鄭詹尹、漁父的問答，《黑白衛》引用第一折老尼唸白時引用《吳越春秋》〈越女劍〉、《太平廣記》〈聶隱娘〉等處。

〔註52〕　如：《讀離騷》各折多支曲文引用〈天問〉、〈九歌〉、〈離騷〉、〈招魂〉等處。

（唱）援玉枹怒慨慷，飄風靈雨依精爽。女蘿薛荔真宜笑，犀甲吳
戈亦可傷。非夔罔，最威靈、將軍鐵馬，還怨悵、公子幽篁。

此處吳梅批注曰：「剪摘工妙，如採花釀蜜，紅碧皆甜。」此「剪摘」是指尤
侗抓住了山鬼神秘豔媚、國殤慷慨英烈的形象，而又揉合無間地重新勾繪出
來，誠然鎔鑄無痕、手眼俱高。

再來看到吳偉業。偉業劇作中出現大量檃括古詩文詞者為《秣陵春》，該
劇第六齣〈賞音〉寫展娘、裊煙偶然聽得曹善才彈唱後主舊詞，其詞曰：

【北罵玉郎帶上小樓】小殿笙歌春日閒，恰是無人處，整翠鬟。樓
頭吹徹玉笙寒，注沈檀。低低語，影在秋千。柳絲長易攀，柳絲長
易攀。玉鉤手捲珠簾，又東風乍還，又東風乍還。閒思想朱顏凋換，
禁不住淚珠何限。知猶在玉砌雕闌，知猶在玉砌雕闌。正月明回首，
春事闌珊。一重山、兩重山，想故國依然。沒亂煞許多愁，向春江
怎挽。

【前腔】山遠天高煙水寒，留得相思苦，楓葉丹。別時容易見時難，
莫憑欄，遙望見，初雁飛還。聽花邊漏殘，聽花邊漏殘。夢中一晌
貪歡，嘆羅衾正寒，嘆羅衾正寒。迴想著嬪妃魚貫，寂寞鎖梧桐深
院。現隔那無限江山，現隔那無限江山，嘆落花流水，天上人間。
菊花開、菊花殘，雙淚潸潸，幾時得、舊紅粧，花前再看。

這兩支曲子檃括了後主〈阮郎歸〉、〈虞美人〉、〈山花子〉、〈浪淘沙〉、〈相見
歡〉、〈玉樓春〉等首名作，而又渾然天成，不假雕琢。

值得注意的是，此曲保留了原作豔麗而哀淒的風格，如：小殿玉笙、朱
顏翠鬟、玉砌雕闌、玉鉤珠簾、丹楓殘菊、花前紅粧、雁飛漏殘，無一不是
絕美的意象中透顯著傷逝的哀痛；並且，還進一步揉入偉業自身的濃烈情感：
試看那「閒思想朱顏凋換，禁不住淚珠何限」、「想故國依然」、「莫憑欄，遙
望見，初雁飛還」、「幾時得、舊紅粧，花前再看」，這幾句不僅是後主既愁恨
悲哀、又難辭其咎的亡國悔、痛，更是偉業發自肺腑的仕清悔、痛！如此字
字血淚、聲聲嗚咽，誠為哀感頑豔、纏綿悱惻〔註53〕。

至於吳、尤諸劇中常見一般的典故使用，也形成了典雅贍麗的文字風格。
吳、尤兩人的化用典故並不限於詩文詞曲，而是能夠廣泛地援引經史子集，

〔註53〕 「哀感頑豔」見清況周《蕙風集》評後主詞；「纏綿悱惻」見清朱庭珍《筱園
詩話》卷二評吳偉業詩，轉引自《吳梅村全集》（同第壹章註55），頁1516。

而加以拈取善用之，如：

　　吳偉業《秣陵春》第四十一齣〈仙祠〉李後主魂唱：「【金菊花】俺只道
石頭城守得不堅牢，原來這北邙山又被兵來吵鬧。四海江山都姓趙，鬥甚英
豪，嚇著鬼做黃巢。」（夾白略）連用四個歷史名跡、名人來比喻他的看破興
亡。

　　《通天臺》第一齣沈炯唱：「【後庭花】俺也曾學《春秋》贊五家，俺也
曾誦《齊詩》通三雅。腳踹著夜月扶風馬，眼迷暖春風鄠杜花。醉時節口波查，
鞭指定平津來罵。鬆泛泛逞機鋒傾陸賈，實批批運權謀獲呂嘉。（後略）」將
詩、經、歷史人物都化用進來，極寫他以前意興風發的日子。

　　尤侗《弔琵琶》第二折昭君唱：「【調笑令】謝你遠勞，酌葡萄。這時節
不是簾外春寒賜錦袍，難道醉臥沙場君莫笑。敢要我倚新粧臉暈紅潮，做個
飛燕輕盈馬上嬌，則怕酒醒時記不起何處今宵。」巧妙揉合王瀚〈涼州詞〉、
李白〈清平調〉、柳永〈雨霖鈴〉等詩詞，卻又順暢自然，貼近出塞臨別的詞
意。

　　《黑白衛》第四折隱娘唱：「【鬥鵪鶉】再休提即墨田單、荊州劉表，都
不過酒後蛇足、雪中雁爪。有則有玉鏡臺前舊鵲巢，難道分不開水米交，但
早得白社薰脩，抵多少黃粱夢覺。」以歷史人物與蛇足、雁爪、鵲巢、黃粱
夢等成語典故，譬況自己的隨師歸隱。

　　諸如此類用典的例子還多不勝舉，筆者礙於篇幅未能一一列舉說明，但
從上述諸例可知，吳、尤劇作廣博地援經引典，這些原典的隸括化用，不僅
能更貼近並重現劇中人物的思想情感，同時還能藉由原典所代表的豐富意
象，提高文字的密度與深度，造成富贍典麗的風格，無怪乎清況周頤、曹爾
堪不約而同地以「沈博絕麗」形容吳、尤兩人的劇作。〔註 54〕尤侗也稱讚偉
業曲曰：「先生之詞與曲，爛兮若錦，灼兮如花。」〔註 55〕吳梅《中國戲曲概
論》則評尤侗曲云：「其運筆之奧而勁也，使事之典而巧也，下語之豔媚而油
油動人也，置之案頭，竟可作一部異書讀。」〔註 56〕，以上這些評語，均是
指出了吳偉業、尤侗諸劇中典雅富贍、沈博絕麗的文字風格。

〔註 54〕清況周頤〈彙刻傳劇序〉語，形容偉業劇作的全文下文將引，收錄於《吳梅
　　　　村全集》（同第壹章註 55），頁 1495；曹爾堪〈西堂樂府題詞〉，收錄於《西
　　　　堂樂府》卷首。
〔註 55〕收錄於《吳梅村全集》（同第壹章註 55），頁 1419。
〔註 56〕同前言註 6，卷下頁 10。

　　當然，如此高密度的典麗文風，如果發揮過當，也會有逞才使氣以致艱澀冗雜的缺點，如：吳《秣陵春》第四齣〈恨嘲〉寫眞琦描述自己長得奇形怪狀，竟連用「鸚鵡、黃鱔、夔龍、螭虎、鬼面皴、蛇腹斷、江西窯變、河南燒斑、鵝頸瓶、羊骨鈕……」等等罕怪字詞、物品形容，而且長達五百多字，實是冗厭至極；尤《弔琵琶》楔子所唱曲子均以蒙古語表達，雖是想配合單于的匈奴身份，但實在令人茫然未解，徒有窒礙艱澀之弊；《讀離騷》第一折洋洋灑灑大段唱詞，也高達七百多字，雖是作者大發議論一吐怨氣，但就戲劇文學來說，仍難免冗長沈悶之譏。

　　至於吳、尤劇作中情感之濃烈眞切，又是其文字風格上的一大特色。我們知道，吳、尤二人染指戲曲創作，大多是藉以抒發個人身世際遇的感慨，其反映爲抒情言志的思想主題、影喻自身遭際的人物形象，此外，還反映爲發自肺腑、情感濃烈的文字風格。

　　首先從吳偉業談起。偉業身遭亡國之痛，滿腔悲憤藉劇中人物傾吐而出，或幽怨凄清、或哀婉涕泣、或雄渾勁切、或慷慨悲涼，雖然姿態各異，無一不訴諸衷腸：

　　《通天臺》第一齣沈炯想到兩個武帝、一般興亡，滿心悲憤向天控訴：

> （白）畢竟我蕭公是苦行修持，那漢武還雄心瀟灑；這一個落得個收場結果，那一個爲甚的破國亡家？如今到通天臺上，天在何處？待我問他一番。（唱）【天下樂】好教我把酒掀髯仰面嗟，你差也不差？怎的呀！做天公這等裝聾啞。文書房停簽押，帝王科沒勘查，難道是儘意兒糊塗罷！

人一旦陷入極度的苦痛，總難理智地分析原因，而一意地歸之於老天無眼、老天裝聾作啞，此處慟哭的吳偉業正是表露了這種人心皆然地純粹情感。

> 【賺煞尾】則想那山繞故宮，寒潮向空城打，杜鵑血揀南枝直下。偏是俺立盡西風搔白髮，只落得哭向天涯。傷心地付與啼鴉，誰向江頭問荻花。難道我的眼呵！盼不到石頭車駕，我的淚呵！洒不上修陵松檟，只是年年秋月聽悲笳。

到了該齣末尾，鬱結的心情一發不可收拾，簡直完全放聲痛哭，這幾句曲文，沒有雕琢華麗的字彙，也沒有深奧繁複的意象，僅以空城、江潮、杜鵑、啼鴉、荻花，襯托故宮的荒涼，但其瘖啞的哭聲、蒼涼的景象，完全呈現偉業濃烈眞切的情感。

《秣陵春》第四十一齣〈仙祠〉曹善才彈琵琶唱道：「【北商調】【集賢賓】走來到寺門前，記得起初敕造。只見赭黃羅帕御床高。那壁廂擺列著官員輿皂，這壁廂鋪設的法鼓鐘曉。半空中一片彤雲，簇捧著香煙縹緲。如今呵！新朝改換了舊朝，把御牌額盡除年號。只留得江聲圍古寺，塔影掛寒潮。

這句話是藉曹善才仙音院供奉琵琶的身份唱出，前半段所描述的前朝盛景正符合身份，並且其所描述的朝廷威儀，正也是曾身列朝班的偉業思思念念的明朝舊事。但語氣徒地一轉，眷戀的情感急轉直下，彷彿倏忽之間，萬般榮華只剩下岸邊潮來潮往，聲聲淒楚幽怨，低迴不已。錢謙益《有學集》卷十一〈讀豫章仙音譜漫題八絕句〉云：「誰解梅村愁絕處，《秣陵春》是隔江歌。」該劇確實是滿載了偉業沈重的亡國之恨。

除了傷感悲哀之外，吳偉業還慷慨痛罵禍國亡家的文武懦臣：《臨春閣》第四齣洗氏高唱：「【尾】俺二十年嶺外都知統，依舊把兒子征袍手自縫。畢竟婦人家難決雌雄，則願你決雌雄的放出個男兒勇。」言辭凌厲激切，真可愧殺一班懦臣叛將。

再來看到尤侗。同樣濃烈真切的情感也表現在尤侗劇中，只是由麥秀黍離之悲，轉而為時不我與之痛。試看下列諸則：《讀離騷》第一折寫屈原「被髮行吟，徬徨山澤」，見及古來聖賢奇異事，不免驚愕疑信，於是呼天而問，正是「奪他人之酒杯，澆自己之塊壘」，其中說道：

　　【混江龍】……若是愛才呵！不見那孔先生、孟夫子抵掌高談，整日價贏馬棧車休館舍；若是惡佞呵！不見那魏大夫、宋公子脅肩詔笑，一般兒巍冠博帶坐官衙；若是福善呵！不見那西山上、絕粟採薇，千載饑寒烏啄肉；若是禍淫呵！不見那東陵下、膽肝飲血，終朝醉飽虎搖牙……

這段話將千古不平，盡以嬉笑怒罵發之為快！然而，在他嬉笑怒罵的背後，其實藏著深沈的抑鬱不平，自古以來伯夷餓死、盜跖壽終，「所謂天道，是邪？非邪？」〔註57〕尤侗懷瑜握瑾，卻抱璧而泣，其怨又豈是問天了得！因此，縱橫古今是非顛倒、善惡無報的不公不平事，宣洩而下，痛快淋漓，誠為尤侗自澆塊壘、直抒胸臆之作。

至於《鈞天樂》，更是尤侗「抑鬱不得志，因著是編，是以洩不平之氣，

嬉笑怒罵無所不至」，〔註58〕第二齣〈歌哭〉沈白（生）、楊雲（小生）感慨萬千，忽哭忽笑，將無可奈何的愁苦曲寫畢盡：

> 【金絡索】（生）我哭穹蒼十載青春負乃公，黃衣不告相如夢，白眼誰憐阮客窮。（小生）真懵懂，區區科目困英雄，一任你小技雕蟲、大筆雕龍，空和淚銘文冢。

> 【前腔】（生）我笑天公，顛倒兒曹做啞聾，烏豬生奪將軍俸，綠蟻平分太守封。（小生）成虛鬨，今人惟愛孔方兄，博得個頭腦冬烘、眼角朦朧，判取青錢中。

這段忽哭忽笑的唱詞淋漓道出兩人的悲憤：一為懷才不遇、時不我與的悲哀，一為世道墮落、是非顛倒的激憤，無奈的是這都不是兩人的力量所可以改變的，這段文字簡潔，而又引用司馬相如、阮籍這兩個歷史上著名的失意文人來做比喻，不僅貼切自然，也充分表露尤侗激切強烈的不平之情。

再看到膾炙人口的第十五齣〈哭廟〉一折，沈白在項羽廟中慷慨陳詞：

> （白）大王，你若無知，不宜享此廟食；你若有知，見我沈白才高志大，運蹇時乖，四海無知，一身將老，也該憐念我了。（唱）【出隊子】誰似我才高年少，抱經綸、困草茅，只堪痛飲讀離騷，直欲悲歌舞配刀。大王呵！這辜負詩書冤不小。（白）呀！問了一會，怎無一言答我？昔李藥師入華山廟，大言道：『若三問不應，即斬大王之頭。』今沈白之才，不減李靖；大王之靈，豈讓華山？為何頑鈍至此？（唱）【刮地風】呀！可笑你假癡呆、沒解嘲，待我打碎他白馬青袍。（作打又住介）（白）倒是我差了！那泥神怎會講話？（唱）難道石人土偶能談笑，反變了木客山魈？（白）況且世人夢夢，呼之不靈，何況於你，我沈白呵！（唱）活世界無門，懇告死傀儡何法推敲。（白）那大王畢竟是靈的（唱）可知你心暗焦、氣正囂，也相憐同調，則教我淚輕拋，首漫搔，放著這悶葫蘆獨自魂銷。

這一大段內容時說時唱，自問自答，反覆無常，完全符合一個人心裡徬徨無依、愁悶難解，呼天不應、叫地不靈，時信時疑、又怨又憐的混亂心情，並且他藉由對項羽悲劇英雄的遭際，襯托自身的運蹇時乖，更讓此段抒情言志的格局擴大，不僅限於個人生命的感慨，還包括了古今一同的惆悵與憾恨。

〔註58〕見閬峰：〈鈞天樂跋〉，收錄於《鈞天樂》卷尾。

　　綜上所述，則吳、尤諸劇典雅贍麗的詞藻、濃烈真切的情感，可以說是得自於兩人相近的學養、際遇所發之為文的共同風格。不過，他們共同以外的差異性，卻也是我們必須注意到的事。

　　先就梅村而言，清況周頤〈彙刻傳劇序〉評曰：「縶維鴻達，有若駿公，以沈博絕麗之才，兼慨慷溫柔之筆。」吳梅〈梅村樂府二種跋〉亦評曰：「俯仰身世，不殊〈枯樹〉、〈江南〉，發為聲歌，復瑰姿妍骨，一以悲哀為主，蓋所遇為之，先生實不能自止。」〔註59〕因此，偉業劇作是以典麗沈博之筆，寄寓慷慨悲哀的家國之痛。

　　再來看到尤侗，清曹爾堪〈西堂樂府題詞〉稱譽尤侗：「以沈博絕麗之才，為嘻笑、為怒罵，雅俗錯陳，畢寫情狀。」李澄則以「百斛珠璣咳唾開……嘻笑狂歌寄興長」〔註60〕形容西堂諸曲，可知其文筆之典麗與偉業不遑相讓，但以其滿腹牢騷憾恨，起於個人之懷才不遇，是以少了對時代淒涼蒼茫的悲慨，而多了對命運嘻笑怒罵的無奈。

　　能夠體會到這一點，則我們對於吳、尤兩人，以文學大家涉足戲曲創作，其成就的得失優劣就能有更深一層的認識。

小　結

　　本章分別從各項專題，針對正統文人出身的清初蘇州劇作家吳偉業、尤侗兩人的戲曲作品，作深入的探討，並認為兩人在比較接近的身家背景、仕宦經歷、交遊範圍以及文學造詣等條件下，其劇本作品確實在本質上頗為接近。然而，由於兩人順蹇各異的生命際遇，讓他們所關注的焦點各有不同，是以劇作所呈現的情調又迥然有別。以下我們便在分項探討之後，對於吳、尤二家的風格異同，作統合性的整理與結論。

　　吳偉業、尤侗由於生命際遇的困蹇難堪，滿腹牢騷發而為文，因此，當他們在從事戲曲創作之時，其抒發牢騷的意義便要遠大於純粹藝術創作的意義，是以諸劇作均呈現以文人之筆，寫文人之情的風格，茲再分述如下：

　　在本事化用方面，吳偉業、尤侗同樣傾向於以歷史人物為素材，或者附會所需的材料、或者言此喻彼烘托情境、或者以虛幻世界一償宿願，經此加

〔註59〕收錄於《吳梅村全集》（同第壹章註55），頁1495、1501。
〔註60〕分別見於清曹爾堪〈西堂樂府題詞〉、李澄〈西堂樂府題詞〉，均收錄於《西堂樂府》卷首。

工化用之後，呈現出強烈的抒情言志的思想主題，此抒情言志反映在對家國社會的感觸，以及個人生命際遇之喟嘆。不同的是，吳偉業對個人身世的悲慨，是來自於深沈的亡國之痛與入清後的悔恨難堪；尤侗則偏重於懷才不遇、功名困蹇所帶來的憾恨與無奈。

在佈局排場方面，吳、尤的七部雜劇大體上均能掌握作劇的基本原則，尤侗作品還能別出心裁，擅於運用楔子、特殊人物的評論以及腳色上下場的調度配置，是以能有耳目一新的巧思，相較之下，吳偉業的作品則顯得平板無奇。在傳奇方面，吳偉業《秣陵春》以才子佳人離合事，襯以明顯強烈的故國之思，情節脈絡分明；尤侗則集中於主角一人身上，全力寫他懷才不遇、繼而否極泰來之事，是以關目集中緊湊，多而不亂。

在人物形象方面，受到吳、尤正統文人的生活經驗影響，其所描寫的腳色，多集中於傳統社會中、上層階級身份，是以回歸到以生、旦為主的傳統配置。再者，基因於抒情言志的作劇意旨，諸劇對於歷史人物的傳統形象，多加以強化、補充，並且投注作者對自身際遇的感嘆與天命難違的宿命觀念，也因此而呈現極強烈的個人色彩。

在文字風格方面，吳、尤兩人以獨步當時的文學造詣涉足戲曲創作，其作品最為人稱道之處即是優美的文字風格。受到兩人沈博絕麗的文學造詣影響，諸劇常常廣泛援引經史子集中的典故，因而呈現典雅瞻麗的詞藻，再加上他們抒情言志的創作動機，使得字裡行間充溢著作者發自肺腑、濃烈真切的情感。

至於吳偉業之徒黃祖顓《迎天榜》傳奇，也是源於個人熱切的功名想望卻終不得志的悲憤之作，雖然對科舉誤人大加抨擊，頗能披露時弊，但惜以荒誕的果報思想建構虛幻的天上功名，終究跳不開迷信的封建思想牢籠，其成就亦遠不及吳、尤二人。

綜上所述，則知吳、尤諸劇在各方面所呈現的風格，均深深受其抒情言志的創作動機所影響，因此，吳偉業劇作滿含故國之思、黍離之悲、身世之慨；尤侗諸劇則抒發抑鬱之情、抱璧之恨、遺珠之憾。此二家劇作中強烈的個人風格，是與其他清初蘇州劇作家大不相同的地方。

結　論

　　本文依據清初蘇州劇作家的身家背景、科舉仕宦、交遊往來以及戲曲活動等生平情況之異同，而將劇作家分為兩大類：一為第參章所述非正統文人出身的劇作家，包括七位以李玉為首的所謂「蘇州派」劇作家，以及其他不屬於蘇州派者；一為第肆章所述正統文人出身的劇作家，即吳偉業、尤侗是也。

　　此兩大類劇作家同樣都是活躍於清初時期的蘇州地區，薰染著蘇州文化的氛圍，受到當時當地蓬勃的戲曲活動所啟發，然而，卻因各人生平背景的差異，讓他們在從事戲曲創作時所著眼的角度、關心的議題、創作的動機均迥然各異。本文在對二者進行分項探討之後，為了整體董理清初蘇州劇作家在戲曲史上所作的貢獻，以下復行針對此二大類劇作家作品風格之異同，作統合性的整體分析與結論。

一、清初蘇州劇作家之異同

　　為了避免行文冗長累贅，以下且將第參章所論非正統文人出身之劇作家稱為第一類，第肆章所論正統文人出身者稱為第二類，茲先看到此兩大類劇作相同的部份，筆者以為有下列四點值得注意：

（一）均運用超越現實之神幻力量

　　前文第壹章曾經提及蘇州地區宗教盛行、信鬼好神的社會風氣，在此影響之下，本文兩大類的蘇州劇作家均在劇中大量運用超越現實之神幻色彩：第一類劇作家的眾多作品中，運用了離魂、還魂、顯靈、冥判、遊仙界、入冥府、夢境、示兆等多種內容。

這些情節在第二類劇作中幾乎也完全出現：黃展娘離魂、還魂，李後主、五窮鬼顯靈，徐適、沈白、陶淵明遊仙界，張貴妃、漢武帝、王昭君入夢境，智勝禪師示兆，沈白、楊雲、袁了凡、冒嵩得天榜，沈、楊入冥府等等，這些情節大體上均未脫離傳統戲曲中常見的襲用關目，是以兩大類劇作家們雖然同樣運用超越現實之神幻力量推展、點綴劇情，然而他們在內容方面的創新均未有太大的成就。

值得注意的是，兩大類劇作家使用神幻力量的目的卻未必相同：第參章提到第一類劇作家作品中的神幻情節，乃是為了揭示宗教果報的勸誡與宣諭；而第二類劇作家，其一為了寄託故國黍離之思，其二為了彌補仕途困蹇的憾恨，但總歸都是以抒發個人情感為目的。因此，這兩大類劇作家儘管運用的神幻力量非常接近，卻是有各自不同的作劇意旨。

（二）均反映政治、社會亂象

第一類劇作家作品廣泛地反映政治、社會現實，無論是用整部劇作的內容主題，或是在細微處反映政治、社會現象，均是顯而易見的特色，他們藉由劇中的奸臣、權臣、叛將、懦將，貪官污吏、奸險小人，以諷喻當時朝綱紊亂、世風墮落的政治社會。除此之外，還藉由對蘇州事物的題材選取，呈現蘇州地方化的俚俗趣味。

第二類劇作家身為正統文人，與上層統治階級的關係更為密切，其存亡興廢更是牽連著個人的宦海沈浮，因此，當明末政治、社會的腐敗衰亡帶給他們切身之痛時，其對政治社會的痛心與悲慨便同樣地反映在作品當中。無論是哪一類劇作家，他們都同樣地藉由歷史人物的影射、或者虛構人物的暗喻，來達到諷喻朝政、批評時弊的目的。

然而，細品諸劇中反映政治社會的筆墨，筆者以為第二類劇作家又特別地顯出了與自身休戚相關的悲痛情感。試觀《臨春閣》中對陳後主大權旁落、荒廢朝政的描述，與偉業親身經歷的南明小朝廷如出一轍；《秣陵春》裡對故國往事的追思，《通天臺》中對興亡滄桑的哀痛，《鈞天樂》中沈白哭伏宮闕痛告時政之弊，無一不是透過劇作家自己模糊的淚眼，唱出哽咽的悲調。

是以第二類劇作家縱使反映了政治、社會之現實，卻仍然帶有極濃厚的個人情感，這又是與其他劇作家較不相同的地方。

（三）均有姻緣、命運天定的思想

中國人向來有月下老人千里姻緣一線牽的觀念，這種觀念不約而同地呈現在大部份清初蘇州劇作家的作品當中。通常劇作家們安排男、女主角有一段天賜姻緣，但因各種外在因素而牽扯出多次聚散離合，幸而其中都會有貴人暗中幫忙，是以最終必然是有緣人終成眷屬。在此觀念的引導之下，不僅可以推展跌宕起伏的劇情，還可以體現男、女主角對婚姻忠誠堅貞的道德操守。

另外，對於功名事業的建立，劇作家們也常常透顯出命運天定的觀念：在第一類劇作家作品中，出現頗多天授神力、星宿下凡的情節，於是這些與眾不同的主角們，便能藉此神力完成凡人難以成就的豐功偉業。從這種情節安排中，我們可以見出劇作家對於天命的服膺與信從，甚且這種觀念的極致發揮，便是人的命運終將依循著上天的安排而步步實現：韋諫議一家、鄔飛霞、楊維聰、黃巢等等，均反映了這種牢不可破的天命觀念。

同樣地在第二類劇作家作品中，也不乏相同的命運觀。《臨春閣》中對陳朝的覆亡、貴妃的罹難，都歸諸於無可避免的因緣業果；《通天臺》甚且寫漢武帝預知沈炯數十年後事；《鈞天樂》藉著算命、相士的占卜，預告沈、楊終將奪魁中榜等。

不過，這兩類劇作家所呈現的天命觀念，仍然有些許差異：第一類劇作家偏重在天授神力、必有所成的天命觀，而將所有光環集中在天賦異秉的少數人身上，削減了人為積極的主動性；第二類劇作家則多傾向於將人生無可奈何的際遇，歸諸於難以抗拒的命數，是以呈現了更為消極無奈的宿命觀念。

（四）均有善賞惡罰的果報觀念

以善惡果報來維持社會的賞罰秩序，是兩大類劇作家所共有的明顯特點：第一類劇作家或者藉由宗教上死後因果輪迴的說法，或者安排賞罰立現、善惡分明的情節，或者運用死後獲封仙職的方法，完成人間善惡有報的觀念。

第二類劇作家則以尤侗《鈞天樂》表現最為突出，其「地巡、世巡」兩折，為古今諸多不平憤懣事大作翻案，不僅一吐滿腔怨氣，也對古今的是非曲直討回善賞惡罰的公道。黃祖顯《迎天榜》更是堅信「以自作之福，補天作之孽」，最終主角們還因行善得中天榜。

當然，兩者之間的動機仍然有所不同：第一類劇作家的動機較明顯出於維持社會的道德秩序，是以具有針砭世風、勸誡世人的功用，所謂「當場愧

殺負心人」〔註1〕是也；第二類劇作家則多側重在為冤屈者伸張公理正義的一面，原因則出於「阮塊當胸自不平」，所以將一肚子「不合時宜」「寄愁天上去」。〔註2〕

以上是分別就兩大類劇作家作品相同之處，進行統整性的參照與比較，並再進一步釐清其間的細微差異；除此之外，還有兩者根本上的差異處，我們也必須提出來總結討論，其一是寫作動機的不同；其二是表演性質的不同；其三是文字風格的不同。

先就寫作動機而言，經由前文第貳章的討論得知，第一類非正統文人出身的劇作家基於初級文人的身份背景、熟悉民間的生活環境，是以有部份的戲曲創作是為了提供職業劇團演出所需；第二類正統文人出身的劇作家則迥然有別，他們之所以涉足戲曲創作，完全是為了抒情言志的個人情感因素，〔註3〕是與創作的實際功用無涉，因此，此兩類劇作家在基本的寫作動機上就有明顯的差異。

再就表演性質來說，兩類劇作家作品雖然同樣都能付諸場上搬演，但事實上，兩者演出的性質是大不相同的。第二類劇作家作品的搬演，是在自家宅內的廳堂上，由私人蓄養的家庭戲班演出的家樂形式，第一類劇作家則是由民間職業戲班演出的場合為多，此二者之表演性質，在根本上就有「雅」、「俗」對舉的明顯不同：家樂的欣賞者多為具有高度文化素養的文人名士，並且是在紅燭畫堂、氍毹羅帳的雅致環境下演出的雅音細樂；民間戲班的演出則為普羅大眾而設，平地高臺、廣漠四野，適合通俗淺顯的大眾化內容，在此影響之下，這兩類劇作家的作品情味，也產生了很大的差異，反映最著者當為文字風格的不同，因此接著再來談文字風格的差異。

第一類劇作家雅俗共賞的文字風格，事實上是一改明末以來文人作劇逞才使氣的通病，他們盡量避免冷僻艱澀的語彙詞句，而用適當的修辭與熟典，營造豐富雋永的情味；一方面運用直接白描的寫作技巧、形成淺白易懂的大眾風格；並廣泛地使用方言俚語，造成地方性的俚俗趣味，是以作品普遍展

〔註1〕 李玉《人獸關》劇末有詩題道：「關分人獸事偏新，描出鬚眉宛似真。筆底鋒鋩嚴斧鉞，當場愧殺負心人。」

〔註2〕 尤侗：《鈞天樂》副末開場說道：「偌大乾坤無處住，笑矣悲哉，不合時宜肚。慢欲寄愁天上去，遊仙一曲誰人顧。」劇末有詩題道：「庾塵撲面總難清，阮塊當胸自不平。」

〔註3〕 僅有尤侗《清平調》稍微例外，是應梁清標之請而作，然該劇一吐怨氣的明顯作用也無悖於我們所說的抒情言志之作。

現了雅俗共賞的文字風格。

　　第二類劇作家吳、尤二人則因深厚廣博的詩文造詣，其拈筆抽毫之時，便熟悉地以寫詩寫文的態度作劇，因而形成典麗博贍的文字風格。就某方面來說，此文字風格是回歸到明末文人劇典麗駢雅的作劇路線上，只是吳、尤用沈博絕麗的文字表達發自肺腑的眞摯情感，其作品之眞誠動人，絕非一般無病呻吟、徒具麗藻的文人劇可同日而喻。

　　綜上所述，則知本文所論兩大類清初蘇州劇作家的作品風格異同。經過本文多方的討論，我們認爲劇作家作品之間同中有異、異中求同的風格形成，不外乎與外在的創作時代、社會背景，以及作者本身的生活經驗有關：

　　本文所論劇作家生活於明清鼎革、百廢待舉的清初時期，對剛剛逝去的明朝有難捨的情感，對方才建立的清朝又不願敵對，於是他們便將故國的省思寫入劇中，或藉歷史故實暗喻、或以虛構情事批評，但總之都是反映政治、社會，流露出劇作家對時世的關懷。

　　至於蘇州地區深厚的文化素養，不僅造就了這群在質、量上都有優異表現的劇作家，其濃郁的文化性格更在潛移默化中影響著劇作家的思維模式，例如他們在劇中對神幻力量的大量運用、對傳統道德標準的歌頌，均與蘇州根深蒂固的宗教信仰、崇教尙文的文化性格有關。除此之外，蘇州地區向來文風鼎盛、師友遊聚談藝的風氣，讓劇作家們更頻於交流往返、觀戲寫曲，是以形成錯綜密集的交遊網絡，這無疑地對當時當地的戲曲發展有推波助瀾之效。

　　然而，劇作家們各自的生活經驗又直接關係著作品風格之形成，第一類非正統文人出身者，以其一定的文學造詣、熟悉民間社會的生活經驗，創作雅俗共賞的劇本；而第二類正統文人出身者，則將生命中的困蹇難堪發而爲文，以典雅贍麗之筆，寫眞摯濃烈之情，呈現個人抒情言志的色彩。因此，劇作家作品分別呈現「劇人之曲」、「文人之曲」的風格，爲清初時期蘇州地區的戲曲創作，提供不同面向的成果。

二、清初蘇州劇作家之地位與貢獻

　　本文所論清初蘇州劇作家，在整個中國戲曲史上的地位及貢獻爲何，是個非常難解的問題，因爲所謂的地位及貢獻，涉及該研究對象與之前關係者的承繼與創新、與當時關係者的成就異同、與之後關係者的影響啓發，是以絕非透過十數萬字的討論即能定下斷語；兼之以本文所論劇作家，擁有非常

豐富多樣的戲曲成就，也難以單一片面的角度，作籠統概括的蓋棺論定。

　　然而雖則如此，筆者仍不揣譾陋，以戒慎恐懼之心期望能爲本文所論劇作家之地位與貢獻，略作個人淺薄的結論。因爲，本文所論劇作家在整個中國戲曲發展脈絡上，實在具有非常鮮明出眾的特色，儘管其中優劣並陳、長短互見，然而他們的出現，不僅具有極特殊的時代意義，也爲戲曲的發展提供了多方的成就，是以他們的地位與貢獻，實不能略而不談。

　　首先，先就整體性的角度，綜觀這群在清初時期湧現於蘇州地區的劇作家。就劇作家人數而言，本文所論僅限於目前有劇作傳世、並且得見者，即有十八位之多，若再加上部份作品失傳、或者少數劇作未能得見的劇作家也算在內，則眞正活躍於清初蘇州地區的劇作家實不僅止於此。如此數量眾多的劇作家們同時集中出現在蘇州地區，不但是同一時期其他地區所望塵莫及，也是戲曲史上前所未有的盛況，其一枝獨秀的地位自不待言。

　　再就劇作家作品數量而言，本文所論現存劇作共有八十六部之多，若再加上《曲海總目題要》、《古典戲曲存目彙考》等眾家曲錄對所有存佚作品的考證，則清初蘇州劇作家劇作亦遠不僅如此。整體上創作的情況如是，就單個劇作家創作的情形亦然，李玉傳奇劇作現存者有十九部，朱佐朝有十九部、朱素臣有十三部，（以上均含合作者）就連隱居寒山寺外的張大復也有十部之多，甚且增補本《傳奇彙考標目》還說李玉著作高達六十種，儘管此說猶待考證，然李玉等人創作產量之豐，已是無可置喙的事。

　　由此可知，無論是從人才的密集或者作品的豐盛來看，清初時期蘇州地區產生如此眾多的人才，同時從事著蓬勃的戲曲創作，成爲繼明萬曆以來、到清朝建立之後，第二個傳奇創作的高峰期，無疑地對戲曲的發展有居功厥偉的貢獻。以上乃就數量而言，除此之外，清初蘇州劇作家在質量上亦有可觀的成就，這點牽涉到作品風格的評價問題，由於這群劇作家的姿態各異、風格有別，是以我們將分門別類來談。

　　先就本文第參章所論非正統文人出身的劇作家來談，我們認爲根據劇作家的生平背景、交遊情形、劇作風格等情形，還可將此類劇作家一分爲二：一爲以李玉爲首的七位所謂「蘇州派」劇作家是也，他們擁有高妙的文才，兼以熟悉民間生活、場上演出，是以劇作多能雅俗共賞，並以道德規範的宣揚，企圖達到教化人心的目的。在內容方面，他們廣泛地從生活、社會、政治，以及蘇州地方掌故中汲取題材，一改明傳奇狹隘的取材方式，可以說是爲明末以來漸落窠臼的創作注入新血；在形式方面，他們上承明中、晚期以

來對傳奇文詞與音律爭辯不休的議題，以大量的作品實踐案頭、場上兩擅其美的可能性；不僅是在李漁《閒情偶寄》以理論總結議題之前，即完成對實際演出的初步實踐，並且爲後來洪昇《長生殿》幾近完美的成就提供創作模式。

　　然而在思想方面，劇作家們大力鼓吹忠孝節義與宗教迷信，將湯顯祖追求個性解放的自由精神，拉回封建社會中桎梏人心的思想樊籠，使得戲曲創作再度淪爲道德宣揚的工具，於是傳奇的生命眞正走向枯萎、衰竭。因此，李玉等「蘇州派」劇作家在戲曲史上縱然有承先啓後的重要地位與貢獻，其在思想方面仍然有難辭其咎的侷限性。

　　至於其他不屬於「蘇州派」劇作家者，其成就便趨於零散個別：張大復以神佛道化之筆，諄諄宣導忠孝節義的道德觀，可以說是別具一格的神佛劇，並且張大復本身精通音律，其《寒山堂曲話》對於正襯平仄的定格、犯調引子的運用，均有極精闢獨到的見解。陳二白劇作寫出了蘇州小市民的鮮活形象，朱葵心時事劇披露醜惡墮落的世風，周杲、王續古偏重才子佳人的風流故事，都在不同層面上提供姿態各異的劇作。當然，他們的劇作沒有獨樹一格的氣魄，也沒有代表大家的典型，同樣未能在當時已成強弩之末的傳奇再創新機。

　　其次再說到正統文人出身的吳偉業、尤侗二人，他們以詩文大家偶然涉足戲曲創作，並且將其付於家樂演出，因此能夠顧及劇本搬演的藝術層面，可以說是當時文人作劇裡難得一見的匠心。不過，他們的劇作仍然是文人抒情言志的典型，其用典雅贍麗的文字，抒發眞摯熱切的情感，寄託深厚沈鬱的感慨，讀之令人動容，尤其是他們深具個人情感的雜劇作品，確立了雜劇是文人寫心抒情的案頭清供。因此，吳、尤兩家在戲曲史上的地位與貢獻，是以其領袖群倫的文學素養，創作高才碩學、詞華雋秀的一流作品，不僅進一步引導文人雜劇走向案頭小品的發展之路，同時，也意味著雜劇完全步入了愈走愈狹、終至不復的狹隘死胡同。

　　值得注意的是，本文對全體清初蘇州劇作家予以分類，還揭示了一項意義：第一類劇作家遠比第二類者人數高出許多，這意味著當時戲曲各勢興衰消長的現象：

　　第一類劇作家熟悉民間職業戲班的演出，無論其生活情況、創作動機、作品風格，均透顯著他們與民間戲班關係之親近；然第二類劇作家以其正統

文人之身，將個人生命悲喜之筆墨付諸家班演出，代表著縉紳家樂的審美趣味。到了劇作家活躍的清初時期，民間劇作家之多與文人劇作家之寡，揭示著家樂演出之沒落，取而代之者是大批活躍民間的職業戲班；並且，第一類劇作家通俗化、地方化、表演化的劇作，便是藉由民間戲班的演出，開啓了日後地方戲曲滋生興起的契機。

　　綜上所述，則知清初蘇州劇作家分別以其文學造詣上的優勢，爲當時戲曲的發展做出不同的貢獻，儘管他們都未能替舊有的戲曲振衰起弊，乾隆之後的劇壇終究成爲花部地方亂彈的天下，然而，清初蘇州劇作家姿態各異的風格，在不同層面上展現了戲曲創作的實力，確實有其一定的地位與貢獻。

三、餘　論

　　本論文以「清初蘇州劇作家研究」爲題，透過資料的蒐集與整理、學理的探索與分析、實地的考據與印證，從戲曲的現象與成分、理論與實踐等各個面向，探討清初時期活躍於蘇州地區的劇作家，在生平活動與劇本創作方面之全貌，歸納其間的共性與個性，以確實掌握劇作家之風格形成與戲曲成就，最終，並揭示了其在中國戲曲發展史上的地位與貢獻。

　　在全文即將終結之際，本文的撰作，除了對中國古典戲曲之學術研究，提供個人鄙見與學習經驗之外，還冀能藉此探索過程，以古喻今，思考今日傳統藝術之去從歸向。

　　筆者個人的學習經驗中，乃深深體悟到，戲曲是與其所處環境密不可分的。蘇州地區因爲自身優渥的物質條件、文化氛圍與語言特質上的絕對優勢，在明代戲曲醞釀成熟、蓄勢待發之際，勢不可阻地沛然發展爲戲曲的高峰，這固然是戲曲本身發展的趨勢，但若無蘇州優越的先天優勢，它絕對無法成爲崑曲的發源地；明清鼎革之後，蘇州也因有先前富庶的物質基礎，才能比其他地區更爲迅速地從戰火餘燼中，重建再次的繁華榮景，清初蘇州劇作家於焉大量崛起，絕非偶然。

　　當劇作家們分別以不同的風格從事創作時，堅持清音雅樂、紅燭羅帳的文人家樂，以其脫離多數人之生活情感，終究未能引起更多人的共鳴，因而成爲案頭清供；然而，熟悉民間生活、貼近大眾脈動的劇作家們，從生活中汲取創作的養分，並在原有的藝術基礎上突破創發，因能獲得普羅大眾的認同，並持續發展下去。

　　這個歷史經驗告訴我們，戲曲，絕非自外於所處環境而獨立存在者，它是與周遭相互與共的有機體，是在生活的經驗與藝術的基礎上，提煉純度、昇華美感、豐厚內涵的生命，是兼容並蓄地涵湧著生活的眞、藝術的美。以古喻今，觀之於今日資訊科技當道、傳統文化式微的現代社會，對於傳統戲曲——乃至於傳統藝術何去何從的歸向問題，在傳統與現代、創新與守舊、固執與融通，甚且是生活與藝術之間的依違從屬，是否能藉由歷史經驗的走向，提供啓發、參考的價值，是本論文期望在古典學術的研究之外，還能思考於未來。

附　錄

　　本論文共製作附錄七篇，乃筆者撰寫過程時，整理、歸納相關資料所得，為便於讀者閱覽時與前文所述相互映證，姑附於此以供參考，茲再將各表之整理目的、使用方法說明如下：

◎附錄一〈清初蘇州劇作家生平資料彙整〉

　　本表乃為第貳章「劇作家生平背景與其戲曲活動」之所需而成，內容為整理所有劇作家之各項生平資料。由於劇作家人數甚眾，其中重要大家的生平事蹟，又多見述於一般之相關研究，為了讓本文直抒主旨、刪繁去蕪，於是不於文中一一贅述，然而又不能全無提及，是以彙製本表。藉此表格對劇作家各項資料之董理，一來橫向的閱讀，可清楚見出劇作家個人之生平概括；二來縱向的歸納，可突顯出劇作家彼此生命樣貌之異同。

◎附錄二〈清初蘇州劇作家活動大事年表〉

　　本表亦為第貳章「劇作家生平背景與其戲曲活動」之所需而成，乃按照年代先後，排列清初蘇州劇作家之活動大事。為了前後觀照清初時期之戲曲相關活動，起迄年限略寬於本文所定時期；又劃分為四欄：從「蘇州劇作家於蘇州活動之情形」、「蘇州劇作家於它地活動之情形」二欄，可清楚見出大多數蘇州劇作家活動僅限於蘇州地區；從「蘇州地區發生之相關大事」、「其它地區發生之相關大事」，可左右參見同時間、其他地區之影響戲曲發展之相關大事。

◎附錄三〈清初蘇州劇作家作品本事、版本、館藏概況一覽表〉

　　本表乃為全文所論劇作家戲曲作品之相關情形，分項統整以清眉目。由於本文僅限於對現存可見之作品進行風格探討，是以刪除了僅見於書目著錄

之亡佚作品。本論文所據之劇作版本，均於本表標示，不復於文中贅述。又，
對於歷來《千鍾祿》是否爲李玉之作的問題，筆者於本表之註腳提出個人淺
見，請參見之。

◎附錄四〈清初蘇州劇作家作品主要人物之腳色行當配置表〉

本表乃爲全文所論劇作家作品中，主要人物之腳色行當、身份、正邪特
徵所作的全面考察。一來，各劇作主要人物之基本資料將一覽無遺；二來，
可整體歸納劇作家人物類型之運用特色；三來，可凸顯特殊的行當出現，以
明劇作家運用多樣人物形象之傾向。至於表中歸納身份、判斷正邪之體例標
準，另於表中註腳說明之。

◎附錄五〈尤侗、吳偉業雜劇作品登場人物與配唱表〉

本表乃爲第肆章「正統文人出身之劇作家作品分析」第二節第一點所需、
爲分析尤、吳二家七部雜劇作品之登場人物與配唱情形所整理而成。從各折
登場人物之總數一欄中，對於各劇數字之落差，可知各劇使用腳色（包含雜、
眾腳）之眾寡分佈；從各折主要場面之人數、與前一欄人數之落差，可知各
折人物上下場之流動情形；從主角之配唱曲數欄中，可見出各折使用曲數多
寡、以及任唱者之腳色轉移。

◎附錄六〈吳偉業傳奇《秣陵春》情節佈局圖〉

◎附錄七〈尤侗傳奇《鈞天樂》情節佈局圖〉

此二表乃爲第肆章第二節第二點所需，將二家二部傳奇之情節佈局，以
情節發展線之觀念繪製而成。此觀念啓發自林鶴宜先生「中國戲劇及劇場概
說」課堂所授，然又略有不同：該表基於文中以主要腳色之發展脈絡爲觀察
重點，是以將傳奇中最重要之生、旦，配以次要之小生、小旦（或貼）及反
面人物標舉出來，各折情節線之歸屬，便以比重最重之要腳爲依據，據此，
可見出各折第一要腳遷變移轉之跡；又可觀察該腳色任重多寡、疏密之情形。

附錄一　清初蘇州劇作家生平資料彙整 (註1)

	別　號	家世背景	科舉	仕宦	師承	交遊	生平重要事蹟	主要的文學表現	全部劇作	今存劇作	其他戲曲作品	備　註
尤侗 (1618~1704)	字同人，一字展成，號悔庵，晚號良齋，世稱西堂老人	南末文學大家尤袤為其五世祖	康熙十八年（西元1679年）以六十二歲高齡應博學鴻詞科中式	翰林院檢討			早歲所作為順治帝賞識，後與修《明史》，終老故里	工詩文，順治帝稱其為真才子，康熙帝則稱老名士	雜劇五種、傳奇一種，合稱《西堂樂府》	今均存	尚有小令、套數	作品集《西堂全集》、《鶴柄堂著稿》等，著作等身
王續古 (不詳)	字香裔					曾參與參閱沈自晉《南詞新譜》			傳奇三種	今存《非非想》		
丘園 (註2) (1617~1690)	字嶼雪，號埽丘山人			為人跌蕩不羈，恥事干謁		與曲家尤侗、吳偉業、朱素臣等交往	明清之際隱居於埽丘素山。順治三年為吳偉業兒子展服之喪	工書畫、善音律、制曲，精音律，梨園弟子畏服之	雜劇四種、傳奇五種	今存傳奇《黨人碑》等三種及《虎囊彈》殘本		《明教表徵錄》、《既耕堂草》、《梅甫詩解》等，已佚
朱㿭 (1620?~1701)	字素臣，號笙庵，（註3）以字行	《曲海總目提要》謂與朱佐朝為兄弟				與李玉、葉時章、畢魏等交往；康熙四十年參			傳奇二十四種	今存《未央天》等十二種（合與人合寫三種）	為李玉校訂《北詞廣正譜》；康熙二十九年與李	

〔註1〕　本表因多數劇作家生卒年不詳或仍待考證，是以姑按姓名筆劃排序列出。

〔註2〕　「丘園」或作「邱園」，李玖《明清之際蘇州作家群研究》考證本作「丘」，見該書頁275。

〔註3〕　朱素臣號「笙庵」，或作「苼庵」，李玖該書考證「苼」當為「笙」之誤，見頁264。

姓名（生卒）	字號	家世／生平	科第／仕宦	與葉燮的宴會（交遊）	作品	現存	其他
朱佐朝（？～1690？）	字良卿	與朱素臣為兄弟			傳奇三十五種	今存十六種	書畫音韻合編《書音知》；又與汪蛟門、李雲書等合編《西廂記演劇》
朱雲從（不詳）	字際飛，一字雯虯			與李玉、葉稚斐交善	傳奇十四種	今存《兒孫福》、《龍燈賺》	
朱葵心（不詳）					傳奇《回春記》	今存	
李玉（1602？～1676？）	字玄玉，又字元玉，號蘇門嘯侶、一笠庵主人	或謂申時行相國家人出身	連厄於有司，晚幾得之，仍中副車 甲申以後絕意進取	與朱素臣、朱佐朝、畢魏、葉時章等交遊	傳奇約四十種，甚目有多種之說；高達六十種之說	今存全本十種、殘本九種、兩種	編定《北詞廣正譜》
吳偉業（1609～1672）	字駿公，晚號梅村，亦署鹿樵生、灌隱主人。	書香世家，但到父親一代已家道中落。	崇禎四年會試第一、殿試第二 仕清，官國子監祭酒	少時為復社領袖張溥弟子	甲申之變領自縊，為家人所阻；於順治十年應詔北上 清初詩壇領袖	雜劇《臨春閣》《通天台》、傳奇《秣陵春》	今存 作品集《梅村家藏稿》等
周昊（不詳）	字坦綸，號果庵，一號西疇老圃				傳奇十四種	今存《玉鴛鴦》	
畢魏（1622？～？）	字萬後，又字晉卿、號竹癡，堂名檀館，名居豔夢香堂第二狂			馮夢龍曾為其傳奇作序；與李玉有所交往	崇禎十五年（西元1642年）馮夢龍曾為其《三報恩》傳奇作序，時彩冠	傳奇六種	今存《三報恩》、《竹葉舟》

姓名（生卒）	字號	家世／出身	師承交遊	生平事蹟	作品	今存
陳二白（不詳）	字子令				傳奇四種	今存《雙冠誥》《彩衣歡》存佚曲
張大復（不詳）	譜名彝宣，字心其，一字星期、心期，號寒山子			崇禎十四年與曲家鈕少雅相識於吳門；又曾向李玉借過劇本。相知書，好填詞，不治生産，性淳，亦頗知釋典。	康熙帝萬壽應制雜劇六種、傳奇十九種，約二十九種	今存《醉菩提》等十種、傳奇《天下樂》殘存傳奇一出；編訂曲譜《寒山堂曲譜》《南詞譜》《元詞備考》《詞格備考》四種，今存
許恒南（註4）（不詳）	字言新				傳奇《二奇緣》	今存
盛際時（不詳）	字昌期				傳奇四種	今存《人中龍》《胭脂雪》今存
黃祖顓（1633?~1672）	原名遷，改名祖顓，字頤傳，別號遯園主人	因「奏銷案」革「秀才籍」，改在杭州重應童子試爲生員。	曾從陸世儀讀書，後筮詩於吳偉業	康熙十一年（西元1672年）在北京應順天鄉試，出場不久即病故	傳奇《迎天榜》	今存
葉稚斐（1624?~1707?）	名時章，字稚斐，以字行，別號牧牛，又號素牛生	出身「吳中葉氏大族」，戲曲家葉小紈、葉燮，文學家葉變均其族人	與李玉、朱素臣、畢魏、畢萬後等交往；曾作《漁家樂》而繫於獄；晚年事佛，參閱沈自晉《南詞新譜》。	明亡絕意仕進；早年曾習舉子業	傳奇九種	今存《琥珀匙》、《英雄概》

〔註4〕姚燮《今樂考證》作「詳恒」，並作清人。

鄒玉卿 （不詳）	字昆圃						傳奇《雙螭璧》、《青虹嘯》	今存

附錄二　清初蘇州劇作家活動大事年表

年　代	蘇州劇作家於蘇州活動之情形	蘇州劇作家於它地活動之情形	蘇州地區發生之相關大事	其他地區發生之相關大事
萬曆十九年（西元 1591 年）	李玉約生於此年（吳新雷說）			申時行為首輔
萬曆二十四年（西元 1596 年）	李玉約生於此年（蘇寧說）			
萬曆二十七年（西元 1599 年）				荊州市民暴動，反抗稅監陳奉
萬曆二十九年（西元 1601 年）	李玉約生於此年左右（張庚、郭漢城《中國戲曲通史》說）		織工葛成率領工人展開反稅監鬥爭　張獻翼被疑為譜葛成事之《無暇記》作者，被仇家刺死	張溥生
萬曆三十年（西元 1602 年）	李玉約生於此年（胡忌、劉致中《昆劇發展史》說；《中國曲學大辭典》說；陳美林說約生於西元 1596-1602 年之間）		劉方可能生於此年	
萬曆三十一年（西元 1603 年）	吳偉業生		張鳳翼著《平播記》	
萬曆三十七年（西元 1609 年）	李玉約生於此年（康保成說）			
萬曆三十八年（西元 1610 年）	李玉約生於此年（歐陽代發說）			
萬曆三十九年（西元 1611 年）	葉稚斐約生於此年（鄧長風說）			杭州李漁生
萬曆四十年（西元 1612 年）				
萬曆四十一年（西元 1613 年）			葉紹袁與從弟葉李君若蘇訪友袁儼，於虎丘聽曲，其中有一曲於宗長輩於石上唱曲，乃葉稚斐的祖父張鳳翼五個兒子中的一個張鳳翼卒，年八十七歲	

年代			
萬曆四十二年（西元1614年）			申時行故世，其子用懋、用嘉、孫紹方相繼居官，家班長盛未衰
萬曆四十五年（西元1617年）	丘園生		
萬曆四十六年（西元1618年）	尤侗生		
萬曆四十八年（西元1620年）	李玉約生於此年（顏長珂、周傳家《李玉評傳》說）	蘇佑王紫稼可能生於此年	
天啟二年（西元1622年）	陳二白可能生於此年 吳偉業受張溥賞識，並與吳志衍相識		
天啟三年（西元1623年）	畢魏可能生於此年 葉稚斐可能生於此年之前（周肇平說）		
天啟四年（西元1624年）	吳偉業為張溥之入室弟子	張溥創建應社 馮夢龍編成《警世通言》	
天啟五年（西元1625年）	許恒南生	鈕少雅此年開始校訂《九宮正始》《十三調詞譜》	七月，左光斗、楊漣、魏大中等因揭發魏忠賢惡，同被殺害
天啟六年（西元1626年）		市民暴動，反對周順昌因反魏忠賢而被逮京，格殺緹騎數人，顏佩韋等五義士犧牲	六月，周順昌卒於京師獄中
天啟七年（西元1627年）	吳偉業補諸生	葉燮生 魏黨毛一鷺在吳丘為魏忠賢建造罪祠 馮夢龍編成《醒世恒言》	八月崇禎帝即位，十一月宣佈魏忠賢罪狀，魏自縊凌遲，魏黨……凌濛初編輯的《南音三籟》最遲在此年已成書 崇禎帝命恤天啟被冤陷諸臣周順昌等
崇禎元年（西元1628年）	張溥聯合大江南北組建復社「尹山大會」、吳偉業、周茂蘭加入	王抃生	
崇禎二年（西元1629年）	春，吳偉業、張溥等以應試集南京，召開復社「金陵大會」	葉奕苞可能生於此年四月以後	
崇禎三年（西元1630年）		葉成病歿，葬於五人墓旁劉方作《天馬媒》傳奇	延安獻忠以米脂十八寨聚兵，自稱八大王

年代	蘇州劇作家活動	吳偉業生平	相關時事背景
崇禎四年（西元 1631 年）	劉方撰成《天馬媒》，將付刻，自為序	吳偉業中一甲二名進士，授翰林院編修，歸娶郁氏	葉奕苞也可能生於此年八月之前
崇禎六年（西元 1633 年）	黃稚龍生		復社領袖張溥舉行「虎丘大會」，因梅村中榜眼，號召數千人
崇禎八年（西元 1635 年）	張大復《快活三》明末鈔本卷末署「崇禎乙亥姑蘇下瑞甫錄」	吳偉業入京師，充實錄纂修官	
崇禎九年（西元 1636 年）	約當此年，吳偉業在徐汧二株園家中初與識王紫稼	秋，吳偉業奉朝命主湖廣鄉試	奸民陸文聲以事銜張溥、疏陳風俗之弊，皆因復社
崇禎十年（西元 1637 年）		吳偉業被選定為東宮講讀官	浙江祁彪佳在啟觀演馬雋人《荷花蕩》及其它多齣
崇禎十一年（西元 1638 年）			申時行之子用懋卒於里第吳中大旱
崇禎十二年（西元 1639 年）		吳偉業升南京國子監司業	沈龍綏寓虎丘，曾會舍，編成《弦索辨訛》、《度曲須知》
崇禎十三年（西元 1640 年）	尤侗與湯傳楹、陸壽國等人結「匡社」	吳偉業丁嗣父憂，辭官歸里，後又晉中允論德，但未赴任	浙江祁彪佳在整理所作《曲品》、《劇品》，命人贈抄
崇禎十四年（西元 1641 年）	張大復與吳門老曲師鈕少雅（時78歲）結識		張溥卒，年四十吳中又大旱
崇禎十五年（西元 1642 年）	畢魏《三報恩》由湯夢龍作序		鈕少雅所輯《匯纂元譜南曲九宮正始》初稿成 孝子黃向堅之父孔昭被授以雲南大姚縣尹
崇禎十六年（西元 1643 年）	李玉《一捧雪》在蘇州上演十月，許恒南所著《二奇緣》付刻，其卷末收場詩云：「借得皮囊十九年」，往前推知其生於天啟五年（西元 1625 年）	吳偉業升中庶子，亦未赴任	王時敏請蘇州名班到大會家中演戲；冬末、王抃進府學，時啟陷同到蘇州演戲請客，自秋、薛旦撰成《續情燈》，自為序祁彪佳在吳中觀演李玉《一捧雪》

年代			
崇禎十七年（西元 1644 年）	大同作〈亦園賦〉，預感將有亡國之變，聞京師國變，自盡未遂，吳偉業家居，夏、秋間，朱紊心作傳奇《回春記》丘園為弔吳偉業之兄被難事而作傳奇《蜀鵑啼》吳偉業作〈觀蜀鵑啼劇〉詩並序尤侗作〈梅村〈蜀鵑啼〉詩跋〉	馮夢龍訪沈自晉、沈自繼等人議增修沈璟所輯《南詞新譜》為新譜三調曲十三調曲譜以年初，蘇州甍於瘟疫，著難以強斂民財，有「稱此強斂民財以濟……城內外戲臺相望」	五月，京師國變，福王在南京即位，祁彪佳為京畿道御史，安撫蘇州、常州等地南京宮中阮大鋮等購進女伎供福王享樂，曾演李玉《麒麟閣》張獻忠陷成都，吳偉業從兄成都令吳志衍全家被難
順治二年（西元 1645 年）	尤侗以明秀才應清吏考試，入清學籍吳偉業居陳墓	吳偉業應南京詹事之召，甫兩月，與馬、阮不合，乃謝歸	六月，降將李成棟率兵進入蘇城，土國寶力爭得免屠城，但不久後李還是派兵屠城，蘇民奮勇反抗蘇州孝子某向堅出發萬里尋父蘇州閶門已設有供酒席之戲館馮夢龍再訪沈自晉等促纂新曲譜 ／ 清開科取士 祁彪佳在金陵失陷之前，在家演李玉傳奇《永團圓》五月，南京禮部尚書錢謙益等等迎降 由松奔太平、南都亡 六月，清軍下蘇、杭 七月，清兵大舉嘉定、崑山、常熟等地
順治三年（西元 1646 年）	錢謙益罷居拙政園，向李玉借讀囊中秘義通州琵琶藝師白玉客王時敘家，演崇禎時事烏曲，吳偉業作《琵琶行》悼朱由檢		馮夢龍居杭年間刻有《墨憨齋定本傳奇》十餘種行世沈自晉避兵山中，編輯《南詞新譜》
順治四年（西元 1647 年）	李玉、朱素臣、畢魏、葉稚斐、王續古等列名《南詞新譜》參閱名單		沈自晉《南詞新譜》定稿
順治六年（西元 1649 年）	尤侗、王抃、汪琬、吳兆騫等人結「慎交社」		葉方藹（葉奕苞從兄）、孫暘等另結「同聲社」與「慎交社」相抗衡
順治七年（西元 1650 年）	吳偉業、尤侗、徐乾學、朱彝尊等在嘉興舉行十郡大會		上海朱英在江寧，著傳奇《倒鴛鴦》

年代				
順治八年（西元1651年）	吳偉業作〈蘆洲行〉、〈捉船行〉、〈馬草行〉等詩反映江南人民生活疾苦 黃祖顥羽冠，約此時從吳偉業學	尤侗因謀出身到北京，作短詩〈騾車行〉、長詩〈渡泗〉		王抃隨龔鼎孳北遊京師，年已三十，錢謙益作詩贈之
順治九年（西元1652年）		尤侗以拔貢授河北永平府推官		
順治十年（西元1653年）	吳偉業詩〈癸巳春日禊飲社集虎丘即事四首〉記虎丘社集事 吳偉業傳奇《秣陵春》成，由李宜之作序 李玉傳奇《兩鬚眉》卷首有「萬山漁叟」之敘 常熟毛晉招諸名士文會，黃祖顥與焉	九月，吳偉業應召入都	春日順天交社，同聲社齊集於虎丘，「以大船二十餘艘橫互中流」「伶人數部，歌聲競發」達旦而止。	蘇州孝子黃向堅赴雲南尋親，此年在白鹽井見到其父孔昭，迎之歸
順治十一年（西元1654年）	李玉《眉山秀》由錢謙益題詞 朱佐朝與李玉合著《理輪亭》一品錄 李玉以黃孔昭父子東還事為題材，著《萬里圓》	初春，吳偉業至京，授秘書院侍講，尋升國子監祭酒	王抃南歸，同年因「淫縱不法」為御史李森先處刑 孝子黃向堅至雲南尋親始回	談遷在北京以《國榷》稿示吳偉業，從偉業處借得舊聞補入書 薛所以鄒海岳見招，遊京師，復赴昌平童子試，刊《燕游詩草》
順治十二年（西元1655年）		吳偉業作〈臨淮老妓行〉，追悼劉澤清妓；另作〈柳敬亭傳〉由門生徐元文刊行	王抃在蘇州畫舫與兄長侍奉父時歇觀看《葛衣記》（李玉作）《七國記》 沈自晉《南詞新譜》刊行	
順治十三年（西元1656年）		吳偉業奉繼母暮憂歸故里，遂不復出 尤侗去官歸家，築看雲草堂，作《讀離騷》雜劇，教歌童十數人		柳敬亭在松江清提督馬逢知軍中，一至吳門
順治十四年（西元1657年）	王抃等人從吳偉業學	尤侗在里中上演《鈞天樂》，諷剌科場弊病 尤侗客浙江常山於逆旅作《鈞天樂》，走避北京		江南科場案發生，多人受波及，最著者為吳漢槎
順治十五年（西元1658年）	吳偉業作詩贈袁于令	尤侗在里中上演《鈞天樂》，為地方官所忌，走避北京 尤侗為謀生繼找未就，時避北京		四月，清廷就江南科場案諸人定罪

年代				
順治十六年（西元 1659 年）	吳偉業到蘇州伴女治病	尤侗在京，獻所著《讀離騷》雜劇，深得順治帝賞識	此年海寇作亂，蘇郡有馬防兵來守	秋，尤侗弟子徐元文高中狀元，順治帝原擬提拔尤侗
順治十七年（西元 1660 年）	吳偉業到蘇州在李王家中看到《北詞廣正譜》，欣然為之作序吳偉業為蘇昆生作《楚兩生行》		蘇昆生客大會	正月，清禁士人結社訂盟，禁官吏私交、私宴、私賀、饋送
順治十八年（西元 1661 年）	尤侗到崑山，曾彭龍、盛符升等觀當地馮素蓉演《西子紅娘》雜劇　尤侗又至常熟游拂水岩聽妓彈《吊琵琶》雜劇　吳偉業序鄒式金編之《雜劇新編》		王時敏舉行八十壽宴，召集申府中班到家張樂慶日，第一天即演李玉《萬里圓》　正月順治帝死　五月蘇州吳嗣案發生，金聖嘆等人被控以抗糧反被處決	二月，江南株連萬人之奏銷案起，蘇、松、常、鎮欠賦之文武紳衿貢萬餘人，被定「抗糧罪」，繼而全部褫革，發本處枷責。在此之前，因催糧而致罪者已多人，然此年為規模最甚者，順治帝駕崩，玄燁即位，提拔尤侗事無疾而終
康熙二年（西元 1663 年）	尤侗著《桃花源》雜劇成，以稿示蔣超		蘇昆生受王時敏之聘，為其家班授曲	
康熙三年（西元 1664 年）	尤侗著《黑白衛》雜劇成		錢謙益卒，年八十三	
康熙四年（西元 1665 年）	丘園《黨人碑》演出；陳維崧《泛桐川楊竹如刺史園春》詞，序云「桐人碑」即席有作　尤侗刊行《鈞天樂》、《讀離騷》　黃祖顓作《迎天榜》，陸世儀作序	尤侗與友人鄒祇謨遊靖江，任朱鳳台家觀劇	沈自晉卒，年八十三	
康熙六年（西元 1667 年）	李玉為凌濛初《南音三籟》作序　李玉之卒約在此年以後（張庚、郭漢城《中國戲曲通史》說）	蘇昆生經吳偉業介紹，到如皋冒襄處說曲	袁于令為凌濛初《南音三籟》作序	
康熙七年（西元 1668 年）	吳偉業自定《梅村集》四十卷	尤侗客真定府，著《清平調》雜劇，即在當地上演		
康熙八年（西元 1669 年）	朱素臣《秦樓月》可能作於五年（西元 1666 年）至此年，或著至平吳綺解職萬蘇之間		山東費節與蘇州名妓陳素約五年（西元 1666 年）此年之間相愛	吳綺自五年（西元 1666 年）任湖州太守，至此年被劾辭去

年代	事件
康熙九年（西元1670年）	金壇蔣超招致書尤侗，責侗不應作宋玉傳奇，侗答辯之 吳綺解職寓蘇州 吳偉業、余懷、魏禧等人在金壇為尤侗所作作像上各題小詞 尤侗為葉奕苞作《葉九來樂府序》 尤侗曾與黃周星，黃示以所擬「西廂制義文六篇」記，末附陵飲於吳門袞重其家、侗作詩紀之 丘園、黃容等為太倉鄒震嶽《雲石山居詩》撰題詞
康熙十年（西元1671年）	五月，李漁來蘇、萬百花巷，邀尤侗、余懷至其寓所，觀其家班演出新戲《明珠記·前茶》 八月，王時敏八十壽，蘇州王長安攜小優前往演劇祝賀 朱雲從《兒孫福》有康熙十年抄本 尤侗、李漁女樂演出《牡丹亭》、《玉長女樂演出留丹亭》，余懷《玉琴齋詞》留有紀事詞（吳新雷說） 李玉約卒於本年以後，蘇州吳偉業卒，年六十三
康熙十一年（西元1672年）	王抃與黃祖顓患痢疾抱病赴京，出闈，萬王抃劤扶萬所，未幾而卒（京師秋闈試，應順天鄉試） 尤侗《西堂雜組二集》刊行
康熙十二年（西元1673年）	洪昇寫為《長生殿》初稿，初名《沈香亭》 杜濬在無錫碧山莊為尤侗所作作雜劇《清平調》題辭 孟春時，蘇州人民立葛將軍碑，陳繼儒撰墓誌銘 王抃作雜劇《玉階怨》一折 尤侗在蘇州修《蘇州府志》，分撰山水、人物二志 鹽城朱埭陵再至吳門，復與丘園、袁其其飲於尤侗家
康熙十三年（西元1674年）	王抃作雜劇《戴花劉》、傳奇《絃華莊》 尤侗在無錫見蘇昆生，作「莫向樽前歌水調，山川滿目淚沾衣」詩 尤侗、彭定求在蘇州故里舉行齋醮，並以詩文音揚道教，浙江徐士俊、王岐拜訪尤侗，得侗所著雜劇《清平調》
康熙十四年（西元1675年）	王抃開始作《籌邊樓》
康熙十五年（西元1676年）	興化宗元鼎以《解連環》詞，分題尤侗所作四劇本 李玉約卒於此年（蘇寧、胡忌劉致中《昆劇發展史》；嶼美林《中國曲學大辭典》說） 丘園以「短箋兩兩尋魚出、網得湖鮮載滿船」詩題王翬所作《漁莊煙雨圖》

年代				
康熙十六年（西元1677年）	李玉約卒於此年以後（歐陽代發、康保成說）			
康熙十七年（西元1678年）	李玉《清忠譜》演出：汪之珩輯《東皋詩存》卷四三：「于得全堂看演《清忠譜》劇」	尤侗北上應博學鴻詞科，作〈河上皋翁嘆〉長詩		葉奕苞應「博學鴻儒」徵北上
康熙十八年（西元1679年）		尤侗應博學鴻詞科中式，授翰林院檢討，與修明史，並刊行所著《西堂雜俎三集》；常熟黃鼎從丘園學畫，此際同至北京	葉奕苞舉試「博學鴻儒」科，為總裁匿者罷歸 王抃作傳奇《鷲峰緣》同年 王時敏從丘園學畫演出	李玉《清忠譜》在如皋冒襄得全堂上演；李漁卒於此年或此年明年
康熙十九年（西元1680年）		尤侗作〈周順昌傳〉	王時敏卒，年八十九	
康熙二十年（西元1681年）	李玉約卒於此年（顏長珂、周傳家《李玉評傳》說）			
康熙二十二年（西元1683年）		尤侗告假回蘇州，輯在京所作詩為《于京集》	葉奕苞借友人拜訪族兄葉變	
康熙二十三年（西元1684年）		尤侗攜董漢七人到福州交顯貴，不遇而返		十月二十六日，康熙帝第一次南巡到蘇州，在工部衙門看戲，有《前訪》、《後訪》、《借茶》等戲，演至半夜。次日又開場演戲，直至中午方才起駕
康熙二十四年（西元1685年）	吳綺《林蕙堂全集》卷十九〈九月六日偕同鮑葉、劉秀英、朱素臣、舒奕蕃家大章小集兌敏堂分韻〉七律二首，作於此年			
康熙二十五年（西元1686年）	尤侗初刻《西堂全集》			二十三年至二十五年，江寧巡府城屢禁戲曲演出
康熙二十六年（西元1687年）	葉奕苞卒			二月十六日，康熙帝以「敗壞風俗、蠱惑人心」為罪詞，下令禁止小說、淫詞

年代				
康熙二十七年（西元1688年）	朱素臣校訂《西廂記演劇》張大復著《元詞備考》，見殘存抄本書末署「康熙二十七年仲春□□君玉錄□」，現藏北京圖書館善本書室			如皋冒襄家戲班演出吳偉業傳奇《秣陵春》，襄有詩紀其事　洪昇還北京，定《長生殿》稿
康熙二十八年（西元1689年）		康熙帝南巡，尤侗與諸臣至惠山調駕	二月，康熙帝第二次南巡至蘇州，仍舊觀戲多部，並選數班供奉內廷	約當此年，京師有因演洪昇《長生殿》大興冤獄事
康熙二十九年（西元1690年）	朱素臣、李書雲合編《音韻須知》由李書雲刊行問世　陳二白《雙冠誥》康熙抄本校刪跋錄成，時二白年六十九　丘園卒，年七十四　朱左朝可能於此年前後卒		沈朝初著《憶江南詞》一卷，狀寫蘇州風俗　旗籍曹寅到蘇州任織造，與余懷、樂器尤侗合同拜青軒	
康熙三十年（西元1691年）	尤侗刻《西堂全集》			
康熙三十一年（西元1692年）	曹寅在蘇州上演所著《北紅拂記》劇曲，尤侗作〈題北紅拂記〉嚴弘（偉在拙政園中招宴名士，尤侗、曹寅等應邀出席觀劇，曹寅合小優演出尤侗所著《清平調》		王抃卒，年六十五	
康熙三十三年（西元1694年）	徐乾學集諸人昆山遂園為修禊事，尤侗與焉			
康熙三十四年（西元1695年）	葉稚斐可能卒於此年（鄧長風說）			
康熙三十六年（西元1697年）	洪昇請尤侗為之作〈長生殿序〉		洪昇至蘇州，在朱彝尊主持下演出《長生殿》	
康熙三十八年（西元1699年）	梁章鉅《浪跡叢談》卷一記此年尤侗、朱彝尊、張匠門等諸名流，曾於蘇州閶門繡谷園作送春會，尤侗獻詩受賞，康熙帝南巡，尤侗獻詩受賞，「鶴棲堂」三字以賜		三月，康熙帝第三次南巡至蘇州，四月十八日康熙聖誕，祝壽排場備極壯麗	與朱素臣多次合作的李書雲，此年還受到康熙皇帝的封賞，山東孔尚任在蘇州樂師王壽熙協助下完稿《桃花扇》，由蘇州樂師王壽熙為定拍版

年代			
康熙三十九年（西元 1700 年）	朱素臣所著《秦樓月》兩卷刊行　尤侗刻朱轟尊所輯尤表《梁溪遺稿》		浙江平湖采風班上演丘園傳奇《黨人碑》
康熙四十年（西元 1701 年）	朱素臣參加凌氏如松堂文宴觀劇，還作有維揚諸種	冬末，洪昇自江寧反，在蘇州度歲	孔尚任回到山東曲阜過隱居生活，直至謝世
康熙四十一年（西元 1702 年）	張大復所著《紫瓊瑤》兩卷刊行		
康熙四十二年（西元 1703 年）	康熙帝至尤侗家中，晉升他為侍講		康熙帝再次南巡
康熙四十三年（西元 1704 年）	尤侗卒，年八十七　孫人獲《堅瓠集》補集《後戲目詩》：「出師表奏《千忠祿》，並提及觀演蘇州劇作家多齣劇作	蘇州孔尚任上演所著《桃花扇》	洪昇客松江，當地官員延吳中伶工上演昇之《長生殿》；又客南京，曹寅夏昇小演《長》；還家時落水死，年六十
康熙四十四年（西元 1705 年）		三月，康熙帝第五次南巡至蘇，又逢聖誕排場更奢	
康熙四十六年（西元 1707 年）	葉稚斐可能卒於此年之前，年八十四（周騰示說）　葉稚斐《琥珀匙》目前僅有康熙四十六年吳門楊俊生抄本	此年蘇、松、常、鎮四府大旱　康熙帝第六次南巡，四月至蘇州	
康熙四十七年（西元 1708 年）	孫岳頒為葉稚斐撰《牧拙生傳》		
康熙五十三年（西元 1714 年）	張大復《如是觀》手抄本卷中題目：「康熙五十三年孟秋錄之」，「江寧署中馬子元錄本」		

主要參考書目

1. 《明清江蘇文人年表》，張慧劍，上海：上海古籍出版社，1986 年初版。

2. 《吳梅村全集》，(清) 吳偉業著，李學穎集評標校，上海：上海古籍出版社，1990 年 12 月初版。

3. 《中國文學史大事年表》，吳文治，合肥：黃山書社，1993 年 12 月初版。

4. 《明清戲曲家考略》，鄧長風，上海：上海古籍出版社，1994 年 12 月初版。

5. 《中國戲曲史編年》（元明卷），王永寬；（明清卷），王剛，河南：中州古籍出版社，1994 年 12 月初版。

6.《清代戲曲家叢考》，陸萼庭，上海：學林出版社，1995 年 11 月初版。

7.《中國文學家大辭典》（清代卷），錢仲聯主編，北京：中華書局，1996 年 10 月初版。

8.《蘇州戲曲志》，程元麟等編，蘇州：古吳軒出版社，1998 年 10 月初版。

9.《蘇州辭典》，江洪等主編，蘇州：蘇州大學出版社，1999 年 9 月初版。

附錄三　清初蘇州劇作家作品本事、版本、館藏概況一覽表

尤侗〔註1〕

作　品	本　事	版　本	館藏地	備　註
（雜）讀離騷	本屈原《天問》、《九歌》、《漁父》末王《高堂賦》、《神女賦》	清順治十八年鄒式金刻本	北京圖	收錄於清·鄒式金編《雜劇》三集，三十四卷
		清康熙間聚秀堂原刻本	北京圖、首都圖	收錄於《西堂全集·西堂樂府》，※《清人雜劇》初集據之影印
（雜）弔琵琶	寫昭君出塞事，與馬致遠《漢宮秋》情節相類，而又有所不同	清順治十八年鄒式金刻本	北京圖	收錄於清·鄒式金編《雜劇》三集，三十四卷
		清康熙間聚秀堂原刻本	北京圖、首都圖	收錄於《西堂全集·西堂樂府》，※《清人雜劇》初集據之影印
（雜）桃花源	寫陶淵棄官，至歸桃花源仙去來止，化用〈歸去來辭〉、〈桃花源記〉甚多	清康熙間聚秀堂原刻本	北京圖、首都圖	收錄於《西堂全集·西堂樂府》，※《清人雜劇》初集據之影印
		清精抄本，傅惜華舊藏	不詳	
（雜）黑白衛	本唐人小說《聶隱娘》	清康熙間聚秀堂原刻本	北京圖、首都圖	收錄於《西堂全集·西堂樂府》，※《清人雜劇》初集據之影印
（雜）清平調	寫李白登科事	清康熙間聚秀堂原刻本	北京圖、首都圖	收錄於《西堂全集·西堂樂府》，※《清人雜劇》初集據之影印
		清精抄本，傅惜華舊藏	不詳	

〔註1〕尤侗五部雜劇收錄於鄭振鐸《清人雜劇》初集，今藏於中央研究院文哲所，筆者承蒙沈如瑩學姐慨借該書尤侗諸作影本，感激之情，特此誌謝。

作品	本事	版本	館藏地	備註
鈞天樂	劇中沈白為尤侗自況，楊雲以湯傳楹為原型。作於清順治丁酉（十四年，西元1657年）秋	清康熙間聚秀堂原刻本	北京圖	收錄於《西堂全集·西堂樂府》，※《古本戲曲叢刊》五集據之影印，《全明傳奇》據《古》影印
		光緒十九年（西元1893年）紅蔽館石印本	不詳	
		民國間上海文瑞樓石印《西堂全集·西堂樂府》所收本	不詳	

王續古

作品	本事	版本	館藏地	備註
非非想	事無所本，惟張鸞賓實有其人	舊抄本	北京圖	※《古本戲曲叢刊》三集據之影印

丘園

作品	本事	版本	館藏地	備註
黨人碑	劉逵傅見《宋史》卷三五一，然劇中所叙打碑、罹難等事乃出於杜撰。作於清康熙四年以前	舊抄本	北京圖	※《古本戲曲叢刊》三集據之影印
		舊抄本	台灣藏	
幻緣箱	事無所本	清抄本	北京圖	※《古本戲曲叢刊》三集據之影印
		清抄本，題作《幻緣緣》	戲研所資料室	
御袍恩	高瓊、子繼勳、繼宣、韓琦、呂惠卿傳均見《宋史》。劇中或咨影借史事	舊抄本	北京圖	※《古本戲曲叢刊》三集據之影印
		梅氏綴玉軒抄本，傅惜華舊藏	戲研所資料室	
		清抄本，傅惜華舊藏	戲研所資料室	

朱素臣

作品	本事	版本	館藏地	備註
十五貫	能友蘭事，本末話本《錯斬崔寧》，明馮夢龍《醒世恆言》卷三十即此本；熊友漁、清李漁《無聲戲》第四回借用《後漢書》李敬事	清順治七年精抄本	戲研所資料室	※《古本戲曲叢刊》三集據之影印
		清抄本	戲研所資料室	
		清抄本	戲研所資料室	

劇名	本事	版本	戲研所資料室	影印
文星現	劇中四人軼事，大多有出處，馮夢龍《警世通言》卷二十六有唐伯虎事	清《綴翠山房十五種》所收本 / 清雍、乾間抄本 / 清抄本，許之衡舊藏	巴黎國家圖	米《古本戲曲叢刊》五集據之影印
四大慶	事無所本	舊抄本	戲研所資料室	米《古本戲曲叢刊》五集據之影印
未央天	事無所本	梅氏綴玉軒抄本 / 舊抄本，吳曉鈴藏 / 清抄本	戲研所資料室 / 北京圖	米《古本戲曲叢刊》五集據之影印 / 米《古本戲曲叢刊》三集據之影印
秦樓月	此劇實據當時事譜寫，呂貫即明末著名朝臣姜埰之次子實節，約作於康熙五年至八年（西元1666～1669年）姜、陳相愛、吳綺任湖州太守之時	清康熙文營堂刻本 / 同上，吳梅題詩、王立承跋	北京圖、天津圖 / 北京圖	米《古本戲曲叢刊》三集據之影印
朝陽鳳	海瑞事見《明史》卷二二六，然劇中所敘盧多於實	舊抄本，傅惜華舊藏 / 舊抄本，許之衡舊藏 / 清《綴翠山房十五種曲》所收抄本	戲研所資料室 / 北京圖 / 巴黎國家圖書館	米《古本戲曲叢刊》三集據之影印
萬年觴	劉基事見《明史》卷一二八，然劇中所敘盧多於實	清抄本	北京圖	米《古本戲曲叢刊》三集據之影印
翡翠園	舒芬見《明史》卷一七九，然劇中所敘廠衛長史估傳奇情節。舒宅事未見史傳。明陸江樓《玉鈙記》傳奇情節相似	舊抄本 / 精抄本，有王國維手書 / 清三慶班精抄本	北京圖 / 上海圖 / 戲研所資料室	米《古本戲曲叢刊》三集據之影印
聚寶盆	沈萬三乃元明之際人，明代多種筆記小說均載有其致富事	梅氏綴玉軒抄本 / 清乾、嘉間抄本 / 清抄本	戲研所資料室 / 戲研所資料室 / 戲研所資料室	米《古本戲曲叢刊》三集據之影印
錦衣歸	事無所本	舊抄本 / 清抄本	北京圖 / 戲研所資料室	米《古本戲曲叢刊》三集據之影印
龍鳳錢	唐明皇遊月宮事，唐、宋傳奇多有記載；然劇中崔白與二女事，純屬虛構	舊抄本 / 舊抄本，程硯秋玉霜簃移舊藏	北京圖 / 戲研所資料室	米《古本戲曲叢刊》三集據之影印
四奇觀	事無所本	舊抄本，程硯秋玉霜簃移舊藏		
清忠譜				見李表

朱佐朝

作　品	本　事	版　本	館藏地	備　註
九蓮燈	劇中姓名事蹟多系杜撰，然多暗指明朝時事。又閱達與二女事與明王同軌《耳談》魏輕煙事情節相似	清抄本，前半卷	戲研所資料室	※《古本戲曲叢刊》五集據之影印
		清道光九年抄本，僅〈火判〉等四折	北京圖	※《古本戲曲叢刊》五集據之影印
五代榮	徐晞傳見《國朝征獻錄》卷三八等，劇中所敘多本其事，再稍加增節	清抄本，梅蘭芳綴玉軒舊藏	戲研所資料室	
		舊硯秋王籍移舊藏	戲研所資料室	※《古本戲曲叢刊》三集據之影印
石麟見	事無所本	清抄本，題作《石麟鏡》	戲研所資料室	※《古本戲曲叢刊》三集據之影印
血影石	黃觀傳見《明史》卷一四三，劇中所敘大多本史，然亦多加增節	舊抄本，吳曉鈴藏	戲研所資料室	※《古本戲曲叢刊》三集據之影印
牡丹圖	鄭虎臣殺賈似道事及其他部份人事，本諸史傳，然亦多加增節	抄本，程硯秋玉霜簃舊藏	戲研所資料室	
乾坤嘯	事無所本	舊抄本，鄭振鐸藏	北京圖	※《古本戲曲叢刊》三集據之影印
		清乾隆間抄本	戲研所資料室	
		綴玉軒紅格抄本	戲研所資料室	
御雪豹	事無所本	清初抄本	戲研所資料室	※《古本戲曲叢刊》三集據之影印
		精抄本	故宮圖	
		清抄本	戲研所資料室	
萬壽冠	事無所本	清《環翠山房十五種曲》所收抄本	巴黎國家圖	※《古本戲曲叢刊》五集據之影印
奪秋魁	岳飛事多與史傳不合，大牛據民間傳說	清平妖堂抄本	北大圖	※《古本戲曲叢刊》三集據之影印
漁家樂	劇中所敘梁冀、馬融、劉蒜等人皆於《後漢書》有傳，鄧飛霞、簡人同等則屬杜撰，劇情則屬虛實相摻	清抄本，程硯秋玉霜簃舊藏	戲研所資料室	《古本戲曲叢刊》三集所收者，實乃清闕名之《後漁家樂》，提名合作「清朱佐朝（？）」。然《全明傳奇續編》沿此而以為「朱佐朝」所作，實誤

附錄三　清初蘇州劇作家作品本事、版本、館藏概況一覽表

作品	本事	版本	館藏地	備註
		葛縕甫抄本	蘇州圖書館	
		清抄本	巴黎國家圖	
		舊抄本、趙景深原藏		
		昆劇舞臺演出本		收錄於※《昆劇傳世演出珍本全編》（註2）甲編
蓮花筏	事無所本	清抄本、傅惜華舊藏	戲研所資料室	※《古本戲曲叢刊》五集據之影印
雙和合	事無所本	舊抄本、程硯秋玉霜簃移贈舊藏	戲研所資料室	※《古本戲曲叢刊》三集據之影印
璦珞會	事無所本	清抄本	北京圖	※《古本戲曲叢刊》三集據之影印
錦雲裘	事無所本	清抄本、傅惜華舊藏	不詳	
鷫鸘亭	事無所本	舊抄本、吳曉鈴藏	戲研所資料室	※《古本戲曲叢刊》三集據之影印
		舊寫絲欄抄本	戲研所資料室	
		清康、雍間藝暉堂抄本	戲研所資料室	
		清抄本	上海圖	
軒轅鏡	為清末雲從《龍燈賺》之改編本			
埋輪亭				見李玉表
一品爵				見李玉表
四奇觀				見朱素臣表

朱雲從

作品	本事	版本	館藏地	備註
龍燈賺	王璧事無所本，乃借用東晉孫盛事；檀道濟、徐羨之乃實有其人，然劇中所敘事多出於杜撰	清初抄本	北京圖	※《古本戲曲叢刊》三集據之影印
		清初抄本	上海圖	
兒孫福	事無所本	清康熙十年抄本、傅惜華舊藏	不詳	

（註2）《昆劇傳世演出珍本全編》編者為江蘇省昆劇研究會，責任編輯為吳呈飛、張旨華，出版日期為 1998 年 10 月初版。該書承蒙李惠綿老師概借該書影印，感激之情，特此誌謝。

朱葵心

作　品	本　事	版　本	館藏地	備　註
回春記	劇中所敘明末事跡，多系作者盧構，然已敘及北京城破、南都新立等事、反映時事迅捷，作於明崇禎十七年中秋以前	明崇禎十七年序刻本		※《古本戲曲叢刊》三集據刊本影印

李玉

作　品	本　事	版　本	館藏地	備　註
一捧雪	本事有三說：一說據「僞畫致禍」事作；一說據崇禎間張漢儒彈劾錢謙益事作《擲杯記》傳奇；一說據崇禎間《覓燈因話》卷一《桂遷夢感錄》	明崇禎間刻本，題作《一笠菴新編一捧雪傳奇》		※《古本戲曲叢刊》三集據刊本影印
		清初刻本	北京圖	
		清乾隆 59 年寶研齋刻本	北京圖、南京圖、湖北省圖書館	收錄於《一笠菴四種曲》
		清刊本	中國仁科院文研所	
		清內府抄本	不詳	
人獸關	本事出明馮夢龍《警世通言》卷二五《桂員外窮途懺悔》，其事本《覓燈因話》卷一《桂遷夢感錄》	明崇禎間刻本，題作《一笠菴新編人獸關傳奇》		※《古本戲曲叢刊》三集據刊本影印
		清初刻本	北京圖	
		清乾隆 59 年寶研齋刻本，明末馮夢龍改定，題作《墨憨齋訂定人獸關傳奇》		收錄於《一笠菴四種曲》，※《全明傳奇》據刊本影印
永團圓	事無別本	明崇禎間刻本，題作《一笠菴新編永團圓傳奇》		※《古本戲曲叢刊》三集據刊本影印
		清乾隆 59 年寶研齋刻本，明末馮夢龍改定，題作《墨憨齋重訂永團圓傳奇》		收錄於《一笠菴四種曲》，※《全明傳奇》據刊本影印
		清初刻本，題作《一笠菴新編永團圓傳奇》	北京圖、上海圖、浙江圖	

劇目	本事	版本	館藏	備註
占花魁	本事出明馮夢龍《醒世恆言》卷三《賣油郎獨占花魁》	明崇禎間刊刻本，題作《一笠菴新編一捧雪傳奇》	北京圖、南京圖、湖北省圖書館	※《古本戲曲叢刊》三集據印
		清乾隆59年寶硯齋刻本	北京圖、南京圖、戲曲所、上海圖	收錄於《一笠菴四曲》
		清中葉鋪堂刻本，題作《一笠菴新編占花魁傳奇》	北京圖	
		同上清乎翠錦堂刻本，有吳梅批注	中國社科院文研	
		抄本，鄭振鐸舊藏		
兩鬚眉	劇中黃禹金、實爲明末六安人黃鬧，然劇中中所敍盧賣穿插	清初刊本，鄭振鐸舊藏		※《古本戲曲叢刊》三集據影印
		清順治十年序刻本，題作《一笠菴新編兩鬚眉傳奇》		
清忠譜	周順昌見《明史》卷二四五及明清筆記小說；五人義事見《明史》《綱餘集》等明清筆記小說	清順治蘇州樹鋏堂原刻本	北京圖、台大圖	※《古本戲曲叢刊》三集據影印
		清康熙間蘇州籍英堂據原刻翻印	中國戲曲學院	
		舊抄本	南京圖	
		抄本，鄭振鐸舊藏		
		吳梅抄本		
眉山房	蘇小妹事見元林坤《誠齋雜記》等筆記小說，明馮夢龍《醒世恆言》卷十一有《蘇小妹三難新郎》	清順治十一年刻本，題作《一笠菴新編奇眉山秀》第七種傳奇	北京圖	※《古本戲曲叢刊》三集據影印
		清初刻本	南京圖	
		吳梅抄本		
牛頭山	此劇系據民間岳飛傳說而作	舊抄本	北京圖	※《古本戲曲叢刊》三集據影印
太平錢	本事見唐李復言《續玄怪錄》中《張老》與《定婚店》，明馮夢龍《情史》及《古今小說》均有據此鋪敍之小說	舊抄本		※《古本戲曲叢刊》三集據影印
		清初內府四色精抄本	中研院傅斯年圖書館	
		清初大內五色精抄本	北京人文科學研究院	
		清抄本	上海圖	
		蓮勺廬抄本，鄭振鐸舊藏	不詳	

清初蘇州劇作家研究

劇目	說明	版本	藏地	影印
千鍾祿（註3）	此劇所敘，大略本諸史雜傳而多加增飾	舊抄本、程硯秋玉霜簃舊藏		※《古本戲曲叢刊》三集據之影印
		傳抄本		
		杜雙壽抄本		
麒麟閣	按唐史，秦瓊等功臣形圖形凌煙閣，麒麟閣乃漢朝蘇武故事。傳奇中主角中主角多為歷史人物，然劇中所敘多本歷代小說傳聞	傳抄本、鄭振鐸舊藏		※《古本戲曲叢刊》三集據之影印
		清康熙四十七年梨園串本、傳惜華舊藏	戲研所資料室	
		清初抄本	上海圖	
		清南府抄本	戲研所資料室	
		清康熙十七年抄本	中國社科院文研所圖書館	
風雲會	劇中所敘多與史實不合，采出民間傳說。明馮夢龍《警世通言》卷二一《趙太祖千里送京娘》或即其本	清《綴翠山房十五種曲》所收抄本	巴黎國家圖書館	※《古本戲曲叢刊》五集據之影印
		乾隆年間內府手抄本	北京圖	
		清同治十二年昇平署抄本	故宮博物院圖書館	
昊天塔	此劇當以《昊天塔孟良盜骨》雜劇開頭為本。然李玉新增楊排風故事	清康熙間抄本、傳惜華舊藏	戲研所資料室	
		清嘉慶六年四知堂抄本、梅蘭芳綴玉軒曾藏	梅蘭芳紀念館	
五高風	事無抄本	抄本	首都圖書館	※《古本戲曲叢刊》五集據之影印
		舊抄本	北大圖	
		傳抄本	北京圖	
		舊抄本	戲研所資料室	

〔註3〕《千鍾祿》作者是否為李玉向來眾說紛紜，筆者發現下面這條相關資料，雖然不算直接證據，但應該可以輔助證明該劇應為李玉之作：在朱素臣、丘園、葉稚斐、盛際時四人合作的《四大慶》中，丘園所作的第十八場眾人唱道：「一品爵字無涯，千鍾祿自天來」，《一品爵》是李玉和朱佐朝等四人合作的，而李、丘、朱、葉等人關係向來密切，如果《千鍾祿》是別人所作的可能丘園將它與《一品爵》並提，因此輔助證明《千鍾祿》作者應是一名叫「徐子超」的劇作家，應出於鄒長風先生之手。至於鄒長風先生是誰，則筆者未敢認同。（該文收錄於《明清戲曲家考略三編》，頁33~64）。

－236－

作　品	本　事	版　本	館藏地	備　註
連城璧	本事出《史記》卷八一《廉頗藺相如列傳》、大萃據史補敘	清南府抄本	戲研所資料室	
七國傳	此劇系據明汪廷訥《重訂天書記》傳奇增飾而成	抄本	中國戲曲學院	
		綴玉軒據乾隆14年己巳（西元1749年）抄本過錄本	戲研所資料室	
一品爵	劇中楊嗣昌、金聲桓等乃實有其人，然劇中所敘應俱假托	清《環翠山房十五種曲》抄本所收本	巴黎國家圖書館	※《古本戲曲叢刊》五集據之影印
		舊抄本、梅蘭芳綴玉軒舊藏	梅蘭芳紀念館	
埋輪亭	本事見《後漢書》卷五六《張綱傳》，與史實不盡相合	清昇平署抄本	北京圖	
萬明圓	此劇本明清之際時事而作	舊抄本		※《古本戲曲叢刊》三集據之影印

吳偉業

作　品	本　事	版　本	館藏地	備　註
（雜）通天臺	寫南梁舊臣沈炯羈留北朝，夢遇漢武帝事	清順治十八年鄒武金刻本	北京圖	收錄於清·鄒武金編《雜劇》三集，三十四卷
		清順治間原刻本、傅惜華舊藏	不詳	
		清振古齋重刻本	北京圖、首都圖	
		清宣統二年刻本吳梅《奢摩他室曲叢》第一集所收本	不詳	
		清順治刻本、鄭振鐸舊藏		※收錄於《吳梅村全集》
（雜）臨春閣	寫陳亡以前事，以歷史上進國夫人冼氏為主，採以振麗麗事蹟記事	清順治十八年鄒武金刻本	北京圖	收錄於清·鄒武金編《雜劇》三集，三十四卷
		清順治間原刻本、傅惜華舊藏	不詳	
		清振古齋重刻本	北京圖、首都圖	
		清宣統二年刻本吳梅《奢摩他室曲叢》第一集所收本	不詳	
		清順治刻本、鄭振鐸舊藏		※收錄於《吳梅村全集》

作品	本事	版本	館藏地	備註
栩陵春	據《宋史》卷四四七《徐徽言傳》，徽言從孫徐適，北宋末防禦金兵入侵，與徽言、子岡同時戰死，劇中徐適或影借此人。作於清順治四年之後、十年之前	清順治間振古齋刻本	北京圖	《古本戲曲叢刊》三集據之影印
		清初刻乾隆五十九年重修本	北京圖	
		清初刻本	首都圖、清大圖、社科院文研所、上海圖、天津圖	
		民國五年（西元1916年）刻《梅村先生樂府三種》所收本		收錄於《誦芬室叢刊》初編
		民國間貴池劉世珩《暖紅室匯刻傳劇》所收本		收錄於《暖紅室匯刻傳劇》
		清順治刻本、鄭振鐸舊藏		※收錄於《吳梅村全集》

周昊

作品	本事	版本	館藏地	備註
王鴈舊	事無所本	舊抄本	北京圖	※《古本戲曲叢刊》三集據之影印

畢魏

作品	本事	版本	館藏地	備註
三報恩	本事出馮夢龍《警世通言》卷十八《老門生三世報恩》，馮氏乃劇中主角自我寫照。作於崇禎十五年（西元1642年）季夏之前	明崇禎十五年序刻本、馮夢龍改定、題作《老門生三世報恩》（清懋館新編三報恩傳奇）	北京圖	※《古本戲曲叢刊》二集據之影印
竹葉舟	石崇傳見《晉書》卷三三，劇中所敘大多本諸史傳，而稍加增節	夢覺堂抄本、鄭振鐸舊藏	北京圖	※《古本戲曲叢刊》二集據之影印
清忠譜				見李表

陳二白

作　品	本　　事	版　　本	館藏地	備　註
雙冠誥	本事見清李漁《無聲戲》第八回《妻妾敗綱常梅香完節操》，當作於清順治十一年以前	清抄本、梅蘭芳綴玉軒舊藏	戲研所資料室	※《古本戲曲叢刊》三集據之影印
		稿本	天一閣文物保管所	
稱人心	關山與沈君謨《風流配》傳奇相近，清初亦有闕名《風流配》小說，均情節相近，姓名互異	清抄本、吳曉鈴藏		※《古本戲曲叢刊》三集據之影印

張大復（註4）

作　品	本　　事	版　　本	館藏地	備　註
吉祥兆	事無所本	舊抄本、吳曉鈴藏		※《古本戲曲叢刊》三集據之影印
快活三	劇中諸情節出於各家小說如：祝允明《九朝野記》、凌濛初《初刻拍案驚奇》、周立暐《涇林續記》等	精抄本、吳梅跋	北京圖	※《古本戲曲叢刊》三集據之影印
		明崇禎八年下端甫抄本	戲研所資料室	
		紅格抄本	北大圖	
醒鏡緣	不詳	民國年間海鹽朱希祖抄本	北京圖	見際楷第《戲曲小說書錄解題》
		康熙己卯（西元1699年）抄本	不詳	
金剛鳳	錢謙益傳見《舊五代史》卷三三及《新五代史》卷六九，此劇略本馮夢龍《古今小說》卷二一再加以增飾。	舊抄本	上海圖	※《古本戲曲叢刊》三集據之影印
		清乾隆間抄本、吳梅跋	北京圖	
海潮音	此劇與明羅懋登《香山記》傳奇本事相同，均演觀世音菩薩修道因緣，但情節附異	舊抄本、程硯秋玉霜簃舊藏	北京圖	※《古本戲曲叢刊》三集據之影印

〔註4〕張大復劇作中的《喜重重》（或謂即今流傳之《童童喜》、《如是觀》、《讀鏡緣》諸劇的歸屬問題向有疑義，筆者從據鄧長風先生〈蘇州派戲曲作家考辨三題〉一文中研究結果，將前兩劇刪除，而將《讀鏡緣》歸之，該文收錄於《明清戲曲家考略三編》（頁33~64）。

作品	本事	版本	館藏地	備註
釣漁船	本事見明吳承恩《西遊記》小說而稍加修改	清康熙間抄本、傅惜華舊藏	戲研所資料室	※《古本戲曲叢刊》三集據之影印
		紅格抄本、梅蘭芳綴玉軒舊藏	不詳	
		清康熙55年集賢堂抄本、程硯秋玉霜簃舊藏、傅惜華舊藏		
紫瓊瑤	事無所本	運斗廬抄本	北大圖	※《古本戲曲叢刊》三集據之影印
		清康熙四十一年天喜樓抄本	北京圖	
醉菩提	濟公之事由來已久、歷代筆記小說多有記載、此劇略本沈孟祥之《錢塘湖隱濟顛禪師語錄》而加以增修	清雍正八年唐子鈴錄本、傅惜華舊藏	戲研所資料室	※《古本戲曲叢刊》三集據之影印
		精抄本、鄭振鐸舊藏	北京圖	
		朱格抄本、傅惜華舊藏	戲研所資料室	
		舊抄本	北京圖	
		舊抄本、齊如山舊藏	戲研所資料室	
雙福壽	此劇上卷為唐郭子儀事、下卷乃漢東方朔事、然劇中所敘與史傳頗異	清南府抄本	故宮圖	※《古本戲曲叢刊》三集據之影印
讚書聲	此劇前半略本馮夢龍《情史》卷十而作；後半略本卷三	舊抄本、梅蘭芳綴玉軒舊藏		※《古本戲曲叢刊》三集據之影印
		舊抄本、程硯秋玉霜簃舊藏		

許恒南

作品	本事	版本	館藏地	備註
二奇緣	本事出於馮夢龍《醒世恆言》卷二二、作於明崇禎十六年十月以前	明崇禎十六年刻本		※《古本戲曲叢刊》三集據之影印

盛際時

作品	本事	版本	館藏地	備註
人中龍	劇中鎏鄴、李德裕、仇士良等、姓名屬實、但事跡大多為撰	清抄本	北京圖	※《古本戲曲叢刊》三集據之影印
		舊抄本、程硯秋玉霜簃舊藏	戲研所資料室	※《古本戲曲叢刊》三集據之影印
胭脂雪	事無所本	清內府四色抄本所收抄本	北京圖	※《古本戲曲叢刊》三集據之影印

作　品	本　事	版　本	館藏地	備　註
四大慶		清《還翠山房十五種曲》	巴黎國家圖書館	見朱素臣表

黃祖顓

作　品	本　事	版　本	館藏地	備　註
迎天榜	劇或影借明如皋人冒起宗，作於康熙四年以前	清康熙間刻本，吳曉鈴藏		※《古本戲曲叢刊》五集據之影印

葉稚斐

作　品	本　事	版　本	館藏地	備　註
琥珀匙	事本明嘉靖年間王翠翹事，首見於茅坤《紀勦徐海末》，後明清小說多有記載	清康熙四十六年楊揆生抄本，程硯秋玉霜移舊藏	戲研所資料室	※《古本戲曲叢刊》三集據之影印
		《還翠山房十五種曲》所收抄本	巴黎國家圖	
英雄概	本事乃《殘唐五代史演義》小說稍相加增飾	舊抄本、鄭振鐸舊藏	北京圖	※《古本戲曲叢刊》三集據之影印
		清乾隆間升雲署抄本	北京圖	
清忠譜				見李玉表

鄒玉卿

作　品	本　事	版　本	館藏地	備　註
青虹嘯	此劇前半多本《三國志通俗演義》而加以增飾；後半諸節則多出臆造	傳抄本		※《古本戲曲叢刊》二集據之影印
		清康熙三十二年仲秋上浣吳摶迂客手錄抄本	不詳	
		舊抄本	不詳	
雙螭璧	此劇前半多本元武漢臣《散家財天賜老生兒》雜劇，而加以增飾；後半段諸節則多出臆造	清康熙三十一年抄本		※《古本戲曲叢刊》三集據之影印

1. 本論文所使用之版本，於表中該處以「＊」號誌之，故於論文中不再一一說明。除非引用特殊版本，才在文中註腳說明之。

2. 影印出版者如：《古本戲曲叢刊》、《全明傳奇》、《全明傳奇續編》不註明館藏地。

3. 「圖書館」略寫為「圖」。

4. 上表乃據以下書籍整理而成：

(1) 《北京人文科學研究所藏書目錄》，北京人文科學研究所編，北京：北京人文科學研究所印，民國 27 年初版。

(2) 《中央研究院歷史語言研究所善本書目》，中央研究院歷史語言研究所編，台北：中央研究院歷史語言研究所編印，民國 57 年初版。

(3) 《台灣公藏善本書目書名索引》，國立中央圖書館編，台北：國立中央圖書館編印，民國 60 年初版。

(4) 《清代雜劇全目》，傳惜華著，北京：新華書店，1981 年 2 月初版。

(5) 《北京圖書館古籍善本書目》，北京圖書館善本書室編，北京：北京圖書館編印，1987 年初版。

(6) 《中國社會科學研究院文學研究所藏古籍善本書目》，中國社會科學研究院文學研究所編，北京：中國社會科學研究院文學研究所編印，1993 年初版。

(7) 《明清傳奇綜錄》，郭英德，河北：河北教育出版社，1997 年 7 月初版。

(8) 《中國古籍善本書目》，中國古籍善本書目編輯委員會編，上海：上海古籍出版社，1998 年 3 月初版。

附錄四　清初蘇州劇作家作品主要人物之腳色行當配置表 (註1)

作者	劇本	生行				旦行			淨行		丑行
		生	小生	外	末	旦	老旦	小旦	淨	付	丑
尤侗	鈞天樂	沈白（○、書生）	楊靈（□、書生）	賈潛思（×、權臣）文昌帝君（□、神道）	何圖（×、贓官）	魏寒簧（○、無知妹）	趙氏（□、無知姊）	齊素紉（□、楊靈妻）	賈斯文（×、富家子）魁星（□、神道）	小菜（□、書僮）程不識（×、富家子）	魏無知（×、富家子）
	讀離騷（雜）	宋玉（□、朝臣）			屈原（○、忠臣）(註2)	神女（□、神道）					

〔註 1〕本表體例說明：（1）所用劇本以現存通行全本為主，即附錄三〈清初蘇州劇作家劇作本事、版本、館藏概況一覽表〉中打有「＊」符號者，其他罕見珍本、殘本不收。（2）腳色行當以最常出現的「生、小生、外、末、旦、老旦、小旦、淨、丑」十行為主，此十行行又分別歸入「生、旦、淨、丑」等行之外，以註腳特別標出，並於正文中加以說明。（3）為了避免支離冗雜，本表所列僅為主要之人物，而非所有出現之腳色。（4）為了一覽劇中主雖非男女主角，以及雖非男女主角，但具有明顯強烈的正面形象的反面人物，均以「○」號標之；劇中明顯強烈的反面人物，則以「×」號標之；至於一些較不特別具有正、反面形象的劇中人物者，或者雖有負面形象，但各胸色中各胸色的「人物」者，則一律以「□」號標之。（5）為了清楚表示劇中各腳色所扮演的人物形象、身份之依據，本表以簡要的字眼來標誌人物之形象身份，其用字原則為：先以劇中明顯強烈的「人物形象」為依據，如：「書生、貧士、義士、忠臣、奸臣、權臣、屠戶、船戶、神道」等即是；其次則以劇中之「職業身份」為準，如：「官宦、武將、地主、員外、媒母、名妓、婢役、僕役、屠戶、船戶、神道」等即是；再其次則以劇中之「人物關係」為標準，如「××妻、×××女、××子」等即是。

〔註 2〕此劇本作「正末」。

劇目	角色
弔琵琶（雜）	毛延壽（×，叛國賊）；王昭君（註5）（○，皇室）、蔡琰（註6）（□，才女）；漢元帝（註3）（□，皇室）、呼韓邪單于（註4）（×，外患）
桃花源（雜）	漁翁（□，漁翁）；仙女（□，神道）；陶淵明（註7）（○，名士）；仙翁（□，神道）
黑白衛（雜）	猿公（□，神道）；聶隱娘（○，俠女）；磨鏡人（註8）（□，隱娘夫）；扁鋒（□，隱娘父）
清平調（雜）	高力士（□，太監）；賀懷智（□，梨園子弟）；劉念奴（□，梨園子弟）；楊貴妃（註9）（○，皇室）；許永新（□，梨園子弟）、李龜年（□，梨園子弟）；李白（○，名士）；杜甫（□，名士）
秣陵春	聽蕉（□，僮）、阿哥（註11）；真琦（×，紈？子）；獨孤榮（×，官員）、南漢主劉鋹 銀陰魂；曼煙（註10）（□，婢女）、花蕊夫人；黃夫人（□，黃妻）、耿先生；黃展娘（○，千金女）；蔡游（□，徐適友）、鏡神；黃濟（□，武將）、曹善才；徐適（○，書生）；南唐後主陰魂（□，神道）

劇作家：吳偉業

（註3）劇本作「正末」。
（註4）劇本作「沖末」。
（註5）劇本作「正旦」。
（註6）劇本作「旦兒」。
（註7）劇本作「正末」。
（註8）劇本作「正末」。
（註9）劇本中還另有「三旦」分別扮演秦國、韓國、虢國夫人）。
（註10）劇本作「貼」。
（註11）劇本作「小丑」。

作者	劇目									
	臨春閣（雜）	陳後主（×，昏君）	江總（□，朝臣）	蔡臨兒（×，臣官）孔範（註12）（□，朝臣）	（□，供奉琵琶）	譙國夫人洗氏（○，女將）	袁大捨（□，女學士）（□，仙人）	張麗華（○，皇室）（□，神道）黃保儀（□，神道）	（×，神道）	（□，僕役）媚豬（□，神道）
	通天臺（雜）	沈炯（雜）（□，朝臣）	智勝禪師（□，道人）	漢武帝（□，皇室）		麗娟（□，宮女）				老道人（註13）（□，道人）
朱素臣	十五貫	熊友蘭（○，貧士）	熊友蕙（○，貧士）	況鍾（○，清官）	過于執（×，庸官）陶復朱（○，客商）周忱（×，庸官）	蘇戌娟（○，良家女）	侯三姑（○，員外媳）	馮玉吾（□，員外）秦古心（□，鄰叟）	游葫蘆（□，屠戶）	馮錦郎（□，員外子）婁阿鼠（×，賊盜）
	文星現	唐寅（○，名士）	祝允明（○，名士）	文徵明（○，名士）	沈周（○，名士）華學士（□，退職官）	秋香（○，婢女）	何讓山（○，千金）	韓仙乳母（□，乳母）盧重瑗（□，官宦）	華公子（□，紈?子）紉恆（□，官宦）巫恆（×，行騙道人）	奚童（□，書僮）
	四大慶(1)	花綠扶（○，書生）			伍珍姑（○，二千金）伍立珠（註14）（○，大千金）	伍湘娥（○，三千金）		獸獸道人（□，道士）伍景（註15）（□，官宦）	張發爐（□，樵夫）	春英（□，婢女）

－245－

（註12）劇本作「副末」。
（註13）劇本作「小丑」。
（註14）劇本作「小正旦」。
（註15）劇本作「大淨」。

劇目										
四大慶(2)	山雲子（○，山居貧士）	宋朝東宮太子（□，皇室）		白鹿洞君（□，神道）		錢氏（□，山母）	伍淑娥（○，三千金）	伍景	梅香（□，婢女）	
四大慶(3)			牛八老（○，漁翁）					伍景	梅香（□，婢女）	
四大慶(4)		趙玉虎（□，趙之子）	江上翁（□，江氏之叔）	趙廣陵（□，江氏之夫）	伍立珠（○，大千金）／傅三娘（○，趙之姿）		傅玉龍（□，趙、傅二子）	伍景	江氏（×，妒婦）	傅小川（×，傅兄奸賭）
未央天	米新圖（○，官宦）	米世修（□，新圖兒）		馬義（○，義僕）		周氏（○，新圖妻）	瞅婆（×，馬義妻）／陶珠娘〔註16〕（×，淫婦）	聞朗（○，清官）	侯花嘴（×，陶氏妍夫）／土地（□，神道）	李春兒（□，侯妻）／椿無良（×，昏官）／陶吃了（□，幫閒）／海安（□，僕役）
秦樓月	呂貫（○，書生）	袁皓（□，官宦）	劉岳（□，退職官臣）	許秀（○，忠僕）	陳素素（○，名妓）	錢氏（□，鴇母）	繼座（○，義婢）	胥大奸（×，盜賊）	王慶（×，盜賊）	
朝陽鳳	海瑞（○，清官）	陳三木（□，清官）	徐乾初（□，朝臣）	蔡審（□，朝臣）	周氏（○，海瑞妻）	海老夫人（□，海瑞母）	紫苫（○，義婢）	張居正（×，權臣）	余合（×，奸臣）／龍宗武（×，奸臣）	
萬年觴	劉基（○，書生從戎）	朱元璋（□，後為皇室）	郭子興（□，後為皇室）	諸葛孔明（□，神道）／徐達（□，元末群雄）	袁氏（○，劉妻）		馬氏女（□，郭之養子）		張士誠（×，元末群雄）	郭晞（×，郭子）
翠翠園	舒德溥（○，授徒盤館）	舒芬（□，書生）	胡世盜（□，清官）	盧大沼（□，清官）	王妻（□，王饅頭妻）	衛氏（□，舒妻）	趙翠兒〔註17〕（○，容珠女）	廉逢之（×，權臣）	趙氏（□，翠兒母）	王饅頭（○，縣役）

〔註16〕劇本作「貼」。

〔註17〕劇本作「貼」。

劇目										
聚寶盆	沈萬三（○、漁夫致富）徐達（□、朝臣）	繼光之子（□、神道）李文忠〔註18〕（□、朝臣）沈繼勳（□、萬三子）	老龍王繼光（□、神道）劉基（□、朝臣）	月下老人（□、神道）明太祖（□、皇室）	趙氏（○、沈妻）	沈繼功（□、萬三子）	車娥（□、神道）張麗娘（○、尤兒妹）	孽龍（×、神道）	常遇春（□、朝臣）	張尤兒（×、負心樵夫）
錦衣歸	毛瑞鳳（○、貧士）	程衍波（○、義士）	郁崑崙（○、山王部將）	丁宣（□、官宦）	白筠娥（○、千金女）	郭氏（□、毛母）	十八姨〔註19〕（□、山王）	白木賓（×、官宦）		梅香（□、婢女）
龍鳳錢	崔白（□、書生）	唐明皇（□、皇室）	周彥回（□、官宦）		呂琴心（○、千金女）	呂書心（×、伯達妹）		葉法善（□、道人）溫而理（□、官宦）	呂伯達（×、地主）	墨賓（□、書僮）
一捧雪 李玉〔註20〕	莫懷古（○、官宦）	莫昊（□、莫子）	方毅安（○、塾師）戚繼光（○、官宦）	莫誠（○、義僕）	符氏（○、莫妻）		薛雪豔（○、烈女）	嚴世蕃（×、權臣）	湯勤（×、陰險小人）	女鹿（□、書僮）
人獸關	施濟（○、商人）	嚴神（□、神道）施還（□、書生）	俞慶庵（□、官宦）		尤氏（×、桂妻負心）俞玉英（○、千金女）	嚴氏（○、施妻）	貞奴（×、桂女）	桂薪（×、負心小人）	尤滑稽（×、尤氏兄）睡魔（□、神道）	桂子（×、桂子）
永團圓	蔡文英（○、貧士）	王晉（□、俠士）	高誼（□、清官）		江蘭芳（○、千金女）	陶氏（□、蔡母）	江蕙芳（○、千金女）	江納（×、勢利員外）	賈金（×、勢官）	單如刀（□、江納友）

〔註18〕 劇本作「副生」。

〔註19〕 劇本作「貼」。

〔註20〕 李玉劇作中的《麒麟閣》，腳色上場均用劇中人名而不用行當省名，故該劇省略。

劇目									
占花魁	秦種（○，賣油郎）	秦良（□，武將）	沈仰橋（□，莘家僕）	莘瑤琴（○，名妓）	劉四媽（□，老妓說客）	蘇翠兒（□，沈妻）	莘善（□，瑤琴叔）萬俟公子（×，富家公子）	王九媽（□，鴇母）	卜喬（×，賤人）
兩鬚眉	黃禹金（○，書生從戎）張福寰（×，山王）	史可法（□，忠臣）		鄧氏（○，女將）	黃九鍚（□，禹金子）	胡氏（□，黃妾）	冷惠（×，山王）	安豹（×，山王）	酈可成（×，山王）
清忠譜	周茂蘭（□，周子）周順（○，忠臣）	文文起（○，名士）	陳老爺（□，周之學生）楊念如（○，義士）陸萬齡（×，堂長）魏大中（○，東林黨人）	吳氏（○，周妻）馬傑（○，義士）	顏母（□，顏母）李實（×，蘇州織造）	周女（□，周女）沈揚（○，義士）	顏佩韋（○，義士）	毛一鷺（○，蘇州巡撫）	周文元（○，義士）
眉山房	蘇東坡（○，名士）蘇觀（○，名士）	蘇洵（□，官臣）	黃山谷（□，官臣）	蘇小妹（○，千金女）	張妃（□，皇室）	文娟（○，名妓）	王安石（×，權臣）	王雱（□，王子）佛印（□，道人）	朝華（□，婢女）呂惠卿（×，官臣）
牛頭山	李成（□，岳飛部將）岳雲（○，岳子）岳飛（○，忠臣）	王貴（□，岳飛部將）張所（□，武將）	王善（□，岳飛部將）趙構（□，皇室）	李氏（○，岳妻）嚴氏（○，黃妻）	張妃（□，皇室）	劉翠華（註21）鞏金定（註22）	兀朮（×，金將）	牛皋（□，岳飛部將）汪伯彥（×，奸相）	杜充（×，官臣）黃潛善（×，奸相）

〔註21〕劇本作「占」。

〔註22〕劇本作「占」。

劇目									
太平錢	張老（○·種瓜叟）	韋恕（□·官臣）	韋固（○·韋子）	韋韜（□·俠士）羅叟（□·鄰叟）韓休（□·官臣）	韋文姑（○·韋女）	（□·韋韜妹）	羅大嫂〔註23〕（□·羅妻）羅慧娥（□·韓妻）韓慧娥（○·韓休養女）	赤虯兒（□·僕役）	張媽（○·媒婆）	
千鍾祿	朱允炆（○·皇室）	史仲彬（○·忠臣）	程濟（○·忠臣）	朱棣（×·皇室）吳成學（□·忠臣）嚴震直（□·武將）	慶成公主（○·皇室）程濟女（○·千金女）			陳瑛（×·奸相）張玉（×·武將）	牛景先（○·忠臣）	
風雲會	鄭恩（○·俠士）	陳摶（□·道人）	趙普（○·俠士）	趙信（□·地主）	趙金娘（○·良家女）		韓素梅（○·良家女）	趙匡胤（□·俠士）	苗訓（□·相士）	
五高風	文錫（□·書生）蕭通（□·朝臣）鄭彪（□·義士）	文洪（○·朝臣）	王安（○·義僕）		蕭瑞英（○·千金女）	趙氏（□·文妻）	梅香〔註24〕（○·婢女）王成（○·義僕）張珠（□·張姨）（□·文洪妾）	尤權（×·權臣）包拯（○·清官）	尤仁（×·尤子）	鄭豹（×·惡棍）
一品爵	莘瑊（○·官臣）	金聲（□·武將）	莘惟善（□·藏父）	湯木天（□·官臣）	金萃容（○·千金女）		楊氏（□·惟善妻）	桓錫（×·權臣）閻信（○·俠士）	崔顯（×·桓錫婿）	楊樹千（×·賭徒）

〔註23〕劇本作「占」。

〔註24〕劇本作「貼」。

作者	劇目										
丘園	萬里圓	黃向堅（○‧孝子）	黃向嚴（孔昭姪‧黃德功‧忠臣）黃尊求（向堅女婿）	黃孔昭（□‧官臣）	史可法（□‧忠臣）黃承祐（□‧向堅兄）	黃夫人（○‧向堅妻）	朱氏（□‧孔昭妻）	黃女（□‧向堅女兒）	馬士英（×‧權臣）		
	黨人碑	謝瓊仙（○‧書生）	傅桂枝（□‧依士）宋徽宗（□‧皇室）	劉逵（□‧忠臣）	段筍（□‧內官）安民（□‧刻石工）	劉麗娟（○‧千金女）	趙氏（□‧鐵嘴妻）太后娘娘（□‧皇室）	趙琴兒（○‧鐵嘴女）	乳母（○）田虎（×‧叛軍）蔡京（×‧權臣）	童貫（×‧權臣）	劉鐵嘴（□‧卜者）
	幻緣箱	方瑞生（○‧書生）	徐禎（□‧官臣）	劉天爵（□‧官臣）		劉婉雲（○‧千金女）	侯氏（□‧劉妻）	陳月娥（○‧良家女）	陶楫（□‧盜賊）楊戩（×‧權臣）	陳酒鬼（×‧月娥父）丘不濟（□‧官宦）	梅香（□‧婢女）
	御袍恩		曹孝威（○‧書生從戎）	高瓊（□‧武將）			錢氏（□‧盛母）	盛淑容〔註25〕（○‧良家女）	衛騰蛟（□‧依士）呂惠卿（×‧權臣）	崔氏（□‧韓琦妻）	呂朝貴（×‧惠卿子）
黃祖顓	迎天榜	袁黃（○‧諸生）	冒起宗（□‧諸生）	俞都（□‧諸生）	王用予（□‧諸生）	方氏（○‧袁妻）	俞夫人（○‧俞妻）	倩香（○‧婢女）	趙爾戒（×‧心術不正）		賈鑑表（×‧心術不正）
葉稚斐	虎囊彈	膂楫（○‧書生）	束來（□‧官臣）	桃南洲（□‧員外）	金鬃翁（□‧盜首）	桃佛奴（○‧良家女）	桑氏（□‧桃妻）	桃媚姑（○‧佛奴妹）	貝十戈（×‧富監）繡娘（×‧女專諸）	束御史奶奶（×‧束妻）賈暗子（□‧幫閒）	魏清（×‧昏官）

〔註25〕劇本作「占」。

附錄四　清初蘇州劇作家作品主要人物之腳色行當配置表

作家	劇目										
單魏	英雄概	安敬思（○、牧童從戎）	大唐天子李嚴（□、皇室）	李克明（□、武將）	鄧萬戶（□、民家） 陳景思（□、朝臣）	鄭瑞雲（○、良家女）	劉氏（×、充用妻）		黃巢（×、亂民）	田令孜（□、朝臣）	李存信（×、充用子）
	三報恩	鮮于同（○、老秀才）	鮮于俊（○、書生）	梁潤甫（□、鮮于表弟）	蒯遇時（□、試官）		顏氏（□、同妻）	梁幼娖（註26）（○、良家女） 劉瓊貞（□、千金女）	劉吉（×、權臣）	秋英（註27）（□、婢女） 劉夫人（□、劉吉妻） 蒯樂（□、蒯時子）	陳名易（×、書生）
	竹葉舟	石崇（○、漁夫致富）	王質（□、樵夫） 劉晨（□、俠士）	支遁（□、僧人）	東海龍王（□、神道） 齊王司馬冏（□、皇室）	綠珠（○、民女）		賈后（×、皇室） 謝玖（□、才人）	趙王司馬倫（×、皇室）	賈謐（□、貫賊）	孫秀（×、無賴）
朱雲從	龍燈賺	王璧（○、官臣）	曾無咎（□、武將）	檀道清（□、武將）	張恩（○、義僕）	謝道衡（○、王璧妻）	胡氏（○、權妻）		徐羨之（×、權臣）	張恩妻（×、乳母） 錢國器（□、武將）	路景（×、北魏軍將）
朱佐朝	九蓮燈	閔渙（○、書生）		閔覺（□、朝臣）	富奴（註28）（○、義僕）	戚輕霞（○、千金女）	戚女乳母（□、乳母）	鄧非煙（×、名妓）	霍道南（×、官臣）	解兒（×、刺客）	羅憲（×、太監）
	五代榮	徐晞（○、官臣）		徐聖麟（□、晞父）		臧橙兒（○、良家女）	楊氏（□、徐晞妻）		臧知先（×、卜者）	徐氏（□、晞母）	駱得閔（×、晞表弟）
	石麟現	蕭謙（○、書生）	焦占（□、蕭謙友）	秦？（□、官臣）	無昧真人（□、仙道）	秦玉娥（○、千金女）	蒯氏（□、蕭謙母）	秦素娥（註29）（□、玉娥妹）	陳大章（×、官臣）		

（註26）劇本作「貼」。
（註27）劇本作「小淨」。
（註28）劇本中或作「小生」。
（註29）劇本作「占」。

劇目										
血影石	朱允炆（○，皇室）黃子澄（□，官臣）姚善（□，官臣）	黃芝（○，書生）	黃觀（□，官臣）	吳成（□，大監）齊泰（□，官臣）王進（□，官臣）	陳夫人（□，陳瑛妻）梅墨雲（○，名妓）	翁氏（□，黃觀妻）	齊京奴（○，千金女）	陳瑛（×，官臣）張彥芳（□，官臣）	王三寶（□，大監）	
乾坤嘯	家僕（□，僕役）皇帝（○，皇室）	鳥紹（○，貴族子）	鳥延慶（□，軍將）包拯（□，清官）	文彥伯（□，朝臣）	卜鳳（□，皇室）史氏（□，彥伯妻）	烏后（□，皇室）文夫人（□，趙豹妻）	韋后（註30）（×，繼母同妹）俞摯珠（○，烏紹妻）	趙豹（□，酒鬼）	韋繼同（×，奸詐小人）	丙融（×，大監）
御雪豹	薛岳（○，貧士）	湯惠（□，軍將）			房氏（○，薛岳妻）	徐氏（□，薛岳妻）	湯夏珠（□，湯惠女）	薛贊（×，朝臣）	徐愛喬（□，裱褙工）	計方來（×，薛贊舅甥）
萬壽冠	元慶太子（○，皇室）	傅人專（□，書生）	褚主（□，退職朝臣）	傅詞中（□，官臣）慕容華（□，武將）	褚昭儀（○，千金女）		蒲姿（註31）（○，漆匠女）	乾慶太子（×，皇室）毛德成（×，惡棍）	蒲澤（○，漆匠）黨無同（□，恢士）	蒲奉竹（○，漆匠）
擎秋魁	岳飛（○，忠臣名將）崔縱（註32）（□，朝臣）		瓦里布（×，番將）宗澤（□，朝臣）	洪浩（□，朝臣）張世琛（□，官臣）	崔蓮妨（○，千金女）	姚氏（□，岳飛母）	張氏（○，千金女）	牛皐（○，綠林好漢）秦檜（×，奸相）	王貴（○，綠林好漢）	小梁王柴貴（×，皇室）
漁家樂	劉際同（○，皇室）李固（□，朝臣）	劉媜（○，皇室）	張陵（□，朝臣）	杜喬（□，朝臣）簡章（□，武將）	鄔飛霞（○，漁家女）馬瑤草（註33）（○，千金女）	九天玄女（□，神道）	劉媜（註34）（□，皇室）	鄔漁翁（○，漁翁）梁冀（×，權臣）	馬融（×，權臣走狗）萬家春（○，相士）	

（註30）劇本作「占」。
（註31）劇本作「占」。
（註32）劇本作「貼生」。
（註33）劇本作「正旦」。
（註34）劇本作「旦」。

劇目									
蓮花筏	姚良（○、船家子）路偉（□、官宦）	商瞿（□、官宦）姚秉義（□、武將）	沈弘器（□、官宦）姚秉仁（□、船家）	齊玉符（○、千金女）	周氏（□、齊妻）	姚關關（○、船家女）	方冊（×、權相）	李謙明（×、官宦）	梅香（×、婢女）
雙和合	鳳容（○、書生）	容隱（□、武將）		唐和兒（○、裁縫女，蓋和兒）	宗氏（□、裁縫女，蓋和兒母）			蔡國橫（×、剃頭武將）	唐竹山（□、裁縫師）
瓔珞會	章弱（○、書生）	耿再成（□、武將）	秋起韜（□、武將）	秋井梧（○、千金女）	吳氏（○、章玦妻，民家女）	耿女（○、千金女）	田井（×、武將）	宇文化及（□、朝臣）	宇文化尚（×、及子）
豔雲亭	洪綸（○、書生）洪遠（○、書生）	蕭鳳韶（□、官宦）宋貴宗（□、皇室）	單泓（□、王府家將）	蕭惜芬（○、千金女）	惜芬乳母（○、乳母）	上官瓊珠（○、女將）	王欽若（×、奸臣）	鮑卜明（□、書生）趙元美（×、外患）	文鶴（○、書童）諸葛暗（□、瞽目卜者）
軒轅鏡	王璧（○、官宦）曾無咎（□、官宦）	檀道濟（□、武將）	張恩（○、義僕）	謝道衡（○、王妻）	胡氏（□、檀妻）		徐羨之（×、權臣）	張恩妻（□、乳母）錢國器（□、官宦）	路景（×、北魏軍將）
吉祥兆	僕從（□、僕役）公孫益（○、珍子）	公孫珍（□、退休朝臣）	施恩（□、賈府家將）	尹貞貞（○、益妻）	劉氏（□、珍妻）	烏蘭國女王花花（□、番王）	賈國祚（×、權臣）	鐵里牙波（□、番將）	烏蘭國王葛波羅牙（□、番王）
快活三	蔣珍（○、痴書生）	陶靖（□、員外）	居慕庵（○、柴販）	陶鸞兒（○、良家女）	李氏（□、陶妻）	蔡嫗（註35）（×、鸞母）邱慈國王（□、外國皇室）	汪奇峰（□、柴販）梅得春（□、員外）		李猴兒（□、陶精塑）

張大復

（註35）劇本作「貼」。

劇目										
金剛鳳	錢婆留（○，武夫）	吳朝奉（□，員外）	李彥雄（□，官臣）	葛天民（□，軍師）	李鳳娘（○，女將）	鐵氏（□，金剛母）	錢公借（×，婆留姐）	劉漢宏（×，官臣） 鐵金剛（×，女將）	董昌（×，官臣） 顧全武（□，船戶）	魯金（×，太監）
釣漁船	呂全（○，漁夫）	唐太宗（□，皇室）	魏徵（□，朝臣）	李淳風（□，術士）	陶氏（○，呂妻）	天妃（□，神道）	瓊英（註36）（○，皇室）	涇河龍敖順（×，神道）	巡海夜叉（□，神道） 幽冥判官崔珏（□，神道）	
紫瓊瑤	燕脆（○，官臣）	尹喜（□，神道）	燕府院子（□，僕役）	鄒文（陳氏夫）	李玉娘（○，燕妾）	陳氏（註37）（○，燕妻）		黃小乙（□，孝子）		
醉菩提	李修元（○，書生出家）	毛子實（□，官臣）	遠瀛堂禪師（□，道人）	沈提典（□，官臣） 鄭注（□，官臣）	蘭英（□，名妓）	太后（□，皇室）	月英（註38）（□，名妓）			王阿溜（□，質子）
雙福壽	周勝（○，武將）	漢武帝（□，皇室）	周勃（□，朝臣）				公主（○，皇室）	奕巴（□，術士）	東方朔（□，朝臣）	
讚書聲	宋篇（○，書生）	洪長者（□，村夫）	耶律烏梨鐵木兒（□，清官）		戴潤兒（○，船家女）	翟氏（□，耶律妻）	耶律茂晚（□，耶律女）	時官（×，海寇） 潤兒母（○，戴妻）	戴老大（×，船家）	吳小四（×，船家雇工）
人中龍	劉鄩（○，書生從戎）	李遠（□，書生） 李訓（□，官臣）	李德裕（□，官臣）	康榮（×，僕役）	李瓊章（○，千金女）	崔氏（□，李妻）	王竹枝（註39）（○，木匠女）	仇士良（×，權臣）	王廷相（×，木匠）	康阿保（×，幫閒） 田全操（×，仇之家將）
盛際時										

〔註36〕劇本作「占」。
〔註37〕劇本作「占」。
〔註38〕劇本作「貼」。
〔註39〕劇本作「貼」。

劇作家	劇目	①	②	③	④	⑤	⑥	⑦	⑧	⑨	⑩
陳二白	胭脂書	白簡（○、書生）	韓若水（□、劊街匠）	白懷（□、簡父）	公孫霸（□、盜首）／武宗皇帝（□、皇室）	韓青蓮（○、民家女）		柴氏（□、若水妻）	莫亮（×、員外）／周一庭（□、店主）		秋愛川（×、韓家鄰人）
	雙冠誥	馮瑞（○、諸生徒戎）	宋英宗（□、皇室）	于謙（□、朝臣）	馮仁（□、忠僕）	碧蓮（註40）（○、守貞婢女）／羅慧娘（○、馮瑞妻）／莫貞娘（×、馮瑞妾）			林翹（×、官臣）／也先（×、外患）	范子淵（×、書生）／王振（□、太監）	碧蓮之母（×、碧蓮之母）／徐有貞（×、官臣）
鄒玉卿	稱人心	文懷（○、書生）		衛廷讓（□、朝臣）／高文長（□、太監）	徐景韓（註41）（○、官臣）	衛星波（○、衛女）	韓氏（□、衛妻）	洛蘭藻（○、裁縫師）	蔣少亭（□、貧郎）	洛小溪（□、裁縫師）	梅香（□、婢女）
	青虹嘯	董承（○、武將）	董圓（○、承子）	司馬懿（□、朝臣）／高文長（□、太監）	漢獻帝（□、皇室）	伏飛瓊（○、皇室）	伏皇后（□、皇室）／高文長之姑（□、老嫗）	董貴妃（□、皇室）／雲英（×、婢女）／高貴卿（○、皇室）	曹操（×、權臣）	張輯（×、曹芳手下）	曹芳（×、操子）／慶童（×、奴僕）
	雙螭璧	裴正宗（○、書生）	龍昇（□、俠士）	裴碩（□、員外）	華義（○、義僕）	梅玉芳（○、裴碩姪）／一蓮夫人（□、女將）	田延宗（□、奚妻）	裴氏（□、裴碩姪妻）	金氏（□、裴碩妻）／喬德（×、鄉臣）	奚妃（×、裴碩婿）	
朱㿞心	回春記	湯去三（註42）	褚文止（□、書生）	王小二（□、酒家）	高士斌（○、俠士）			梅妻（□、湯去三妻）		王古木（×、受賄試）	戚忘一（×、賣官）

〔註40〕劇本將碧蓮作「正」，將慧娘作「大」，貞娘作「二」。
〔註41〕劇本作「老生」。
〔註42〕劇本作「正生」。

劇目						友人之妻		
許恒南	（○‧書生） 李邦華 （○‧朝臣）	田達 （□‧武將）						曹興 （□‧大監）
二奇緣	楊維聰 （○‧書生）	龍王 （□‧神道） 韓世忠之子 彥直 （□‧神道） 楊遇春 （□‧維聰叔）	覺空 （×‧道人）	張淑兒 （○‧小乙妹） 井泉童子 （□‧神道）	王氏 （×‧小乙母）	龍女玉嬰 （○‧神道） 韓夫人梁氏 （□‧神道）	錢伯濟 （×‧行賄員官） 陶杌 （×‧貪官） 李士成 （×‧叛軍）	張小乙 （×‧賭徒） 土地神 〔註43〕 （□‧神道）
非非想	張獻翼 （○‧名士）	余千里 （○‧官臣）	鄭圖南 （□‧官臣） 余無咎 （□‧生員）	項瑤枝 （○‧才女）		柳谷娘 （○‧名妓）	鄭學栢 （□‧圖南子）	普驪花 （□‧琉球公主）
玉鴛鴦	謝瑩璧 （□‧珍父） 徐階〔註44〕 （□‧朝臣）	謝珍 （○‧書生）	文謙 （□‧致仕官）	殷企 （□‧謝珍友） 仇榮 （×‧趙緣友）	張氏〔註45〕 （×‧珍母） 文霞仙 （○‧千金女）	霍氏 （□‧徐夫人） 東方月娥 〔註46〕 （□‧民家女） 徐嬋嬋 （○‧千金女）	東方傑 （□‧豪俠） 趙緣 （×‧文華子） 卜通 （□‧清客） 趙文華 （×‧朝臣）	香雪 （□‧婢女）

〔註43〕劇本作「小乙」。

〔註44〕劇本作「又生」。

〔註45〕劇本作「正旦」。

〔註46〕劇本作「占」。

附錄五 尤侗、吳偉業雜劇作品登場人物與配唱表

尤侗五部雜劇登場人物與配唱表

	折	登場人物（人物行當與俗稱）	總數	主要場面之人數	配唱（唱曲者）	宮調
讀離騷	第一折	正末、(大卜)、鄭詹尹	2人	2人：屈原、大卜	正末：9支	仙呂
	第二折	(男巫)、(女覡)、正末、(東皇太乙)、(東君)、(雲中君)、(湘君)、(湘夫人)、(大司命)、(少司命)、(河伯)、(山鬼)、(國殤)及其隊	多人	多人	男巫女覡：插曲2支／正末：10支	正宮
	第三折	(洞庭君及其隊)、(白龍，又扮漁父)、正末、(金童玉女)	多人	2人：屈原、漁父	正末：13支	雙調
	第四折	生、旦、雲童、(雨師)、(風伯)、(雷公)、(雷母)、(孤)、(景差)、(唐勒)、(巫陽)、正末	多人	2人：宋玉與神女、楚王、巫陽	生：14支／眾：插曲2支	中呂
弔琵琶	第一折	正旦、(宮女)、正末、(駕)、(內官)	多人	2人：元帝、昭君（隨從陪襯）	正旦：9支	仙呂
	楔子	沖末、正末、(眾隨從)	多人	多人	沖末：2支	仙呂
	第二折	正末、(駕)、正旦、(眾官)、沖末	多人	多人	正旦：18支	越調
	第三折	正末、(駕)、正旦、(魂)、(單于隊子)、(守關卒)、(單于隊頭)、(...兵)	多人	2人：元帝、昭君	正末：2支／正旦：12支	仙呂
	第四折	旦兒、(番婦)	2人	2人：文姬、番婦	旦兒：10支	雙調
桃花源	第一折	正末、(大卜)、(父老)	多人	1人：陶淵明	正末：7支／眾：插曲1支	仙呂
	第二折	(孤)、(白衣使者)、正末、外、(僕扮二兒)	6人	2人：陶淵明與王弘、龐通之	正末：11支	中呂
	第三折	(山神)、雜(扮同、劉、陸、竺)、正末、外、沖末、(侍者)	8人	7人：周、劉、陸、陶、龐、竺、慧遠	沖末：8支	雙調

劇名	折	人物行當與俗稱	總數	主要場面之人數	唱曲者	宮調
	第四折	正末、(俫扮二兒)、雜、(扮周、劉、陸、筈)	7人	5人:陶、周、劉、陸、筈	正末:8支	南呂
	楔子	淨、外、(俫扮仙童)、(卜兒扮仙母)、旦、正末	6人	6人:淨、外、俫、卜兒、旦、正末	外俫卜兒旦:各插曲1支 正末:1支	仙呂
黑白衛	第一折	(老尼)、(二女)、(虎)、雜	7人	2至4人:老尼、隱娘與李二女、雜眾	老尼:10支	仙呂
	第二折	外、(卜兒)、(老尼)、旦、正末	5人	3人:隱娘與雙親	旦:11支	正宮
	第三折	(孤)、正末、旦、(牙將)、(空空兒)	5人	3人:隱娘、磨鏡郎、劉昌裔	旦:11支	雙調
	第四折	淨、一旦、(隱娘與李十三娘、車中女子、荊十三娘、紅線、老尼	7人	6人:隱娘、李十三娘、荊十三娘、車中女子、紅線、老尼	旦:12支(隱娘8支、餘四人各1支) 老尼:1支	中呂
清平調	一折	末、丑、旦、(楊貴妃以外、還有三位夫人)、(宮女)、生、雜(扮執事、伶人)、外(分扮楊國忠和安祿山)、淨、副末、老旦、貼、小生、小末	15人	3至6人不等:李白與貴妃、高力士、與楊國忠、伶人、與杜甫、孟浩、與安祿山、高力士	旦:6支 生:7支 梨園弟子:1支 小生、末合唱:1支 淨:1支	南北套曲

吳偉業二部雜劇登場人物與配唱表

登場人物			配唱	
人物行當與俗稱	總數	主要場面之人數	唱曲者	宮調
	第一齣 旦、雜、(隨從)、(眾)	多人	多人:譙國夫人爲主、隨從陪襯	旦:8支 眾:1支 旦、眾同唱:1支	仙呂
臨春閣	第二齣 末、老旦、小旦、生、小生、副末、宮人	多人	4人:張貴妃、袁大捨、陳後主、洗氏	小旦:14支 旦:2支(其一與小旦合唱)	中呂
	第三齣 小丑、外、旦、老旦、淨、小旦、副淨	6人	3人:智勝禪師、洗氏、張貴妃	外:9支	雙調

通天臺	第四齣	淨、副淨、旦、小旦、老旦、小生、末	7人	2人：洗氏、張貴妃	旦：14支　小旦：2支	越調
	第一齣	生、丑	2人	1人：沈烔	生：14支	仙呂
	第二齣	外、雜、旦（分別扮侍女與宮女麗娟）、（田丞相）、生、丑	多人	多人：沈烔、漢武帝為主、隨從以及麗娟陪襯	外：7支　旦：3支　眾從官合唱：2支　生：1支	雙調

對於這個表格的整理方式，需要說明的是：1. 因為劇中很多腳色均未註明派任哪個行當的演員上演，所以無法以行當作為分欄歸類的依據，而這些人物，也以（　）標誌以示區別。2. 此「總數」是以一折～一齣中曾上場出現的人物為依據，至於重要場面所同時出現的人數，則另列一欄以資對照。

附錄六　吳偉業傳奇《秣陵春》情節佈局圖

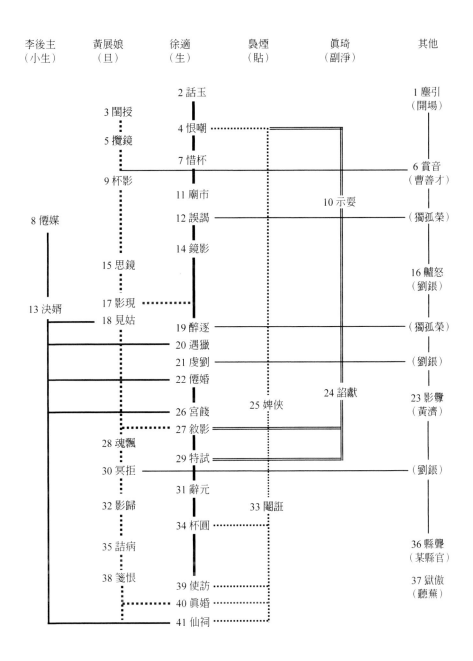

體例說明：

1. 本表乃撮取劇中意義份量最重的四個腳色，再加上一足以影響主角劇情發展的反面人物，此五個腳色為主軸，分析劇本之情節佈局。

2. 每一折的齣名歸屬處，以該折所出現的腳色中，意義份量最重者屬之。然有些折子屬於過脈戲，劇中腳色皆非四個主、副腳，也非重要的反面人物，是以另起一線，而以「其他」命之。此線代表人物或有不同，於該處加上（人物）備註。

3. 圖中所使用的線條，以粗細、虛實分別腳色份量之輕重，由重至輕者依次如下：

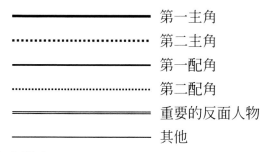

   ――――――――― 第一主角
   ……………… 第二主角
   ――――――――― 第一配角
   ……………… 第二配角
   ――――――――― 重要的反面人物
   ――――――――― 其他

4. 表中橫線，乃該折中同時出現之重要腳色，其線條種類的歸屬方式，以重要性其次者，劃向較重要者，舉例來說，《秣陵春》第四齣〈恨嘲〉，徐適、裊煙、真琦同時出現，自然將裊煙、真琦所屬之線劃向徐適，而展娘雖有上場，以其並沒有與徐適、真琦碰面，是以不予畫出。

5. 特加說明者有二：(1)《秣陵春》裊煙在第十七齣〈影現〉之前均與小姐展娘同時出現，但除了第四齣〈恨嘲〉表現較多以外，餘皆居於婢女地位，僅有服侍之職，而無特出之處，為避免繁瑣冗雜，這些場次均不畫出 (2)《鈞天樂》第十齣〈禱花〉，因以楊雲夫婦為主，沈白後來才上場，旋即三人下場作結，是以將徐適之線劃向楊雲。

6. 一般傳奇均以生、旦為第一、二主角，小生、小旦為第一、二配角，如《秣陵春》即是。然《鈞天樂》顯然不符此規，劇中小生楊雲實較旦魏寒簧份量為重，故以 ……………… 歸於楊雲， ――――――――― 歸於寒簧。

附錄七　尤侗傳奇《鈞天樂》情節佈局圖

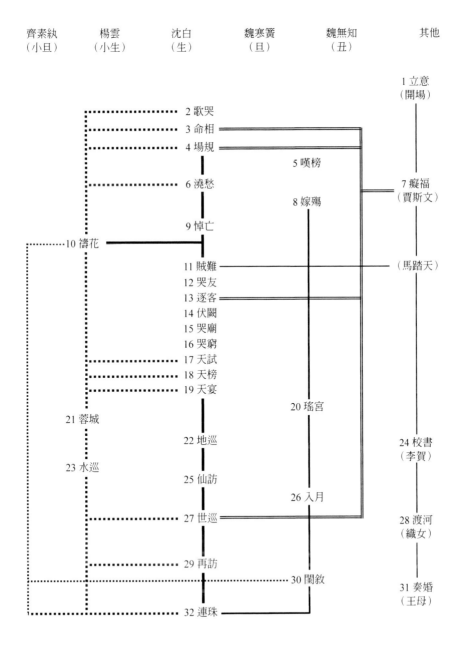

齊素紉　　楊雲　　沈白　　魏寒簧　　魏無知　　其他
（小旦）　（小生）　（生）　　（旦）　　　（丑）

1 立意（開場）

2 歌哭

3 命相

4 場規

5 嘆榜

6 澆愁

7 癡福（賈斯文）

8 嫁殤

9 悼亡

10 禱花

11 賊難　　　　　（馬踏天）

12 哭友

13 逐客

14 伏闕

15 哭廟

16 哭窮

17 天試

18 天榜

19 天宴

20 瑤宮

21 蓉城

22 地巡

23 水巡

24 校書（李賀）

25 仙訪

26 入月

27 世巡

28 渡河（織女）

29 再訪

30 閨敘

31 奏婚（王母）

32 連珠

參考書目

一、工具書

（一）辭典類

1. 《重編國語辭典（修訂本）》光碟版，教育部國語推行委員會編，台北：教育部國語推行委員會，民國 83 年 9 月初版。
2. 《中國文學家大辭典》（清代卷），錢仲聯主編，北京：中華書局，1996 年 10 月初版。
3. 《中國曲學大辭典》，中國曲學大辭典編委會，浙江：浙江教育出版社，1997 年 12 月初版。
4. 《元明清文學方言俗語辭典》，岳國均主編，貴州：貴州人民出版社，1998 年 10 月初版。
5. 《蘇州方言詞典》，李榮主編，1998 年 12 月第 2 版。
6. 《蘇州辭典》，江洪等主編，蘇州：蘇州大學出版社，1999 年 9 月初版。

（二）年譜類

1. 《明清江蘇文人年表》，張慧劍，上海：上海古籍出版社，1986 年初版。
2. 《中國文學史大事年表》，吳文治，合肥：黃山書社，1993 年 12 月初版。
3. 《王巢松年譜》，（清）王抃，收錄於《叢書集成續編》，上海：上海書店，1994 年初版。
4. 《中國戲曲史編年》（元明卷），王永寬、王剛，河南：中州古籍出版社，1994 年 12 月初版。

（三）資料彙編及圖書目錄類

1. 《北京人文科學研究所藏書目錄》，北京人文科學研究所編，北京：北京人文科學研究所編印，民國 27 年初版。
2. 《中央研究院歷史語言研究所善本書目》，中央研究院歷史語言研究所編，台北：中央研究院歷史語言研究所編印，民國 57 年初版。

3. 《台灣公藏善本書目書名索引》，國立中央圖書館善本書室編，台北：國立中央圖書館編印，民國 60 年初版。

4. 《中國歷史地圖集》，譚其驤主編，北京：新華書店，1982 年 10 月初版。

5. 《北京圖書館古籍善本書目》，北京圖書館善本書室編，北京：北京圖書館編印，1987 年初版。

6. 《中國古典戲曲序跋彙編》，蔡毅編著，山東：齊魯書社，1989 年 10 月初版。

7. 《中國社會科學研究院文學研究所藏古籍善本書目》，中國社會科學研究院文學研究所編，北京：中國社會科學研究院文學研究所編印，1993 年初版。

8. 《中國古籍善本書目》，中國古籍善本書目編輯委員會編，上海：上海古籍出版社，1998 年 3 月初版。

二、古籍

（一）劇本類

1. 《雙冠誥》，（清）陳二白：光緒壬寅莫春修禊之辰瑤鄰室主人題本，現藏於蘇州戲曲博物館。

2. 《古本戲曲叢刊》二集，上海：上海商務印書館，1955 年七月初版。

3. 《古本戲曲叢刊》三集，上海：上海商務印書館，1957 年二月初版。

4. 《清人雜劇初集二集》合訂本，鄭振鐸纂集，香港：龍門書店，1969 年 3 月彙輯影刊。

5. 《元曲選》，（明）藏懋循選，台北：台灣中華書局，民國 72 年 12 月臺四版。

6. 《全明傳奇》，台北：天一出版社，民國 74 年初版。

7. 《古本戲曲叢刊》五集，上海：上海古籍出版社，1986 年初版。

8. 《全明傳奇續編》，台北：天一出版社，民國 85 年初版。

（個別劇本請參見附錄三〈清初蘇州劇作家作品本事、版本、館藏概況一覽表〉）

（二）曲論、曲譜、曲選類

1. 《寒山堂曲譜》，（清）張大復，清抄本，現藏於北京民族音樂研究所資料室。

2. 《音韻須知》，（清）李書雲、朱素臣，康熙二十九年刊本，現藏於台北中央研究院傅斯年圖書館善本書室。

3. 《曲海目》，（清）支豐宜，道光二十三年樸存堂刻本，現藏於北京圖書館善本書室。

4. 《曲海總目題要》，（清）黃文暘編，上海：大東書局排印本，民國 17 年初版。

5. 《集成曲譜》，王季烈輯，上海：上海商務印書館，民國 24 年初版，現藏於中央研究院傅斯年圖書館善本書室。

6. 《中國古典戲曲論著集成》，北京：中國戲劇出版社，1959 年七月初版。

7. 《度曲須知》，（明）沈寵綏。

8. 《曲品》，（明）呂天成。

9. 《曲律》，（明）王驥德。

10. 《遠山堂曲品》，（明）祁彪佳。

11. 《劇說》，（清）焦循。

12. 《新傳奇品》，（清）高奕。

13. 《傳奇彙考標目》，（清）無名氏。

14. 《曲錄》，（清）王國維，台北：藝文印書館，民國 60 年 1 月初版。

15. 《北曲新譜》，鄭騫，台北：藝文印書館，民國 62 年 4 月初版。

16. 《南詞新譜》，（明）沈自晉，台北：學生書局，民國 73 年初版。

17. 《綴白裘》，（清）錢德蒼，台北：學生書局，民國 76 年初版。

18. 《曲話》，（明）潘之恆，北京：中國戲劇出版社，1988 年 8 月初版。

19. 《南北詞簡譜》，吳梅，台北：學海出版社，民國 86 年 5 月初版。

20. 《北詞廣正譜》，（清）李玉，台北：學海出版社，民國 87 年 8 月初版。

（三）筆記小說類

1. 《識小錄》，（明）徐樹丕，佛蘭草堂鈔本，現藏於台灣大學圖書館善本書室。

2. 《三岡識略》，（清）董含，舊抄本，現藏於台灣大學圖書館善本書室。

3. 《堅瓠集》，（清）褚人獲，清崇德書院重刊袖珍本，現藏於台灣大學圖書館善本書室。

4. 《廣陽雜記》，（清）劉獻廷，北京：中華書局，1957 年 7 月初版。

5. 《警世通言》，（明）馮夢龍，台北：世界書局，民國 46 年初版。

6. 《古今小說》，（明）馮夢龍輯、李田意攝校，台北：世界書局，民國 47 年 5 月初版。

7. 《北遊錄》，（清）談遷，北京：中華書局，1960 年 4 月初版。

8. 《寄園寄所寄》，（清）趙吉士：台北：文星書局，民國 54 年初版。

9. 《吳風錄》，（明）黃省曾，收錄於嚴一萍選輯：《原刻影印百部叢書集成》，台北：藝文印書館，民國 56 年初版。

10. 《涇林續記》，（明）周玄煒，收錄於嚴一萍輯：《原刻影印百部叢書集成》，台北：藝文印書館，民國 56 年初版。

11.《客座贅語》,(明)顧起元,收錄於嚴一萍選輯:《原刻影印百部叢書集成》,台北:藝文印書館,民國 57 年初版。

12.《西堂雜俎》,(清)尤侗,台北:廣文書局,民國 59 年 12 月初版。

13.《宦遊筆記》,(清)納蘭常安,台北:廣文書局,民國 60 年初版。

14.《桐庵筆記補逸》,(清)鄭桐庵:收錄於趙詒琛、王大隆輯:《丁丑叢編》,台北:藝文印書館,民國 61 年初版。

15.《南遊記》,(清)孫嘉淦,台北:文海出版社,民國 63 年 7 月初版。

16.《履園叢話》,(清)錢泳,北京:中華書局,1979 年 12 月初版。

17.《巢林筆談》,(清)龔煒,北京:中華書局,1981 年 8 月初版。

18.《不下帶編》,(清)金埴,北京:中華書局出版,1982 年 9 月初版。

19.《閱世編》,(清)葉夢珠,台北:木鐸出版社,民國 71 年初版。

20.《金陵覽古》,(清)余賓碩,上海:上海古籍出版社,1983 年 6 月初版。

21.《柳南隨筆·續筆》,(清)王應奎,北京:中華書局,1983 年 10 月初版。

22.《雲間據目鈔》,(明)范濂,收錄於《筆記小說大觀》,台北:新興書局,民國 73 年初版。

23.《郎潛紀聞二筆》,(清)陳康祺,北京:中華書局,1984 年 3 月初版。

24.《紅樓夢》,(清)曹雪芹,台北:里仁書局,民國 73 年 4 月初版。

25.《松窗夢語》,(明)張翰,北京:中華書局,1985 年 5 月初版。

26.《清朝野史大觀》,(清)小橫香室主人編著,台北:中華書局,民國 75 年 4 月台三版。

27.《清稗類鈔》,(清)徐珂編撰,北京:中華書局,1986 年 7 月初版。

28.《梅花草堂筆談》,(明)張元長,上海:上海古籍出版社,1986 年 12 月初版。

29.《西遊記》,(明)吳承恩,台北:桂冠圖書公司,民國 76 年 2 月初版。

30.《太平廣記》,(宋)李昉,上海:上海古籍出版社,1990 年 12 月初版。

31.《觚賸續編》,(清)鈕琇,收錄於《四庫全書存目叢書》,台南:莊嚴文化事業有限公司,民國 84 年 9 月初版。

32.《寓圃雜記》,(明)王錡,據上海圖書館藏清鈔本影印,收錄於《四庫全書存目叢書》,台南:莊嚴文化事業有限公司,1995 年 9 月初版。

33.《棗林雜俎》,(清)談遷:據上海圖書館藏清抄本影印,收錄於《四庫全書存目叢書》,台南:莊嚴文化事業出版社,1995 年 9 月初版。

34.《從先維俗議》,(明)管志道,據天津圖書館藏明萬曆三十年徐文學刻本,收錄於《四庫全書存目叢書》,台南:莊嚴文化事業出版社,1995 年 9 月初版。

35.《萇楚齋隨筆》，（清）劉聲木，北京：中華書局出版，1998 年 3 月初版。

36.《吳郡歲華紀麗》，（清）袁景瀾，南京：江蘇古籍出版社，1998 年 12 月初版。

37.《五石脂》，（清）陳去病，南京：江蘇古籍出版社，1999 年 8 月初版。

38.《丹午筆記》，（清）顧公燮，南京：江蘇古籍出版社，1999 年 8 月初版。

39.《吳城日記》，（清）葉廷琯，南京：江蘇古籍出版社，1999 年 8 月初版。

40.《吳門表隱》，（清）顧震濤，南京：江蘇古籍出版社，1999 年 8 月初版。

41.《清嘉錄》，（清）顧祿，江蘇：江蘇古籍出版社，1999 年 8 月初版。

42.《中國文言小說百部經典》，史仲文主編，北京：北京出版社，2000 年初版。

（四）詩文集

1.《己畦詩集》，（清）葉燮，康熙丙寅（25 年）葉氏二充草堂刊本，現藏於台灣大學圖書館善本書室。

2.《西堂全集》，（清）尤侗，康熙 33 年刊本，現藏於台北中央研究院傅斯年圖書館善本書室。

3.《西堂全集》，（清）尤侗，康熙間刻本，現藏於台灣大學中文系研究室。

4.《海虞詩苑》，（清）王東漵輯，乾隆己卯（24 年）王氏家刊本，現藏於台北中央研究院傅斯年圖書館善本書室。

5.《歸愚詩鈔》，（清）沈德潛，乾隆間教忠堂刊本，現藏於台北中央研究院傅斯年圖書館善本書室。

6.《松江詩鈔》，嘉慶 14 年刊本，現藏於南京圖書館古籍部善本書室。

7.《江蘇詩徵》，（清）王豫編，清道光元年原刊本，現藏於台灣大學善本書室。

8.《婁水文徵》，（清）王寶仁，道光壬辰開雕閒有餘齋藏板，現藏於台北中央研究院傅斯年圖書館。

9.《梁谿遺稿》，（宋）尤袤撰、（清）尤侗輯，清光緒己亥（25 年）武進盛氏刊本，現藏於台灣大學圖書館善本書室。

10.《漢魏六朝百三家集》，（明）張溥輯，台中：松柏書局，民國 53 年初版。

11.《李二曲先生全集》，（明）李顒，台北：華文書局，民國 59 年初版。

12.《林蕙堂全集》，（清）吳綺，四庫全書珍本，台北：台灣商務印書館，民國 61 年初版。

13.《震川先生集》，明歸有光，台北：源流文化事業有限公司，民國 72 年 4 月初版。

14.《牧齋初學集》，（清）錢謙益，台北：文海出版社，民國 75 年初版。

15.《楚辭補註》，（宋）洪興祖，台北：藝文印書館，民國75年12月第七版。
16.《李漁全集》，（清）李漁，浙江：浙江古籍出版社，1987年10月。
17.《吳梅村全集》，（清）吳偉業，上海：上海古籍出版社，1990年12月初版。
18.《梅村家藏稿》，（清）吳偉業，收錄於《四部叢刊初編》，上海：商務印書館，1991年初版。
19.《遂初堂文集》，（清）潘耒，收錄於《四庫全書存目叢書》，據吉林省圖書館藏清康熙刻增修本影印，台南：莊嚴文化事業有限公司，1997年6月初版。
20.《同人集》，（清）冒襄，收錄於《四庫全書存目叢書》，據北京師範大學圖書館藏清康熙冒氏水繪庵刻本影印，台南：莊嚴文化事業公司，1997年6月初版。

（五）方志、史書

1.《姑蘇志》，（明）王鏊等撰，台北：學生書局，民國54年11月初版。
2.《常熟縣志》，（明）鄧韍撰，台北：學生書局，民國54年11月初版。
3.《震澤縣志》，（清）陳和志修、倪師孟等纂，清乾隆11年修、光緒19年重刊本，台北：成文出版社，民國59年6月臺一版。
4.《蘇州府志》，（清）李銘皖等修、馮桂芬等纂，清光緒9年刊本，台北：成文出版社，民國59年6月臺一版。
5.《吳縣志》，民國吳秀之等修、曹允源等纂，據民國22年鉛字本，台北：成文出版社，民國59年6月臺一版。
6.《蘇州府志》，（明）盧熊撰，明洪武12年鈔本，台北：成文出版社，民國72年3月臺一版。
7.《蘇州府志》，據明永樂大典本影印，台北：成文出版社，民國72年3月臺一版。
8.《吳江志》，（明）莫旦纂，明弘治元年刊本，台北：成文出版社，民國72年3月臺一版。
9.《重修崑山縣志》，（明）周世昌撰，明萬曆4年刊本，台北：成文出版社，民國72年3月臺一版。
10.《續吳郡志》，（明）李詡撰，明舊鈔本，台北：成文出版社，民國72年3月臺一版。
11.《崑山先賢塚墓考》，（清）潘道根撰、彭治增輯，清末鈔本，台北：成文出版社，民國72年3月臺一版。
12.《崑新兩縣續補合志志》，民國連德英等修、李傳元等纂，民國12年刻本，台北：成文出版社，民國72年3月臺一版。

13.《江蘇省鑑》，民國趙如珩編輯，民國 24 年鉛印本，台北：成文出版社，民國 72 年 3 月臺一版。

14.《江蘇省地誌》，（明）李長傳編著，民國 25 年鉛印本，台北：成文出版社，民國 72 年 3 月臺一版。

15.《吳縣志稿》，民國不著撰人，台北：成文出版社，民國 72 年 3 月臺一版。

（六）其他

1.《雪橋詩話》，（清）楊鍾羲，收錄於嚴一萍選輯：《叢書菁華》之劉承幹輯。

2.《求恕齋叢書》，台北：藝文印書館，民國 56 年初版。

3.《清朝詩人小傳》，（清）鄭方坤，台北：廣文書局，民國 60 年 9 月初版。

4.《壯陶閣書畫錄》，（清）裴景福，台北：中華書局，民國 60 年初版。

5.《虛齋名畫錄》，（清）龐元濟，台北：漢華文化事業，民國 60 年初版。

6.《明清民歌時調集》，（明）馮夢龍、（清）王廷紹、華廣生編述，上海：上海古籍出版社，1987 年 9 月初版。

7.《列朝詩集小傳》，（清）錢謙益，台北：明文出版社，民國 80 年初版。

8.《百城煙水》，（清）徐崧、張大純，南京：江蘇古籍出版社，1999 年 8 月初版。

三、專書論著
（一）戲曲史

1.《中國近世戲曲史》，（日）青木正兒，台北：商務印書館，民國 25 年初版。

2.《明清戲曲史》，盧前，香港：商務印書館，1961 年 5 月重版。

3.《清代戲曲史》，周鈔中，鄭州：中州古籍出版社，1987 年 12 月初版。

4.《昆劇發展史》，胡忌、劉致中，北京：中國戲劇出版社，1989 年 6 月初版。

5.《中國戲曲史論》，吳新雷，南京：江蘇教育出版社，1996 年 3 月初版。

6.《中國戲曲通史》，張庚、郭漢城，台北：大鴻圖書有限公司，1998 年 7 月初版。

7.《明清傳奇史》，郭英德，南京：江蘇古籍出版社，1999 年 8 月初版。

8.《戲曲源流新論》，曾師永義，台北：立緒文化事業有限公司，民國 89 年 4 月初版。

（二）戲曲論著

1.《明傳奇聯套研究》，汪志勇，台北：嘉新水泥公司文化基金會，民國 65 年 1 初版。

2.《中國戲曲概論》，吳梅著、陳乃乾校，台北：學海出版社，民國 68 年 10 月初版。

3. 《昆劇演出史稿》，陸萼庭，上海：上海文藝出版社，1980 年 1 月初版。

4. 《馮沅君古典文學論文集》，馮沅君，山東：山東人民出版社，1980 年 8 月初版。

5. 《清代雜劇全目》，傅惜華，北京：北京人民文學出版社，1981 年 2 月初版。

6. 《李玉評傳》，顏長珂、周傳家，北京：中國戲劇出版社，1985 年 5 月初版。

7. 《古典戲曲存目彙考》，莊一拂，台北：木鐸出版社，民國 75 年初版。

8. 《明代傳奇之劇場及其藝術》，王安祈，台北：學生書局，民國 75 年 6 月初版。

9. 《方志著錄元明清曲家傳略》，趙景深、張增元編，北京：中華書局，1987 年 2 月初版。

10. 《中國歷代劇論選注》，陳多、葉長海選注，湖南：湖南文藝出版社，1987 年 7 月初版。

11. 《詩歌與戲曲》，曾師永義，台北：聯經出版事業公司，民國 77 年 4 月初版。

12. 《中國戲劇文學的瑰寶—明清傳奇》，王永健，南京：江蘇教育出版社，1989 年 11 月初版。

13. 《明清文人傳奇研究》，郭英德，台北：文津出版社，民國 80 年 1 月初版。

14. 《清初雜劇研究》，陳芳，台北：學海出版社，民國 80 年 7 月初版。

15. 《中國古典戲劇的認識與欣賞》，曾師永義，台北：正中書局，民國 80 年 11 月初版。

16. 《中國戲曲志‧江蘇卷》，《中國戲曲志‧江蘇卷》編輯委員會編，北京：中國 ISBN 中心出版，1992 年 12 月初版。

17. 《蘇州劇派研究》，康保成，廣州市：花城出版社，1993 年 3 月初版。

18. 《中國戲曲文學史》，許金榜，北京：中國文學出版社，1994 年 5 月初版。

19. 《明清戲曲家考略》，鄧長風，上海：上海古籍出版社，1994 年 12 月初版。

20. 《清代戲曲家叢考》，陸萼庭，上海：學林出版社，1995 年 11 月初版。

21. 《中國戲劇學通論》，趙山林，安徽：安徽教育出版社，1995 年 12 月初版。

22. 《明清戲曲家考略續編》，鄧長風，上海：上海古籍出版社，1997 年 1 月初版。

23. 《中國古代劇場史》，廖奔，鄭州：中州古籍出版社，1997 年 5 月初版。

24. 《明清傳奇綜錄》，郭英德，河北：河北教育出版社，1997 年 7 月初版。

25. 《中國戲劇與民俗》，翁敏華，台北：學海出版社，1997 年 12 月初版。

26. 《明清戲曲國際研討會論文集》，華瑋、王璦玲主編，台北：中央研究院中國文哲所籌備處，民國 87 年 8 月初版。

27. 《元明清戲曲搬演論研究—以曲牌體戲曲爲範疇》，李惠綿，台北：文史哲出版社，1998 年 12 月初版。

28. 《明清戲曲家考略三編》，鄧長風，上海：上海古籍出版社，1999 年 2 月初版。

29. 《明傳奇排場三要素發展歷程之研究》，許子漢，台北：國立台灣大學出版委員會，民國 88 年 6 月初版。

30. 《浙江戲曲史話》，徐宏圖著，浙江：寧波出版社，1999 年 12 月初版。

31. 《乾嘉時期崑劇藝人在表演藝術上因應之探討》，汪詩珮，台北：學海出版社，民國 89 年 3 月初版。

32. 《戲曲文學—語言托起的綜合藝術》，門巋，廣西：廣西師範大學出版社，2000 年 4 月初版。

33. 《越中曲派研究》，佘德余，北京：中國文聯出版社，2000 年 5 初版。

34. 《乾隆時期北京劇壇研究》，陳芳，台北：學海出版社，民國 89 年 9 月初版。

35. 《明清之際蘇州作家群研究》，李玫，北京：中國社會科學出版社，2000 年 10 月初版。

（三）蘇州文化研究專書

1. 《蘇州歷代園林錄》，魏嘉瓚，北京：燕山出版社，1992 年 3 月初版。

2. 《吳文化史叢》，王友三主編，南京：江蘇人民出版社，1993 年 9 月初版。

3. 《蘇州狀元》，李嘉球，上海：上海社會科學院出版社，1993 年 10 月初版。

4. 《蘇州狀元》，胡敏，福建：福建人民出版社，1996 年 8 月初版。

5. 《吳文化概觀》，許伯明主編，南京：南京師範大學出版社，1997 年 10 月第二版。

6. 《蘇州梨園》，李嘉球，福州：福建人民出版社，1998 年 4 月初版。

7. 《明清以來蘇州社會史碑刻集》，王國平、唐力行主編，蘇州：蘇州大學出版社，1998 年 8 月初版。

8. 《蘇州戲曲志》，程元麟等編，蘇州：古吳軒出版社，1998 年 10 月初版。

9. 《蘇州彈詞大觀》（修訂本），蘇州彈詞大觀編輯委員會，上海：學林出版社，1999 年 1 月第 2 版。

10. 《蘇州詩詠》，吳企明選注：蘇州：蘇州大學出版社，1999 年 8 月初版。

11. 《蘇州園林》，金學智，蘇州：蘇州大學出版社，1999 年 8 月初版。

12. 《蘇州民俗》，蔡利民，蘇州：蘇州大學出版社，2000 年 8 月初版。

13. 《蘇州傳說》，金煦，蘇州：蘇州大學出版社，2000 年 8 月初版。

14. 《蘇州碑刻》，張曉旭，蘇州：蘇州大學出版社，2000 年 8 月初版。

（四）其他

1. 《東林始末》，收錄於中國歷史研究社主編：《中國歷史研究資料叢書》，上海：神州國光社，1952 年 12 月五版。

2. 《中國小說史》，范煙橋，台北：長安出版社，民國 66 年 9 月台一版。

3. 《李後主評傳》，劉維崇，台北：黎明文化出版事業，民國 67 年 4 月初版。

4. 《小說考證》，蔣瑞藻，台北：河洛圖書出版社，民國 68 年 10 月初版。

5. 《中國歷史地圖集》，譚其驤主編，北京：新華書店，1982 年 10 月初版。

6. 《明清善本小說叢刊初編》，台北：天一出版社，民國 74 年初版。

7. 《中國文學史》，葉慶炳，台北：學生書局，民國 76 年 8 月初版。

8. 《尤侗論稿》，薛若鄰，北京：中國戲劇出版社，1989 年 7 月初版。

9. 《古文觀止》，謝冰瑩等註譯，台北：三民書局，民國 79 年 9 月四版。

10. 《明清史》，陳捷先，台北：三民書局，民國 79 年 12 月初版。

11. 《明清文學史》（明代卷），吳志達，湖北：武漢大學出版社，1991 年 12 月初版。

12. 《明清文學史》（清代卷），唐富齡，湖北：武漢大學出版社，1991 年 12 月初版。

13. 《市井文化》，蔣和寶、俞家棟編著，北京：中國經濟出版社，1995 年 3 月初版。

14. 《市井商情錄—中國商業民俗概說》，王銳，河北：河北人民出版社，1997 年 4 月。

15. 《中國市民文學史》，謝桃坊，四川：四川人民出版社，1997 年 10 月初版。

16. 《中國鬼戲》，許祥麟，天津：天津教育出版社，1997 年 12 月初版。

17. 《西諦書話》，鄭振鐸，北京：三聯書店，1998 年 5 月初版。

18. 《插圖本中國文學史》，鄭振鐸，北京：北京出版社，1999 年 1 月初版。

19. 《中國古代鬼神文化大觀》，江西：百花洲文藝出版社，1999 年 6 月初版。

20. 《明清蘇南望族文化研究》，江慶柏，南京：南京師範大學出版社，1999 年 9 月初版。

21. 《雅俗之間的徘徊—16 至 18 世紀文化思潮與通俗文學創作》，吳建國，湖南：岳麓書社，1999 年 11 月初版。

22. 《中國文學研究》，鄭振鐸，北京：人民文學出版社，2000 年 1 月初版。

23. 《增訂本吳梅村研究》，王建生，台北：文津出版社，2000 年 6 月初版。

四、學位論文

1. 《尤侗之生平暨作品》，丁昌援，政治大學中文研究所碩士論文，民國 67 年 6 月。

2. 《李玄玉劇曲十三種研究》，王安祈，台灣大學中文研究所碩士論文，民國 69 年 6 月。

3. 《吳梅村及其三種曲研究》，歐陽岑美，高雄師範學院國文所碩士論文，民國 71 年 5 月。

4. 《李玉《占花魁》研究》，李旻雨，師範大學國文研究所碩士論文，民國 74 年 11 月。

5. 《尤侗《西堂樂府》研究》，沈惠如，東吳大學中文研究所碩士論文，民國 76 年 4 月。

6. 《尤侗《鈞天樂》傳奇研究》，阮淑芳，台灣大學中文研究所碩士論文，民國 81 年 6 月。

7. 《明末清初劇作家之歷史關懷—以李玉、洪昇、孔尚任為主》，康逸藍，淡江大學中文研究所碩士論文，民國 81 年 6 月。

8. 《李玉《清忠譜》研究》，錢如意，高雄師範大學國文研究所碩士論文，民國 85 年 6 月。

9. 《《十五貫》在崑劇與京劇之探討》，韓昌雲，台灣大學戲劇研究所碩士論文，民國 86 年 6 月。

10. 《中國古典戲曲之末腳與外腳研究》，林黛琿，清華大學中文所碩士論文，民國 87 年 6 月。

11. 《朱素臣《雙熊夢》傳奇研究》，金炳辰，台灣大學中文研究所碩士論文，民國 88 年 6 月。

12. 《明中葉至清初文人與戲劇關係之研究》，洪麗淑，逢甲大學中文研究所碩士論文，民國 88 年 6 月。

五、單篇、期刊論文

1. 〈近百年來崑曲之消長〉，曹心泉口述、邵茗生筆記，《劇學月刊》第二卷第一期，1933 年 1 月，南京戲曲音樂院北平分院研究所出版，現藏於上海戲劇學院圖書館期刊室。

2. 〈觀劇生活素描第一部〉，陳墨香，《劇學月刊》第二卷第三期，1933 年 3 月。

3. 〈明末蘇州織工鬥爭在文學上的反映〉，潘樹廣，《江蘇師院學報》，1981 年第三期。

4. 〈關於葛成領導的蘇州織工鬥爭〉，吳奈夫，《江蘇師院學報》，1981 年第四期。

5. 〈《十五貫》中的況鍾〉，馮君實，收錄於《戲劇人物與歷史人物》，哈爾濱：黑龍江人民出版社，1982 年初版。

6. 〈論朱素臣校訂本《西廂記演劇》〉，蔣星煜，《文學遺產》，1983 年第四期。

7. 〈珍貴的戲曲史料—讀《嘉慶丁巳、戊午觀劇日記》手稿〉，顏長珂，《戲曲研究》第九輯，北京：文化藝術出版社，1983 年 3 月。

8. 〈葉稚斐及其劇作論考〉，劉蔭柏，《蘇州大學學報》，哲學社會科學版，1984 年第一期。

9. 〈歷代曲家年里字號室名綜表考〉，周妙中，《曲苑》，1985 年 7 月第一輯。

10. 〈葉稚斐傳記史料的新發現〉，周篳平，《戲曲研究》，1985 年 9 月第十五輯。

11. 〈清代社會與昆山腔創作〉，薛若鄰，《中國藝術研究院首屆研究生碩士學位論文集》（戲曲卷），中國藝術研究院研究生部編，北京：文化藝術出版社，1985 年 12 月初版。

12. 〈蘇州戲曲音樂家群的崛起與追求〉，薛若鄰，《蘇州大學學報》哲學社會科學版，1985 年第四期。

13. 〈昆山腔戲曲藝術與蘇州〉，王永健，《蘇州大學學報》，1986 年第四期。

14. 〈《一捧雪》本事新證〉，劉致中，《戲劇藝術》，1988 年第二期。

15. 〈明末清初蘇州地區戲曲創作繁榮的社會原因〉，王永寬，《戲曲論叢》，蘭州：蘭州大學出版社，1989 年 11 月初版。

16. 〈『市隱』心態與吳中明清文化世族〉，嚴迪昌，《蘇州大學學報》哲學社會科學版，1991 年第一期。

17. 〈略論「吳門曲派」〉，顧聆森，《蘇州大學學報》哲學社會科學版，1992 年第一期。

18. 〈明清蘇州名門才女群的崛起〉，戴慶鈺，《蘇州大學學報》哲學社會科學版，1996 年第一期。

19. 〈論明清彈詞文化與吳地婦女〉，許周鶺，《蘇州大學學報》哲學社會科學版，1996 年第二期。

20. 〈論明清吳地儒士的商業意識〉，許周鶺，《蘇州大學學報》哲學社會科學版，1997 年第二期。

21. 〈明末清初城市手工業工人的集體抗議行動—以蘇州城爲探討中心一〉，巫仁恕，《中央研究院近代史研究所集刊》第二十八期，民國 86 年 12 月。

22. 〈蘇州派戲曲家作品歸屬考辨三題〉，鄧長風，《故宮學術季刊》，第十五卷第四期，民國 87 年。